CHRISTOPH LODE

Der letzte Traumwanderer

Buch

Liam Satander kann nicht glauben, dass sich sein Vater eine solche Nacht entgehen lässt. Ein Gewitter wütet über der Metropole Bradost, und Liam fängt einen Blitz nach dem anderen. Für Blitzsammler, wie er und sein Vater Fellyn es sind, ein lukratives Geschäft. Erst am nächsten Morgen kehrt Fellyn nach Hause zurück – doch die gefürchteten Spiegelmänner sind ihm auf den Fersen. Bevor er von ihnen ermordet wird, bittet er seinen Sohn, unter allen Umständen das Gelbe Buch von Yaro D'ar zu beschaffen. Liam versteht die Welt nicht mehr. Warum musste sein Vater sterben? Und was hat es mit diesem rätselhaften Buch auf sich? Entschlossen, Antworten zu finden, lässt er sich mit Hilfe des Erfinders Nestor Quindal in den Palast von Lady Sarka einschmuggeln. Ein wahnwitziges Unterfangen, denn die Herrscherin ist grausam und machtgierig. Leibwächter mit schrecklichen Kräften schützen sie. Krähen kreisen über der Stadt und spionieren ihre Untertanen aus. Gerade erst hat sie den jungen Schlammtaucher Jackon aufgenommen, dem man nachsagt, er könne die Träume anderer Menschen beeinflussen. Trotzdem verfolgt Liam unbeirrt sein Ziel. Dabei erhält er unerwartet Hilfe von Quindals eigensinniger Tochter Vivana. Doch was die beiden schließlich in den schattenhaften Fluren und Hallen entdecken, übertrifft selbst Liams schlimmste Erwartungen …

Autor

Christoph Lode, geboren 1977, ist in Hochspeyer bei Kaiserslautern aufgewachsen und lebt heute mit seiner Frau in Mannheim. Er studierte in Ludwigshafen am Rhein und arbeitete in einer psychiatrischen Klinik bei Heidelberg. Heute widmet er sich ganz dem Schreiben. Bisher ist er als Autor erfolgreicher historischer Romane bei Page & Turner in Erscheinung getreten. Nun hat er seine »phantastische« Seite entdeckt und legt mit »Pandæmonia« seine erste Fantasy-Trilogie bei Goldmann vor.

Außerdem von Christoph Lode lieferbar:

Der Gesandte des Papstes. Roman (46799)
Das Vermächtnis der Seherin. Roman (46798)

Christoph Lode

Der letzte Traumwanderer

Pandæmonia

Roman

GOLDMANN

MIX
Papier aus verantwortungsvollen Quellen
FSC® C014496

Verlagsgruppe Random House FSC-DEU-0100
Das FSC®-zertifizierte Papier *Super Snowbright* für dieses Buch
liefert Hellefoss AS, Hokksund, Norwegen.

1. Auflage
Originalausgabe Dezember 2010

Dieses Werk wurde vermittelt durch die
Literarische Agentur Thomas Schlück GmbH,
30827 Garbsen.
Umschlaggestaltung: UNO Werbeagentur, München
Umschlagillustration: Chris McGrath / Uwe Luserke
Redaktion: Kerstin von Dobschütz
Karte: Andreas Hancock / Feo Vogt
NG · Herstellung: Str.
Satz: DTP Service Apel, Hannover
Druck und Bindung: GGP Media GmbH, Pößneck
Printed in Germany
ISBN: 978-3-442-47173-9

www.goldmann-verlag.de

Der letzte Traumwanderer

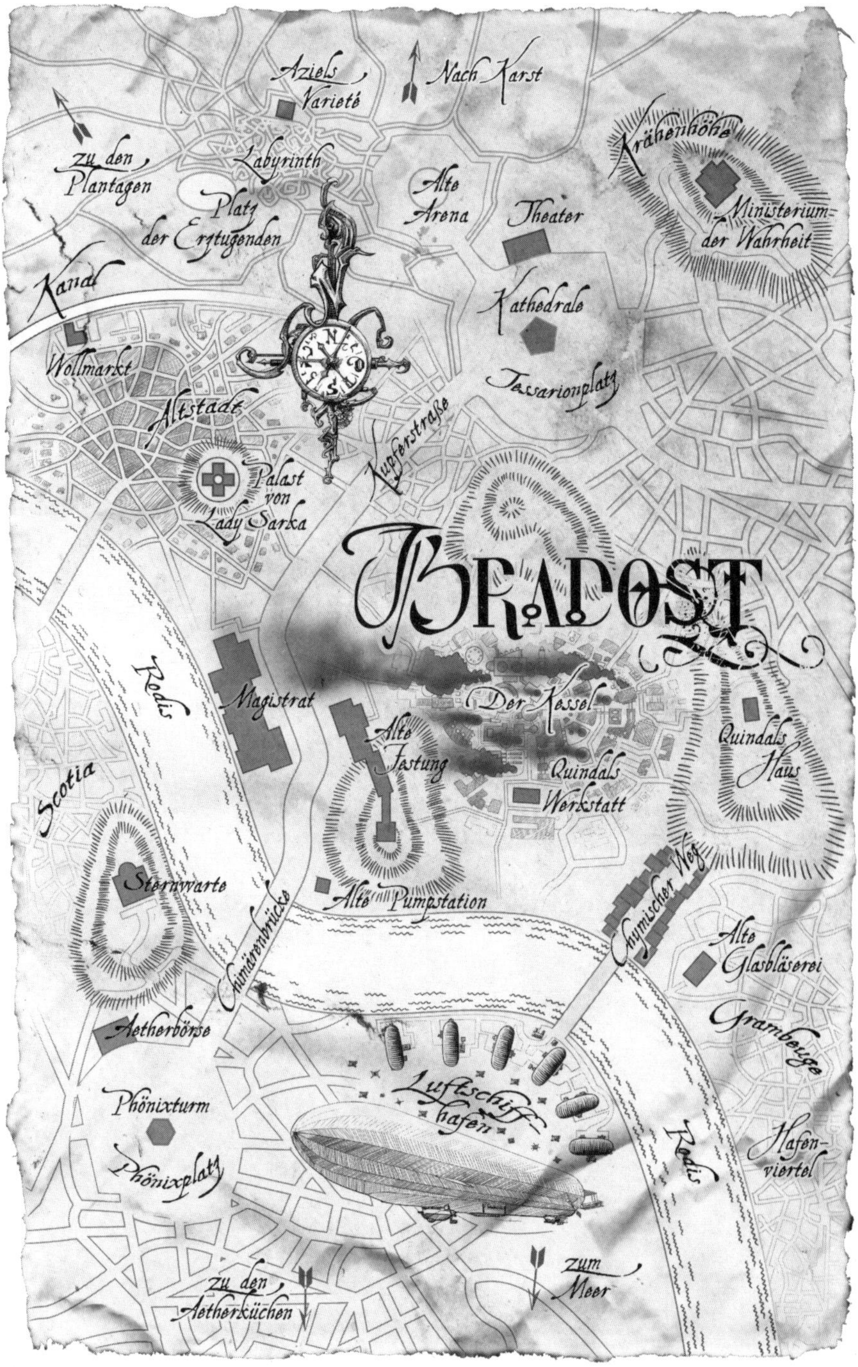
Aziels Varieté
Nach Karst
zu den Plantagen
Labyrinth
Platz der Erztugenden
Alte Arena
Theater
Krähenhöhe
Ministerium der Wahrheit
Kanal
Kathedrale
Wollmarkt
Tessarionplatz
Altstadt
Kupferstraße
Palast von Lady Sarka
Bradost
Der Kessel
Magistrat
Rodis
Alte Festung
Quindals Haus
Quindals Werkstatt
Scotia
Chymischer Weg
Sternwarte
Alte Pumpstation
Alte Glasbläserei
Chimärenbrücke
Grambeuge
Aetherbörse
Luftschiffhafen
Phönixturm
Hafenviertel
Phönixplatz
Rodis
zum Meer
zu den Aetherküchen

1

In den Kanälen

Überall Krähen.

Sie hockten auf Regentraufen und Mauervorsprüngen, auf Fenstersimsen und Kaminen, durchsuchten die Dachrinnen nach Ungeziefer, krächzten gelegentlich und spreizten dabei ihr schillerndes Gefieder. Schwarze Knopfaugen starrten in die Gasse hinab.

Jackon wurde das Gefühl nicht los, dass sie ihn beobachteten.

Voller Unbehagen ging er die menschenleere Gasse mit ihren heruntergekommenen Fassaden, leer stehenden Stadthäusern und Torbögen voller Schutt entlang. Er konnte die durchdringenden Blicke der Krähen beinahe spüren, und jedes Mal, wenn er Flügelschlagen hörte, lief ihm ein Schauder über den Rücken.

Seit Tagen ging das so. Kaum verließ er die Kanäle, erwarteten ihn die schwarzen Vögel bereits, als folgten sie ihm auf Schritt und Tritt. Im Viertel hatte es schon immer Scharen von Krähen gegeben. Der Fischmarkt am Flussufer lockte sie an und der Bettlerfriedhof, wo nur eine dünne Erdschicht die Toten bedeckte. Doch normalerweise verhielten sie sich nicht so merkwürdig.

Seine Hand schloss sich um den Stein in seiner Hosentasche.

Er dachte an die Geschichten, die man sich in den Kanälen erzählte. *Lady Sarka kann durch ihre Augen sehen*, sagten die Schlammtaucher. *Töte nie eine Krähe, sonst holen dich die Spiegelmänner, und du verschwindest auf Nimmerwiedersehen in ihrem Kerker unter dem Ministerium der Wahrheit.* Die Bewohner der Kanäle erzählten ständig solche Dinge, und Jackon hatte nie viel auf ihr Gerede gegeben. Inzwischen war er sich jedoch nicht mehr so sicher.

Einige Schritte vor ihm landete eine Krähe. Aus einer Ritze im Kopfsteinpflaster zog sie einen Regenwurm, der sich in ihrem Schnabel wand, bevor sie ihn verschlang. Dann blickte sie Jackon an, die Augen von einer beinahe menschlichen Intelligenz erfüllt.

»Haut endlich ab!«, rief er.

Der Vogel flatterte auf und ließ sich auf einem Erker nieder, gefolgt von einigen Artgenossen. Jackon warf seinen Stein, der von einem vernagelten Fenster abprallte. Zwei Krähen flogen davon, doch die anderen rührten sich nicht vom Fleck. Ihr Gekrächze klang spöttisch.

Jackon ergriff die Flucht.

So schnell er konnte, rannte er durch die verlassenen Straßen, sprang über eingestürzte Mauern und hetzte durch dunkle Hinterhöfe, ohne sich ein einziges Mal umzusehen. Erst als er den Platz vor der Alten Glasbläserei erreichte, machte er langsamer. Während er Atem schöpfte, blickte er zu den Dächern auf.

Keine Krähen zu sehen. Er hatte sie abgehängt. Wenigstens vorläufig.

Es war ein heißer Tag, und sein Spurt trieb ihm den Schweiß aus allen Poren. Er schlurfte zu einer Nische zwischen zwei verfallenen Häusern, wo frisches Wasser aus einem rostigen Rohr sprudelte, in ein zerbrochenes Steinbecken plätscherte und sich von dort aus auf das Pflaster ergoss. Fliegen schwirrten über der Pfütze. Jackon legte seinen Beutel ab, wusch sich das Gesicht und löschte seinen Durst. Er genoss jeden Schluck, denn sauberes Wasser war in den Kanälen schwer zu bekommen. Anschließend konnte er wieder klar denken – und kam sich wie ein Narr vor. Jetzt fürchtete er sich schon vor ein paar Krähen. Hatte er nicht bereits genug Sorgen? Dies war die Grambeuge und er nur ein kleiner Schlammtaucher, dessen Leben noch weniger zählte als das eines Bettlers. Er täte gut daran, die Augen offen zu halten, damit man ihm nicht seine Sachen stahl, bevor er sie verkaufen konnte. Es wäre nicht das erste Mal.

Als hätte er sie mit seiner Wachsamkeit heraufbeschworen, erschienen Gesichter in den Durchgängen der Arkaden, die den kleinen Platz umgaben. Manche der verfallenen Häuser waren bewohnt, von Huren, Opiumsüchtigen, Tagelöhnern und Halsabschneidern. Hastig nahm er seinen Beutel an sich und eilte zur Alten Glasbläserei, lief die Rampe zum Gewölbekeller hinab und war erleichtert, als die Schatten ihn vor den feindseligen Blicken verbargen.

Es sah so aus, als wäre er der letzte Schlammtaucher, der heute Abend eintraf. Die anderen saßen und standen bereits allein oder in kleinen Gruppen herum und warteten auf Asher und dessen Kumpane. Niemand beachtete ihn. Jackon hatte nichts dagegen. Selbst unter Seinesgleichen war er bestenfalls geduldet, weshalb er sich von den zerlumpten Männern und Frauen fernhielt und sich in einem Winkel niederließ, wo er keine Aufmerksamkeit erregte. Nur schnell die Funde des Tages verkaufen und wieder verschwinden, bevor es Ärger gab – so lebte es sich am ungefährlichsten.

Rostige Ketten hingen von der Gewölbedecke. Es roch nach Asche und alter Schlacke. Enge Rampen führten zu den oberen Stockwerken des leer stehenden Gebäudes; Schutt türmte sich in eingestürzten Kellergängen auf, schwarze Schächte gähnten zwischen den Pfeilern aus brüchigen Ziegelsteinen.

Fackeln verströmten flackerndes Licht. Als Asher und seine beiden Handlanger hereinkamen, wuchsen ihre Schatten an den Wänden empor, bis sie die wartenden Schlammtaucher wie riesenhafte Dämonen überragten.

Genau das sind sie, dachte Jackon verdrießlich. *Drei hässliche, stinkende, nimmersatte Dämonen.*

Asher setzte sich; sein goldener Ohrring baumelte glitzernd hin und her. Während er in aller Seelenruhe seinen Becher mit Ale füllte, bildeten die Wartenden eine Schlange vor seinem Tisch. Jackon versuchte gar nicht erst, nach vorne zu gelangen. Mit seinen fünfzehn Jahren war er der jüngste, kleinste und schwächste Schlammtaucher. Hätte er sich vorgedrängelt, hätten die anderen ihn verprügelt oder, schlimmer noch, fortgejagt. Also nahm er das Unvermeidliche hin und stand ganz am Ende der Schlange.

Schritt für Schritt rückten die Schlammtaucher vor, legten ihre Funde auf den Tisch, ließen sie von Asher schätzen und zogen mit ein paar Münzen in der Hand von dannen. Einer von Ashers Gehilfen schob sich eine dampfende Kartoffel in den Mund, kaute mit vollen Backen und spülte den Bissen mit Ale herunter. Der Anblick erinnerte Jackon daran, wie hungrig er war. Sein Magen knurrte so laut, dass es jeder im Keller hören musste. Er sehnte sich so sehr nach einer heißen Kartoffel, dass es schmerzte. Er wünschte, er hätte wenigstens ein bisschen Brot. Oder *überhaupt* irgendetwas zu essen.

Um sich abzulenken, lutschte er einen Kieselstein und hörte den geflüsterten Gesprächen der anderen Schlammtaucher zu. Angeblich kam es wieder zu Unruhen, diesmal in Scotia und bei den Aetherküchen am Stadtrand, und die Geheimpolizei der Lady suchte seit Tagen ohne Erfolg nach den Rädelsführern. Für Jackon waren das Geschichten aus einer anderen Welt. Er war noch nie auf der anderen Seite des Flusses gewesen. Was kümmerte es ihn, was dort geschah?

Sehr viel größere Sorgen bereiteten ihm die neusten Gerüchte über die Ghule.

Der Mann vor ihm, ein dürrer Kerl mit einem Geschwür unter dem linken Auge, raunte seinen Kumpanen zu, in der vergangenen Nacht hätten die Ghule wieder jemanden geholt: die schwangere Alys, die so dumm gewesen war, sich beim Hauptsammler herumzutreiben. Als ihr Mann sich auf die Suche nach ihr machte, hörte er ihre Schreie und sah fahle Augenpaare in der Dunkelheit, bevor er Hals über Kopf floh. Niemand machte ihm einen Vorwurf. Gegen die Ghule konnte selbst der stärkste Mann nichts ausrichten. Außerdem war es Alys' eigene Schuld.

Jackon schluckte. Er hatte Alys gekannt. Und sein Unterschlupf befand sich ganz in der Nähe der Pumpstation. Nacht für Nacht hörte er das Stampfen und Zischen der riesigen Pumpen, aber manchmal drangen auch andere Geräusche aus dem schwarzen Abgrund des Hauptsammlers herauf, *unheimliche* Geräusche, und er hoffte stets, dass es nur die Ratten waren.

»Na los, Junge, lass sehen, was du hast.«

Jackon schrak auf. In seiner Besorgnis hatte er gar nicht bemerkt, dass er an der Reihe war.

Asher hatte die obersten Knöpfe seines Wamses geöffnet und die Ärmel hochgekrempelt und glotzte Jackon ungeduldig an. Der bullige Lumpenhändler hatte ein gerötetes Gesicht, denn er schüttete becherweise Ale in sich hinein, während er die Sachen der Schlammtaucher begutachtete. Jackon machte sich auf unangenehme Verhandlungen gefasst. Betrunken war Asher noch geiziger als sonst.

Er öffnete seinen Beutel und schüttelte den Inhalt heraus.

»Was soll das sein?«, knurrte Asher, als er aus den Knochen und Leinenresten einen Brocken Holz herausfischte.

»Ein Stück von einer Wetterfahne«, sagte Jackon.

Der Lumpenhändler schnaubte. »Schaut euch diese Rotznase an«, sagte er. »Bringt uns eine halbe Wetterfahne.«

Seine beiden Helfer grinsten verächtlich.

Ashers Augen verengten sich. »Verrate mir mal, Junge, was ich mit einer halben Wetterfahne anfangen soll.«

Jackon schwieg. Dass seine heutige Ausbeute nicht gerade berauschend war, wusste er selbst.

»Na schön«, meinte der Lumpenhändler. »Für die Knochen und das Leinen kriegst du einen Viertelschilling.«

»Was? Letzte Woche gab's für die gleiche Menge noch einen halben!«

»Letzte Woche, letzte Woche«, wiederholte Asher unwirsch. »Die letzte Woche ist vorbei, Junge, falls du's noch nicht gemerkt hast. Ich brauch deine Knochen nicht. Krieg das Zeug karrenweise. Es gibt ja immer mehr von euch.«

Damit hatte er leider nicht unrecht: Jede Woche nisteten sich neue Leute in den Abwasserkanälen ein, und die Schlange in der Alten Glasbläserei wurde von Tag zu Tag länger. Trotzdem wollte Jackon sich nicht so leicht geschlagen geben. »In der Seifensiederei könnte ich einen ganzen Schilling für die Knochen bekommen.«

»Was du nicht sagst. Warst du schon mal dort?«

»Ja«, log Jackon.

»Gut. Dann weißt du ja, dass sie am anderen Ende der Stadt liegt. Geh ruhig zur Seifensiederei. In der Zwischenzeit durchwühlen deine Nachbarn dein Schlupfloch und klauen alles, was du nicht am Leib trägst.«

»So etwas tun Schlammtaucher nicht«, gab Jackon kleinlaut zurück.

»Ach ja, richtig, die berühmte Bettlerehre.« Asher schnaubte noch einmal. »Ich geb dir einen kostenlosen Rat, Junge: Nimm den Viertelschilling und schwirr ab, bevor ich's mir anders überlege.«

Er warf eine Münze über den Tisch. Jackon hob sie auf und steckte sie ein, obwohl er dem Lumpenhändler lieber ins Gesicht gespuckt hätte. Während er davonging, lachten die drei Männer über ihn.

Einen lumpigen Viertelschilling, für einen ganzen Tag stumpfsinniges Warten bei seinen Netzen, für stundenlanges Hoffen, dass sich endlich einmal etwas darin verfing.

Aber was hätte er tun sollen? Asher wusste genau, dass Jackon auf ihn angewiesen war. Er konnte jeden Preis zahlen, den er wollte.

Jackon war zu hungrig, um sich in Selbstmitleid zu ergehen. Die Münze sicher in der Faust verwahrt, kehrte er der Glasbläserei den Rücken und eilte durch die unbewohnten Gassen, bis er zum Flussufer kam. Die Fischhändler bauten bereits ihre Stände ab und verstauten Kisten und Körbe auf ihren Booten. Möwen tummelten sich auf den alten Piers und Anlegestegen und stritten sich kreischend um die Fischabfälle. Vor den Garküchen am Rand des Hafenviertels herrschte Gedränge; Matrosen und Hafenarbeiter machten sich gierig über ihren Gerstenbrei oder Salzfisch her.

Jackon lief das Wasser im Mund zusammen, als er den geräucherten Stockfisch roch, der auf den Tischen auslag. Er stellte sich irgendwo an, wurde jedoch verjagt, bevor er beweisen konnte, dass er Geld besaß. Schließlich fand er eine Garküche, wo auch Schlammtaucher bedient wurden. Der Viertelschilling reichte gerade einmal für etwas lauwarme Erbsensuppe und ein Stück knochenhartes Brot. Er hielt seinen Holznapf hin und bettelte so lange, bis ihm der Verkäufer eine halbe Kelle mehr gab und ihn mit einem Fluch zum Teufel schickte.

Er suchte sich einen Platz auf der Ufermauer, wo er ungestört essen konnte, und ließ die Beine baumeln. Jeden Bissen kaute er so oft wie möglich; trotzdem quälte ihn der Hunger anschließend schlimmer als vorher. Er war schon jetzt recht mager. Wenn das so weiterging, bestand er bald nur noch aus Haut und Knochen. *Wenigstens bin ich dann kein Leckerbissen für die Ghule mehr*, dachte er grimmig.

Nachdem er aufgegessen hatte, blieb er noch eine Weile sitzen, um die letzten Sonnenstrahlen zu genießen. Er mochte das Flussufer. In seinem Rücken erstreckte sich die Grambeuge mit der Alten Glasbläserei, deren Bleidächer matt in der Sonne schimmerten, den alten Stadthäusern und den Hütten aus Holz, rostigem Blech und Segeltuch: ein Sammelsurium aus abenteuerlichen Konstruktionen, die gegen alle Erwartung dem Wind trotzten. Der Rauch von den Müllfeuern und Kohlepfannen vermischte sich manchmal mit den seltsamen Gerüchen vom Chymischen Weg, wo Alchymisten, Giftmischer und Wunderheiler Tag und Nacht mit exotischen und tödlichen Substanzen hantierten. Im Süden grenzte die Grambeuge an das Hafenviertel; die Bretterbuden wichen Lagerhallen, Werften und Tavernen mit Bleiglasfenstern, in denen Seeleute aus aller Herren Länder ein und aus gingen: dunkelhäutige Männer mit gezwirbelten Bärten aus Yaro D'ar, Kapitäne der aetherbetriebenen Schaufelbarken, die den Rodis hinauf- und hinunterschipperten, Walfänger aus Torle und Matrosen aus Ländern, die so fern und fremdartig waren, dass Jackon ihre Namen nicht aussprechen konnte. Auf der anderen Seite des Flusses lag der Luftschiffhafen Bradosts mit seinem Wald aus Ankermasten und den Hallen, die riesigen Muscheln ähnelten. Vom Flugfeld stiegen unaufhörlich Fesselballons und Luftschiffe auf und schwebten am glühenden Abendhimmel wie Untiere aus grauer Vorzeit.

Als die Sonne hinter dem Phönixturm versank, machte Jackon sich auf den Weg zu den Kanälen. Er entschied sich für einen Zugang im Hafenviertel, obwohl dies einen kleinen Umweg bedeutete. Aber nach dem Ärger mit Asher hatte er keine Lust, anderen Schlammtauchern zu begegnen. Schlimm genug, dass er jeden Abend mit ihnen in der Glasbläserei zusammentraf. Heute hatten sie ihn in Ruhe gelassen, vermutlich weil ihnen der Vorfall mit den Ghulen zu schaffen machte. An den meisten anderen Tagen hatte er nicht so viel Glück.

Bei den Kais stieg er eine steile Treppe hinab. Keinen halben Schritt über dem Fluss war ein schmiedeeisernes Tor in die Ufermauer eingelassen; braunes Wasser schwappte gegen die Schwelle. Jackon schlüpfte durch den Spalt zwischen den rostigen Torflügeln und betrat die Unterwelt von Bradost.

Er war in den Abwassertunneln aufgewachsen und kannte sie wie seine Westentasche; er brauchte kein Licht, um sich darin zurechtzufinden. Außerdem war offenes Licht gefährlich: Manchmal bildeten sich faulige Dämpfe in den Tunneln, die sich leicht entzündeten und Gänge zum Einsturz brachten, wenn sie explodierten. Deshalb hausten die meisten Schlammtaucher in den Katakomben unter der Altstadt oder in Flussnähe, wo frische Luft in die Tunnel drang. In der Nähe des Hauptsammlers, wo es besonders gefährlich war, lebten nur die Ausgestoßenen: Mörder, Verrückte, Cholerakranke, Leute, die sich vor den Spiegelmännern versteckten – und Jackon.

Er gelangte in eine Abwasserleitung, der er stadteinwärts folgte, indem er sich auf dem steinernen Steg neben dem Abwasserstrom hielt, seine Schritte zählte und auf die Geräusche in der Dunkelheit achtete. Als er den breiteren Haupttunnel erreichte, stieg er eine eiserne Leiter hinab und zwängte sich durch die zertrümmerten Überreste eines hydraulischen Tores. Sein Weg führte ihn durch Gänge und Hallen, die nur noch teilweise zum Abwassersystem Bradosts gehörten: uralte Zisternen, Keller und Schächte aufgegebener Manufakturen, vom Fluss ausgewaschene Höhlen, Kasematten vergessener Festungsanlagen. Nicht einmal Jackon wusste, wohin all diese Tunnel und Stollen führten. Einige waren viele Meilen lang und erstreckten sich angeblich bis zu den alten Grabgängen und Beinhäusern tief unter der Stadt.

Schließlich hörte er ein vertrautes Rauschen, das sich zu einem ohrenbetäubenden Tosen steigerte, als der Tunnel in den Hauptsammler mündete.

Obwohl Jackon daran gewöhnt war, raubte ihm der Gestank schier den Atem. Aus mehr als einem Dutzend Leitungen stürzten die Abwässer in die gewaltige Zisterne, die mit ihren gemauerten Bögen und steinernen Rippen einer unterirdischen Kathedrale ähnelte. Fahles Licht aus einem Deckenschacht fiel auf Simse, Treppenfluchten und gusseiserne Geländer, bis es sich in der Dunkelheit verlor.

Jackon fürchtete sich nicht vor der Finsternis; dennoch pochte sein Herz bis zum Hals, als er einem der Simse folgte. Denn er kannte die Gefahren, die dort unten in der Tiefe lauerten, nur zu gut.

Er kletterte in eine mannshohe Abwasserleitung, und Erleichterung durchströmte ihn beim Anblick des fernen Lichtscheins. Einige Tunnelbewohner besaßen Gaslaternen, bei denen keine Gefahr bestand, dass sie die Dämpfe in den Gängen entzündeten. Ihre Besitzer löschten sie nie – die Ghule hassten helles Licht.

Jackons Behausung befand sich am äußersten Rand der beleuchteten Tunnel, denn nicht einmal die Ausgestoßenen duldeten ihn in ihrer Nähe. Im Kanal waren seine Netze aufgespannt. Er überprüfte, ob sich etwas darin verfangen hatte, während er fort war, fand zu seiner Enttäuschung jedoch nur ein paar Knochen. Er stopfte sie in seinen Beutel, kletterte über die Planke, die über dem Abwasserstrom lag, und schlüpfte in eine Öffnung in der Tunnelwand. Dahinter befand sich sein Zuhause: eine kleine Kammer mit einigen Kisten, einem Bett aus strohgefüllten Säcken und einer rostigen Leiter, die zu einem Luftschacht führte.

Er hatte im Tunnel keine Dämpfe gerochen und entschied, dass er ein wenig Licht riskieren konnte. Er zog eine Kiste hervor, die seine Schätze enthielt; Dinge, die er im Lauf der Jahre gefunden, gestohlen oder aus dem Kanal gefischt hatte: einen Kavalleriesäbel mit abgebrochener Klinge, ein Ersatznetz, eine löchrige Hose, einen Feuerstein und einen Kerzenstummel.

Mit dem Feuerstein und einigen Holzspänen zündete er die Kerze an und setzte sich auf das Schlaflager.

Aus der Dunkelheit seiner Kammer schälte sich eine Gestalt.

Jackon keuchte vor Entsetzen auf und griff nach dem Säbel; dabei ließ er die Kerze fallen. Er hörte ein wütendes Knurren, dann packten ihn kräftige Hände am Hemdkragen und zogen ihn auf die Füße, bevor er den Säbel zu fassen bekam.

Der flackernde Kerzenschein fiel auf ein entstelltes Gesicht. Hinter der fliehenden Stirn standen die Haare in alle Richtungen ab. Ein fauliger Geruch, widerwärtiger noch als der Gestank des Abwassers, schlug ihm entgegen.

»Da bist du ja, du Wicht. Dachte schon, du hättest dich vor Angst verkrochen.«

Darren!, begriff Jackon erleichtert, während er nach Luft schnappte. *Es ist nur Darren!*

Dann wurde ihm klar, dass dies nicht unbedingt Anlass zur Erleichterung bot.

Seine Füße scharrten über den Boden. Vergeblich versuchte er, sich aus dem eisernen Griff zu befreien.

»Wie oft hat Darren dir gesagt, du sollst ihn in Ruhe lassen? Na?«

»Hab nichts gemacht«, ächzte Jackon, was den Eindringling veranlasste, ihn so heftig zu schütteln, dass seine Zähne aufeinanderschlugen.

»Dreckiger Lügner! Gestern Nacht warst du wieder in Darrens Kopf.«

»Ich weiß nicht, was du …« Der Rest des Satzes blieb Jackon im Hals stecken, als Darren ihn auf die Strohsäcke schleuderte. Dann beugte sich der Hüne über ihn und bleckte seine verfaulten Zahnstümpfe. Die beiden Hälften seines Gesichts passten nicht richtig zusammen: Das rechte Auge befand sich nicht auf der gleichen Höhe wie das linke, eine Wange hing herunter, als gäbe es keine Muskeln, die ihr Form verliehen.

»Das passiert, wenn man Darren wütend macht«, knurrte der Missgestaltete und trat gegen eine Kiste, sodass sie in den Kanal fiel.

»Nicht meine Sachen!«, rief Jackon. Er stürzte zum Ausgang der Kammer, bekam die Kiste jedoch nicht mehr zu fassen und konnte nur noch dabei zusehen, wie sie fortgespült wurde.

Darren packte ihn am Nacken und zog ihn zurück in die Kammer, wo er ihn auf den Boden schleuderte. »Merk dir das, du kleiner Hurensohn. Beim nächsten Mal wirft Darren dich hinein.«

Mit schweren Schritten stapfte der Hüne über die Planke und beförderte das Brett mit einem Tritt in die Brühe, bevor er davonschlurfte und Jackon die Ghule an den Hals wünschte.

Jackon rieb seinen schmerzenden Nacken … bis er verbranntes Stroh roch. Fluchend wirbelte er herum, schüttelte die Kerze vom Strohsack herunter und trat die Flammen aus. Dann hob er die Kerze auf, die in dem ganzen Durcheinander erloschen war, zündete sie an einem glimmenden Halm an und stellte sie behutsam in eine kleine Nische im Mauerwerk. Sie war alles, was er noch besaß, abgesehen von den Säcken und den Kleidern am Leib. Seine Kiste, der Säbel und der Rest seiner Sachen waren im Schlund des Hauptsammlers verschwunden. *Nicht einmal die Planke hat er mir gelassen*, dachte er niedergeschlagen.

Er setzte sich auf sein Schlaflager und versuchte, seinen knurrenden Magen zu ignorieren.

Wenigstens das Netz hatte er noch. Ohne das Netz taugte er nicht einmal mehr zum Schlammtaucher und könnte sich ebenso gut in den Hauptsammler stürzen. Er konnte nur hoffen, dass sich in den nächsten Tagen ein paar brauchbare Dinge darin verfingen, denn er benötigte dringend eine neue Planke und vor allem etwas zu essen. Allein mit den Knochen und Leinenresten kam er nicht mehr weit, denn es war abzusehen, dass Asher die Preise weiter drücken würde.

Heute war wahrlich nicht sein Glückstag.

Wenn er nur wüsste, was er tun könnte, damit Darren und die anderen Ausgestoßenen ihn in Ruhe ließen …

Es war nicht der erste Vorfall dieser Art. Früher, als er noch in Flussnähe gelebt hatte, war keine Woche vergangen, in der man ihm nicht vorwarf, er hätte die anderen Bewohner der Abwasserkanäle nachts belästigt und im Schlaf heimgesucht. Er dachte, es würde besser werden, nachdem er sich eine andere Unterkunft gesucht hatte, weit weg von den Quartieren der Schlammtaucher. Ein Irrtum. Seitdem brachte er die Ausgestoßenen gegen sich auf, was noch schlimmer war, denn bei den meisten handelte es sich um gewalttätige Verrückte wie Darren.

Er wollte niemanden belästigen, tagsüber nicht, und erst recht nicht nachts. Er wollte sich nur um seine Netze kümmern, in der Hoffnung, mit seinen Funden etwas Geld zu verdienen. Und er trieb sich auch nicht in den Köpfen anderer Leute herum. Wie sollte so etwas überhaupt möglich sein?

Plötzlich war er so erschöpft, dass er sich hinlegen musste. Er schloss die Augen und hätte gerne gebetet, doch ihm fiel kein einziges Gebet ein.

Er musste eingeschlafen sein, denn als er die Augen öffnete, war es dunkel in seinem Schlupfwinkel. Von draußen drang Gaslicht herein. In der Ferne rauschte der Hauptsammler.

Er sah nach seiner Kerze. Lediglich ein unbrauchbarer Stummel war noch davon übrig. Er verfluchte sich dafür, dass er in seinem Elend vergessen hatte, sie rechtzeitig zu löschen. Jetzt hatte er kein Licht mehr.

Dunkelheit lockte die Ghule an …

Es musste nur die Gaslaterne am Zugang des Tunnels ausfallen, und schon wäre der gesamte Gang stockfinster.

Jackon schluckte trocken. Er durfte jetzt nicht in Panik verfallen. Es war schon schlimm genug, dass er beinahe verhungerte.

Er brauchte eine neue Unterkunft. Hier, so nahe bei der Pumpstation, durfte er nicht bleiben. Alys hatte die Ghule gewiss nicht satt gemacht. Möglich, dass nun ihre Gier erwacht war und sie die Tunnel durchstreiften, auf der Jagd nach neuer Beute.

Er holte seine Netze ein und stopfte sie in den Beutel. Die Säcke musste er hierlassen, denn sie würden ihn bei einem langen Marsch durch die Tunnel nur behindern. Da er keinen Wert darauf legte, Darren zu begegnen, beschloss er, die Kammer durch den Luftschacht zu verlassen. Vielleicht konnte er im Hafenviertel schlafen, bis er eine neue Kerze aufgetrieben hatte.

Gerade als er die Leiter hinaufkletterte, ertönte ein grässlicher Schrei. Jackon erschrak so sehr, dass er abrutschte und mit dem Rücken auf die Säcke fiel.

Was, bei allen Namen Tessarions, war das?

Er wälzte sich herum und starrte zum Eingang der Kammer hinaus.

Schatten tanzten über die Kanalwände. Zuckende Schemen, wie gewaltige Schwingen. Noch einmal ertönte der Schrei. Ein unmenschliches Krächzen, das ihm schier das Blut gefrieren ließ.

Steh auf!, sagte er sich. *Steh auf und lauf!* Doch seine Beine wollten ihm nicht gehorchen. Sämtliche Kraft schien seinen Körper verlassen zu haben.

Die Schatten wurden kleiner, verschwanden. *Das sind keine Ghule*, durchfuhr es ihn plötzlich. *Dieses Krächzen … Das ist nur …*

Eine Krähe. Sie landete in der Öffnung und blickte ihn unverwandt an.

Jackon war so verblüfft, dass er wie erstarrt liegen blieb. Vor lauter Hunger und Ärger mit Asher und Darren hatte er die Sache mit den Krähen völlig vergessen. Doch ganz offensichtlich hatten *sie* ihn nicht vergessen. Und jetzt folgten sie ihm schon in die Kanäle.

Jackons Entsetzen wich Zorn – Zorn darüber, dass ein dummer Vogel es geschafft hatte, ihm Todesangst einzujagen. Er federte hoch und holte mit seinem Beutel aus. Doch bevor er ihn werfen konnte, veränderte die Krähe ihre Gestalt. Sie wuchs und verschwamm zu einer unförmigen schwarzen Masse, aus Flügeln wurden Arme, aus Krallenfüßen Beine, aus einem Schnabel und zwei Knopfaugen bildete sich ein menschliches Gesicht, alles innerhalb eines Herzschlags.

Jackon ließ den Beutel fallen und taumelte keuchend zurück.

Wo eben noch der Vogel gesessen hatte, stand nun ein Mann. Sein Mantel war so schwarz wie Krähengefieder, sein haarloser Schädel leichenblass.

Seine Hand schnellte vor und schloss sich um Jackons Arm.

Jackon schrie.

2

Der Zweikampf

Lucien saß auf der Spitze des Phönixturms hoch über den Dächern Bradosts, rauchte Pfeife und genoss die laue Abendluft. Dies war sein Lieblingsplatz. Von hier oben überblickte man die ganze Stadt.

Sie war riesig, größer als jede andere Metropole der bekannten Welt. Von der Mündung des Rodis dehnte sie sich meilenweit über das Land aus, im Süden begrenzt von der Steilküste, im Osten und Westen von den Plantagen und im Norden von Karst, einer zerklüfteten Hochebene, durch die beharrlich der Wind heulte. Bradost selbst glich einem Flickenteppich aus Schiefer- und Bleidächern, aus Höfen, kleinen Gärten mit glitzernden Springbrunnen, Gassen, Treppen und Brücken. Der Fluss speiste zahllose Kanäle, die wie stahlblaue Adern zwischen den Hügeln verliefen. Von den Aetherküchen stieg goldener Dunst auf und vermischte sich mit dem Rauch aus den Schloten der Manufakturen. Wetterfahnen und Kuppeln gleißten in der Abendsonne. Wasserspeier und geflügelte Steinlöwen auf Erkern und Giebeln warfen lange Schatten, als belauerten sie die winzigen Menschen auf den Straßen.

Lucien liebte diese Stunde des Tages: wenn über den Dächern ein glutfarbener Schimmer lag, der dem Anblick etwas Unwirkliches verlieh, als sei Bradost ein verwunschener Ort, der jeden Moment in den Abgründen von Zeit und Raum verschwinden konnte.

Wind bauschte sein schlohweißes Haar auf und verwehte den Pfeifenrauch. Über den Felsenkämmen von Karst ballten sich Wolken zusammen. Es roch nach Regen.

Er seufzte leise, nahm einen letzten Zug und klopfte die Pfeife aus. Aber es war ohnehin höchste Zeit, dass er sich auf den Weg machte.

Die Turmspitze bestand aus sechs gemauerten Rippen, die eine Art riesige Laterne bildeten. Er ließ sich vom Schlussstein gleiten, bekam einen der Bögen zu fassen, schwang zurück und landete geschmeidig im Innern des Steingebildes. Der Phönixturm besaß keine Treppe, keine Rampe oder Leiter, weswegen es Menschen ohne Hilfsmittel nicht möglich war, hier herauf zu gelangen. Lucien aber war kein Mensch. Er trat zwischen zwei Steinbögen, bis seine Zehenspitzen über den Rand ragten. Viele hundert Fuß unter ihm kroch der Schatten des Turms über die Dächer wie der Stundenzeiger einer gewaltigen Sonnenuhr. Der Wind riss an seinem mondstaubfarbenen Wams.

Er kniff die Augen zu schmalen Schlitzen zusammen und machte noch einen Schritt.

Statt in die Tiefe zu stürzen, stand er im nächsten Moment auf einer Straße aus verwitterten Steinplatten. Bradost war verschwunden; Gewitterwolken und Abendsonne waren einem blauschwarzen Firmament ohne Mond und Sterne gewichen. Vor ihm erhob sich ein Palast, größer und Ehrfurcht gebietender als alles, was Menschen jemals erbaut hatten. Lucien blieb einen Moment stehen und blickte zu den Mauern und Zinnen aus blau schimmerndem Gestein auf, betrachtete die verschachtelten Flügel und Dächer und Minarette, um die silbriger Staub wirbelte, ehe er durch das Tor trat.

Stille erfüllte die Säle und Treppenfluchten. Seine Schritte hallten. Er ging durch die einsamen Flure, bis plötzlich eine Stimme erklang.

»Du hier?«

Eine Frau erschien zwischen den Säulen. Genau wie er besaß sie nachtschwarze Haut und langes weißes Haar. Der Saum ihres Gewandes strich leise über den Boden.

»Nabeth«, begrüßte Lucien sie kühl. »Lange nicht gesehen.«

Ein feines Lächeln umspielte ihre Lippen, und in ihrer Stimme lag ein Hauch von Spott. »Ich hätte nicht gedacht, dass du kommen würdest. Mutig von dir.«

»Du kennst mich doch. So ein Spektakel lasse ich mir nicht entgehen.«

»Lass dich ansehen. Du hast dich verändert. Und diese Kleidung – skandalös.«

»Nein. Nur Menschenkleidung.«

Nabeth hob eine Augenbraue. »Du hattest schon immer recht ungewöhnliche Vorlieben.«

Lucien hatte schon jetzt genug von diesem Gespräch. »Sind die anderen im großen Saal?«

»Ja. Warte«, sagte sie, als er losgehen wollte. »Bist du sicher, dass das eine gute Idee ist? Sie werden nicht erfreut sein, dich zu sehen.«

Er lächelte dünn. »Falls es dich beruhigt: Das beruht auf Gegenseitigkeit.«

Plötzlich stand Nabeth ganz nah vor ihm. »Lucien, Lucien, ganz der Alte«, sagte sie und strich ihm mit den Fingerkuppen über die Wange. »Ein Einzelgänger wie eh und je. Wie schade, dass du damals so ein Narr gewesen bist. Dir und mir, uns hätte die Ewigkeit gehören können.«

Da lag sie falsch, aber er verzichtete darauf, sie zu korrigieren. Wer es schaffte, dreihundert Jahre an einer Illusion festzuhalten, war ganz offensichtlich immun gegen gute Worte und Vernunft. Behutsam schob er ihre Hand fort. »Lass uns gehen«, sagte er. »Ich will nichts verpassen.«

Gemeinsam durchquerten sie die Säulenhalle. Nabeth konnte ihre Enttäuschung nur schwer verbergen.

»Hast du den Harlekin gesehen?«, fragte Lucien.
»Nein. Aber er soll bereits hier sein.«
»Ist es wahr, dass er Aziel herausgefordert hat?«
»Ja.«
Also stimmten die Gerüchte. Lucien hatte bis zuletzt daran gezweifelt.
»Hat Aziel dir nichts gesagt?«, fragte Nabeth. »Ich dachte, neuerdings versteht ihr euch wieder prächtig.«
»Wie kommst du darauf?«
»Man hört das eine oder andere.«
Er hatte nicht die geringste Lust, ihr zu erklären, wie er zu Aziel stand. Sein Verhältnis zum Herrscher der Alben war kompliziert. »Du solltest nicht alles glauben, was die Leute erzählen. Sag mir lieber, wie da drin die Stimmung ist.«
»Stimmung?«
»Na wegen der Herausforderung.«
»Viele sind froh, dass es so gekommen ist, obwohl niemand es ausspricht. Sie sind dieser Welt überdrüssig. Und Aziel hat schon lange nicht mehr viele Anhänger.«
So hatte auch Lucien es eingeschätzt. Der Tag versprach, überaus interessant zu werden.
Sie kamen zum Eingang des großen Saales. Nabeth blieb unvermittelt stehen.
»Was ist?«
Sie zögerte. »Lass mich allein hineingehen. Ich will nicht, dass es Gerede gibt. Bitte versteh das.«
Sie schritt davon. Lucien konnte es ihr nicht verdenken: Niemand wollte mit einem Ausgestoßenen gesehen werden. Und ihm lag ohnehin nicht sonderlich viel an ihrer Gegenwart.
Als er in der Halle eintraf, waren die anderen Angehörigen seines Volkes bereits anwesend. Zu Hunderten standen sie auf den Galerien. Alben sahen einander sehr ähnlich; Unter-

schiede gab es lediglich in den Gesichtern: Manche waren hager, andere breit oder fein geschnitten, einige Männer trugen Kinnbärte, während viele Frauen ihr Haar zu langen Zöpfen geflochten hatten.

Sie bedachten ihn mit ablehnenden, sogar feindseligen Blicken. Niemand wagte zu sprechen, doch er konnte förmlich hören, was die Anwesenden über ihn dachten:

Dieb!

Ausgestoßener!

Verschwinde!

Du gehörst nicht hierher!

Unbeirrt trat er zur Galerie und legte die Hände auf die Brüstung. Trotz des Gedränges gelang den Alben in seiner Nähe das Kunststück, mehrere Schritte Abstand zu ihm zu halten, als leide er unter einer ansteckenden Krankheit.

Als sich ein Portal öffnete, galt die Aufmerksamkeit der Menge wieder der Halle.

Zwei Krieger mit Hornmasken und gezackten Lanzen postierten sich links und rechts der Pforte, aus der Aziel trat.

Der Herrscher der Alben war größer und massiger gebaut als die meisten seiner Untertanen. Ein weißer Ziegenbart zierte sein Kinn, seine Augen glitzerten wie zwei neugeborene Sterne. Eine dunkle Robe verhüllte seine Schultern und den mächtigen Brustkorb. Er entdeckte Lucien auf der Galerie, und für einen Augenblick begegneten sich ihre Blicke. Lucien zwinkerte ihm zu, woraufhin Aziel sich abrupt abwandte.

Die Menge blickte erwartungsvoll zur gegenüberliegenden Seite der Halle.

Aus dem Durchgang schlurfte der Harlekin.

Hundert Jahre Gefangenschaft hatten deutliche Spuren hinterlassen: Der ehemals stattliche und hochmütige Alb wirkte hager und ausgezehrt. Narben verunstalteten sein Gesicht, sein kurzes Haar stand in alle Richtungen ab. Statt der bunten

Flickenkleidung, der er seinen Namen verdankte, trug er ein schlichtes, fast schäbiges Gewand.

Seine Augen leuchteten fiebrig, als er seinen alten Widersacher erblickte. »Schön, dich zu sehen, Aziel«, sagte er mit einem dünnen Lächeln.

Für gewöhnlich zeigten Alben ihre Gefühle nicht, und sie hätten nie zu erkennen gegeben, auf wessen Seite sie standen. Lucien jedoch hatte ein ausgeprägtes Gespür für solche Dinge, weshalb ihm die gespannte Unruhe nicht verborgen blieb, die sich beim Auftritt des Harlekins im Saal ausbreitete. Es war, wie Nabeth sagte: Die Mehrheit der Alben hatte diesen Tag herbeigesehnt, in der Hoffnung, dass die ungeliebte Herrschaft Aziels endlich ein Ende fand.

Ein Wunder, dass er sich überhaupt so lange halten konnte, dachte Lucien. *Doch stark ist er, das muss man ihm lassen.*

Aziels Stimme dröhnte, erfüllt von uralter Macht: »Wie konntest du entkommen?«

»Niemand kann mich ewig festhalten. Nicht einmal du.«

»Jemand hat dir geholfen.«

»Wie kannst du so etwas sagen?«, erwiderte der Harlekin liebenswürdig. »Zweifelst du etwa an der Treue deines Volkes?«

»Mein Volk ist loyal. Es hält sich an die Regeln. Im Gegensatz zu dir.«

»Ich war immer schon der Meinung, dass Regeln überschätzt werden.«

»Du bist ein Lügner«, knurrte Aziel. »Und ein Schwächling obendrein. Du hättest verschwinden sollen, statt meine Zeit zu vergeuden.«

»Spar dir die Beleidigungen und lass uns endlich kämpfen.«

»Wieso müssen wir das wiederholen? Du weißt, dass du keine Chance hast.«

»Wir werden sehen«, sagte der Harlekin und lächelte wieder, wobei eine Narbe seine Oberlippe spaltete.

Aziel schnaufte ungeduldig und machte ein Handzeichen, woraufhin ein dritter Alb aus den Schatten unter den Galerien trat. Zwischen den beiden Rivalen blieb er stehen. In der rechten Hand hielt er einen Stab, der in einer knotigen Spitze endete.

»Gekämpft wird nach den alten Regeln«, rief er zu den Galerien hinauf. »Kein Alb tötet einen anderen.«

»*Kein Alb tötet einen anderen!*«, wiederholte die Menge wie mit einer Stimme.

»Der Kampf endet, wenn ein Kämpfer aufgibt.«

»*Der Kampf endet, wenn ein Kämpfer aufgibt!*«

»Wer siegt, ist neuer Herrscher der Alben.«

»*Wer siegt, ist neuer Herrscher der Alben!*«, hallte es von den Saalwänden wider.

Der Richter zog sich in den Schatten zurück, und die beiden Rivalen brachten sich in Position. Obwohl mehr als hundert Jahre seit ihrem letzten Kampf vergangen waren, erinnerte Lucien sich noch gut daran. Auch der Harlekin konnte seine vernichtende Niederlage nicht vergessen haben; dennoch lächelte er nach wie vor. *Er führt etwas im Schilde*, dachte Lucien, der es einem Mann ansah, wenn er ein Ass im Ärmel hatte. *Nur was?*

Schweigen herrschte in der Halle, als Aziel und der Harlekin einander belauerten. Dann streckte Aziel den Arm aus, und auf seiner Handfläche bildete sich ein Traum.

Anfangs hatte er die Form einer schillernden Blase. Sie dehnte sich aus, fiel von Aziels Hand, rollte über den Boden und begann, Auswüchse zu bilden. Es sah aus, als versuche jemand, sich aus einem Gummiballon zu befreien. Das Geschöpf, das sich schließlich aufrichtete, war schwarz wie der tiefste Abgrund und schien ganz aus Dornen und Klingen zu bestehen.

Ein Albtraum von der schlimmsten Sorte. Lucien hatte mit

so etwas gerechnet. Offenbar wollte Aziel rasch eine Entscheidung herbeiführen.

Der Albtraum stürzte sich auf den Harlekin, packte ihn am Hals und hob ihn hoch, als wäre er nicht schwerer als eine Puppe. Der Harlekin setzte sich zur Wehr, indem er einen eigenen Traum erschuf, allerdings brachte er nur ein krötenähnliches Geschöpf zustande, das ein speicheltriefendes Maul besaß und nicht größer als ein Hund war.

Aziels Albtraum fuhr herum und erblickte das Wesen. Der Harlekin nutzte die Gelegenheit und befreite sich. Er stürzte zu Boden und brachte sich kriechend in Sicherheit, während der schwarze Nachtmahr das Krötenwesen mit einem einzigen Tritt zerstampfte.

Weitere Traumblasen umgaben Aziel, wuchsen in die Höhe und wurden zu Albträumen, einer schrecklicher als der andere. Lucien erblickte eine riesige Spinne mit einer menschlichen Fratze auf dem Rücken. Das Geschöpf daneben besaß elefantenähnliche Beine und einen Rachen voller Tentakel. Ein drittes bestand ganz aus Dunkelheit, die unablässig die Form veränderte: Mal waren gewaltige Schwingen zu erkennen, mal Krallen, dann wieder ein Kopf mit einem glühenden Schlund.

Der Harlekin kämpfte unterdessen um sein Leben. Der dornenbewehrte Nachtmahr versetzte ihm einen Schlag, der ihn quer durch die Halle schleuderte. Er prallte gegen eine Wand und blieb ächzend liegen. Bevor der Albtraum ihn abermals packen konnte, streckte der Harlekin den Arm aus, woraufhin sich der Traum in eine formlose Blase zurückverwandelte und in seiner Handfläche verschwand.

Diesen Gegner hatte der Harlekin bezwungen, aber Lucien sah ihm an, wie viel Kraft es ihn gekostet hatte. Mit Aziels anderen Träumen würde er nicht so leicht fertig werden.

Genau wie damals. Warum wollte er kämpfen, wenn er Aziel nicht gewachsen ist? Es ergibt keinen Sinn …

Aziels Albtraumhorde begann, den Harlekin einzukreisen. Um sie aufzuhalten, erschuf er mehrere Träume. Schillernde Blasen dehnten sich aus, doch jede einzelne wurde von den heranrückenden Nachtmahren zerstampft und verschlungen, bevor sie ihre endgültige Form annehmen konnte.

»Gib endlich auf!«, brüllte Aziel.

»Nein«, sagte der Harlekin schwach.

»Das ist Irrsinn. Du verlierst wieder.«

»Da wäre ich mir nicht so sicher.«

Mit letzter Kraft richtete sich der Harlekin auf. Die Nachtmahre warteten auf Aziels Befehl, doch der Herrscher der Alben zögerte. Die Selbstsicherheit seines Rivalen im Angesicht der unabwendbaren Niederlage beunruhigte ihn offenbar.

»Wenn du aufgibst, lasse ich dich gehen«, sagte er. »Kein Gefängnis mehr. Du wärst frei.«

Trotz seiner Schmerzen brachte der Harlekin ein schiefes Grinsen zustande. »Wieso auf einmal so vorsichtig? Hast du Angst?«

»Sei kein Narr. So eine Chance bekommst du nicht noch einmal.«

»Lass gut sein. Ich verlasse diesen Palast entweder als König oder gar nicht.«

Daraufhin flüsterte Aziel einen Befehl, und die Albträume griffen an.

Der Harlekin versuchte nicht zu fliehen. Er erschuf keine neuen Träume, er blieb einfach stehen. Aus einer Falte seines Gewands zog er einen kleinen Gegenstand: einen länglichen Kristall, eingefasst in einen Kegel aus feinem Kupferdraht.

Nacktes Entsetzen packte Lucien, als er begriff, was der Harlekin in der Hand hielt. »Passt auf!«, schrie er. »Er hat Jernigans Lampe …«

Die Warnung kam zu spät. Der Harlekin schirmte sein Gesicht ab, und gleißende Strahlen schossen aus seiner geballten Faust hervor.

Bevor Lucien sich hinter die Brüstung warf, sah er noch, wie das Licht die Träume zerfetzte, er hörte Aziel und viele anderen Alben schreien, dann wurde die Welt weiß.

Wie lange er auf dem Boden gelegen hatte, konnte er nicht sagen. Als er sich benommen aufrappelte, war das gleißende Licht verschwunden – und mit ihm jede Spur der Träume. Blitze tanzten vor seinen Augen. Auf den Galerien lagen die anderen Alben, als hätte eine Sturmböe sie weggefegt. Die schwächeren waren bewusstlos und würden Tage brauchen, um sich zu erholen.

Jernigans Lampe, dachte Lucien. *Licht, das keinen Schatten wirft. Er muss den Verstand verloren haben …*

Aziel hatte es am schlimmsten getroffen – als die Lampe aufgeflammt war, hatte er genau hineingesehen. Er lag auf dem Boden der Halle und war bei Bewusstsein, aber selbst die kleinste Bewegung schien ihm Schmerzen zu bereiten.

Der Harlekin kroch auf ihn zu. Auch ihn hatte das Licht geschwächt, doch bei Weitem nicht so sehr wie seinen Rivalen. Dass er darauf vorbereitet gewesen war, hatte ihn vor dem Schlimmsten bewahrt.

»Wie kannst du es wagen … diese Lampe … herzubringen?«, ächzte Aziel. »Das ist … Frevel.«

»Frevel?« Der Harlekin lachte schwach. »Jetzt sei kein schlechter Verlierer.«

»Ich habe … nicht … verloren. Du hast … betrogen.«

»O nein, mein Freund. Du kennst die Regeln. Ich habe gegen keine einzige verstoßen.«

»Es war … ein schmutziger … Trick.«

»Tricks sind nicht verboten.«

Schwankend stand der Harlekin auf. Seine Hand, mit der er die Lampe gehalten hatte, war eine einzige Brandwunde.

Mit dem Fuß drehte er Aziel auf den Rücken. »Ergibst du dich?«

»Niemals.«

»Dann steh auf. Kämpfe gegen mich.«

Aziel versuchte, sich zu erheben, doch es gelang ihm nicht einmal, sich aufzusetzen. Er blieb liegen und atmete schwer.

»Komm schon, Aziel. Wo ist dein Kampfgeist?«

Lucien blickte sich auf den Galerien um. Die meisten Alben hatten sich inzwischen erholt und verfolgten das Geschehen mit höchster Aufmerksamkeit. Mit dem Einsatz der Lampe mochte der Harlekin manche seiner Anhänger gegen sich aufgebracht haben, dafür gewann er dank Aziels Hilflosigkeit gerade neue hinzu. Denn wenn die Alben bei einem Herrscher eines nicht duldeten, dann Schwäche.

Aziel unternahm einen weiteren Versuch, sich aufzurichten. Diesmal schaffte er es, auf die Füße zu gelangen.

»Wieso rufst du nicht deine Nachtmahre?«, höhnte der Harlekin.

Aziels Gesicht verzerrte sich vor Schmerz. Eine Traumblase bildete sich in seiner Hand. Sie verschwand, noch bevor er ihr Form geben konnte.

»Ist das alles?«

Der Harlekin erschuf zwei Träume. Sie wirkten klumpig, grau und unfertig, ihnen fehlten Gesichter, Augen und Finger, denn für derartige Einzelheiten reichten seine Kräfte nicht mehr aus. Allerdings besaßen sie genug Substanz, um Aziel zu packen und zu Boden zu werfen. Als sie ihre teigigen Arme ein weiteres Mal nach ihm ausstreckten, hob er abwehrend die Hand.

Die Träume hielten inne. Aziels Lippen bewegten sich, als er seinem Gegner etwas zuflüsterte.

»Sag es so laut, dass jeder es hört«, befahl der Harlekin herrisch.

Scham und Qual rangen in Aziels Gesicht miteinander. Seine Stimme war so leise, dass sie kaum zu den Galerien drang. Dennoch verstand Lucien genau, was er sagte: »Ich gebe … auf.«

Es gab keinen Jubel, kein Freudengeschrei, doch die Euphorie, die von der Menge Besitz ergriff, war mit Händen zu greifen. Tausendfaches Flüstern erfüllte den Saal, dann strömten die Alben zu den Treppen. Kurz darauf umringten sie den Harlekin und erwiesen ihrem neuen Herrscher die Ehre.

Lucien blieb allein auf der Galerie zurück. Er entdeckte Aziel, der sich in eine Ecke der Halle zurückgezogen hatte, wo er mit schmerzverzerrtem Gesicht kauerte, schwach, gedemütigt, von niemandem beachtet. Lucien empfand keine Häme für den gefallenen König, obwohl er allen Grund dazu gehabt hätte.

Er seufzte und stieg die Treppen hinab. Irgendwer musste sich schließlich um den alten Kauz kümmern.

3

Der Blitzhändler

In geschlossener Formation rückten die Soldaten vor und drängten die wütende Menge mit den Schäften ihrer Piken zurück. Ein Hagelschauer aus Unrat prasselte auf sie nieder, Flaschen, faulige Kartoffeln und Steine prallten von Helmen und Brustpanzern ab. Gebrüll erfüllte den kleinen Platz, Männer schüttelten ihre Fäuste, riefen Beleidigungen und schwenkten Äxte, Schmiedehämmer und Schaufeln. Andere hatten das Dach einer Taverne erklommen und leerten ein Müllfass über den Soldaten aus.

Liam Satander beobachtete den Tumult von einer dunklen Sackgasse aus, wo er sich hinter einem Stapel aus Gemüsekisten und leeren Weinfässern versteckte. Leise fluchte er vor sich hin. Wenn er die Gasse verließ, geriet er genau zwischen die Soldaten und die Menge. Über die Mauer in seinem Rücken klettern konnte er auch nicht – nicht mit seinem Handkarren und den beiden Kupferfässern. Und den frischen Aether hier zurückzulassen war einfach undenkbar. Er hatte gerade über zwanzig Schilling dafür bezahlt.

Keine Frage, er saß gründlich in der Klemme. Dabei hatte er schon auf dem Hinweg gespürt, dass sich im Viertel etwas zusammenbraute. Er hätte sich auf sein Gefühl verlassen und von der Aetherbörse durch die Randbezirke Scotias gehen sollen. Das war zwar ein Umweg, aber dann wäre er wenigstens nicht hier hineingeraten.

Jede Woche dasselbe, seit Monaten. Wenn es keine Unruhen wegen einer neuen Steuer gab, zündete jemand ein Wachhaus an, aus Protest gegen die Willkür der Geheimpolizei. Oder eine wütende Meute verlangte die Freilassung ihres Gildemeisters. Oder hungernde Plantagenarbeiter besetzten die Aetherküchen. Worum es diesmal ging, konnte Liam nicht einmal genau sagen. Offenbar war ein Zeitungsartikel aufgetaucht, in dem unschöne Dinge über Lady Sarka standen, woraufhin die Spiegelmänner die verantwortlichen Drucker ins Gefängnis geworfen hatten. Zumindest hatte sein Vater so etwas erzählt. Allerdings war dieser schon seit einer ganzen Weile keine verlässliche Quelle mehr, was solche Dinge betraf.

Ein Soldat ging zu Boden, als ihn eine Flasche im Gesicht traf. Während man ihn wegtrug, klaffte eine Lücke in der Formation auf, und es kam zum Handgemenge zwischen Soldaten und Aufrührern. Weitere Bewaffnete eilten herbei und schlugen mit Knüppeln und Reitpeitschen auf die Menge ein.

Liam schluckte nervös. Wenn das so weiterging, nahm der Aufruhr ein blutiges Ende. Er konnte nur hoffen, dass niemand ihn in seinem Versteck bemerkte.

Er blickte zu den dunklen Wolken über den Dächern im Norden des Viertels. Zu allem Überfluss lief ihm die Zeit davon. Noch höchstens eine Stunde, dann brach das Gewitter los. Wenn er dann nicht zu Hause war, entging ihm das Geschäft des Monats.

Ein Pistolenschuss donnerte. Zwei berittene Soldaten erschienen auf der einen Seite des Platzes, zügelten ihre Pferde und feuerten in die Luft; Pulverdampf waberte über den Köpfen. Augenblicklich wich die Menge zurück und rannte die Straße hinauf. Die Fußsoldaten setzten ihr nach, angetrieben vom Gebrüll der beiden Reiter.

Liam hielt den Atem an. Als die Soldaten aus seinem Blickfeld verschwanden, beschloss er, die Gelegenheit zu nutzen, und schob seinen Karren im Laufschritt zum Platz. Die Aufrührer flohen ins unübersichtliche Gassengewirr Scotias. Vom Phönixturm näherten sich weitere Soldaten. Liam legte keinen Wert darauf, ihnen zu begegnen. Also lief er die Gasse neben der Taverne entlang und folgte ihr, bis er das Geschrei der Bewaffneten nicht mehr hörte.

Er befand sich irgendwo am Fuß des Hügels, der das Viertel beherrschte. Windschiefe Häuser drängten sich an den Hängen aneinander, mit Läden und Handwerksstuben im Erdgeschoss, geschnitzten Figuren und Gesichtern im verwitterten Dachgebälk und rostigen Wetterfahnen auf den Kaminen. Es roch nach Bratfett und Rauch. Leinen voller Wäsche hingen wie bunte Wimpel zwischen den oberen Stockwerken. Einige Leute standen in Gruppen beisammen und tauschten Neuigkeiten über den Aufruhr aus, doch im Großen und Ganzen gingen sie unbesorgt ihrem Tagewerk nach. Liam kam zu dem Schluss, dass keine Gefahr mehr drohte, und machte sich auf den Nachhauseweg.

Grollender Donner erinnerte ihn daran, dass die Zeit drängte. Die Aetherfässer stießen klappernd gegeneinander, während er seinen Karren den Hügel hinaufschob, der Kuppel entgegen, die in der Abendsonne glühte wie geschmolzenes Eisen. Als er die alte Sternwarte erreichte, lief ihm der Schweiß übers Gesicht. Er stellte den Karren ab, strich sich eine blonde Haarsträhne aus der Stirn und drückte die Türklinke herunter. Verschlossen. Also war sein Vater immer noch nicht zu Hause. Seufzend streifte er das Lederband mit dem Schlüssel über den Kopf, sperrte die Tür auf und schob den Karren hinein.

In dem großen Raum im Erdgeschoss, an den ihre Schlafkammern und die kleine Küche grenzten, herrschte ein fürchterliches Durcheinander. In einer Ecke stapelten sich leere Aetherfässer, Kisten und Blitzbehälter aus Rauchglas; in einer anderen stand ein Tisch, der fast gänzlich unter Papierbergen verschwand. Liam bemühte sich nach Kräften, hin und wieder etwas Ordnung zu schaffen, aber sein Vater war ihm in dieser Hinsicht keine große Hilfe.

Und auch in jeder anderen Hinsicht nicht. Nach dem Tod von Liams Mutter hatte er sich sehr verändert. Sie war vor anderthalb Jahren ums Leben gekommen, als die Unruhen begannen; ein Kavalleriepferd hatte sie niedergetrampelt. Seitdem wurde er immer verschlossener, vernachlässigte seine Arbeit und blieb manchmal ganze Nächte lang fort, um weiß Gott was zu treiben. Auch Liam vermisste seine Mutter. Doch irgendwer musste sich schließlich darum kümmern, dass das Geschäft weiterlief. Obwohl er mit seinen siebzehn Jahren gewiss der jüngste Blitzhändler von ganz Bradost war.

Wieder rollte Donner über die Stadt, deutlich lauter diesmal. Liam schnappte sich ein Aetherfass, eilte die Stufen hinauf und entzündete die Gaslampe, die am oberen Treppenende bereitstand. Fahles Licht erfüllte die eiserne Kuppel. Liam entdeckte gleich zwei neue Rostflecken. Noch etwas, um das er sich bei Gelegenheit kümmern musste.

Sein Vater hatte das Teleskop, die Armillarsphäre und sämtliche Gerätschaften, die man normalerweise in einem Observatorium fand, vor vielen Jahren ausgebaut und durch eine andere Apparatur ersetzt, eine mannsgroße Röhre aus Rauchglas mit je einem Schwungrad aus Messing an beiden Enden. Liam schob das Aetherfass in die dafür vorgesehene Öffnung und legte einen Hebel um. Die beiden Schwungräder begannen sich zu drehen, als unsichtbarer, geruchloser Aether durch die Rohre der Apparatur strömte.

Der Blitzfänger erwachte zum Leben.

Liam hastete zur anderen Seite des kreisrunden Raums und betätigte eine Kurbel. Zahnräder und Kettenzüge setzten sich ratternd in Bewegung. Rost rieselte herab, während sich ein

Segment der Kuppel öffnete und den Blick auf den Himmel freigab.

Die Sonne war nicht mehr zu sehen. Wolken reichten von Karst bis zum Meer und hingen so tief, dass die Spitze des nahen Phönixturms sie beinahe zu berühren schien.

Im Innern der grauschwarzen Masse brodelte und flackerte es. Liam lächelte voller Vorfreude. Ihm winkte eine reiche Ausbeute.

Er drehte eine andere Kurbel und fuhr den kupfernen Mast aus. Immer wenn ein Teilstück einrastete, klappten Querstangen von unterschiedlicher Länge auf, bis der Mast schließlich viele Fuß hoch in den Himmel ragte: ein bizarres Gebilde, das im Wind schwankte.

Liam schloss die Vorbereitungen keine Minute zu früh ab. Kaum hatte der Mast seine volle Länge erreicht, schlug der Blitz ein.

Blendendes Licht überstrahlte die Kuppel, gefolgt von einem ohrenbetäubenden Krachen. Liam taumelte vor Schreck zurück, verlor das Gleichgewicht und fiel hin. Elmsfeuer loderte an den Mastspitzen und überzog Boden, Wände und Apparaturen mit einem gespenstischen blauen Glühen. Der Blitz zuckte in der Glasröhre wie eine Heerschar wilder Luftgeister und knisterte wütend.

Liam rappelte sich auf und legte einen Hebel um. Der Blitz wurde in einen der Rauchglasbehälter im Sockel der Apparatur gesaugt und bildete immer neue Verästelungen, während er vergeblich gegen sein Gefängnis ankämpfte.

Flackernder Lichtschein lag auf Liams Gesicht, als er seinen Fang betrachtete. Ein guter Blitz, der ihm in der Aetherbörse mindestens zehn Schilling einbrachte. Wenn es so weiterging, konnte er heute Abend eine ansehnliche Summe verdienen.

Er kam nicht zum Ausruhen, denn das Gewitter brach nun mit ganzer Macht los. Er zog eine Brille mit abgedunkelten

Gläsern auf und hielt sich neben der Apparatur bereit. Trotz des eingeölten Ledermantels, den er sich überstreifte, war er binnen kurzer Zeit klatschnass. Regen peitschte über die Dächer. Rostige Tropfen rannen an der Innenseite der Kuppel herab, das Wasser bildete Pfützen auf dem Steinboden und gurgelte in den Öffnungen der Abflussrohre.

Vor ihm erstreckte sich Scotia, Häuser und Giebel nicht mehr als grauschwarze Konturen hinter den Regenschleiern. Überall schlugen Blitze ein, in Erker, Kamine und Glockentürme, und dann flackerten für einen kurzen Moment Gitterfenster, Dachschindeln und Wasserspeier auf. Viele Gebäude besaßen Blitzableiter, doch bei Weitem nicht alle. Ein alter Dachstuhl am Flussufer explodierte regelrecht, als er getroffen wurde. Flammen züngelten aus dem Gebälk und griffen auf die Nachbarhäuser über.

Es war furchterregend anzuschauen, wie das Unwetter über der Stadt tobte, aber Liam verspürte keine Angst. Jeden Blitz, der in den Mast einschlug, begrüßte er mit einem freudigen Schrei, bevor er den Hebel umlegte und einen weiteren Behälter füllte. Bald schon waren alle Rauchglasröhren voll, sodass er nach unten laufen und Nachschub holen musste.

Dieses Gewitter war eine Goldgrube, der Traum aller Blitzhändler. Was war nur los mit seinem Vater, dass er sich solch eine Nacht entgehen ließ?

4

Die stummen Zwillinge

Regen klatschte gegen die vergitterten Fenster und bildete wässrige Schlieren auf den Bleiglasscheiben. Blitze flackerten über den schwarzen Dächern und Kaminen, gefolgt von Donnergrollen.

Der Mann stellte den Kupferleuchter auf die Kommode und forderte Jackon mit einer Geste auf, vor den Spiegel zu treten. Jackon tat wie geheißen und begutachtete skeptisch sein Spiegelbild. An die ledernen Halbstiefel, die Leinenhose und das weiße Hemd hatte er sich inzwischen gewöhnt, obwohl er sich manchmal noch wie nackt darin fühlte, so leicht und fein waren diese neuen Kleider, verglichen mit seinen alten Lumpen. Auch dass die Schmutzschicht, die zeit seines Lebens jede Stelle seines Körpers bedeckt hatte, verschwunden war, war eine klare Verbesserung.

Der neue Haarschnitt jedoch … nein. Er sah damit überhaupt nicht mehr aus wie er selbst. Alles war so schrecklich kurz. Keine Fransen mehr, die ihm ins Gesicht hingen. Keine borstigen Locken und Zotteln im Nacken. Sein rotes Haar war sauber gescheitelt und glänzte obendrein vor Pomade.

Jackon verzog den Mund. Nein, daran würde er sich niemals gewöhnen. »Du scheinst ja sehr zufrieden mit dir zu sein, was?«

Der Mann nickte.

»Verrätst du mir auch den Anlass? Du hast mich doch bestimmt nicht nur für dich und deinen Bruder herausgeputzt, oder?«

Er bekam keine Antwort, natürlich nicht – der Mann besaß keine Zunge mehr, genau wie sein Zwillingsbruder. Mit einem Blitzen in den Augen, möglicherweise ein Lächeln, nahm er den Leuchter an sich. Dann verabschiedete er sich, indem er Jackon zunickte, und schloss die Tür hinter sich.

Jackon seufzte, setzte sich aufs Bett und blickte aus dem Fenster. Niedergeschlagenheit überkam ihn.

Es war nicht so, dass es ihm in diesem Haus schlecht erging. Ganz im Gegenteil, eigentlich hatte er noch nie so gut gelebt. Er bewohnte ein eigenes Zimmer mit einem bequemen Bett und zwei Truhen voller Kleider – geradezu luxuriös, verglichen mit seinem Unterschlupf in den Kanälen. Er konnte einen Waschraum benutzen, wo es fließendes Wasser gab. Die stummen Zwillinge behandelten ihn gut und erfüllten ihm im Rahmen ihrer Möglichkeiten jeden Wunsch. Und essen konnte er, so viel er wollte: Im Erdgeschoss befand sich eine Vorratskammer voll mit Brot, Hartwurst, Pökelfleisch, Kartoffeln, Bohnen, Milch, Ale und vielen anderen Nahrungsmitteln, darunter einige, die er nie zuvor gekostet hatte, Kaffee beispielsweise. Jeden Tag aß er sich satt. Er hatte schon ganz vergessen, wie es sich anfühlte, Hunger zu haben. Sogar zugenommen hatte er.

Es gab nur einen einzigen Haken: Er durfte das Haus nicht verlassen.

Nicht, dass er es nicht versucht hätte. In den ersten Tagen hatte er jeden erdenklichen Fluchtweg ausprobiert. Doch es erwies sich rasch als aussichtslos. Schmiedeeiserne Gitter befanden sich vor sämtlichen Fenstern. Die einzige Tür war Tag und Nacht abgeschlossen und bestand obendrein aus massivem Holz. Geöffnet wurde sie nie, denn alles, was er und die stummen Zwillinge benötigten, war im Haus im Überfluss vorhanden. Und wenn er sich einmal nicht in seinem Zimmer aufhielt, ließen ihn die Zwillinge, die sich mit Schlafen abwechselten, nicht aus den Augen. Also hatte er sich in sein Schicksal gefügt und versucht, dieses seltsame Leben zu genießen. Anfangs war ihm das sogar gelungen. Allmählich jedoch stellte sich quälende Langeweile ein.

Er betrachtete die Kerben am Bettpfosten. Neunzehn Stück. Neunzehn Tage. So lange war er jetzt hier. Und es gab nicht das Geringste zu tun. Ein wohlmeinender Mensch hatte diesen Umstand berücksichtigt und ein Regal mit Büchern in seiner Kammer aufgestellt. Leider konnte er nicht lesen.

Wenn er wenigstens gewusst hätte, weswegen man ihn festhielt … Aber er konnte sich nicht einmal daran erinnern, wie er hergekommen war. Der Krähenmann hatte ihn in seinem Schlupfwinkel überwältigt und ihm ein feuchtes Tuch auf Nase und Mund gepresst, woraufhin er das Bewusstsein verloren hatte. Aufgewacht war er in dem Bett, auf dem er gerade saß. Seitdem hatte sich der Krähenmann nicht wieder blicken lassen – was Jackon nicht gerade bedauerte. Ihm lief ein kalter Schauder über den Rücken, wenn er sich daran erinnerte, wie sich die Krähe vor seinen Augen in einen Menschen verwandelt hatte.

Unversehens war er in eine fremde und bedrohliche Welt geraten. In den Kanälen wusste er stets, was er tun und lassen musste, um den zahlreichen Gefahren zu trotzen. Hier jedoch war er hilflos. Verloren.

Wo auch immer »hier« war.

Wenn er aus dem Fenster blickte, sah er verwitterte Fassaden im Schein der Gaslaternen, Torbögen aus rußigem Stein, Erker und gusseiserne Balkone. Verwachsene Bäume neigten sich über die Straße, auf der selbst bei Sonnenschein nicht viele Menschen unterwegs waren, meist Männer mit Gehröcken und Spazierstöcken, die aus Droschken stiegen. All das deutete darauf hin, dass er sich irgendwo in der Altstadt befand.

Aber sicher war er sich nicht. Denn abgesehen von ein paar Abstechern in den Kessel und den Chymischen Weg hatte er die Grambeuge und das Hafenviertel noch nie verlassen.

Das Gewitter schien immer schlimmer zu werden. Als er gerade beschloss, diese ungemütliche Nacht im Bett zu verbringen, hielt vor dem Haus eine Kutsche.

Unruhe erfasste ihn. Also hatte er sich nicht getäuscht, was den Haarschnitt betraf: Jemand kam hierher – zu ihm.

Eine Gestalt stieg aus und ging im grünen Licht der Kutschenlaternen zur Haustür. Es war der Krähenmann.

Jackons Unruhe verwandelte sich in Angst. Ihm kam der törichte Gedanke, sich zu verstecken. Aber wo? In diesem Haus gab es keine Verstecke, die nicht auch seine stummen Wächter kannten.

Aufgeregt ging er im Zimmer umher und überlegte, was er jetzt tun sollte. Als sich die Tür öffnete, erstarrte er.

Der Krähenmann sah genauso aus wie bei ihrer ersten Begegnung, abgesehen davon, dass sein schwarzer Mantel nass vom Regen war.

»Zieh dich an«, befahl er mit einer seltsam tonlosen Stimme.

»Wohin gehen wir?«

»Das erfährst du noch früh genug. Nun mach schon.«

Mechanisch gehorchte Jackon, öffnete eine Kleidertruhe und schlüpfte in einen Mantel. Dann folgte er dem Krähenmann nach unten, wo die Zwillinge standen. Der Krähenmann gab einem von ihnen einen Lederbeutel, wofür sich der Stumme mit einer Verneigung bedankte.

Jackon warf den beiden Männern einen hilflosen Blick zu. Ihre Gesichter waren bar jeder Regung, als der Krähenmann die Tür öffnete und ihn mit einer Geste aufforderte, nach draußen zu gehen.

Regen peitschte ihm ins Gesicht, bevor jemand die Kutschentür von innen öffnete und ihn einsteigen ließ. Drinnen saß eine Frau, die wie der Krähenmann einen langen Mantel und schwarze Stiefel trug. Ihr rotbraunes Haar hatte sie streng nach hinten gebunden, ihr Gesicht wirkte hart, unter den dunklen Augen lagen Schatten. Sie bedachte ihn mit einem bohrenden Blick.

»Schön brav sein, ja?«, sagte sie. »Wenn du irgendwelche Mätzchen machst, werde ich ungemütlich.«

Jackon schluckte und sah zu Boden.

Nachdem der Krähenmann eingestiegen war, setzte sich die Kutsche in Bewegung und fuhr durch die Nacht. Jackon fürchtete sich so sehr, dass er keinen Ton herausbrachte.

»Wir bringen dich zur Lady«, sagte die Frau. »Wenn du vor ihr stehst, vergiss, dass du eine Kanalratte bist, und benimm dich wie ein zivilisierter Mensch. Verstanden?«

»Welche Lady?«, brachte er leise hervor.

»Nimmst du mich auf den Arm?«, schnarrte die Frau.

Er schüttelte den Kopf.

»Lady Sarka, wer denn sonst?«

Jackon war, als drückten eiskalte Hände seine Kehle zusammen. Schlimm genug, dass er mit diesen beiden unheimlichen Gestalten in der Kutsche sitzen musste. Dass er nun auch noch der gefürchteten Herrscherin von Bradost gegenübertreten sollte, brachte ihn vor Entsetzen schier um den Verstand.

Warum, bei der Gnade des Himmels? Er war doch nur ein Schlammtaucher und hatte nichts verbrochen. Was konnte jemand wie Lady Sarka von ihm wollen?

Die weitere Fahrt verbrachte er wie in Trance. Die Kutsche rumpelte über kopfsteingepflasterte Straßen, während der Regen auf das Dach trommelte. Gelegentlich schälte sich ein Gebäude aus der Finsternis, nur um im nächsten Moment wieder zu verschwinden. Jackon hatte nicht die geringste Ahnung, wohin sie fuhren. Diese Gegend war ihm so fremd, dass es genauso gut eine andere Stadt hätte sein können.

Irgendwann kamen sie zu einem schmiedeeisernen Tor, das zwei schemenhafte Gestalten für sie öffneten. Kurz darauf stiegen Jackon und seine beiden Begleiter aus. Sie befanden sich auf einem kleinen Hügel. Bäume und Hecken säumten den Weg und bogen sich im Wind; vor ihm erhob sich ein Palast. Er war nicht sehr groß, jedoch überaus verwinkelt. In einigen Erkerfenstern brannte Licht. Trotz Regen und Dunkelheit glaubte Jackon, Krähen zu sehen, Dutzende, Hunderte, die auf Dachfirsten und Turmspitzen hockten.

Alles in ihm schrie nach Flucht, doch bevor er auch nur einen konkreten Gedanken fassen konnte, packte ihn die Frau am Nacken und schob ihn unsanft den Weg entlang.

»Du kannst nirgendwo hin«, sagte sie. »Also versuch es gar nicht erst.«

Auf der breiten Treppe des Anwesens standen zwei Wächter in schwarzen Kutten, die die Pforte öffneten. Glitzernde Masken verbargen die Gesichter in den Kapuzen. Jackon wurde klar, wen er vor sich hatte: Spiegelmänner. Seine Knie wurden weich.

Drinnen ließ die Frau ihn los. Sie und der Krähenmann nahmen ihn in die Mitte, während sie die Eingangshalle durchquerten. Auf den Galerien standen weitere Spiegelmänner, reglos wie Statuen. Durchgänge und Treppenfluchten verloren sich im Halbdunkel. Grüne Lampen schimmerten trüb in den Nischen wie Irrlichter in unterirdischen Kavernen. Man führte ihn durch Flure und Korridore, wo aufleuchtende Blitze die Schatten der Fenstergitter an die Wände warfen. Niemand begegnete ihnen. Der Palast war so still wie ein Mausoleum.

Schließlich betraten sie einen gewaltigen Saal. Hoch über Jackons Kopf spannte sich eine Kuppel aus Glas und Eisen, auf die der Regen niederprasselte. Irgendwo glühte blaues Licht, dessen Quelle er nicht ausmachen konnte. Es ging in tiefe Schatten über, in denen sich Säulen, steinerne Gesichter und Treppenaufgänge verbargen. Etwas war nicht so, wie es sein sollte, während sie über den Marmorboden gingen: Ihre Schritte hallten nicht – als würde das seltsame Licht jedes laute Geräusch in sich aufsaugen.

»Geh«, befahl die Frau. »Sie erwartet dich bereits. Und denk daran, was ich gesagt habe: Versuch dich zu benehmen.«

Wie von fremden Kräften gelenkt ging Jackon tiefer in den Saal hinein, langsam, Schritt für Schritt. Seine Hände waren feucht, und er ballte sie zu Fäusten.

Als eine Frau aus den Schatten trat, blieb er stehen.

Es war das erste Mal, dass er Lady Sarka sah. Nie hätte er gedacht, dass sie so schön wäre. Sie trug ein hochgeschlossenes Kleid aus einem Stoff, der wie geschmolzenes Silber über ihren Leib floss, dazu feine Schuhe, die unter dem Saum hervorlugten. Ihr Gesicht war ebenmäßig und vollkommen. Zwei Locken ihres hochgesteckten blonden Haares fielen ihr auf die Wangen.

Sie lächelte warm. »Jackon«, sagte sie. »Wie schön, dass du endlich da bist.«

In seiner Ehrfurcht wagte er nicht, sich zu bewegen. Dann fiel ihm ein, was die rothaarige Frau gesagt hatte, und er verneigte sich unbeholfen.

»Du musst mir verzeihen, dass du so lange bei Wellcott und Kendrick bleiben musstest. Aber die Zeit war noch nicht reif, dass wir uns begegnen.«

Sprach sie von den stummen Zwillingen? Die Namen der beiden hatte er nie erfahren.

»Haben sie sich gut um dich gekümmert?«

Es dauerte einen Moment, bis Jackon seine Stimme wiederfand. »Sie waren sehr freundlich zu mir«, antwortete er so atemlos, dass er sich beinahe verhaspelte.

»Ja, das sind sie. Ich wusste, bei ihnen würdest du in guten Händen sein. Lass dich anschauen«, meinte Lady Sarka und ging um ihn herum. »Gut siehst du aus. Nicht mehr so schrecklich dürr wie noch vor drei Wochen. Corvas hat mir erzählt, dass du völlig abgemagert warst, als er dich fand.«

»Corvas?«, fragte er alarmiert.

»Ich hoffe, sein plötzliches Auftauchen hat dich nicht zu sehr erschreckt. Leider sah er keinen anderen Weg, als dich zu betäuben. Er fürchtete, du würdest fliehen, wenn er sich dir zu erkennen gäbe.«

Jackon warf einen verstohlenen Blick zu den beiden schattenhaften Gestalten, die ihn hergebracht hatten. Der Krähenmann war also kein anderer als Lady Sarkas rechte Hand, das Oberhaupt ihrer Geheimpolizei, der Anführer der grausamen Spiegelmänner. Beinahe war er froh, dass er dies erst jetzt erfuhr. Sonst wäre er in der Kutsche vermutlich vor Angst gestorben.

»Er war eine Krähe!«, platzte es aus ihm heraus, bevor ihm klar wurde, wie sich das für Lady Sarka anhören musste. »Ich meine, er hat sich verwandelt … glaube ich wenigstens«, fügte er leiser hinzu und kam sich wie ein Trottel vor. Was fiel ihm ein, unaufgefordert zu sprechen?

»Corvas hat eine Reihe von bemerkenswerten Kräften«, erwiderte die Lady. »Genau wie Umbra, die du auch schon kennengelernt hast. Aber darüber wirst du später mehr erfahren. Reden wir zunächst über dich.«

Er schluckte nervös. Was kam jetzt?

»Bestimmt möchtest du wissen, warum ich dich herbringen ließ.«

Er nickte.

»Ich kenne dich gut, Jackon«, begann sie. »Du bist fünfzehn Jahre alt und lebst seit deiner Geburt in den Kanälen unter der Grambeuge. Deine Eltern sind tot; sie starben vor acht Jahren an der Cholera. Seitdem schlägst du dich allein durch, indem du Dinge aus den Abwässern fischst und verkaufst, nicht wahr?«

Er starrte sie an. Nicht einmal die anderen Schlammtaucher wussten so genau über ihn Bescheid.

»Du fragst dich vermutlich, woher ich all dies weiß«, sagte die Lady. »Nun, ich bin die Herrscherin von Bradost. In meiner Stadt geschieht nichts, ohne dass ich davon erfahre. Hast du die Krähen auf den Dächern meines Hauses bemerkt? Tag und Nacht kreisen sie über den Straßen und berichten Corvas, was sie gesehen haben. Sie sind meine Späher. Ihnen entgeht nichts.«

»Sie haben mich beobachtet«, ächzte er.

»Ja.«

Also hatte er es sich nicht eingebildet. All die Geschichten über die Lady, die in den Kanälen die Runde machten – sie entsprachen der Wahrheit.

Er nahm seinen Mut zusammen. »Warum?«, brachte er hervor. »Ich habe nichts getan.«

Lady Sarka ließ ein glockenhelles Lachen erklingen. »Natürlich nicht. Glaubst du etwa, ich ließ dich holen, um dich zu bestrafen? Nein, Jackon. Du bist hier, weil ich dich um etwas bitten möchte.«

»Um etwas bitten?«, wiederholte er verwirrt.

»Ja. Denn du besitzt etwas, das von großem Nutzen für mich ist.«

Jackon runzelte die Stirn. Die Lady musste sich irren. Er besaß gar nichts. Nur ein bisschen Plunder … den Darren außerdem in den Kanal geworfen hatte.

»Du hast eine Gabe«, sagte sie.

Seine Verwirrung wuchs. Gabe … Er hatte dieses Wort schon einmal gehört, aber er besaß bestenfalls eine vage Vorstellung davon, was es bedeutete.

»Manchmal wird ein Mensch geboren, der größer ist als andere«, erklärte Lady Sarka. »Der über Kräfte verfügt, die ihm Macht verleihen. Früher, als die Magie noch stark war, gab es viele solcher Menschen. Heute sind sie selten geworden. Du bist einer von ihnen. Deshalb habe ich nach dir gesucht.«

Magie? Kräfte? Er verstand kein Wort.

»Corvas kann die Gestalt einer Krähe annehmen«, fuhr sie fort. »Umbra beherrscht die Schatten. Und du – du bist ein Traumwanderer.«

»Was ist das?«

Sie blickte ihn mit ihren eisblauen Augen an. »Warum haben dich die Schlammtaucher aus ihrer Gemeinschaft verstoßen, Jackon? Wieso hat man dich gezwungen, weit entfernt von ihren Höhlen zu leben?«

»Weil sie Angst vor mir haben. Weil sie sagen, ich würde mich nachts in ihren Träumen herumtreiben.«

»Ja. Genau das hast du getan.«

»Aber … so etwas gibt es doch gar nicht!«

»Ach nein? Dann gibt es wohl auch keine Menschen, die sich in Krähen verwandeln können.«

Jackon spürte, wie ihm schwindelig wurde. All die Jahre hatte er geglaubt, es sei blanker Unsinn, was Darren und die Schlammtaucher ihm nachsagten. Und jetzt behauptete Lady Sarka, es sei die Wahrheit?

»Ich glaube Euch nicht«, stieß er mit schwacher Stimme hervor.

»Das solltest du aber. Du schadest dir, wenn du noch länger gegen deine Gabe ankämpfst.«

»Aber … aber wenn es stimmt und ich wirklich etwas mit den Träumen von anderen Leuten mache – wieso kann ich mich nicht daran erinnern?«

»Weil du nie gelernt hast, deine Kräfte zu kontrollieren. Was du tust, erscheint dir am nächsten Morgen wie ein gewöhnlicher Traum. Meistens ist es das auch, aber eben nicht immer.«

Jackon konnte sich so gut wie nie an seine Träume erinnern.

Sie verblassten gleich nach dem Aufwachen, und ein paar Stunden später waren nur noch einzelne Bilder übrig, verschwommen und ohne Zusammenhang. Hatte er oft von Darren oder anderen Bewohnern der Kanäle geträumt? Und hatte er sie jedes Mal, wenn er es tat, im Schlaf heimgesucht? Eine Stimme tief in seinem Innern sagte ihm, dass es genauso gewesen war – so schwer es ihm fiel, das zu glauben. Er schauderte.

»Verstehst du jetzt, was ich meine?«, fragte Lady Sarka sanft.

Jackon blickte sie hilflos an. »Aber was ist daran so nützlich? Es sind doch nur Träume.«

»Träume haben Macht. Träume prägen unsere Gedanken und Wünsche, sie bestimmen, ob wir glücklich sind oder nicht. Wer die Träume beherrscht, beherrscht auch die Menschen.«

»Und ich … kann all das?«

»Nein. Noch nicht. Aber mit meiner Hilfe wirst du es lernen.«

Es dauerte eine Weile, bis er begriff, was ihre Worte bedeuteten. »Ich soll hierbleiben? Bei Euch?«

»Wäre das so schlimm?«, fragte sie behutsam. »Du würdest eine eigene Kammer bekommen, so schön wie die bei Wellcott und Kendrick, mit einem Bett und einem Schrank voller Kleider. Wenn du krank wirst, kümmert sich mein Arzt um dich. Und es gibt genug zu essen, jeden Tag. Nie wieder müsstest du betteln und stehlen gehen oder Unrat aus der Kloake fischen.«

Er gab keine Antwort. Er war kaum noch in der Lage, klar zu denken.

»Im Gegenzug dienst du mir mit deinen Kräften, so wie Corvas und Umbra«, fuhr Lady Sarka fort. »Ich bilde dich aus, bis du so mächtig bist wie sie. Aber ich werde dich nicht dazu zwingen. Du sollst dich aus freien Stücken dazu entscheiden.«

»Und wenn ich nicht will?«, fragte er vorsichtig.

»Lasse ich dich auf der Stelle gehen, und du kannst noch heute in die Kanäle zurückkehren. Doch was erwartet dich dort? Ein Dasein in Hunger und Schmutz. Vogelfreie und Mörder, die dich hassen. Menschenfressende Ghule und die Cholera. Die Aussicht auf einen frühen Tod. Ziehst du das wirklich einem Leben in meinen Diensten vor?«

Noch in der Kutsche hätte er diese Frage prompt mit Ja beantwortet, aber jetzt war er sich auf einmal nicht mehr so sicher. Er dachte an die vergangenen neunzehn Tage, an die Behaglichkeit des Hauses, das bequeme Bett und das gute Essen. Er hatte angefangen, sich daran zu gewöhnen, trotz der quälenden Langeweile und der Tatsache, dass das Haus letztlich ein Gefängnis gewesen war. Er wusste, wenn er wirklich in die Kanäle zurückkehrte, würde er sich jede Nacht, wenn er auf seinen Strohsäcken lag, und jedes Mal, wenn er steinhartes Brot kaute, daran erinnern, was er aufgegeben hatte.

Wenn er sich nur nicht so sehr vor alldem fürchten würde, vor dem Palast mit seinen menschenleeren Fluren, vor Corvas, den Spiegelmännern und vor Lady Sarka selbst …

»Was ist schon ein bisschen Angst?«, fragte die Lady, als hätte sie seine Gedanken gelesen. »Angst vergeht. Denk daran, was du gewinnst: ein Leben, wie du es dir immer erträumt hast.« Ihre Stimme wurde leise und eindringlich, und ihm war, als erklinge sie im Innern seines Kopfes, wo sie all seine Gedanken übertönte. »Also, Jackon – willst du mir dienen? Willst du so mächtig werden wie Corvas?«

Jackon schluckte. In seinem Kopf drehte sich alles. »Ja«, hörte er sich schließlich sagen. »Ich will Euch dienen, so gut ich kann.«

Über der Kuppel krächzte eine Krähe, und es klang wie Triumphgeschrei.

5

Spiegelmänner

Das Knarren einer Tür weckte Liam. Verschlafen wälzte er sich herum und zog den Vorhang auf. Draußen war es bereits hell und das Viertel längst erwacht. Stimmen und das Klappern, Hämmern und Sägen der Werkstätten Scotias klangen zur Sternwarte herauf.

Normalerweise schlief Liam nicht so lang. Wegen des Gewitters war er jedoch erst spät ins Bett gekommen. Inzwischen blitzte und donnerte es nicht mehr: Der Himmel über Bradost war blau und versprach einen weiteren heißen Tag. Die Morgenluft roch dank des Regens sauber und frisch.

Als er Geräusche aus dem Eingangsraum hörte, schlüpfte er hastig in Hose und Hemd und öffnete die Tür seiner Kammer. »Vater?«

Fellyn Satander stand hinter dem Tisch und wühlte in den Papieren. Anders als Liam hatte er dunkles Haar; es wirkte ungekämmt und fettig. Bartstoppeln bedeckten seine Wangen, seine Kleidung war zerknittert. Er blickte seinen Sohn aus müden Augen an. »Morgen, Liam«, murmelte er und setzte seine Suche fort.

»Bist du etwa jetzt erst nach Hause gekommen?«

»Ja. Hatte zu tun.«

»Was denn?«

»Dies und das.«

»Und das Gewitter?«, fragte Liam.

»Oh«, meinte sein Vater geistesabwesend. »War recht heftig, was?«

»Recht heftig? Es war das beste seit Monaten! Wie konntest du dir das nur entgehen lassen?«

»Du brauchst mich doch nicht mehr dafür. Du bist längst ein viel besserer Blitzhändler, als ich es jemals war.«

Die Gleichgültigkeit seines Vaters war nichts Ungewohntes für Liam, trotzdem ärgerte er sich jedes Mal aufs Neue darüber. »Darum geht's doch gar nicht«, sagte er ungehalten. »Du bleibst nächtelang fort, und ich muss mich um alles kümmern. Ich dachte, wir machen das hier gemeinsam!«

Endlich ließ sein Vater von den Papieren ab und sah ihn an. »Wie viele hast du rausgeholt?«

»Neunzehn Blitze und ein bisschen Elmsfeuer.«

»Ordentlich, ordentlich. Hast du sie schon verkauft?«

Liam seufzte. »Wie denn, Vater? Das Gewitter war erst letzte Nacht.«

»Ach ja, richtig.«

»Sie sind noch oben. Ich war gestern zu müde, um sie nach unten zu bringen. Willst du sie sehen?«

»Später«, meinte Fellyn. »Lass mich erst meine Notizen finden.«

Liam hätte schreien mögen. Dann fiel ihm auf, wie angespannt sein Vater war. Er schien vor Nervosität regelrecht zu vibrieren. »Willst du mir nicht sagen, wo du letzte Nacht warst?«

»Ich sagte doch, ich hatte zu tun.«

Antworten wie diese hörte Liam seit Monaten. Er war nicht länger bereit, sich damit abspeisen zu lassen. Nicht, wenn er allein dafür sorgte, dass regelmäßig Geld hereinkam. »Jetzt hör mir mal zu«, begann er ärgerlich. Doch als er zum Tisch trat, verstummte er. Durch das Fenster neben der Tür sah er drei Gestalten den Hügel heraufkommen: zwei Spiegelmänner und

Corvas. »Was wollen die denn hier?«, murmelte er mit einem Anflug von Unbehagen.

Sein Vater hob den Kopf – und erbleichte. »Der Himmel sei uns gnädig«, hauchte er.

»Was soll das heißen?«, fragte Liam alarmiert. »Sind die etwa auf dem Weg zu *uns*?«

»Sie müssen irgendwie auf mich aufmerksam geworden sein.«

»Wann denn?«

Sein Vater zerriss ein Stück Papier in kleine Fetzen, die er in den Papierkorb warf. Mit einem gehetzten Blick aus dem Fenster kam er hinter dem Tisch hervor. »Heute Morgen. Bei meinen Nachforschungen. Und ich dachte, ich wäre vorsichtig gewesen!«

»Was denn für Nachforschungen? Erklär mir endlich, was hier los ist!«

»Ich fürchte, ich bin zu weit gegangen.«

»Wobei?« Liams Verwirrung verwandelte sich in Angst, als er sah, dass Corvas und die beiden Spiegelmänner zielstrebig auf die Sternwarte zukamen. »Wobei zu weit gegangen?«

Fellyn packte ihn an den Schultern und sah ihm in die Augen. »Hör mir jetzt gut zu: Wenn mir etwas zustößt, musst du zu Nestor Quindal gehen, dem Erfinder …«

»Was soll das heißen, wenn dir etwas zustößt?«

»Zuhören, nicht fragen«, befahl sein Vater. »Bitte Quindal, das Gelbe Buch von Yaro D'ar zu beschaffen. Es gibt davon nur ein Exemplar. Lady Sarka besitzt es. Hast du das verstanden?«

»J-ja«, stammelte Liam. »Aber warum …«

»Wiederhole, was ich gesagt habe.«

»Ich soll zu Nestor Quindal gehen und ihn bitten, das Gelbe Buch von Yaro D'ar zu beschaffen. Von der Lady.«

»Gut. Und jetzt versteck dich im Geheimraum. Ich versuche, Corvas irgendwie abzuwimmeln.«

Sein Vater ließ ihn los, doch Liam war nicht fähig, sich zu bewegen.

»Bitte, Liam! Das ist kein Spaß.«

Erst als Liam die nackte Angst in den Augen seines Vaters sah, überwand er seine Erstarrung. Er hastete zur Aussparung unter der Treppe und drückte auf einen Ziegelstein, woraufhin ein quadratisches Mauersegment aufschwang. Liam schlüpfte hinein und zog die verborgene Klappe von innen zu – keine Sekunde zu früh, denn im selben Moment klopfte es.

Mit eingezogenem Kopf kauerte er in der muffigen Kammer. Durch eine Ritze in den Mauerfugen konnte er beobachten, wie sein Vater die Tür öffnete.

»Fellyn Satander?«, fragte Corvas.

»Der bin ich.«

Der bleiche Mann gab den beiden Spiegelmännern einen Wink, woraufhin sie in die Sternwarte eindrangen und Liams Vater festhielten, während Corvas ihnen folgte und die Tür hinter sich schloss.

»Was soll das? Was wollt ihr von mir?«

»Du stehst im Verdacht, in gewisse Aktivitäten verwickelt zu sein.«

»Welche denn?«

»Eine Verschwörung zum Schaden der Stadt.«

Liam glaubte, sich verhört zu haben. Sein Vater und eine Verschwörung? Angestrengt starrte er durch den Mauerschlitz und fürchtete dabei, das heftige Pochen seines Herzens könnte ihn verraten.

»Das ist doch lächerlich«, sagte sein Vater barsch. »Ich habe mir nichts vorzuwerfen. Lasst mich verdammt noch mal los!«

Mit einem Handzeichen befahl Corvas den Spiegelmännern, von ihm abzulassen. Liams Vater rieb sich die schmerzenden Arme und bedachte die Eindringlinge mit einem finsteren Blick.

Corvas schritt durch den Raum und betrachtete mit ausdrucksloser Miene die Aetherfässer, das Gerümpel, den Tisch. »Was sind das für Papiere?«

»Geschäftsunterlagen.«

»Du handelst mit Blitzen, richtig?«

»Ja.«

»Lebst du hier allein?«

Liams Vater nickte.

Corvas warf einen Blick in die beiden angrenzenden Schlafkammern. »Und wer schläft dort?«

»Das Zimmer gehört meinem Sohn.«

»Wo ist er?«

»Ich habe ihn vor zwei Wochen zu meinem Bruder nach Torle geschickt.«

Liam staunte, wie leicht seinem Vater diese Lüge über die Lippen kam, obwohl er nicht gerade der geborene Schwindler war. Es erschien ihm, als hätte sich sein Vater diese Antwort schon vorher zurechtgelegt. Liam schauderte, als ihm klar wurde, was das bedeutete: Offenbar fürchtete sein Vater seit Längerem, eines Tages Besuch von Corvas zu bekommen.

»Nach Torle, so«, sagte das Oberhaupt der Geheimpolizei. »Weswegen?«

»Weil ein Junge dort besser leben kann und nicht ständig Angst vor den verdammten Spiegelmännern haben muss«, erwiderte Liams Vater beißend.

Der Glanz in Corvas' Augen wurde kalt. »Ich warne dich, Satander«, sagte er leise. »Treib es nicht zu weit.« Er wandte sich an die Spiegelmänner, die reglos im Raum standen. »Nehmt die Papiere an euch und durchsucht alles.«

Einer der Spiegelmänner stopfte die Notizen und Aufzeichnungen in einen Beutel, während der andere von Zimmer zu Zimmer ging. Liam hatte schon oft Spiegelmänner im Viertel gesehen, aber noch nie waren sie ihm so nahe gekommen.

Die Kutte verhüllte ihren Körper vom Kopf bis zu den Stiefeln, in ihren gewölbten Masken spiegelte sich seltsam verzerrt die Umgebung. Ihre Hände steckten in Handschuhen, schwarzen Bandagen ähnlich. An ihren Gürteln hingen Rabenschnäbel, schreckliche Hiebwaffen mit einem eisernen Dorn an der Spitze, der jeden Helm, jeden Panzer durchschlagen konnte. Niemand hatte sie je sprechen gehört, niemand wusste, woher sie kamen, obwohl manche behaupteten, sie seien Söldner aus den fernen Ländern jenseits des Meeres und hätten geschworen, Lady Sarka bis zum Tod zu dienen. Furcht folgte ihnen auf Schritt und Tritt, denn überall, wo sie und ihr bleicher Anführer auftauchten, verschwanden wenig später Menschen.

Mach, dass alles nur ein Missverständnis ist, und lass sie wieder gehen, betete Liam in seiner Kammer, und das Herz schlug ihm bis zum Hals.

Sein Vater stand währenddessen mit verschränkten Armen da. Als Corvas ihm einmal kurz den Rücken zuwandte, spähte er verstohlen in eine Ecke des Raumes. Die Apparatur, die dort lag, halb unter einer Decke versteckt, besaß eine längliche, spitz zulaufende Kupferspirale. Ein Blitzwerfer. Sie hatten ihn vor Jahren gekauft und seitdem nie benutzt, und Liam wusste nicht einmal, ob er überhaupt noch funktionierte. Als er begriff, was sein Vater möglicherweise vorhatte, atmete er scharf ein. *Mach keine Dummheiten!*, hätte er ihm am liebsten zugerufen.

Just in diesem Moment kam der Spiegelmann aus dem Nebenraum. Liam dachte, er würde die Treppe hinaufsteigen, doch plötzlich, vielleicht weil er Liams Keuchen gehört hatte, blieb der Schwarzgekleidete stehen und beugte sich zu der verborgenen Klappe herunter.

Liams Kopf ruckte zurück, als er für den Bruchteil einer Sekunde seine Augen in der Spiegelmaske sah. Er duckte sich, vergrub das Gesicht zwischen den Knien, machte sich so klein wie möglich. *Geh weg*, dachte er und hielt den Atem an. *Bitte geh weg.*

Etwas strich über das Mauerwerk, vielleicht die Hand des Spiegelmanns. Wer immer für den Bau der Geheimkammer verantwortlich gewesen war, hatte die Klappe so geschickt in die Wand eingefügt, dass man sie mit bloßem Auge nicht erkennen konnte. Deshalb hatten Liams Eltern das Versteck erst Jahre nach dem Kauf der Sternwarte entdeckt. Liam hoffte inständig, dass der Spiegelmann darauf hereinfiel – und nicht durch Zufall auf den Stein drückte, der die Klappe öffnete.

»Halt«, sagte sein Vater in diesem Augenblick. »Das sind meine Geschäftsbücher. Sei gefälligst vorsichtig damit.«

Stoff raschelte, als der Spiegelmann aufstand; dann erklangen Schritte. Liam riskierte einen Blick durch den Mauerschlitz. Der Spiegelmann ging zu seinem Vater, der versuchte, dem anderen Schwarzgekleideten eine ledergebundene Kladde wegzunehmen. Der Maskierte schob Liams Vater vom Tisch weg, damit sein Kumpan das Buch an sich nehmen konnte.

Erleichtert atmete Liam auf. *Danke, Vater.* Die Kladde war vollkommen wertlos; sie enthielt Zahlen aus dem vorletzten Jahr. Sein Vater hatte den Spiegelmann lediglich von seinem Versteck weglocken wollen.

Mit Erfolg – der Spiegelmann kehrte nicht zur Geheimtür zurück. Corvas wies ihn an, das Obergeschoss zu durchsuchen.

»Etwas gefunden?«, fragte der Bleiche, als sein Handlanger wenig später zurückkehrte.

Der Maskierte schüttelte kaum merklich den Kopf.

Corvas ging daraufhin zur Tür. »Mitkommen, Satander«, befahl er.

Liams Vater rührte sich nicht von der Stelle. »Nein.«

Das Oberhaupt der Geheimpolizei blickte ihn mit stechenden Augen an. »Widersetzt du dich uns?«

»Ich will wissen, wohin ihr mich bringt.«

»Ergreift ihn«, sagte Corvas.

Als die Spiegelmänner auf ihn zukamen, wich Liams Vater in die Ecke zurück. »Nicht!«, ächzte Liam, doch da riss sein Vater bereits die Decke zurück und griff nach dem Blitzwerfer. Er schrie und richtete die Waffe auf Corvas. Knisternde Elektrizität bündelte sich in der Kupferspirale. Einer der Spiegelmänner stürzte sich auf ihn, er taumelte gegen die Wand. Der Blitz entlud sich und schlug krachend in die Zimmerdecke ein. Die Spiegelmänner wurden zu Boden geschleudert, ihr Anführer warf sich hinter dem Tisch in Deckung. Papiere wirbelten durch die Luft, Rauch und Staub füllten den Raum, und Liam beobachtete voller Entsetzen, wie Corvas ein Messer zückte. Sein Vater ließ den Blitzwerfer fallen und hastete zur Treppe. Corvas sprang auf und warf die Klinge. Liams Vater brach mit einem Keuchen zusammen.

Liam unterdrückte einen Schrei. *Bitte, Vater, steh auf*, flehte er. *Steh auf!* Beinahe hätte er die Klappe geöffnet und wäre nach draußen gestürzt.

Die Spiegelmänner erhoben sich benommen, die Kutten voller Staub. Corvas schritt über die verstreuten Papiere und drehte Liams Vater mit dem Fuß auf den Rücken. Blut rann aus Fellyns Mundwinkel. Aus seinem Hals ragte der Messerschaft.

Liam musste die Zähne zusammenbeißen, um nicht zu schluchzen. Sein Vater war nicht tot – er *konnte* nicht tot sein. Das war undenkbar. Unmöglich. Eben hatte er doch noch gesprochen, sich bewegt, um sein Leben gekämpft.

»Versiegelt das Haus und holt heute Nacht die Leiche«, befahl Corvas, bevor er und die Spiegelmänner die Sternwarte verließen.

Die Tür fiel ins Schloss. Liam blieb allein in der Dunkelheit zurück und begann zu weinen.

6

Umbra

Jackon wachte auf und blinzelte gegen das Sonnenlicht, das ihn im Gesicht kitzelte. Dies war nicht sein Zimmer im Haus der stummen Zwillinge – dort schien die Sonne nie so hell herein. Wo war er dann?

Er setzte sich auf und kratzte sich am Hinterkopf. Im Palast, richtig. Allmählich fiel ihm alles wieder ein. Umbra, die Frau aus der Kutsche, hatte ihn nach seiner Begegnung mit Lady Sarka zum Gesindeflügel geführt, zu der Kammer, in der er fortan wohnen würde. Die Lady hatte ihm nicht zu viel versprochen: Seine Unterkunft war geräumig und behaglich und enthielt einen Waschzuber, einen Schrank voll mit neuen Kleidern und ein überaus bequemes Bett.

Trotzdem hatte er nicht sonderlich gut geschlafen. Es gab einfach zu viele Dinge, über die er hatte nachdenken müssen. Er war ein Traumwanderer – allmächtiger Tessarion! Und als wäre das nicht bereits genug, diente er außerdem von nun an der Herrscherin von Bradost. Kein Wunder, dass seine Nacht unruhig gewesen war.

Jackon wusch sich und zog sich an, wobei es ihm nicht leichtfiel, unter den vielen Kleidern eine Wahl zu treffen. Er entschied sich schließlich für eine schlichte Hose und ein einfaches Wams, dazu Halbstiefel. Anschließend setzte er sich ans offene Fenster und machte sich über das frische Obst auf dem Tisch her.

Er konnte sich nicht erinnern, ob er jemals einen so schönen Morgen erlebt hatte. Die Sonne schien durch die Bäume im Palastgarten. Vögel zwitscherten, Erde und Gras rochen feucht vom Regen der vergangenen Nacht. Die Früchte schmeckten saftig und honigsüß, und er konnte essen, bis er satt war. Jackon überlegte, wie der Morgen ausgesehen hätte, wenn er in die Kanäle zurückgegangen wäre: quälender Hunger, aber kein Geld für Essen; stumpfsinniges Warten bei den Netzen, in der Hoffnung auf ein paar Knochen oder Leinenreste; ständige Furcht vor Darren oder den Ghulen; Kälte und verpestete Luft, überall Schmutz, Ratten und Ungeziefer.

Wie hatte er nur je in Erwägung ziehen können, das Angebot von Lady Sarka auszuschlagen?

Nein, er hatte sich richtig entschieden. Er konnte sich zwar nicht im Geringsten vorstellen, wie es sein würde, ihr zu dienen, aber schlimmer als sein bisheriges Leben konnte es nicht werden.

Zumal Lady Sarka ganz anders war, als er immer gedacht hatte. Sie herrsche mit eiserner Hand über die Stadt und verfolge ihre Feinde erbarmungslos, sagten die Schlammtaucher und die Bewohner des Hafenviertels. Ihm jedoch hatte sie nichts als Freundlichkeit entgegengebracht. War sie womöglich gar nicht so grausam, wie man sich überall erzählte?

Irgendwann tauchte Umbra auf. Anders als in der Nacht trug sie ein schlichtes schwarzes Gewand und ging barfuß. Die Schatten unter ihren Augen waren verschwunden. Sie führte ihn im Palast herum, zeigte ihm Flure, Kammern, Säle und erklärte ihm das eine oder andere. Dabei behandelte sie ihn nicht viel freundlicher als gestern in der Kutsche. Trotzdem war Jackon froh, dass sie es war, die ihm den Palast zeigte – und nicht der furchterregende Corvas.

Bei Tag, wenn warmes Licht durch die Fenster fiel und die

Schatten von Baumkronen und Büschen auf die getäfelten Wände zeichnete, wirkte das Anwesen nicht mehr ganz so unheimlich. Der Eindruck eines nahezu verlassenen Gebäudes blieb jedoch: Während sie durch die stillen Korridore gingen, begegnete ihnen keine Menschenseele.

»Warum stehen so viele Zimmer leer?«, erkundigte sich Jackon, als sie an einem Erker vorbeikamen, in dem Staub auf den alten Möbeln lag.

»Weil die Leute, die darin wohnten, tot sind«, erwiderte Umbra mürrisch.

»Tot?«

»Gestorben. Den Weg alles Irdischen gegangen. Was verstehst du daran nicht?«

»Wurden sie umgebracht?«, fragte er schaudernd.

Umbra seufzte. »Die Sarkas waren einst eine der größten Familien der Stadt. Deshalb die vielen Zimmer. Aber das ist Jahrzehnte her; inzwischen ist die Herrin die einzige lebende Sarka. Das ist das ganze Geheimnis.«

»Also wohnt sie hier allein mit den Spiegelmännern?«

»Es gibt fünf Bedienstete. Abgesehen von Corvas, Amander und mir natürlich.«

»Amander?«

»Geduld. Du lernst ihn schon noch kennen.«

Sie stiegen eine enge Wendeltreppe hinauf und gelangten in einen anderen Trakt. Jackon gewann allmählich den Eindruck, dass der Palast im Innern größer sein musste, als er von außen wirkte. Er fragte sich, wie er sich in den verwinkelten und verschachtelten Korridoren und Räumen jemals zurechtfinden sollte.

»Wohin gehen wir jetzt?«

»Wart's ab.«

Eingeschüchtert von ihrer Ruppigkeit hielt er eine Weile den Mund. Kurz darauf durchquerten sie auf einer hölzernen

Galerie einen Raum, der sich über zwei Stockwerke erstreckte. Trübes Licht fiel durch die blinden Bleiglasfenster. Rostige Rohre verliefen zwischen einem großen Ofen und dem Kamin. Auf einem Steintisch stand eine komplizierte Vorrichtung aus Schläuchen, Messingzylindern, gläsernen Röhren, Trichtern und Flaschen, alles von einer dicken Staubschicht bedeckt. Jackon blieb auf der Galerie stehen und betrachtete fasziniert die seltsame Apparatur. »Was ist das?«

»Sag bloß, du hast noch nie ein alchymistisches Labor gesehen?«

Er schüttelte den Kopf.

»Bei allen Dämonen, dir muss man wirklich *alles* erklären, was? Warum musste uns die Herrin ausgerechnet eine Kanalratte aufhalsen?«

»Ich bin keine Kanalratte«, erwiderte er beleidigt.

»Doch, bist du. Also gut, hör zu. Die Sarkas waren eine Familie von Alchymisten …«

»Wie die Trankmischer im Chymischen Weg?«

»Nein. Richtige Alchymisten. Keine Quacksalber und Wunderheiler. Das da unten ist eine alchymistische Küche mit dem Athanor und verschiedenen Destillierkolben, Retorten und Kupellen. Es gibt noch zwei weitere im Palast, aber die Herrin benutzt sie nicht mehr. Sie hat ihr eigenes Labor tief unter dem großen Saal.«

»Sie ist auch eine Alchymistin?«

»Vielleicht die größte, die je gelebt hat. Können wir jetzt weiter?«

Sie verließen die staubige Küche und folgten einem Flur, der Jackon bekannt vorkam. Der Gang führte an mehreren Fenstern vorbei zu einer Treppe, vor der zwei Spiegelmänner Wache standen. Ihre Masken gleißten im Sonnenlicht.

»Hier geht es zum Saal mit den Gemächern der Herrin«, erklärte Umbra. »Du darfst ihn nur betreten, wenn die Herrin dich einlädt, so wie gestern Nacht. Niemals eigenmächtig, hast du verstanden?«

Jackon nickte. Unbehagen erfüllte ihn beim Anblick der beiden schwarzgekleideten Gestalten.

»Unheimliche Kerle, was?«, sagte Umbra leise. »Wenn ich dir einen Rat geben darf: Halte dich von ihnen fern. Niemand weiß, was hinter ihren Masken vorgeht. Und sie gehorchen ausschließlich der Herrin und Corvas.«

»Dir nicht?«

»Ich habe nichts mit ihnen am Hut. Komm, es wird Zeit, dass wir zu Amander gehen.«

Sie kehrten um, und Jackon erschien es, als sei Umbra genauso froh wie er, den Gang mit den Spiegelmännern zu verlassen.

Wenig später betraten sie einen halbdunklen Salon, in dem mehrere Tische, Sessel und eine Vitrine mit Gläsern und Flaschen standen. Es roch nach Tabakrauch. In einem Lehnstuhl mit abgewetztem Polster, die Füße auf dem Tisch, lümmelte sich ein Mann in Wildlederhosen und einem altmodischen Rüschenhemd. Er hatte eine wallende schwarze Mähne und trug eine gelangweilte Miene zur Schau; seine Hände steckten in weißen Handschuhen. Er streichelte eine Ratte.

»Darf ich vorstellen: Amander«, sagte Umbra.

»Ist das der Junge?«, fragte der Mann im Ohrensessel ohne großes Interesse.

»Ja. Und du wirst ihn anständig behandeln. Befehl der Herrin, kapiert?«

»Spiel dich nicht so auf«, erwiderte Amander und räkelte sich. »Wo steckt eigentlich die alte Krähe? Ich warte hier seit einer Stunde.«

»Er ist vor Tagesanbruch verschwunden. Irgendeine Sache in Scotia.«

»Wann kommt er zurück?«

»Woher soll ich das wissen?« Umbra wandte sich wieder an Jackon. »Corvas und ich sind für die Sicherheit der Herrin verantwortlich. Amanders Aufgaben sind … spezieller Natur.«

»Soll ich es ihm zeigen?«, fragte der Schwarzhaarige.

»Tu, was du nicht lassen kannst«, erwiderte Umbra unfreundlich.

Amander streifte einen Handschuh ab und strich der Ratte mit Zeige- und Mittelfinger über das Fell. Das Tier zuckte und starb in seiner Hand. Grüner Schaum quoll aus dem kleinen Maul. Amanders Lippen formten ein dünnes Lächeln.

»Alles, was er mit bloßen Händen berührt, verwandelt sich in Gift«, erklärte Umbra.

Jackon schluckte und wandte hastig den Blick ab. Als sie den Saal verließen, fragte er leise: »Heißt das, er tötet Menschen?«

»Wenn es sein muss.«

Ihm fielen die Gerüchte wieder ein, die er gehört hatte, Geschichten von Leuten, die spurlos verschwunden waren, nachdem sie sich Lady Sarka widersetzt hatten. Er schauderte.

»Das gefällt dir nicht, richtig?«, meinte Umbra.

»Es ist falsch, jemanden umzubringen«, sagte er und erwartete, Umbra würde sich deswegen über ihn lustig machen. Umso überraschter war er, als sie ihm zustimmte:

»Ja, das ist es. Aber manchmal bleibt der Herrin keine andere Wahl. Wer herrscht, hat Feinde.«

»Muss man sie deswegen gleich töten?«

»Lady Sarka ist für das Wohl unzähliger Menschen verantwortlich. Was, wenn jemand danach trachtet, die Stadt ins Chaos zu stürzen? Würdest du an ihrer Stelle nicht auch versuchen, das mit allen Mitteln zu verhindern?«

»Natürlich.«

»Siehst du? Zuweilen muss ein Herrscher ein Leben opfern, um viele zu retten. So ist das nun mal. Deine Schlammtaucherfreunde und die Leute auf den Straßen mögen das anders sehen, aber sie müssen den Laden auch nicht am Laufen halten.«

Jackon schwieg nachdenklich. So hatte er das noch nie betrachtet.

Sie stiegen Treppen hinab und gingen Flure entlang. Nach einer Weile fragte er: »Lady Sarka hat gesagt, du würdest die Schatten beherrschen. Was bedeutet das?«

Umbra schnaubte unwillig. »Du gehst mir allmählich auf die Nerven mit deinen Fragen, Junge.«

»Sagst du mir wenigstens, was einmal meine Aufgabe sein wird? In den Diensten der Lady, meine ich. Als Traumwanderer.«

»Noch bist du keiner. Und bis es so weit ist, hat die Herrin andere Aufgaben für dich.«

»Welche denn?«

»Gartenarbeit.«

Jackon blieb abrupt stehen. »Gartenarbeit?«

»Für deine Ausbildung brauchst du gesunden, tiefen Schlaf. Aber den bekommst du nicht, wenn du den ganzen Tag auf der faulen Haut liegst. Jetzt glotz mich nicht so an; ich habe mir das nicht ausgedacht. Da entlang, wenn ich bitten darf. Der Gärtner erwartet dich bereits.«

Einigermaßen verwirrt folgte er Umbra durch einen Nebenflügel nach draußen. Als er sich die Nacht über gefragt hatte, was die Lady wohl von ihm verlangen würde, wenn er in ihren Diensten stand, hatte er mit allem gerechnet – aber gewiss nicht damit, Unkraut zu jäten und Beete umzugraben.

»Es gibt ein paar Regeln für dich, also hör gut zu«, fuhr Umbra fort. »Erstens, solange deine Ausbildung nicht abgeschlossen ist, wirst du wie ein gewöhnlicher Diener behandelt. Das heißt, du wohnst im Gesindetrakt, isst mit den anderen Bediensteten und bekommst den gleichen Lohn. Wenn man dich fragt, warum du hier bist, sagst du, du warst vorher Erntehelfer bei einem Plantagenbesitzer, und die Herrin hat dich holen lassen, damit du für sie arbeitest. Hast du das verstanden?«

»Ja«, sagte Jackon.

»Zweitens, du sprichst mit niemandem über deine Gabe, auch nicht mit den Bediensteten im Palast. Nur mit der Herrin und mir, klar? Niemand darf wissen, dass du hier bist.«

»Warum nicht?«

»Drittens«, knurrte Umbra, »du hörst auf, mich zu löchern.«

Im Schatten des Palasts folgten sie einem Pfad aus verwitterten Steinplatten. Der Garten stellte eine kleine Insel inmitten der Altstadt dar, umgeben von einer Mauer mit rostigen Dornen auf der Krone. Efeu rankte sich an steinernen Mantikoren und Harpyien empor. Fliederblüten schwebten durch die laue Luft, Kirschbäume krümmten sich unter der Last ihrer eigenen Größe wie bucklige Greise. Obwohl es fast Mittag war, verloren sich weite Teile des Gartens in grünlichem Zwielicht, als läge eine Glocke aus ewiger Dämmerung über dem Anwesen, gegen die selbst die wärmsten Sonnenstrahlen nichts ausrichten konnten.

Sie durchquerten einen kleinen Hain aus Apfelbäumen und kamen zu einer Buchsbaumhecke, die sich mannshoch über die gesamte Wiese erstreckte. Verschlungene Pfade führten ins Innere, begrenzt von undurchdringlichen Wänden aus Ästen, Zweigen und Blättern. Jackon konnte sein Erstaunen nicht verbergen. Die Hecke bildete ein Labyrinth, ähnlich den Tunneln unter der Grambeuge. So etwas hatte er noch nie gesehen.

Umbra blieb vor einem der Eingänge des Irrgartens stehen. »Der Gärtner heißt Ibbott Hume«, erklärte sie. »Von nun an arbeitest du für ihn, also tu, was er sagt.«

»Aber ich verstehe nichts von Gartenarbeit«, erwiderte Jackon.

»Man muss nicht gerade ein Genie sein, um den Rasen zu mähen. Jetzt geh schon.«

Der Gärtner schien sich irgendwo im Innern des Labyrinths aufzuhalten – Jackon konnte das Klappern einer Heckenschere hören. Als er gerade durch den Eingang treten wollte, fiel ihm noch etwas ein. Er wandte sich um.

»Wie viel Lohn bekomme ...« Jackon verstummte.

Umbra war verschwunden, als hätte sie sich in Luft aufgelöst.

7

Abschied

Liam wusste nicht, wie lange er bereits neben seinem Vater saß. Stunden, vielleicht Tage. Die Zeit hatte jede Bedeutung für ihn verloren. Von fern erklang das geschäftige Treiben Scotias. Das Licht der Abendsonne sickerte durch die Fensterläden, warm und golden und viel zu schön für diesen Tag.

Seine Tränen waren längst versiegt. Er kauerte auf dem Steinboden, die Hände zu Fäusten geballt, und betrachtete das vertraute Gesicht und die Augen, die ins Nichts starrten. Manchmal erschien ihm der Anblick seltsam unwirklich, und er fragte sich, ob er all das nur träumte. *Ja,* dachte er dann, *natürlich; es muss ein Traum sein. Spiegelmänner, die plötzlich auftauchen und Vater ermorden – einfach lächerlich.* In solchen Momenten überkam ihn jähe Euphorie, und er rechnete damit, wie jeden Morgen in seinem Bett aufzuwachen, geweckt von den Geräuschen seines Vaters, der seit Sonnenaufgang in der Sternwarte werkelte.

Doch er wachte nicht auf. Wie er hier saß, neben der Leiche und all dem Blut, das war kein Traum. *Er ist tot. Er wird nie wieder aufstehen, lachen, Blitze fangen.* Und immer, wenn Liam das dachte, wich die Euphorie einer alles verzehrenden Leere, woraufhin er sich noch einsamer fühlte als zuvor.

Wenn er ihn wenigstens begraben könnte … Aber er durfte seinen Vater nicht anrühren, durfte ihm nicht einmal die Augen schließen. Bei Nacht würden die Spiegelmänner wiederkommen und die Leiche holen, und wenn sie dann nicht genauso daläge, wie sie sie zurückgelassen hatten, würden sie wissen, dass jemand bei ihm gewesen war. Von da an wäre Liams Leben in Gefahr, und Fellyn Satander hätte seines umsonst geopfert.

Wieso hatte er sterben müssen? Welche Geheimnisse hatte er gehütet, dass der schreckliche Corvas auf ihn aufmerksam geworden war? Liam wünschte, sein Vater hätte mit ihm gesprochen, hätte ihn eingeweiht oder wenigstens einen Teil seiner Absichten preisgegeben. Doch was auch immer er gewusst oder erfahren hatte, es war mit ihm gestorben, und Liam blieben nichts als ein paar rätselhafte Andeutungen.

Nestor Quindal … das Gelbe Buch von Yaro D'ar … Von solch einem Buch hatte er noch nie gehört. Er hatte nicht einmal gewusst, dass sein Vater den berühmten Erfinder persönlich gekannt hatte.

Er durfte nicht hierbleiben. Er musste verschwinden, bevor es dunkel wurde, musste zu Nestor Quindal gehen, wie er es versprochen hatte. Aber er brachte es nicht über sich, zu fliehen und seinen Vater zurückzulassen, in der Gewissheit, dass die Spiegelmänner ihn mitnehmen und in einem namenlosen Grab verscharren würden wie einen verendeten Hund. Erst als die Nacht hereinbrach und sich jemand an der versiegelten Tür zu schaffen machte, fand er die Kraft aufzustehen. *Auf Wiedersehen, Vater*, murmelte er stumm, bevor er durch das Fenster seiner Kammer schlüpfte, es leise hinter sich schloss und durch das Gestrüpp hinter der Sternwarte huschte, wo die Dunkelheit ihn umfing.

8

Eisen, Städte und Lärm

Sie standen in der großen Halle des Palasts, Hunderte, das gesamte Volk der Alben. Gewänder raschelten leise. Mühsam gezügelte Ungeduld sprach aus den schwarzen Gesichtern. Lucien spürte, dass sie das Warten kaum noch ertrugen.

Er fand den Harlekin auf der Galerie, von wo aus er in den Saal hinabblickte, die Hände auf der Brüstung. Sein neues Flickengewand leuchtete rot und grün und gelb und wirkte in diesen Hallen mit ihrem ewigen Zwielicht so fehl am Platz wie ein bunter Stoffbezug auf einem antiken Lehnstuhl.

»Sollte ein frischgebackener König keine Robe tragen? Oder wenigstens eine Krone?«

Die Schellen an seiner Narrenkappe klimperten, als sich der Harlekin umdrehte. Lächelnd blickte er an sich herunter. »Nur mein alter Rebellenaufzug. Am Tag meines größten Triumphs konnte ich der Versuchung einfach nicht widerstehen.«

Lucien trat an die Brüstung. »Scheint so, als wären dir alle gefolgt. Sogar Aziels Anhänger.«

»Nach seiner Niederlage war es nicht gerade schwer, sie zu überzeugen. Niemand mag Verlierer.«

»Selbst dann nicht, wenn man mit einem faulen Trick gewonnen hat, richtig?«

Die Augen des Harlekins blitzten spöttisch. »Wirfst du mir etwa vor, ich hätte nicht fair gespielt? Ausgerechnet du, der Dieb?«

»Du hättest Aziel töten können.«

»Komm schon, Lucien. Einen Kerl wie ihn tötet man nicht so leicht. Er ist zäh; er wird sich erholen.«

Wird er das?, fragte sich Lucien. Aziel versteckte sich seit seiner Niederlage irgendwo in Bradost. Als er ihn das letzte Mal gesehen hatte, war er noch sehr schwach gewesen. Ganz im Gegensatz zum Harlekin: Der neue Herrscher der Alben wirkte kräftiger denn je. Er hatte sich vollständig von seiner Gefangenschaft und den Nachwirkungen von Jernigans Lampe erholt. Sogar seine verbrannte Hand war geheilt. *Die Macht scheint ihm gutzutun.*

»Er hätte herkommen sollen«, fuhr der Harlekin fort. »Wir hätten einander verzeihen und gemeinsam die Welt verlassen können.«

»Du weißt, dass er das niemals könnte. Er nimmt seine Aufgabe ernst.« Lucien betrachtete die wartenden Alben in der Halle. »Ihr seid also entschlossen zu gehen.«

»Es ist höchste Zeit.«

»Und die Menschen? Sie brauchen euch.«

»Menschen«, knurrte der Harlekin. »Sie haben uns längst vergessen.«

»Das ist nicht wahr«, widersprach Lucien.

»Du machst dir etwas vor. Was ist mit der Wilden Jagd? Den Werwölfen, Mantikoren und Greifen? Sie sind fort, lange schon. Vílen gibt es vielleicht noch zwei Dutzend, Harpyien noch weniger. Sie haben begriffen, dass die Zeit der Schattenwesen vorbei ist. Sieh dich doch um: überall Eisen, Städte und Lärm. Die Welt gehört jetzt den Menschen und ihren Maschinen. Darin ist kein Platz mehr für Magie und Geheimnisse.«

»Die Welt hat sich immer verändert«, erwiderte Lucien halbherzig.

»Aber noch nie so schnell. Lucien, hör dich reden. Du lebst

schon zu lange unter den Menschen. Du kannst die Belange deines Volkes nicht mehr verstehen.«

Lucien wünschte, er könnte abstreiten, was der Harlekin ihm vorwarf. Doch er wusste nur zu genau, dass der Herrscher der Alben der Wahrheit damit sehr nahe kam.

»Komm mit uns«, schlug der Harlekin vor. »Lass die Vergangenheit hinter dir und fang noch einmal von vorne an.«

»Ihr habt mich verbannt«, sagte Lucien lächelnd, »schon vergessen?«

»Ich kann den Bann aufheben. Ein Wort von dir, und du bist wieder einer von uns.«

»Du weißt, dass es damit nicht getan wäre. So schnell vergisst unser Volk nicht.«

»Warte, bis sie erst auf der anderen Seite sind. Dort gelten andere Regeln. Was du getan hast, spielt bald keine Rolle mehr.«

»Nein, mein Freund. Mein Platz ist hier.«

»Du wirst einsam sein.«

»Das bin ich schon lange. Auf ein paar Jahrhunderte mehr kommt es nicht an.«

»Dein letztes Wort?«

»Mein letztes Wort.«

»Eigensinnig bis zum Ende, was?«

»Hast du etwas anderes erwartet?«

Der Harlekin lächelte wieder. »Falls du es dir anders überlegst – du weißt, wo du uns findest. Viel Glück, alter Dieb.« Dann stieg er die Treppe herunter und durchquerte die Halle, wo die Alben eine Gasse für ihn bildeten.

Wind kam auf und wirbelte Luciens Haar durcheinander, als mitten im Saal ein Riss aufklaffte. Für einen Augenblick sah er Bäume, wo Mauern und Säulen hätten sein sollen, Lichtungen, umgeben von undurchdringlichem Dickicht, Sterne, die im Blätterwerk aufblitzten – und dann verschwanden die

Alben. Der Riss schloss sich, der Wind flaute ab, und Lucien stand allein in dem riesigen Palast mit seinen weiten Hallen und endlosen Fluren.

»Viel Glück«, murmelte er leise.

Später in der Nacht wanderte er gedankenverloren durch das Labyrinth, das Vergnügungsviertel Bradosts. Niemand konnte ihn sehen, obwohl sich zu dieser Stunde Scharen von Menschen durch die Straßen treiben ließen. Wie alle Schattenwesen konnte er unauffällig sein, wenn er wollte, wie ein alter Kratzer an der Wand, den man irgendwann nicht mehr wahrnimmt. Nur Betrunkene und Opiumsüchtige bemerkten ihn dann noch, weshalb er um Tavernen und Spelunken einen weiten Bogen machte.

Adlige und Tagelöhner begegneten ihm auf seinem Weg durch Gassen und Höfe, Künstler, Jünglinge und gelangweilte Damen, alle auf der Suche nach ein wenig Zerstreuung, bevor die Sonne aufging und sie in das triste Einerlei ihres Lebens zurückkehren mussten. Ausgelassene Musik drang aus Varietés und Kaschemmen mit Buntglasscheiben. Der Rauch der Opiumpfeifen vermengte sich mit dem Geruch von Ale, Schnaps und billigen Duftwassern. Huren und Wunderheiler boten in den Torbögen ihre Dienste feil. An jeder Ecke warben Zirkusleute für das neuste Monstrositätenkabinett oder führten Taschenspieler, Gaukler und Feuerspucker ihre Kunststücke auf.

Lucien dachte an die Worte des Harlekins. *Sieh dich doch um: überall Eisen, Städte und Lärm. Die Welt gehört jetzt den Menschen und ihren Maschinen. Darin ist kein Platz mehr für Magie und Geheimnisse.*

Vielleicht, vielleicht auch nicht. Auf eine seltsame Weise liebte er diese Stadt und ihre Bewohner, trotz des Lärms und des Gestanks, den sie verursachten, trotz ihrer Dummheit und der Leidenschaften, die sie antrieben und die den Alben so fremd waren.

Hier wollte er leben, nirgendwo sonst. Dennoch fühlte er sich einsam – so einsam wie noch nie zuvor in den unzähligen Jahrhunderten seiner Existenz.

9

Die Herzkammer

Rauch stieg aus einem Wald von Schloten und Kaminen auf und vereinte sich über dem Viertel zu einer undurchdringlichen Glocke. Ein Luftschiff durchstieß den Qualm und beschrieb mit dröhnenden Motoren einen Bogen über den Bleidächern der Manufakturen, bevor es am Ankermast einer Kanonengießerei andockte. Liam beobachtete, wie es über dem Gebäude stand, während Männer auf der Plattform erschienen, Kisten aus der Gondel auffingen und zur Rampe trugen.

Kessel wurde dieser Stadtteil genannt, denn er lag in einer Senke zwischen drei Hügeln, im Süden begrenzt vom Fluss, eine einzige Ansammlung von Schmieden, Gießereien und Schmelzöfen. Liam kannte sich einigermaßen in den Gassen und Straßen aus, denn er war ein paar Mal mit seinem Vater hier gewesen, um Blitze zu verkaufen. Wo Nestor Quindals Werkstatt lag, wusste er jedoch nur vom Hörensagen. Müde machte er sich auf den Weg.

Rauch drang aus Fenstern und vergitterten Schächten. Ölige Abwässer strömten offene Kanäle entlang, die man auf wackeligen Planken überqueren musste. Der Lärm, der ihm aus den Hallen und Höfen der Fabriken entgegenschlug, war unbeschreiblich: Überall dröhnten und wummerten aetherbetriebene Maschinen, bizarre Ungetüme aus Stahl, Messing und Kupfer. Arbeiter brüllten, geschmolzener Stahl füllte zischend die Gussformen, glühendes Eisen wurde zurechtgehämmert.

Und unaufhörlich regnete es Asche. Anfangs wischte sich Liam die Flocken noch aus dem Gesicht, doch bald schon gab er es auf. Er hatte die Nacht in den Abwasserkanälen Scotias verbracht und kaum geschlafen; er war so erschöpft, dass er sich nur noch mit purer Willenskraft auf den Beinen hielt. Außerdem knurrte sein Magen.

In seiner Verwirrung hatte er vergessen, aus der Sternwarte etwas zu essen oder Geld mitzunehmen. Glücklicherweise fand er in seiner Hosentasche noch einen Viertelschilling, von dem er sich in einer Garküche etwas Brot und gekochtes Kalbfleisch kaufte. Es reichte kaum, um satt zu werden, aber wenigstens bekam er etwas zwischen die Zähne.

Und wie er aussah: An seinem Hosenbein klebte Blut, an seinem Wams der Schmutz der unterirdischen Tunnel, an den Stiefeln Rattenkot. Er wollte nicht wissen, wie er stank – vermutlich wie eine wandelnde Sickergrube. Und so sollte er dem berühmtesten Erfinder der Welt unter die Augen treten? Er konnte von Glück sagen, wenn Quindal ihn nicht für einen bettelnden Schlammtaucher hielt und auf der Stelle fortjagte.

Als er den leeren Napf zurückgeben wollte, schlug ihm der Verkäufer hinter der Durchreiche plötzlich den Laden vor der Nase zu. Die Arbeiter vor der Garküche ließen ihr Essen fallen und suchten hastig das Weite. Verwundert wandte Liam sich um und sah vier Spiegelmänner herbeieilen. Von jähem Entsetzen durchzuckt, verbarg er sich hinter der Hausecke. *Bitte lass sie mich nicht gesehen haben*, betete er, doch die Spiegelmänner hatten es nicht auf ihn abgesehen. Sie blieben vor der Tür eines heruntergekommenen Stadthauses stehen. Mit wild pochendem Herzen beobachtete er, wie die Maskierten anklopften. Als niemand öffnete, zertrümmerten sie die Tür mit ihren Rabenschnäbeln und drangen ein.

Kurz darauf erklang Geschrei. Die Spiegelmänner zerrten zwei Männer mit blutüberströmten Gesichtern aus dem Haus und warfen sie in einen Gefangenenwagen, der am Anfang der Gasse vorgefahren war.

Liam schloss die Augen, als Bilder in ihm aufstiegen, Erinnerungen an seinen Vater, der zur Treppe hastete und zusammenbrach, getroffen von Corvas' Messer. Tränen rannen ihm über die Wangen. Überall in der Stadt geschah dasselbe, Tag für Tag. Er würde niemals sicher sein, wohin er auch ging. Niemand war das, in Scotia nicht, nirgendwo.

Er blieb in seinem Versteck, bis der Gefangenenwagen fort war, und noch lange danach. Erst als der Verkäufer wieder die Läden öffnete und sich Leute vor der Garküche einfanden, brachte er den Mut auf, den Winkel zu verlassen.

Quindals Werkstatt lag mitten im Kessel, nur ein paar Straßen vom Chymischen Weg entfernt, den seltsamen Gerüchen nach zu schließen. Liam ging zum offenen Tor der verwinkelten Halle, wo ihn ohrenbetäubender Lärm empfing.

Hier und da brannte eine Gaslampe und brachte etwas Licht in das Halbdunkel. Unter der Decke aus Stahlträgern hing der Mittelteil eines Luftschiffes; Mechaniker kletterten in dem Gerippe herum und arbeiteten an den Motorgondeln. Riesige Zahnräder drehten sich knirschend, als ein Lastkran einen mannsgroßen Propeller hochhob. Rohre verliefen an den Wänden, versorgten verschiedene Maschinen mit Aether und sonderten dabei zischend goldenen Dampf ab. Männer trugen Kupferfässer, Rauchglasbehälter und Bauteile herum, andere rückten Apparaten, deren Funktion sich Liam nicht erschloss, mit Schraubenschlüsseln zu Leibe. Irgendwo im Zwielicht zuckte ein Blitz zur Hallendecke, gefolgt von einem Funkenregen und lautstarken Flüchen.

Liam sprach eine Maschinistin in einem ölverschmierten Kittel an. »Ich suche Nestor Quindal.«

»Er ist drüben in Halle zwei. Aber sei vorsichtig; sie haben gerade den Koloss mit Aether gefüttert.«

Er ging in die Richtung, die die Frau ihm wies, und kam in einen kleineren Raum, wo Kisten voller seltsam geformter Glasröhren herumstanden. Ein Mann entnahm einem Erdloch einen Klumpen geschmolzenen Glases und blies ihn mit einer Röhre zu einem glühenden Ball auf, den er mit einer Art Schere zerteilte. Dem Raum schloss sich ein breiter Korridor an, in dem Liam ein saurer Geruch entgegenschlug. In einer mannshohen Röhre schwebte eine Kreatur, die mit ihrem pulsierenden Schirm und den durchsichtigen Fangarmen einer Qualle ähnelte. Er hatte von diesen Tieren gehört: Es war eine Zitteranemone, ein Wesen, das in riesigen Schwärmen über den Himmel zog und sich von Blitzen ernährte. Eine zweite Zitteranemone lag auf einem Steintisch, wo sie von zwei Frauen in lederner Schutzkleidung in Teile geschnitten wurde. Die Tentakel stopften sie in Gläser; elektrische Entladungen schlugen zuckend gegen die Becherwände.

Liam stieg eine Treppe hinauf und gelangte in eine Halle, die der ersten glich, nur dass dort kein Luftschiff hing. Augenblicklich begriff er, was die Maschinistin mit »Koloss« gemeint hatte: Ein halbes Dutzend Leute umringten ein Geschöpf, das ganz aus Kupfer bestand. Es überragte selbst den größten Mann um einen Fuß und besaß zwei wuchtige Beine, einen abgeflachten Kopf, der ohne Hals auf den gepanzerten Schultern saß, sowie vier mit Werkzeugen und Greifern bestückte Arme. Sein Korpus mit den surrenden Zahnrädern wirkte wie ein riesiges Uhrwerk. Ventile stießen goldenen Aetherdampf aus, Blitze knisterten im Innern der bizarren Apparatur. Der Koloss machte zwei Schritte, unter denen der Hallenboden erzitterte, dann blieb er plötzlich stehen und schien nicht mehr in der Lage zu sein, den Fuß zu heben. Kurz darauf ließ er die Arme sinken, und die Zahnräder hörten auf, sich zu drehen, woraufhin unter den Anwesenden eine heftige Diskussion ausbrach.

Liam wartete, bis der Streit zu Ende war. Mit einer Hebevorrichtung brachte man den Koloss in eine liegende Position. Einer der Männer ging zu einem Tisch mit Konstruktionsplänen und beugte sich brütend darüber. Als er sich auf der Tischplatte aufstützte, sah Liam, dass er nur noch eine Hand besaß. Die andere war mechanisch und bestand aus winzigen kupfernen Teilen, schien jedoch genauso beweglich zu sein wie ihr Pendant aus Fleisch und Knochen.

Zögernd ging Liam zu ihm. Der Mann war einen halben Kopf kleiner als er und trug einen abgewetzten schwarzen Gehrock. Das graue Haar hatte er in dem misslungenen Versuch, die kahlen Stellen zu überdecken, nach vorne gebürstet. »Sind Sie Nestor Quindal?«

»Was willst du?«, schnarrte der Mann.

»Ich bin Fellyn Satanders Sohn.«

»Ich kenne keinen Fellyn Satander.«

»Das kann nicht sein. Er hat von Ihnen gesprochen. Er …« Liam stockte. »Er ist tot.«

Quindal hob sein zerknittertes Gesicht und blickte ihn aus stahlgrauen Augen an. Dann erwiderte er: »Das tut mir leid für dich, Junge. Aber ich habe zu tun. Geh jetzt.«

Liam war so fassungslos, dass er keinen Ton mehr herausbrachte. Sein Vater hatte ihm nichts als diesen Hinweis hinterlassen, und Quindal schickte ihn einfach fort. Er schluckte und sagte: »Lassen Sie es mich erklären. Mein Vater wollte, dass ich …«

Der Erfinder kritzelte etwas auf einen Zettel, dann kam er hinter dem Tisch hervor, packte ihn mit seiner mechanischen Hand und schob ihn unsanft zum Ausgang. »Verschwinde! Ich habe keine Zeit für dahergelaufene Bengel, die mich mit ihrer Lebensgeschichte behelligen.«

»Nein, warten Sie. Es ist wichtig …« Plötzlich bemerkte Liam, dass Quindal ihm unauffällig etwas in die Hand drückte, bevor der Erfinder sich abwandte und ohne ein weiteres Wort zum Tisch zurückging.

Der Zettel. Liam verbarg ihn in seiner Faust, blickte Quindal unschlüssig hinterher und entschied dann, die Werkstatt zu verlassen.

Draußen suchte er sich eine stille Ecke und betrachtete das Papierstück. Seine Hände schwitzten vor Aufregung, und die Tinte war etwas verwischt, aber er konnte sie noch gut lesen. Auf dem Fetzen stand: *Chim. Brücke. N-Ufer. In einer halben Std.*

Also war er doch nicht umsonst hergekommen. Er zerknüllte den Zettel, warf ihn in einen Gully und machte sich auf den Weg.

Auf der Chimärenbrücke herrschte reger Verkehr aus Kutschen, Ochsenwagen und Fußgängern. Ihr Name kam nicht von ungefähr: Auf den Brüstungen kauerten geflügelte Löwen, Harpyien, Greife und Mantikore mit tückischen Stachelschwänzen. Gelegentlich bewegte sich eines der steinernen Ungeheuer, drehte langsam den Kopf und beobachtete die vorbeifahrenden Droschken und Fuhrwerke. Als Liam noch ein Kind gewesen war, hatte ihm sein Vater erzählt, dass diese Geschöpfe in der alten Zeit über den Dächern Bradosts gelebt hätten, bevor sie allmählich zu Stein geworden seien. Manchmal weckte der Lärm der Stadt sie aus ihrem Schlaf, aber meistens saßen sie reglos da und gaben sich ihren uralten Träumen hin.

Liam spürte, wie ihm bei dieser Erinnerung abermals die Tränen kamen, und er schob sie hastig fort. Er durfte jetzt nicht an seinen Vater denken. Er brauchte einen klaren Kopf.

Im Schatten einer Platane setzte er sich auf die Ufermauer und wartete. Quindal tauchte wenig später auf. Liam wollte ihm entgegengehen, doch der Erfinder tat, als sei er gar nicht da, und stieg die Treppe zum Fluss hinab. War dieses seltsame

Verhalten eine Vorsichtsmaßnahme? Liam beschloss, darauf einzugehen, und folgte Quindal erst, als dieser bereits in einer Öffnung unter der Brücke verschwunden war.

Dahinter tat sich ein dunkler Tunnel auf. Wasser tropfte aus löchrigen Rohren und sammelte sich auf dem Boden zu einem rostroten Rinnsal. Liam konnte Quindal nirgends entdecken und ging hinein.

Plötzlich tauchte ein Gesicht aus den Schatten auf. Er keuchte vor Schreck.

»Komm«, sagte Quindal. »Und sei um Himmels willen leise.«

Mit einer Mischung aus Furcht und Aufregung folgte Liam dem Erfinder tiefer in den Tunnel hinein, bis sich der Gang in einen Raum öffnete. Irgendwo sickerte trübes Licht herein und fiel auf metallene Wände, Gitterböden, hydraulische Kolbenvorrichtungen und schwarze Schächte, in denen Wasser rauschte. Nirgendwo schien es gerade Formen und Kanten zu geben; der gesamte Raum wirkte gewölbt und seltsam organisch.

»Was ist das für ein Ort?«, flüsterte Liam.

»Die alte Frischwasser-Pumpstation. Man nennt sie die Herzkammer. Sie ist seit Jahrzehnten außer Betrieb. Kaum jemand weiß, dass sie überhaupt existiert.«

Erst jetzt fiel Liam auf, dass der Raum tatsächlich wie ein menschliches Herz geformt war. »Warum treffen wir uns hier und nicht in der Werkstatt?«

»Dort sind zu viele Menschen. Zu viele Ohren, die Dinge hören, die sie nichts angehen.« Der Erfinder wandte sich ihm zu. Die spärlichen Lichtstrahlen spiegelten sich auf dem Kupfer seiner Hand. »Dein Vater ist also tot.«

Liam nickte.

»Wie ist es geschehen?«

»Corvas und zwei Spiegelmänner sind gestern Morgen in

der Sternwarte aufgetaucht. Corvas hat ihn beschuldigt, in eine Verschwörung verwickelt zu sein. Als sie ihn mitnehmen wollten, hat er sich gewehrt. Dabei hat Corvas ihn getötet.«

»Das musste ja so kommen«, sagte Quindal leise, und Liam hörte den Schmerz in seiner Stimme.

»Sie … kannten meinen Vater?«

Anstelle einer Antwort fragte der Erfinder: »Ist Corvas auch hinter dir her?«

»Nein.«

»Bist du dir da sicher?«

Liam erzählte, wie er sich versteckt hatte, und berichtete von der Lüge seines Vaters, er habe Bradost schon vor Wochen verlassen. »Corvas scheint vorher nichts von mir gewusst zu haben. Er glaubt, ich sei in Torle. Er weiß nicht einmal, wie ich aussehe.«

»Und wenn die Geheimpolizei eure Sternwarte beobachtet hat?«

»Das glaube ich nicht. Sonst hätte Corvas nicht gefragt, ob mein Vater allein lebt.«

Das schien Quindal einigermaßen zu beruhigen. »Wo wohnst du jetzt?«

»Nirgendwo. In die Sternwarte kann ich nicht zurück.«

»Wenn du willst, kannst du in der Werkstatt unterkommen. Bis du eine andere Bleibe gefunden hast.«

»Danke«, sagte Liam. Er leckte sich über die trockenen Lippen. »Ist es wahr, was Corvas gesagt hat? War mein Vater wirklich in eine Verschwörung verwickelt?«

Quindal starrte ihn an. Zahnräder surrten leise, als er seine künstliche Hand zur Faust ballte und wieder öffnete. »Ich werde dir jetzt etwas über deinen Vater erzählen – wenn du mir dein Wort gibst, mit niemandem darüber zu sprechen.«

»Natürlich.«

»Du verstehst mich nicht, Junge«, sagte der Erfinder barsch.

»Dies ist kein Spaß. Ein kleiner Fehler, ein unbedachtes Wort zur falschen Zeit, und es geht uns beiden an den Kragen. Dass ich überhaupt mit dir rede, liegt allein daran, dass du Fellyn Satanders Sohn bist.«

»Was soll ich tun?«, fragte Liam verunsichert. »Etwa … schwören?«

»Genau das. Bei deinem Leben. Und ich verspreche dir: Wenn du deinen Schwur brichst, sorge ich dafür, dass du es bereust.«

Liam zweifelte nicht daran, dass Quindal es mit seiner Drohung ernst meinte. »Bei meinem Leben. Ich schwöre es.«

Der Wissenschaftler nickte knapp. Der Gitterboden klapperte beunruhigend, als er einige Schritte durch die Herzkammer ging. In der Tiefe rauschte das Wasser. »Du bist noch jung. Was weißt du über die alte Republik und Lady Sarka?«

»Sie meinen das Ende des Magistrats?«

»Genau das.«

Natürlich wusste Liam über diese Dinge Bescheid – so jung war er auch wieder nicht. »Sie hat den Magistrat entmachtet, nachdem sie zur Lordkanzlerin gewählt wurde. Seitdem gibt es keine Republik mehr. Sie herrscht allein über die Stadt.«

»Vor fünf Jahren war das«, bestätigte Quindal. »Seitdem geht alles den Bach runter. Erdrückende Steuern. Hungersnöte. Keine Woche ohne Unruhen. Und überall die verdammten Spiegelmänner, die jeden ins Gefängnis werfen, der seinen Mund aufmacht. Nachdem deine Mutter gestorben war, hat dein Vater die Zustände in der Stadt nicht mehr ertragen. Er schloss sich einer Gruppe an, die plante, etwas gegen die Lady zu unternehmen. Die Männer, die er dort traf, litten genau wie er unter ihrer Willkür und der Grausamkeit ihrer Diener. Leider waren sie nur gewöhnliche Bürger. Ärzte, Handwerker oder Händler wie dein Vater, keine Krieger und geborenen Aufrührer. Feiglinge im Grunde ihres Herzens. Kaum wurden die Spiegelmänner auf sie aufmerksam, lösten sie sich auf, ohne das Geringste bewirkt zu haben.«

Obwohl Quindal es nicht aussprach, vermutete Liam, dass auch er dieser Gruppe angehört hatte. »Was geschah dann?«

»Fellyn war der Einzige, der nicht aufgeben wollte. Er glaubte, es gäbe nur einen Weg, die Herrschaft der Lady zu brechen.«

»Welchen?«

»Kannst du dich noch an den Phönix erinnern?«

»Natürlich.« Liam war noch ein Kind gewesen, als der Phönix die Welt der Menschen verlassen hatte, wie so viele magische Wesen vor ihm. Aber er würde nie vergessen, wie die Spitze des Phönixturms in Flammen gestanden hatte, ein Leuchtfeuer über den Dächern der Stadt und ein Zeichen für Freund und Feind, dass der Phönix über Bradost wachte. Einmal hatte er sogar gesehen, wie der Feuervogel am Himmel seine Bahnen zog, anmutiger und schneller als jedes Luftschiff.

»Dein Vater wollte den Phönix zurückholen«, sagte Quindal. »Er war davon überzeugt, dass die Republik ihren Wächter braucht.«

»Aber der Phönix ist fort. Unwiederbringlich. Genau wie Greife und Einhörner.«

»Mir brauchst du das nicht zu sagen. Aber Fellyn wollte das nicht hören. Er stellte Nachforschungen über den Phönix an. Er war regelrecht besessen von dieser Idee.«

Das also hatte Liams Vater in den vergangenen anderthalb Jahren getan. Deshalb war er nächtelang fortgeblieben, war er immer verschlossener geworden. »Hat er etwas herausgefunden?«

»Ich weiß es nicht«, antwortete der Wissenschaftler. »Ich glaube, Fellyn spürte, dass ich sein Vorhaben für verrückt hielt. Er hörte auf, mir davon zu erzählen.«

Liam wünschte abermals, sein Vater hätte ihn ins Vertrauen gezogen. Wie viel Streit wäre ihnen erspart geblieben, wie viele Nächte hätte er nicht wach gelegen und sich gefragt, wo sein Vater steckte ... »Diese Widerstandsgruppe – wann hat sie sich aufgelöst?«

»Vor einem Jahr.«

»Wieso ist Corvas erst jetzt darauf aufmerksam geworden?«

»Ich glaube nicht, dass diese Dinge etwas miteinander zu tun haben. Dein Vater hat womöglich etwas entdeckt, das er nicht hätte entdecken dürfen.«

»Er hat davon gesprochen, dass er diesmal zu weit gegangen ist.«

Quindal nickte. »Wer weiß, was er getan hat. Vielleicht ist es nicht bei Nachforschungen über den Phönix geblieben.«

Liam lehnte sich gegen einen eisernen Handlauf. Er war aufgekratzt und gleichzeitig so müde, dass er sich am liebsten an Ort und Stelle hingelegt hätte. »Er hat noch etwas gesagt. Für den Fall, dass ihm etwas zustößt, sollte ich zu Ihnen gehen. Ich sollte Sie bitten, das Gelbe Buch von Yaro D'ar zu beschaffen.«

»Das Gelbe Buch von Yaro D'ar?«, wiederholte der Erfinder stirnrunzelnd.

»Ja. Die Lady besitzt das einzige Exemplar.«

»Und er wollte, dass ich es ihr stehle?«

»Das hat er nicht gesagt.«

»Dein Vater und seine verrückten Ideen«, knurrte Quindal. »Als ob ich in der Lage wäre, in den Palast hineinzukommen. Ich bin Wissenschaftler, kein Einbrecher.«

»Was ist das überhaupt für ein Buch?«

»Frag mich was Leichteres, Junge.«

»Heißt das, Sie wissen es nicht?«

»Ich habe noch nie davon gehört.«

Liam schwieg bestürzt. Er war in der festen Annahme hergekommen, Quindal würde ihm sagen, was es mit den Andeutungen seines Vaters auf sich hatte. Nicht im Traum hätte er gedacht, der Erfinder könnte genauso ahnungslos sein wie er. »Aber wie wollen Sie das Buch finden, wenn Sie nichts darüber wissen?«

»Wer sagt, dass ich das will?«, erwiderte Quindal.

»Interessiert es Sie nicht, worauf mein Vater gestoßen ist?«

»Nein. Ich bin ein für alle Mal fertig mit Verschwörungen. Ich hatte in meinem Leben weiß Gott genug Ärger.«

»Aber es war sein letzter Wille, dass Sie das für ihn tun!«

»Dein Vater war ein mutiger Mann. Ich bin es nicht. Ich bin nur ein alter Tüftler, der in Ruhe an seinen Apparaten herumbasteln will, solange seine Augen noch mitspielen. Tut mir leid, dass ich dich enttäuschen muss, Junge. Aber so ist es nun einmal.«

Für einen Augenblick stieg Wut in Liam auf. Doch wer war er, von einem Fremden zu verlangen, sich für die verrückten Pläne seines Vaters in Gefahr zu bringen? Er hatte gesehen, wozu die Spiegelmänner fähig waren. Er konnte es Quindal nicht verdenken, dass er mit alldem nichts zu schaffen haben wollte. »Was werden Sie jetzt unternehmen?«

»Nach Hause gehen und so weitermachen wie bisher«, erwiderte der Erfinder. »Und du solltest das auch tun, wenn du meinen Rat hören willst.«

»Das kann ich nicht.«

Quindal musterte ihn, und zum ersten Mal zeigte sich so etwas wie Mitgefühl in seinen Augen. »Mein Angebot mit der Werkstatt gilt ab sofort. Und wenn du Arbeit brauchst – ich suche immer Leute, die etwas von Blitzen verstehen.«

»Nein, das meine ich nicht. Ich kann nicht so tun, als wäre nichts geschehen. Ich muss wissen, was mein Vater herausgefunden hat. Immerhin war es so wichtig, dass er dafür sein Leben aufs Spiel gesetzt hat.«

»Davon rate ich dir ab. Diese Sache ist zu groß für dich.«

»Das ist mir egal.«

»Es wird dir nicht mehr egal sein, wenn du in einer dunklen Zelle sitzt und auf Corvas' Folterknechte mit ihren Zangen und Messern wartest.«

Das Bild, das Quindal damit heraufbeschwor, jagte Liam einen Schauder über den Rücken. War er wirklich bereit, dieses Risiko auf sich zu nehmen? Ja, sagte eine Stimme tief in seinem Innern, obwohl schon der Gedanke an Corvas und die Spiegelmänner neue Furcht in ihm aufsteigen ließ. Noch vor zwei Tagen hatte er ein ganz gewöhnliches Leben geführt; jetzt lag es in tausend Scherben vor ihm. Was konnte er noch anderes tun, als fortzuführen, was sein Vater begonnen hatte?

»Dazu wird es nicht kommen«, erwiderte er. »Nicht, wenn ich vorsichtig bin.«

»Vorsichtig bei was?«, fragte Quindal argwöhnisch.

»Ich gehe zu Lady Sarka und hole das Buch.«

»Und wie willst du das anstellen?«

»Mir fällt schon etwas ein.«

»Sei doch kein Narr!«, fuhr der Erfinder ihn an. »Kein Gebäude in Bradost wird so gut bewacht wie das Sarka-Anwesen. Dort wimmelt es von Spiegelmännern. Und einige Diener der Lady haben magische Kräfte. Nicht einmal eine Küchenschabe gelangt dort unbemerkt hinein.«

»Ich könnte versuchen, Arbeit im Palast zu bekommen.«

»Unmöglich. Nicht ohne Beziehungen.«

»Ich habe Beziehungen.«

»Wen?«

»Sie.«

Das verschlug Quindal die Sprache. »Ich soll dir eine Stelle im Palast verschaffen?«, fragte er schließlich.

»Warum nicht? Sie sind der berühmteste Wissenschaftler der Welt. Jeder weiß, wie sehr Lady Sarka Ihre Arbeit bewundert. Vielleicht tut sie Ihnen den Gefallen.«

»Du überschätzt meinen Einfluss.«

»Sie könnten es wenigstens versuchen«, sagte Liam verärgert. »Oder sind Sie sogar dafür zu feige?«

»Pass auf, was du sagst, Junge«, knurrte der Erfinder. »Meine Geduld hat Grenzen.«

Liam bereute augenblicklich seine Unbeherrschtheit. Es stand ihm nicht zu, so mit Quindal zu sprechen. »Es tut mir leid«, sagte er. »Das war undankbar von mir. Sie hören mir zu und bieten mir sogar eine Unterkunft an. Und ich habe nichts Besseres zu tun, als Sie zu beleidigen.«

»Schon gut«, erwiderte Quindal. »Du hast ja recht. Ich bin feige geworden, feige und kleinmütig. Vielleicht ist es an der Zeit, daran etwas zu ändern.«

»Heißt das, Sie helfen mir?«, fragte Liam mit neuer Hoffnung.

»Ich werde sehen, was ich tun kann. Und jetzt lass uns gehen. Ich habe genug von diesem Loch. Ich bin ein alter Mann, und tote Herzen machen mich nervös.«

10

Laterna Magica

Lucien schlug widerwillig die Augen auf, als irgendwo das Signalhorn einer Schaufelbarke ertönte. Er betrachtete die modrigen Tapeten, die löchrigen Fensterläden, das Tischchen mit dem Grammofon und seine Wasserpfeife und begriff allmählich, dass er sich in einem seiner Verstecke befand. Nur in welchem? Offenbar das alte Hotel am Fluss, dem Lärm nach zu schließen. Irgendwie war er in der vergangenen Nacht hier gestrandet.

Nach und nach fiel ihm auch alles andere wieder ein: der Harlekin in seinem Flickenanzug, das Verschwinden der Alben, sein Selbstmitleid. Diverse Flaschen neben dem Bett gaben Aufschluss darüber, was danach geschehen war. Es waren *sehr viele* Flaschen. Lucien stöhnte leise und beschloss, im Bett zu bleiben, bis sich sein Kopf nicht mehr anfühlte, als würde jemand von innen gegen die Schädeldecke hämmern.

Irgendwann erklang ein metallisches Summen. Er war sich nicht sicher, ob es sich dabei um eine Begleiterscheinung seiner Kopfschmerzen handelte, also öffnete er ein Auge. Durch eines der zersplitterten Fenster flog ein Moskito herein. Kein gewöhnlicher Moskito: Dieser war so groß wie eine Kinderhand und bestand ganz aus Kupfer. Das mechanische Insekt landete auf einem Bettpfosten. Die hauchdünnen Blechflügel kamen zur Ruhe. Am Rücken öffnete sich eine winzige Klappe, der ein Traum entstieg.

»Bitte nicht«, ächzte Lucien.

Der Traum quoll als unförmige Blase aus dem Moskito hervor, fiel neben das Bett, wuchs und nahm die Gestalt eines aristokratischen jungen Mannes an. Mit einem herablassenden Lächeln sah er sich im Zimmer um. »Geblümte Tapete? Dagegen solltest du dringend etwas unternehmen, alter Freund.«

Lucien kannte den Traum – es war einer von der Sorte, bei dem man erst in der Schule merkte, dass man keine Hose anhatte. »Verschwinde«, sagte er und presste sich das Kopfkissen aufs Gesicht.

»Wo du es hier so nett hast? Ist das da etwa Absinth? Lucien, ich beginne, mich um dich zu sorgen.«

Der Alb lugte unter dem Kissen hervor. »Was willst du?«

»Aziel wünscht dich zu sehen.«

»Er lebt also noch? Wo ist er?«

»Im Varieté im Labyrinth. Bei der Alten Arena.«

»Richte ihm aus, ich komme morgen.«

»Du hast mich nicht verstanden«, sagte der Traum liebenswürdig. »Er will dich *jetzt* sehen. Auf der Stelle.«

»Er kann mich mal.«

»Ts, ts, was ist denn das für eine Ausdrucksweise? Du hörst dich schon an wie ein Mensch.«

Lucien warf das Kopfkissen fort und stand auf. »Ich bin nicht Aziels Lakai. Ich gehe zu ihm, wann es mir passt.«

»Er wusste, dass du das sagen würdest«, erwiderte der Traum. »Deshalb hat er einige Ghule hergeschickt, mit dem Auftrag, dich zu eskortieren.«

»*Ghule?*«, fragte Lucien entgeistert.

»Vier, um genau zu sein. Sie warten unten im Foyer.«

»Er wagt es, mir diese stinkenden Aasfresser auf den Hals zu hetzen?«

»So drastisch würde ich es nicht formulieren; aber ja: Genau das hat er getan.«

»Wir haben eine Abmachung! Er darf nicht einfach über mich verfügen, als wäre ich sein Leibeigener.«

»Ich soll dir außerdem ausrichten, dass eure Übereinkunft unter den veränderten Umständen hinfällig ist«, ließ ihn der Traum wissen.

»So«, knurrte Lucien, »ist sie das?«

»Aber er ist bereit, mit dir über eine neue Vereinbarung zu verhandeln. Wirst du dich nun auf den Weg machen, oder soll ich die Ghule über deine Weigerung in Kenntnis setzen?«

»Das macht dir Spaß, was?«, erwiderte Lucien missmutig. »Du genießt das richtig.«

»Ein gewisses Vergnügen kann ich nicht bestreiten.«

»Wäre das alles?«

»Ja.« Eine Zigarette erschien in den feingliedrigen Fingern, und der Traum begann, gelangweilt zu rauchen. Dann starrte er Lucien erschrocken an. »Nein, warte, da ist doch noch etwas …«

»Auf Wiedersehen«, sagte Lucien.

Der Traum verschwamm. »Bitte, schick mich nicht wieder zurück! Du weißt nicht, wie es da drin ist. Aaaaaar …« Der junge Mann wurde wieder zu einer Blase, die schrumpfte und schließlich verschwand. Die Klappe des Moskitos schloss sich klickend. Lucien steckte das mechanische Insekt in seine Hosentasche.

Ghule, dachte er. *Ist das zu fassen?*

Er legte keinen Wert darauf, den Untoten zu begegnen, also machte er sich unauffällig, stieg aus dem kaputten Fenster und balancierte den Sims an der Außenmauer des verlassenen Hotels entlang, bis er zu einer Stelle kam, wo er hinunterklettern konnte. Es war Abend, aber immer noch viel zu hell für seinen schmerzenden Kopf, weswegen er sich für den Weg durch die Katakomben entschied. Als er die Tunnel unter dem Labyrinth erreichte, erklomm er eine rostige Leiter und gelangte in einen heruntergekommenen Hinterhof, wo es von Ratten wimmelte. Kurz darauf betrat er das Varieté.

In dem abgedunkelten Saal fand gerade eine Laterna-magica-Vorstellung statt. Knochenmänner erschienen auf den wallenden Rauchschwaden, Phantasmagorien aus purem Licht, die mal hierhin, mal dahin zuckten. Der Pianist spielte eine unheilvolle Melodie, während eine Stimme verkündete: »Hört, ihr Leute, was in jener Nacht in den Wäldern geschah – hört es und erschaudert!«

Die Knochenmänner verschwanden, wurden von einem Wald überlagert. Rauch brodelte im Lichtkegel der Laterna magica, und ein Reiter tauchte zwischen den toten Bäumen auf – ein Reiter ohne Kopf. Einige Frauen schrien erschrocken auf.

Der Rauch wallte auf, als Lucien ungesehen den Raum durchquerte. Er teilte einen Vorhang und betrat einen Gang, in dem es nach Pfeifentabak, schalem Ale und Urin roch. Ein Betrunkener torkelte ihm entgegen und glotzte ihn aus trüben Augen an.

»Schlaf«, wisperte Lucien. Der Mann sank in sich zusammen.

Lucien stieg über ihn hinweg, öffnete eine verklemmte Luke, kletterte eine Leiter hinab, die bei jeder Bewegung gefährlich knarrte, und bahnte sich einen Weg durch verstaubte Requisiten, bis er schließlich zu einer vergessenen Tür im hintersten Winkel des Kellers gelangte, wo die schaurige Klaviermusik nur noch gedämpft zu hören war.

Als er sie öffnete, wobei er mit einem Tritt nachhelfen musste, schlug ihm ein Geruch entgegen, der ihm ganz und gar nicht gefiel.

Augenpaare leuchteten fahl in der Dunkelheit. Gestalten traten aus den Schatten hervor, reckten krallenartige Hände nach ihm. Lippenlose Münder entblößten Fangzähne. Totes

Fleisch und schmutzstarrende Lumpen klafften auf und gaben den Blick auf Kieferknochen, bleiche Rippen und Wadenbeine frei. Der Gestank raubte ihm schier den Atem. Langsam wich er zur Tür zurück.

Hunger, wisperten die Ghule.

Wir sind so hungrig.

Fleisch.

Gib uns Fleisch …

»Was habt ihr hier zu suchen?«, fragte Lucien scharf und schlug eine Krallenhand fort, die ihm über die Wange kratzen wollte. »Gibt es in euren Löchern keine Knochen mehr, die ihr auslutschen könnt?«

Wir wollen Menschenfleisch, erwiderten die abscheulichen Stimmen.

Warmes Fleisch.

Jaaa. Und Blut. Süßes Blut …

Plötzlich knarrte eine Tür, und Licht flutete in die Kammer. Die widerwärtigen Geschöpfe krächzten und stöhnten wütend, hoben die Arme vor ihre Gesichter und ließen von ihm ab, während sie zurückwichen. Lucien kniff die Augen zusammen und vermied es, in die Quelle der gleißenden Helligkeit zu blicken.

»An deiner Stelle würde ich mich beeilen«, sagte jemand. »Das Licht hält sie nicht lange in Schach.«

Lucien hastete zur Tür. Die Laterne wurde abgeblendet, und er konnte endlich wieder etwas sehen. Vor ihm stand ein Mann, dessen eng anliegender Anzug dieselbe Farbe wie sein Haar aufwies: ein so dunkles Rot, dass es schon beinahe Schwarz war. »Habe ich mich im Haus geirrt?«

»Keineswegs«, sagte der Rotgekleidete, in dessen Augen ein unheilvolles Feuer glühte. Er schloss die Tür und ging mit schaukelnder Laterne voraus.

Lucien erkannte einen Dämon, wenn er einen sah. Bei diesem handelte es sich um eine seltene Sorte: um einen Incubus, gezeugt von einem Geschöpf des Pandæmoniums, geboren von einer sterblichen Frau. Erst die Ghule, und nun das. War Aziel noch bei Sinnen?

Sie betraten einen unterirdischen Salon. Kerzen brannten in angelaufenen Kupferleuchtern, ihre Flammen spiegelten sich geisterhaft in den blinden Spiegeln an den Wänden. Kaputte Tische und Stühle standen herum. Die Holztäfelung an der Decke war morsch, schimmelig und wurmzerfressen. Lucien war, als rieche seine feine Nase trotz des Modergestanks uralten Zigarrenrauch, der so tief in Tapeten und Mobiliar eingesunken war, dass er in hundert Jahren nicht verschwinden würde.

Auf einem kleinen Podest erwartete ihn die nächste Überraschung. Dort saßen zwei Frauen mit kalten Augen und violetten Haaren, deren Gewänder an Leichentücher erinnerten. Vílen, obendrein Zwillinge. Und vermutlich noch bösartiger als dieser Halbdämon. Aber wenigstens handelte es sich um Schattenwesen, nicht um Höllenbrut.

Ein zerfetzter roter Vorhang teilte sich, und Aziel kam herein. »Lucien«, sagte er zur Begrüßung. »Das sind Fay und Whisper. Seth kennst du ja schon.«

»Ghule, Vílen und ein Incubus?«, fuhr Lucien ihn an. »Hast du den Verstand verloren?«

»Hab keine Angst. Sie sind mir treu ergeben.«

»Seit wann umgibst du dich mit solchem Gesindel?«

»Schwierige Aufgaben liegen vor mir. Dafür brauche ich Diener mit gewissen Fähigkeiten.«

»Vílen und Dämonen, meinetwegen«, schnarrte Lucien. »Aber *Ghule*? Das kann nicht dein Ernst sein!«

»Sie sind nützlich.«

»Sie sind widerwärtig. Weiß überhaupt der Madenkönig davon?«

»Sie sind mit seinem Einverständnis hier.«

»Hast du etwa mit ihm geredet?«

»Natürlich.«

Lucien war erschüttert. Niemand, der bei Vernunft war, ließ sich mit dem Madenkönig ein. Er musterte den vormaligen Herrscher der Alben und versuchte, Anzeichen von Wahnsinn zu erkennen. Überrascht hätte es ihn nicht, nach allem, was der Harlekin ihm angetan hatte. Doch Aziel wirkte nicht im Mindesten verrückt. Er hatte sich sogar von seinen Verletzungen erholt. Seine einstige Stärke und Macht hatte er allerdings verloren. Vor Lucien stand ein alter und gebrochener Alb, der sichtlich unter der eigenen Schwäche litt. Vielleicht war das der Grund für Aziels seltsame Gefolgschaft: Er hatte Angst und war deshalb nicht wählerisch, was seine Anhänger betraf.

»Na schön. Deine Sache«, sagte Lucien barsch. »Reden wir lieber über die Art und Weise, wie du mich herbeordert hast.« Er warf den Moskito. Das Kupferinsekt schaffte es nicht rechtzeitig, seine Flügel zu entfalten, und fiel Aziel vor die Füße, wo es ungeschickt versuchte, seine sechs Beine zu sortieren.

»Ein Traum ist der einfachste Weg, mit dir in Verbindung zu treten«, erwiderte Aziel.

»Ich meine die verdammten Ghule in meinem Hotel!«

»In der Vergangenheit hat sich deine Unzuverlässigkeit als sehr zeitraubend erwiesen. Ich bin in Eile. Deshalb musste ich meiner Nachricht etwas Nachdruck verleihen.«

»Ich bin nicht dein Sklave!«, fauchte Lucien. »Und was fällt dir ein, unsere Abmachung aufzukündigen?«

»Sie beruht auf Voraussetzungen, die nicht mehr bestehen.«

Luciens Schädel tat zu weh, um sich noch länger zu streiten. Er schluckte eine zornige Erwiderung herunter und wünschte, es gäbe hier irgendwo ein Becken mit kaltem Wasser, in das er seinen Kopf tauchen könnte.

Und im Grunde hatte Aziel nicht unrecht. Früher war Lucien seine Verbindung zur Welt der Menschen gewesen. Im Gegenzug hatte Aziel den Bann, der auf seinem Untertanen lag, gelockert. Nun waren die Alben fort, und Luciens Ächtung besaß keine Bedeutung mehr. Zeit, neu zu verhandeln.

»Also gut«, sagte Lucien müde. »Vergessen wir die Ghule. Versprich mir nur, das nächste Mal auf solche Maßnahmen zu verzichten.«

Aziel nickte.

Lucien ließ sich in einen Sessel fallen, aus dem das Innenfutter hervorquoll. »Gibt es hier Wasser? Oder Kaffee?«

Aziel nahm ihm gegenüber Platz und ignorierte seine Frage. »Du warst dabei, als unser Volk verschwunden ist, richtig?«

»Ja.«

»Hast du mit dem Harlekin gesprochen?«

»Er hat sich nach dir erkundigt«, berichtete Lucien. »Er hoffte, ihr hättet euren Zwist beilegen und gemeinsam fortgehen können.«

»Dieser Hund«, knurrte Aziel. »Nach allem, was er angerichtet hat.«

»Mit einem hat er recht: Was hält dich noch hier?«

»Irgendjemand muss auf die Träume aufpassen.«

»Das ist nicht mehr deine Aufgabe.«

»Es wird so lange meine Aufgabe bleiben, bis ein anderer sie auf sich nimmt. Dieser pflichtvergessene Bastard von Harlekin konnte ja nicht schnell genug verschwinden.«

»Du bist allein, Aziel. Wie willst du das schaffen?«

»Ich muss. Ganz einfach.«

Lucien schwieg nachdenklich. Jahrtausendelang hatten die Alben unter den wachsamen Augen ihres Herrschers die Träume gehütet, sie geordnet und dafür gesorgt, dass sie im Gleichgewicht blieben und nichts ihren Fluss störte. Ohne die Alben war Aziel dieser Aufgabe unmöglich gewachsen. Ein paar Wochen vielleicht, aber nicht länger. Und was dann geschah, wusste niemand. »Weswegen hast du mich gerufen?«, fragte Lucien schließlich.

»Deswegen.« Aziel legte Jernigans Lampe auf den Tisch – besser gesagt, das, was davon übrig war, seit der Harlekin sie gezündet hatte: verbogenes Kupfer und Glassplitter.

Lucien betrachtete die Bruchstücke. Eine gemeinere Waffe hätte der Harlekin nicht finden können. Alben hassten grelles Licht. Und das Licht von Jernigans Lampe war heller als die Sonne. So hell, dass es keinen Schatten warf. Ihn schauderte.

»Der Harlekin ist nicht aus eigener Kraft freigekommen«, sagte Aziel. »Jemand muss ihm geholfen haben.«

»Derselbe, der ihm die Lampe gegeben hat?«

»Vermutlich.«

»Wer sollte so etwas tun?«

»Deshalb bist du hier: um dies herauszufinden.«

Lucien konnte nicht behaupten, dass ihn Aziels Bitte sonderlich überraschte. »Wozu? Was geschehen ist, ist geschehen. Daran ändern auch deine Nachforschungen nichts.«

»Wir werden sehen«, erwiderte Aziel. »Hilfst du mir?«

»Was bietest du mir dafür?«

»Gar nichts.«

Lucien hustete. »Du hast mir schon bessere Angebote gemacht.«

Aziel packte ihn am Arm. »Willst du in einer Welt ohne Alben leben, Lucien? Willst du für alle Zeit allein sein?«

Lucien schwieg. Das Verschwinden der Alben machte ihm in der Tat zu schaffen, mochte er sich noch so sehr einreden, dass ihre Angelegenheiten ihn schon lange nicht mehr betrafen. Aziel war das offenbar nicht entgangen.

»Wir fangen mit dem Kerker des Harlekins an«, sagte der einstige König, und in seinen Augen erschien ein Glanz, der an seine alte Macht gemahnte. »Du bist doch bereit für einen Streifzug ins Reich des Madenkönigs?«

11

Das geheime Zimmer

Jackon hob den Brocken mit beiden Händen hoch und warf ihn zu den anderen. Die Schubkarre war schon fast voll, obwohl er gerade einmal ein Drittel der abgesteckten Fläche umgegraben hatte. Offenbar bestand der Boden in diesem Teil des Gartens hauptsächlich aus Steinen, was Ibbott Hume aber nicht davon abhielt, hier ein Blumenbeet anlegen zu wollen. Mit zusammengebissenen Zähnen griff Jackon zur Schaufel und stieß sie in die Erde. Ihm stand ein anstrengender Nachmittag bevor – und ein heißer obendrein, denn am Himmel war nach wie vor nicht die kleinste Wolke zu sehen. Der Schweiß lief ihm in Strömen über Gesicht und Brust.

Hume goss währenddessen die Rosenhecke. Der Palastgärtner war ein rundlicher Mann mit gewaltigen Tränensäcken und ein paar vereinzelten Haaren auf dem Schädel. Stets trug er eine speckige Lederschürze, aus der die Griffe seiner Messer und Scheren ragten. Gemütliche Gleichgültigkeit schien die einzige Regung zu sein, zu der er fähig war, weshalb Jackon nur vermuten konnte, was Hume von ihm hielt. Einige Anzeichen sprachen jedoch dafür, dass sich der Gärtner über den Umstand freute, einen Helfer bekommen zu haben: Er behandelte Jackon einigermaßen freundlich und bemühte sich, seinen neuen Gehilfen in die Geheimnisse der Gartenarbeit einzuweihen. Dies tat er, indem er ununterbrochen redete: von sämtlichen Gewächsen des Gartens; von der Art und Weise, wie man sie gedeihen ließ; von den Schädlingen, die ihm tagein, tagaus zu schaffen machten. Anfangs hatte Jackon noch versucht, Humes Ausführungen zu folgen, im ehrlichen Bestreben zu lernen. Doch bald schon hatte er erschöpft aufgegeben. Hume war offenbar nicht an Zuhörer gewöhnt und erzählte so monoton und umständlich, dass selbst die interessanteste Information wie ein starkes Betäubungsmittel wirkte. Inzwischen beschränkte sich Jackon darauf, hin und wieder »Ja« und »Ach, tatsächlich?« zu murmeln und währenddessen seinen eigenen Gedanken nachzuhängen.

Schließlich gab es einiges, über das er nachdenken musste. Beispielsweise die Ausbildung, von der Lady Sarka gesprochen hatte. Er wusste immer noch nicht, was er sich darunter vorstellen musste. Wie bildete man einen Traumwanderer aus? Umbra konnte er nicht fragen, denn er hatte die Leibwächterin nicht mehr gesehen, seit sie gestern vor dem Heckenlabyrinth so plötzlich verschwunden war.

Als die Schubkarre voll war, fuhr er sie zur Palastmauer, wo er die Steine in eine Grube schüttete. Arme und Rücken taten ihm weh. Die Arbeit im Garten war härter, als er gedacht hatte. Jackon hatte den Verdacht, dass Hume ihm hauptsächlich die Aufgaben übertrug, die ihm selbst zu anstrengend waren. Während der Gärtner Blumen goss, Unkraut jätete und Hecken schnitt, musste er Steine ausgraben, Gräben schaufeln und Baumstämme zersägen. Jackon machte das nichts aus; im Grunde gefiel ihm diese Arbeit sogar. Er war den ganzen Tag an der frischen Luft und konnte so schnell oder langsam arbeiten, wie er wollte, und in der vergangenen Nacht hatte er so gut geschlafen wie schon lange nicht mehr. Außerdem war alles besser, als in einem dunklen, stinkenden Abwasserkanal zu hocken und das Fangnetz zu bewachen.

Wenn nur die Hitze nicht wäre … Er war einfach nicht daran gewöhnt, in der Sonne zu arbeiten. Jackon machte eine Pause, zog sich in den Schatten unter einem Apfelbaum zurück und trank etwas Wasser. Den Rest des Flascheninhalts schüttete er sich über den Kopf. Anschließend fühlte er sich besser und machte sich daran, den Rest des Beetes umzugraben.

Er arbeitete bis zum Abend. Nachdem er eine weitere Schubkarrenladung weggebracht hatte, rammte er seine Schaufel versuchsweise an verschiedenen Stellen in die lockere Erde. Nirgendwo stieß der Spaten auf Widerstand. Offenbar hatte er sämtliche Steine ausgegraben.

»Ich bin fertig«, meldete er Hume.

Der Gärtner unterbrach seinen Monolog über Blattläuse und die Bekämpfung derselben. »Gut«, sagte er, nachdem er das Beet in Augenschein genommen hatte. »Bring das Werkzeug zum Schuppen, dann ist Schluss für heute.«

Jackon legte Schaufel und Hacke in die Karre und schob sie zu dem Bretterverschlag, bevor er zum Gesindeflügel schlurfte. Abendessen gab es frühestens in einer Stunde. Er war zu müde, um auf die anderen Bediensteten zu warten, also holte er sich etwas Brot und Käse aus der Vorratskammer des Gemeinschaftsraums. Nachdem er gegessen hatte, zog er sich in seine Unterkunft zurück, wo er sich mitsamt den Kleidern ins Bett fallen ließ. Waschen konnte er sich später, wenn er sich ausgeruht hatte.

Er döste ein.

»Zieh dir was Ordentliches an. Die Herrin will dich sehen.«

Jackon fuhr so jäh auf, dass er beinahe über die Bettkante gerutscht wäre. Umbra stand vor dem Fenster seiner Kammer, umgeben vom roten Glühen des Himmels. Seltsam, dass er sie nicht hatte hereinkommen hören. Normalerweise wachte er vom kleinsten Geräusch auf.

»Mach schon. Sie wartet nicht gern.«

Er musste mindestens eine Stunde geschlafen haben. Es war jener Moment des Abends, an dem die Schatten am längsten waren, kurz bevor die hereinbrechende Nacht sie in sich aufnahm. Umbra wirkte wacher als sonst, kräftiger. Und sichtlich ungeduldig. Mit schweren Gliedern stand er auf, wusch sich hastig und zog sich vor Umbra um.

»Gut so?«, fragte er und blickte an sich herunter.

»Wenn du mich fragst, siehst du immer noch aus wie eine Vogelscheuche. Aber es wird genügen, schätze ich ... Wo willst du hin?«

»Äh, zur Tür?«

»Lass den Unsinn und komm her.«

Verwirrt ging er zur Fensterseite, wo Umbra ihn am Nacken packte, als wäre er ein schlachtreifer Stallhase. Sie schob ihn zu einem Winkel, wo sich die Schatten verdichteten. Sie traten in das Zwielicht ... *und durch die Wand.* Jackon schrie und erwartete, in den Garten zu fallen, doch dann stellte er fest, dass sie sich nicht außerhalb der Palastmauern befanden, sondern in einer Art Tunnel, dessen gewölbte Wände man nur deshalb erkennen konnte, weil sie noch schwärzer waren als die Dunkelheit in seinem Innern.

»Wo ...«, begann er, doch Umbra fiel ihm scharf ins Wort.

»Sei still. Du willst doch keine Düsterkralle anlocken, oder?«

»Was ist das?«, fragte Jackon, leiser nun.

»Bete, dass du das niemals erfährst.«

Ihr Griff um seinen Nacken wurde fester, und sie schob ihn nach links, wo eine Öffnung erschien. Licht gleißte und zerschmolz die Schatten, und vor ihnen tat sich eine Kammer auf.

Zu seiner Erleichterung befanden sie sich wieder im Palast, zumindest sah dieses Zimmer danach aus. »Wie hast du das gemacht?« Sein Herz pochte immer noch schnell und hart.

»Ich habe gar nichts gemacht. Ich habe es nur *zugelassen.*« Umbra gab ihm einen Stoß, woraufhin er nach vorn stolperte.

»Umbra«, erklang die sanfte und melodische Stimme von Lady Sarka. »Sei nicht so hart zu dem Jungen. Er weiß es doch nicht besser.«

»Seine Begriffsstutzigkeit kann einen zum Wahnsinn treiben.«

»Vergiss nicht, wo er aufgewachsen ist. Gib ihm Zeit. Er wird sich an alles gewöhnen. Lass uns jetzt allein.«

Jackon sah, dass Umbra in den Schatten verschwand, bevor er sich zur Lady umwandte. Das Zimmer hatte keine Fenster, und wie groß es war, ließ sich nicht feststellen, denn jenseits des roten und gelben Lampenscheins verlor es sich im Zwielicht. Dunkle Holzverkleidungen befanden sich an den Wänden. Ein Teppich dämpfte seine Schritte. Die rote Couch, das geschnitzte Tischchen mit einer blau funkelnden Karaffe darauf und die Vitrinen wirkten alt und ein wenig abgenutzt, aber nicht schäbig. In der Luft lag ein Geruch, dessen Quelle er nicht ausmachen konnte: ein feiner, würziger, berauschender Duft.

Lady Sarka trat in das Lampenlicht, und der rotgelbe Schein floss über ihre Gestalt und das cremefarbene Gewand. Ehrfurcht stieg in ihm auf.

»Es gibt Zimmer im Palast, die nicht jedermann zugänglich sind«, sagte sie. »Deshalb darfst du es Umbra nicht übel nehmen, falls sie dich erschreckt hat. Manchmal ist sie ein wenig grob.«

Nun fiel Jackon auf, dass es in dem Zimmer keine Tür zu geben schien. Doch vielleicht verbarg sie sich auch nur in den Schatten.

Die Lady lächelte. »Umbra sagt, du hattest heute deinen ersten Tag bei Ibbott Hume. Gefällt dir die Arbeit im Garten?«

Er nickte.

»Ibbott ist eine Seele von Mensch. Ich bin sicher, du wirst dich bei ihm sehr wohlfühlen. Setz dich«, forderte sie ihn auf.

Das rote und rissige Leder der Couch gab mit leisem Knarren nach, als Jackon sich neben Lady Sarka niederließ. Sie bewegte sich mit solcher Anmut, dass er sich daneben wie eine struppige Kanalratte vorkam. Ihr Haar floss wie Honig über ihre Schultern, und ihr Duft vermengte sich mit dem Wohlgeruch des Zimmers zu einer erregenden Mischung. Ihm wurde bewusst, dass er noch nie einer so schönen Frau begegnet war. Allerdings hatte er sich bisher auch nicht sonderlich für Frauen interessiert.

Ihm war, als würde ihr Blick die verborgensten Winkel seiner Seele ergründen und jedes Geheimnis offenlegen. »Eine besondere Nacht steht uns bevor, Jackon«, sagte sie. »Es ist Neumond. Die Grenzen zwischen den Welten sind dünn. Türen öffnen sich daher leicht.«

Es waren beunruhigende Worte, die sie sprach, doch irgendetwas bewirkte, dass keine Furcht in ihm aufstieg. Vielleicht der Duft. Schwer legte er sich auf seine Gedanken, machte ihn gleichmütig und ruhig.

»Die richtige Nacht für dich«, fuhr sie fort. »Keine Widerstände, keine Schranken. Keine Hindernisse, die dich aufhalten.«

Jackon verstand kein Wort, aber daran war er inzwischen gewöhnt. Er wartete geduldig.

»Lass uns mit deiner Ausbildung beginnen«, sagte Lady Sarka. »Bist du dafür bereit?«

Seine Ausbildung … Seit zwei Tagen dachte er an nichts anderes. Aber bereit war er deswegen noch lange nicht. »J-ja«, antwortete er zögernd.

Die Lady stand auf und setzte sich in einen Lehnstuhl. »Mach es dir bequem.«

Jackon streckte sich auf der Couch aus und bettete seinen Kopf auf ein Kissen. Es kam ihm mehr als seltsam vor, so dazuliegen, während die Lady ihn beobachtete.

»Wenn ein Mensch einschläft, verlässt seine Seele den Körper«, erklärte sie. »Sie zieht sich in die Traumlande zurück, wo sie eine Zuflucht besitzt, das Seelenhaus. Dort ruht sie sich aus, während der Körper schläft.«

»Meine Seele auch?«

Die Lady nickte. »Sie sucht Schutz in deinem Seelenhaus. Die Träume, die zu ihr kommen, helfen ihr, sich zu erholen.«

Jackon konnte sich nicht an ein solches Haus erinnern. Aber vielleicht hatte er es nur vergessen, so wie er auch stets seine Träume vergaß.

»Eine Seele kann ihre Zuflucht normalerweise nicht verlassen. Sie wandert durch die Träume, bis sie in ihren Körper zurückkehrt. Du jedoch bist anders, Jackon. Du kannst die Tür deines Seelenhauses öffnen und hindurchtreten.«

»Was ist dort? Hinter der Tür, meine ich.«

»Eine riesige Stadt. Größer, als du dir vorstellen kannst, denn sie besteht aus den Seelenhäusern aller Menschen. Du warst schon oft dort, auch wenn du dich vielleicht nicht daran erinnern kannst. Du hast die Tür geöffnet, bist durch die Straßen gewandert und hast die Seelenhäuser anderer Menschen betreten, weswegen sie Angst vor dir bekommen haben.«

Jackon schauderte, wenn er nur daran dachte. »Das war nicht meine Absicht.«

»Natürlich nicht. Deine Kräfte haben sich verselbstständigt, während sie stärker und stärker wurden. Aber deswegen bist du hier. Ich werde dir beibringen, deine Gabe zu beherrschen, damit sie deinem Willen gehorcht.«

»Was soll ich jetzt tun?«

»Zunächst musst du lernen, die Tür deines Seelenhauses zu finden. Sie wird von den Träumen überlagert und ist irgendwo darin versteckt. Du hast sie schon viele Male gefunden, aber immer nur zufällig. Mit meiner Hilfe wird es dir bald gelingen, sie aufzuspüren, sobald du dein Seelenhaus betreten hast.«

Plötzlich wurde Jackon klar, warum Lady Sarka ihn aufgefordert hatte, sich hinzulegen. »Ihr meint, ich soll schlafen? Hier?«

Sie lächelte. »Wie willst du die Tür deines Seelenhauses finden, wenn du wach bist?«

Er kam sich dumm vor. Natürlich musste er schlafen; schließlich wollte er ein *Traum*wanderer werden.

»Hab keine Angst«, sagte die Lady. »Dieses Zimmer ist der sicherste Ort des ganzen Palasts. Niemand kann dir etwas antun, während du schläfst. Außerdem passe ich auf dich auf.«

»Was ist, wenn ich nicht einschlafen kann?«

»Keine Sorge, das wirst du.«

Sie hatte recht: Kurz darauf war er wieder so müde wie vor einer Stunde, bevor Umbra ihn geholt hatte. Die Arbeit im Garten hatte ihn zu Tode erschöpft. Und der seltsame Geruch tat sein Übriges, dass ihm die Lider schwer wurden.

»Niemand kann vorhersagen, welche Träume dich in deinem Seelenhaus erwarten«, sagte die Lady, während er immer schläfriger wurde. »Sie werden dich verwirren, deshalb musst du versuchen, dich daran zu erinnern, die Tür zu finden. Denk an nichts anderes. Sonst vergisst du es, sowie du eingeschlafen bist.«

Muss die Tür finden, sagte er sich, während die Lady, die Couch, das ganze Zimmer in die Ferne entglitten.

»Versuch sie zu öffnen«, war das Letzte, was er hörte, bevor ihre Stimme verklang.

Er fand sich in einem Garten wieder. Ein unbestimmtes Gefühl sagte ihm, dass dies nicht der Ort war, an dem er sein sollte. Aus irgendeinem Grund hatte er ein Haus erwartet, ein Seelenhaus. Doch wohin er auch blickte, sah er Bäume, Sträucher und Statuen, von Kletterpflanzen umrankt. Weit und breit kein Haus in Sicht.

Such die Tür, dachte er, aber schon im nächsten Moment

wusste er nicht mehr, woher dieser Gedanke kam. Obwohl er wichtig zu sein schien, gelang es ihm nicht, ihn festzuhalten, denn er war vollauf damit beschäftigt, ein Beet umzugraben.

Mechanisch und selbstvergessen trieb er seine Schaufel ins Erdreich und arbeitete sich Schritt für Schritt voran, schuftete, bis er seine Arme nicht mehr spürte. Er konnte nicht sagen, wie viel Zeit währenddessen verging, Stunden, vielleicht sogar Tage. Dabei war ihm vage bewusst, dass er eigentlich etwas Besseres zu tun hatte, als Erde umzuwälzen. Er wünschte nur, er könnte sich daran erinnern, was. Irgendetwas mit einer Tür. Aber eine Tür war nirgendwo zu sehen.

Plötzlich spürte er, dass er beobachtet wurde. Verstohlen blickte er sich um, konnte jedoch niemanden entdecken. Er war allein in dem riesigen Garten.

War Darren hinter ihm her? Oder, schlimmer noch, der unheimliche Krähenmann? Jackon beschloss zu fliehen, solange er noch konnte. Er vergaß die Tür, warf die Schaufel weg und nahm die Beine in die Hand.

Und dann war der Garten verschwunden. Jackon hetzte durch dunkle Tunnel, die so niedrig waren, dass er den Kopf einziehen musste. Wasser rauschte in der Finsternis, und der Gestank von Unrat und Exkrementen raubte ihm den Atem. Diese Tunnel waren ihm so vertraut, dass er blind den Weg fand. Hatte er einmal hier gelebt? Vielleicht, vielleicht auch nicht. Er konnte sich nicht erinnern.

Aus der Finsternis hörte er hastige Schritte. Also hatte er sich nicht geirrt – er wurde wirklich verfolgt! Und offenbar nicht von einer einzelnen Person, sondern von einer ganzen Horde.

Er warf einen Blick über die Schulter und sah Augenpaare, die in der Finsternis glühten, hörte wispernde Stimmen, die nach seinem Fleisch riefen. *Ghule!*, kam es ihm in den Sinn. Also war eingetreten, wovor er sich sein halbes Leben lang gefürchtet hatte. Sie hatten ihn gefunden, sie würden ihn hetzen, bis er vor Erschöpfung zusammenbrach, um sich dann auf ihn zu stürzen und ihn mit ihren Klauen und gelben Fangzähnen zu zerreißen.

Er musste noch schneller laufen, musste einen Ort finden, wo es Licht gab, denn Licht bedeutete Sicherheit. Am besten verließ er die Kanäle, in der Hoffnung, dass es draußen zu hell für die Ghule war. Doch mit seinen Beinen stimmte etwas nicht. Sie bewegten sich, so wie sich Beine bewegten, wenn man wie der Teufel rannte, trotzdem kam er nicht vom Fleck. Er trat auf der Stelle, während die Untoten immer näher kamen.

Sein Herz schlug ihm bis zum Hals. Wenn er nicht schleunigst einen Ausweg fand, war er verloren.

Vor ihm landete eine Krähe. Obwohl es stockdunkel war, konnte er sie genau erkennen. Sie starrte ihn aus ihren Knopfaugen an, öffnete ihren Schnabel und krächzte: »Wieso gehst du nicht durch die Tür?«

Verblüfft blieb er stehen. Seit wann konnten Krähen sprechen? »Ich sehe keine Tür«, rief er.

»Sie ist genau neben dir, Dummkopf«, erwiderte der Vogel.

Jackon wandte sich zur Wand um. Richtig, da war eine Tür. Seltsam, dass er sie nicht schon vorher bemerkt hatte.

Eine Tür …

Plötzlich fiel ihm alles wieder ein. Deswegen war er hergekommen! Um die Tür zu finden! Wie hatte er das nur vergessen können? Dabei hatte man ihm eingeschärft, sich unter allen Umständen daran zu erinnern.

Sie stand mitten in einem Garten, auf einer Wiese, eingefasst in einen schlichten Holzrahmen. Der Messingknauf glänzte im Sonnenlicht.

Ein Garten?, dachte Jackon verwirrt. War er nicht eben noch woanders gewesen? Er drehte sich um die eigene Achse und blickte sich um. Überall Bäume und Hecken. Er hätte schwören können, dass er erst vor wenigen Augenblicken durch einen Tunnel gerannt war.

Und wieso hatte er Angst? Dieser Garten war nicht im Mindesten Furcht einflößend. Die Sonne schien. Von den Ästen regneten Blütenblätter. In den Baumwipfeln zwitscherten Vögel.

Dennoch blieb das vage Gefühl der Bedrohung. Besser, er sah sich ein wenig um und fand heraus, ob er wirklich allein in dem Garten war. Möglicherweise lauerten irgendwo Ghule, obwohl er sich nicht recht erklären konnte, wie er ausgerechnet auf Ghule kam.

Als er losstapfte, überkam ihn die drängende Sorge, dass er etwas Wichtiges vergessen hatte – nur was? So sehr er auch darüber nachgrübelte, es fiel ihm nicht mehr ein.

Er setzte sich an einen reich gedeckten Tisch, den er zwischen den Hecken fand. Ein livrierter Diener tauchte auf und schenkte ihm eine Tasse Kaffee ein.

»Kannst du mir sagen, weswegen ich hier bin?«, fragte Jackon.

Der Diener öffnete den Mund. Er hatte keine Zunge mehr.

Jackon zuckte mit den Schultern und trank von seinem Kaffee, der seltsamerweise wie Orangensaft schmeckte.

Er erwachte auf der Couch. Das Kissen unter seiner Wange war feucht von seinem Speichel. Die Lampen verströmten trübes Licht. Irgendetwas sagte ihm, dass draußen der Morgen dämmerte, obwohl kein Tageslicht in das Zimmer fiel.

Benommen setzte er sich auf.

»Hast du die Tür gefunden?«, fragte Lady Sarka, die aus den Schatten trat.

Es dauerte einen Augenblick, bis er den Sinn ihrer Frage erfasste. »Ja … nein. Sie war wieder weg, bevor ich sie öffnen konnte.«

Sie setzte sich in den Lehnstuhl. »Aber du hast sie gesehen.«

»Nur kurz.« Er konnte sich kaum noch daran erinnern. Auch der Rest des Traumes verblasste zusehends. Er wusste nur noch, dass es ein überaus verrückter und beklemmender Traum gewesen war. »Es tut mir leid«, fügte er hinzu.

Sie lächelte aufmunternd. »Für den Anfang bist du weit gekommen.«

»Für den Anfang?«

»Morgen Abend kommst du wieder hierher. Und übermorgen auch. So lange, bis du die Tür auf Anhieb findest.«

»Was, wenn ich es niemals schaffe?«

»Das wird nicht geschehen. Vertraue deinen Kräften. Du musst lediglich versuchen, dich an deine Aufgabe zu erinnern, während du schläfst.«

»Aber die Träume sind so verwirrend. Sie lenken mich immerzu ab.«

»Hab Geduld. Du wirst lernen, dich in deinem Seelenhaus zurechtzufinden.«

»Ich habe kein Seelenhaus gesehen.«

Anstelle einer Antwort erhob sich Lady Sarka. »Genug für heute, Jackon. Warte hier auf Umbra. Sie bringt dich zurück zu deiner Kammer.« Dann wandte sie sich ab und verschwand im Halbdunkel jenseits des Lampenscheins.

Nach einer Weile stand er auf. Er drehte die Lampe heller und warf einen verstohlenen Blick hinter den Wandschirm, der den hinteren Teil des Zimmers abtrennte.

Holzgetäfelte Wände, ein Tischchen mit einem Grammofon, eine Vitrine mit Kristallgläsern – aber nirgendwo ein Ausgang.

12

Audienz bei Lady Sarka

Rauch zog an den Fenstern von Quindals Droschke vorbei, während das Gefährt durch die Gassen des Kessels rumpelte.

»Ab jetzt lautet dein Nachname Hugnall«, sagte der Erfinder. »Ich habe entfernte Verwandte in Torle, die so heißen. Du hast deine Eltern beim letzten Ausbruch der Cholera verloren. Außer mir hast du keine Angehörigen, also bist du mit dem Luftschiff nach Bradost gekommen. Wiederhole das.«

Liam tat, was Quindal von ihm verlangte. *Hugnall.* Er sagte sich diesen Namen mehrmals stumm vor, damit er nicht zögerte, wenn man ihn danach fragte.

Die Droschke rollte durch ein Schlagloch, und der Stoß fuhr ihm unangenehm in den Magen. Seine Aufregung wurde von Minute zu Minute schlimmer. Er war tatsächlich im Begriff, bei Lady Sarka vorzusprechen und sie um eine Stelle in ihrem Palast zu bitten – er musste verrückt geworden sein. Dabei war ihm dieser Plan gestern noch vernünftig erschienen.

Wenigstens sah er inzwischen wieder wie ein normaler Mensch aus. In der Kammer in Quindals Werkstatt, wo er die Nacht verbracht hatte, gab es eine Waschgelegenheit. Der Erfinder hatte ihm außerdem neue Kleider und Schuhe besorgt, denn so schmutzig, wie er gewesen war, hätte er der Lady unmöglich unter die Augen treten können.

»Überlass mir das Reden«, fuhr Quindal fort. »Sprich nur,

wenn man dich dazu auffordert. Lady Sarka ist sehr misstrauisch. Möglicherweise wird sie versuchen, mehr über dich herauszufinden. Überleg dir also genau, was du sagst.«

Liam war nicht auf den Mund gefallen. Als Blitzhändler musste er sich tagtäglich mit den Aethermaklern herumschlagen, jenen Meistern in der Kunst des Feilschens. Wenn es sein musste, konnte er lügen und schauspielern, was das Zeug hielt. Aber konnte er es auch gut genug, um die mächtige und gerissene Herrscherin von Bradost hinters Licht zu führen?

»Das wird nicht einfach«, sagte der Erfinder, dem die Anspannung anzusehen war. »Und selbst wenn wir es schaffen, fangen die Schwierigkeiten erst an. Im Palast bist du auf dich gestellt. Wenn man dich erwischt, kann und werde ich nichts für dich tun. Ich werde behaupten, all das sei deine Idee gewesen, und ich hätte davon nicht das Geringste gewusst.«

Liam nickte. Dies war die Bedingung, unter der Quindal eingewilligt hatte, ihm zu helfen. Ob das dem Erfinder etwas nutzte, wenn man Liam auf die Schliche kam, stand jedoch auf einem anderen Blatt.

»Ich war erst ein paar Mal im Sarka-Anwesen und kann dir nur wenig darüber sagen. Die meisten Zimmer stehen leer. Der Hauptflügel wird für gesellschaftliche Anlässe genutzt; dahinter befindet sich der Kuppelsaal mit den Gemächern der Lady. Wenn das Buch wirklich so wichtig ist, wie dein Vater glaubte, bewahrt sie es vermutlich in ihrer persönlichen Bibliothek auf. Soweit ich weiß, hat der Kuppelsaal nur einen Zugang. Er wird bewacht sein, also sei auf der Hut.«

»Wie erkenne ich das Buch?«, fragte Liam. »Ich weiß nicht, wie es aussieht.«

»Ich versuche, mehr darüber herauszufinden. Als Palastdiener hast du einen freien Tag in der Woche. Diesen Tag nutzen wir, um uns zu treffen und uns gegenseitig auf den neusten Stand zu bringen.«

»Ist das nicht zu auffällig?«

»Man hält dich für meinen Verwandten. Niemand wird sich etwas dabei denken, wenn du mich besuchst.«

Die Droschke hielt an. Liam blickte aus dem Fenster und stellte fest, dass sie zum Magistratsgebäude gefahren waren. »Was tun wir hier? Ich dachte, wir fahren zum Sarka-Anwesen.«

»Die Lady ist tagsüber im Magistrat und geht ihren Regierungsgeschäften nach.« Als Liam aussteigen wollte, hielt Quindal ihn zurück. »Warte. Eine Sache noch: Egal, was du im Palast tust, nimm dich vor den Krähen in Acht.«

»Krähen?«

»Sie nisten im Dachgebälk des Anwesens. Corvas spricht ihre Sprache und setzt sie als Kundschafter und Spione ein. Wenn du eine Krähe siehst, verhalte dich unauffällig. Versuch nicht, sie zu vertreiben; das macht dich verdächtig. Und jetzt kein Wort mehr von diesen Dingen«, sagte Quindal barsch und öffnete die Droschkentür.

Der Magistrat war ein imposanter Bau, der am Flussufer stand und über zahlreiche Flügel und Nebentrakte verfügte. Rußgraue Säulen säumten die Treppenaufgänge, hohe Fenster mit eisernen Gittern gewährten Blicke in die Säle und Zimmer. Drei Jahrhunderte lang hatten gewählte Magistrate darin die Geschicke der Stadtrepublik Bradost gelenkt; seit ein paar Jahren diente das Gebäude der Lady und ihren Beratern als Amtssitz. Gegenüber befanden sich die Reste der alten Festung, deren Türme, Bastionen und Kasematten vor langer Zeit zu Kasernen umfunktioniert worden waren. Bewaffnete gingen darin ein und aus, Pikeniere, Kavalleristen und Soldaten der Miliz, die im Namen der Lady die Ordnung in der Stadt aufrechterhielten.

Liam und Quindal stiegen die breite Treppe zum Hauptflügel des Magistratsgebäudes empor. Die Wachen vor dem

Portal grüßten den Erfinder respektvoll und ließen ihn ungehindert eintreten. Quindal hatte erzählt, nach dem Niedergang der Republik sei ihm nichts anderes übrig geblieben, als sich für seine Arbeit private Geldgeber zu suchen: reiche Bürger und Adlige, die sich um die Wissenschaft verdient machen wollten. Zu seinen wichtigsten Förderern gehörte auch Lady Sarka, der daran gelegen war, Luftschiffentwicklung und Aethertechnik voranzutreiben. Deshalb konnte Quindal bei ihr stets mit einem offenen Ohr rechnen.

In der Eingangshalle mit ihren Statuen von längst verstorbenen Kriegshelden wurden sie von einem livrierten Amtmann in Empfang genommen. Quindal brachte sein Anliegen vor, woraufhin sie der Beamte zu einem düsteren Zimmer mit holzgetäfelten Wänden führte. Er bat sie, hier zu warten, und verschwand in einer Tür, vor der zwei Spiegelmänner Wache standen. Liam vermied es, die Maskierten anzuschauen. Er fürchtete, man könnte ihm seinen Zorn ansehen, den er in ihrer Nähe unweigerlich empfand.

Kurz darauf kam der Beamte zurück und bat sie herein. Liam folgte Quindal in ein größeres und helleres Zimmer. Ein Tisch voller Schriftstücke dominierte den Raum. Dahinter, in einem Stuhl mit hoher Lehne, saß Lady Sarka.

Es war nicht das erste Mal, dass Liam die Lady sah. Sie zeigte sich oft in der Stadt, bei Paraden, festlichen Anlässen oder der Einweihung wichtiger Gebäude wie der Aetherbörse im vorigen Jahr. Aber noch nie war er ihr so nahe gekommen, und während er sich verneigte, erschien ihm sein ganzes Vorhaben immer mehr wie blanker Wahnsinn. Er konnte nur hoffen, dass sie sein Entsetzen für Ehrfurcht angesichts ihrer Gegenwart hielt.

Die Lordkanzlerin war nicht allein im Zimmer. Hinter dem Tisch stand eine rothaarige Frau, ganz in Schwarz gekleidet, mit verschränkten Armen und grimmigem Blick. Auch sie war

Liam nicht unbekannt, denn sie wich ihrer Herrin nie von der Seite. Es handelte sich um Umbra, die Leibwächterin der Lady und neben Corvas einer ihrer wichtigsten Diener.

»Nestor«, sagte Lady Sarka mit einem warmen Lächeln. »Was für eine angenehme Überraschung. Ich rechne schon gar nicht mehr damit, dir außerhalb deiner Werkstatt zu begegnen. Verlässt du sie überhaupt noch?«

»Kaum, Euer Gnaden«, erwiderte der Erfinder. »Meine Arbeit beansprucht mich zu sehr.«

»Dein Pflichteifer ist vorbildlich. Oder sollte ich Besessenheit sagen?«

»Ich lebe eben für die Wissenschaft.«

»Was würde Bradost nur ohne dich anfangen? Es gäbe keine Luftschiffe, keine Gaslampen, keine Aethermaschinen. Wir wären immer noch im Altertum.«

»Ich glaube, Ihr überschätzt meinen Anteil am Fortschritt, Euer Gnaden.«

»Sei nicht so bescheiden, Nestor. Wir alle wissen, was du für unsere Stadt getan hast. Wer ist der Junge?«

Liam war, als bemerke die Lady ihn erst jetzt. Ehrfürchtig senkte er den Blick.

»Liam Hugnall, mein Großneffe aus Torle«, stellte Quindal ihn vor. »Seinetwegen bin ich hier.«

»Ich wusste gar nicht, dass du Familie im fernen Torle hast«, sagte die Lady, während sie Liam musterte.

»Ein entfernter Zweig väterlicherseits, zu dem ich bisher kaum Kontakt hatte. Doch jetzt sind Liams Eltern gestorben, und ich musste ihn bei mir aufnehmen.«

»Deine Eltern sind gestorben?«, erkundigte sich Lady Sarka freundlich. »Darf ich fragen, woran?«

»Die Cholera«, antwortete Liam scheu.

»Ich habe davon gehört. Die dritte Welle in fünf Jahren, nicht wahr? Ich frage mich, wann unsere Nachbarn endlich etwas gegen die katastrophalen Zustände in ihren Städten unternehmen.«

»Ich bin Liams letzter lebender Verwandter«, fuhr Quindal fort. »Es wird also das Beste sein, wenn er vorerst in Bradost bleibt.«

Die Lady nickte. »Du kannst dich glücklich schätzen, einen so berühmten Großonkel zu haben.«

»Ja«, murmelte Liam.

»Was kann ich also für dich tun?«, wandte sie sich an Quindal.

»Ich habe gehofft, Ihr könntet dem Jungen Arbeit geben, wenn Ihr mir die Direktheit gestattet.«

»Kann er nicht in deiner Werkstatt arbeiten?«

Liam zuckte innerlich zusammen. Natürlich! Was die Lady vorschlug, war mehr als offensichtlich. Wieso hatten sie das nicht bedacht?

Glücklicherweise hatte Quindal die passende Erklärung parat: »Das habe ich bereits versucht. Aber ich fürchte, er ist für diese Art von Arbeit einfach nicht geschaffen.«

»Was hast du denn in Torle gemacht?«, sprach die Lady Liam an.

Seine Gedanken überschlugen sich schier, als er versuchte, eine Antwort zu finden, die zu seinen Plänen passte. Abermals kam ihm der Erfinder zuvor:

»Er war Hausdiener und Gärtner bei einem Seidenhändler.«

»Gärtner«, wiederholte Lady Sarka. »Nun, er könnte in den Gärten meines Palastes arbeiten, wenn er möchte.«

»Das würdet Ihr für ihn tun?«, erwiderte Quindal. »Ich danke Euch, Euer Gnaden. Ihr erweist mir damit eine große Ehre.«

»Das ist selbstverständlich, Nestor. Bradost steht so tief in deiner Schuld, dass ich gar nicht genug für deine Familie tun kann.«

»Du hast Ihre Gnaden gehört, Junge«, flüsterte Quindal. »Zeig ihr gefälligst deinen Respekt!«

Liam verneigte sich erneut und murmelte, er nehme das Angebot dankbar an.

»Herrin«, mischte sich Umbra ein. »Brauchen wir wirklich noch einen Gärtner? Wir haben doch gerade erst den anderen Jungen eingestellt.«

»Na und? Hume liegt mir seit Jahren in den Ohren, er brauche noch mindestens zwei Hilfskräfte.« Lächelnd wandte sich die Lady Liam zu. »Du kannst sofort anfangen. Einer meiner Diener, Jocelyn, wird dich zu meinem Anwesen bringen.«

Kurz darauf verließen sie das Zimmer. Liams Herz pochte so heftig, dass er fürchtete, es könnte jeden Moment zerspringen. Er hatte es tatsächlich geschafft! Dank Quindal war es nicht einmal besonders schwer gewesen.

Als sie zur Eingangshalle kamen, sagte der Erfinder leise: »Der erste Schritt ist getan. Alles Weitere liegt bei dir. Viel Glück.«

Nachdem Quindal sich verabschiedet hatte, blieb Liam in der Halle zurück und wartete auf Jocelyn. Wenig später tauchte der Diener auf und stieg mit ihm draußen in eine Droschke ein. Während der kurzen Fahrt durch die Altstadt sprach Jocelyn nur das Nötigste mit ihm – offensichtlich hielt er es für unter seiner Würde, mit einem Hilfsgärtner zu reden, mochte dieser auch ein Verwandter des berühmten Erfinders sein.

Lady Sarkas Anwesen stand auf einem Hügel und war von einem weitläufigen Garten umgeben, wodurch es Liam wie eine Insel im Gassengewirr erschien – eine Insel der Stille inmitten der städtischen Geschäftigkeit. Uralte Bäume, verwitterte Statuen von geflügelten Fabelwesen und Dornenhecken umgaben das mehrstöckige Gebäude, dessen vier Flügel kreuzförmig um eine Kuppel aus Eisenstreben und Glas in der Mitte angeordnet waren. Efeu rankte sich an den dunklen Mauern empor, stellenweise so dicht, dass Simse und Fenster darunter verschwanden. Selbst im Licht der Morgensonne wirkte das Anwesen düster und bedrohlich, und wie es da stand und die Umgebung überragte, erweckte es den Anschein, als würde es die Stadt und ihre Bewohner unaufhörlich beobachten. In den angrenzenden Gassen hielten sich kaum Menschen auf, denn wer konnte, machte einen weiten Bogen um den Palast. Niemand war erpicht darauf, der gefürchteten Herrscherin von Bradost zu nahe zu kommen.

Spiegelmänner bewachten das eiserne Tor. Die Maskierten öffneten es für die Droschke, sodass sie bis vor das Anwesen fahren konnten. Nachdem Liam ausgestiegen war, blickte er mit einer Mischung aus Angst und gespannter Erwartung zu den Erkern und Fenstern des verwinkelten Gebäudes auf. Irgendwo dort drinnen, versteckt in einem der zahllosen Zimmer, befand sich das Gelbe Buch von Yaro D'ar, das seinen Vater das Leben gekostet hatte. Er würde es aufspüren und seinem Geheimnis auf den Grund gehen, allen Gefahren zum Trotz.

Dann hörte er einen Krähenschrei und entdeckte Dutzende, wenn nicht Hunderte von schwarzen Vögeln auf den Wasserspeiern, Giebeln und Kaminen. Ein Schauder lief ihm über den Rücken, und er fragte sich zum tausendsten Mal, worauf er sich nur eingelassen hatte.

Jocelyn führte ihn durch die Eingangshalle, in der sich weitere Spiegelmänner aufhielten, stumm und regungslos wie die Standbilder im Garten. Sie betraten den Gesindetrakt, wo Jocelyn ihm eine Kammer zuwies. Zu Liams Überraschung befand sich darin nur eine Einrichtung für eine Person. Er hatte erwartet, gemeinsam mit den anderen Bediensteten in einem Saal zu wohnen, wie dies in solchen Anwesen üblich war. Standen in dem Gebäude so viele Zimmer leer, dass die Lady es sich erlauben konnte, jedem ihrer Diener eine eigene Kammer zu überlassen?

Nachdem Liam den Zimmerschlüssel erhalten hatte, durchquerten sie den Garten, bis sie zu einem Apfelhain kamen. An einem der Bäume lehnte eine Leiter. Ein untersetzter Mann in einer Lederschürze stand darauf und beschnitt die Äste. Ein rothaariger Junge sammelte die herabgefallenen Zweige auf und warf sie auf einen Haufen.

»Hume?«, rief Jocelyn. »Hier ist ein neuer Gehilfe für dich.«

Der Angesprochene kletterte von der Leiter und musterte Liam mit gutmütiger, aber verwirrter Miene. »Noch ein Gehilfe? Wo kommen die auf einmal alle her?«

»Er soll sofort anfangen. Geheiß der Herrin.« Und damit empfahl sich der dünkelhafte Dienstbote.

Der Mann namens Hume schob die Hand unter die Lederschürze und kratzte sich am Bauch. »Nun ja, mir soll's recht sein. Gibt hier weiß Gott genug zu tun. Wie heißt du?«

»Liam Hugnall«, stellte Liam sich vor.

Hume winkte den rothaarigen Jungen zu sich, der Liam neugierig musterte. »Du hast Jocelyn gehört. Von nun an arbeitet ihr zusammen. Zeig Liam alles und gib ihm sein Werkzeug.«

Der Gärtner stieg wieder die Leiter hinauf, während der Rothaarige »Da entlang« murmelte und vorausging. Er war schmächtig und mochte etwas jünger als Liam sein, vielleicht vierzehn oder fünfzehn. Sein blasses Gesicht war gerötet. Offenbar hatte er sich bei der Gartenarbeit einen Sonnenbrand zugezogen.

Er führte Liam durch den Apfelhain zu einem Bretterverschlag, der beinahe unter Kletterpflanzen verschwand. Drinnen standen Säcke, Kisten und Fässer herum. Es roch nach frischer Erde.

»Hier findest du alles, was wir für die Arbeit brauchen«, erklärte der Rothaarige. »Da sind Messer und Heckenscheren, da drüben Schaufeln, Harken und Gießkannen. In den Säcken ist Samen und in den Fässern Dünger. Mach sie besser nicht auf; das Zeug stinkt scheußlich. Sieh mal, hier sind Schürzen. Die müsste dir passen.«

»Danke.« Liam nahm den Lederkittel entgegen. Als er gerade hineinschlüpfen wollte, bemerkte er aus dem Augenwinkel einen Schatten, der flatternd herangeschossen kam. Erschrocken fuhr er herum.

Im Eingang des Schuppens landete eine Krähe und starrte ihn an.

Zischend ließ Liam den Atem entweichen. Er war so nervös, dass er hinter jeder Ecke Gefahr vermutete. Wenn es ihm nicht bald gelang, sich zu entspannen, machte er sich noch verdächtig.

»Du magst Krähen nicht, was?«

Liam hielt es für klüger, nicht darauf zu antworten.

»Ich kann sie auch nicht leiden.« Der Rothaarige scharrte mit dem Fuß über den Boden, sodass der Vogel von einer Ladung Sand getroffen wurde. Krächzend flog er davon.

»Ich bin übrigens Jackon«, sagte Humes Gehilfe und lächelte schüchtern.

13

Im Reich des Madenkönigs

Gebeine stapelten sich in den Nischen, vergilbte Schädel, Rippen und Armknochen, die bei der kleinsten Berührung zu Staub zerbröckelten.

Lucien vermochte nicht zu sagen, wie tief unter der Stadt sie sich befanden – eine halbe Meile, vielleicht mehr. Diese Tunnel stammten aus einer Zeit, als die Menschen noch grausamen Götzen gehuldigt hatten, lange bevor Tessarion mit seinen Jüngern und Propheten über das Meer gekommen war. Bodenlose Schächte gähnten in den Gangwinkeln. Treppen verbargen sich unter Schutt und Trümmern. Gewundene Korridore öffneten sich in Gewölbesäle, erfüllt von einer Finsternis, die so alt und ewig war, dass Lampen und Fackeln dagegen machtlos erschienen.

Niemand sprach, während sie dem Gang folgten. Hinter Lucien gingen Fay und Whisper, die bleichen Schwestern, vor ihm Aziel und Seth. Eine Flamme brannte in der geöffneten Hand des Incubus und überzog das uralte Mauerwerk mit einem orangefarbenen Schein. Nicht, dass Licht wirklich nötig gewesen wäre – sie alle konnten im Dunkeln sehen. Aber manchmal erklangen Geräusche aus der Ferne, Schritte und zischende Stimmen, die sie daran erinnerten, dass sie nicht allein waren. Und wenn die Bewohner dieser nachtschwarzen Kavernen eines hassten, dann Helligkeit.

Trotzdem wunderte es Lucien, dass ihnen noch keine Ghule begegnet waren, abgesehen von jenen im Keller des Varietés. Der Madenkönig duldete keine Eindringlinge in seinem Reich. »Ich habe mit ihm eine Vereinbarung getroffen«, hatte Aziel gesagt, während sie in den Schlund des Hauptsammlers hinabgestiegen waren. »Warum dann das Licht?«, hatte Lucien gefragt, jedoch keine Antwort bekommen. Seitdem rechnete er hinter jeder Ecke mit Horden von gierigen Untoten.

Ghule … Kein Geschöpf verabscheute er mehr. Niemand wusste, woher sie kamen. Seit ein paar Jahren machten sie die Katakomben und Kanäle unsicher. Manchmal, wenn ihre Gier nach frischem Fleisch zu quälend wurde, wagten sie sich sogar an die Oberfläche und durchstreiften die nächtlichen Gassen der Grambeuge. Um die Plage einzudämmen, hatte Lady Sarka einmal eine Abteilung ihrer besten Soldaten in die Tunnel geschickt. Die eine Hälfte der Männer war Tage später schwer verletzt oder dem Wahnsinn nahe zurückgekehrt, die andere wurde bis heute vermisst. Auf weitere Expeditionen in die Unterwelt Bradosts hatte die Lady daraufhin verzichtet. Was bedeutete schon das Wohlergehen von ein paar Tausend Armen, Bettlern und Schlammtauchern gegen das Leben ihrer Soldaten?

»Sind wir nicht bald da?«, fragte Lucien.

»Ja«, sagte Aziel leise.

Kurz darauf öffnete sich der Tunnel in einen unterirdischen Saal. Die Flamme in Seths Hand loderte auf, wurde fast weiß und trieb die Dunkelheit in Ecken und Winkel zurück. Mächtige Säulen in bizarren Formen tauchten auf. Eine Treppe führte in die Halle hinab.

Ein fauliger Geruch stieg Lucien in die Nase. Verwesungsgestank. »Ghule!«, flüsterte er.

»Nein«, erwiderte Aziel und deutete auf etwas, das am Rande des Lichtscheines lag: ein Körper.

Die Vílen blieben am Eingang zurück, während die anderen

die Treppe hinabstiegen. Lucien war froh, die beiden schweigsamen Frauen nicht mehr hinter sich zu haben. Die Kälte, die sie verströmten, ließ ihn schaudern.

Neben dem Körper ging er in die Hocke. Ein Alb, der bereits so stark verwest war, dass die Knochen zum Vorschein kamen. Seine Hornmaske lag in zwei Teile zerbrochen neben ihm, ebenso die Lanze. In der Nähe entdeckte er noch mehr Leichen, insgesamt vier. Lucien verspürte einen schmerzhaften Stich. Ein toter Alb war kein alltäglicher Anblick. Normalerweise lebten Lucien und Seinesgleichen ewig.

Seth ließ mehrere Feuersäulen entstehen, woraufhin flackerndes Licht den Felsendom erhellte. Lucien blickte hinauf zu den Ketten, die wie riesige Wurzelfäden von der Decke hingen. Die Kugel, die sie hundert Jahre lang gehalten hatten, lag zersplittert auf dem steinernen Podest.

Ein schreckliches Gefängnis, dachte er. *Kein Wunder, dass der Harlekin so voller Hass war.*

Er schritt zu Aziel, der die glasartigen Bruchstücke der Kugel untersuchte. »Hat der Harlekin sie umgebracht?«

»Sie waren schon tot, als er aus der Kugel stieg.«

»Woher willst du das wissen?«

»Hier«, sagte Aziel und ging zu einer Leiche. »Schusswunden.«

Lucien betrachtete die beiden Löcher im Wams des Toten. Aziel hatte recht: Wie hätte der Harlekin in seinem Kerker an eine Pistole kommen sollen? Außerdem hassten Alben Technik aller Art und verwendeten keine Feuerwaffen.

»Glaubst du mir jetzt?«

»Du meinst, der Harlekin ist nicht aus eigener Kraft freigekommen?«

»Jemand hat ihn herausgeholt«, knurrte Aziel. »Wer immer das war, ich will ihn finden.«

»Wieso fragen wir nicht deinen Freund, den Madenkönig?«

»Er hat nichts gesehen. Oder er wollte nichts sehen, da bin ich mir nicht so sicher. Hier ist die Lampe. Finde heraus, wer sie dem Harlekin gegeben hat.«

Lucien nahm das zerbrochene Glas an sich und betrachtete es im Schein der Feuersäulen. Es schimmerte, als erwache das schreckliche Licht, das darin gefangen gewesen war, zu neuem Leben.

Ihm fiel nur eine Person ein, die genug von solchen Dingen verstand, um mehr über Jernigans Lampe wissen zu können.

Unglücklicherweise versuchte dieselbe Person seit zehn Jahren, ihn zu töten.

14

Dornen und Basilisken

Ja«, ertönte Jocelyns mürrische Stimme.

Liam öffnete die Tür und betrat das Arbeitszimmer. Es war vollgestopft mit Büchern und Schriftrollen, die sich ohne erkennbare Ordnung in den Regalen stapelten. Eine Kerze brannte, obwohl die Sonne durch ein kleines Bleiglasfenster hereinschien. Aber in Jocelyns Kammer wurde es nie richtig hell. Was für den gesamten Palast galt, wie Liam schon am ersten Tag aufgefallen war.

Der Hausdiener hielt eine Schreibfeder in der Hand und saß an seinem Schreibtisch, auf dem sich Listen, aufgeschlagene Hefte und Pergamentstapel türmten. Missmutig blickte er Liam an. »Was willst du?«

»Hume schickt mich. Er braucht den Schlüssel zum hinteren Keller.«

»Wofür?«

»Hat er mir nicht gesagt.«

Schnaubend stand Jocelyn auf und öffnete einen Holzkasten an der Wand, in dem diverse Schlüssel unterschiedlichster Form und Größe hingen. Einen nahm er vom Haken, ein schweres Exemplar aus angelaufenem Eisen. »Da. Richte Hume aus, dass er ihn spätestens heute Abend zurückbringen soll. Und jetzt verschwinde, ich habe zu tun.«

Jocelyns Arroganz ging Liam zunehmend auf die Nerven, obwohl er inzwischen wusste, dass der Hausdiener all seine

Untergebenen herablassend behandelte, nicht nur ihn. Aber er wollte unauffällig bleiben, und das erreichte er nicht, indem er Streit anfing. Also schluckte er eine bissige Bemerkung hinunter, murmelte unterwürfig »Danke« und schloss die Tür hinter sich.

Es war Liams dritter Tag im Palast. Bisher hatte er nichts anderes getan, als sich mit der Arbeit im Garten vertraut zu machen und die Palastbewohner kennenzulernen. Er wollte nichts überstürzen, so sehr er auch darauf brannte, sich nach dem Buch umzusehen. Der Palast war groß und unübersichtlich; überall konnte man unversehens Spiegelmännern über den Weg laufen. Er musste sich erst besser darin auskennen, bevor er sich auf die Suche machte. Deshalb übernahm er mit Vorliebe Botengänge für Hume oder andere Aufgaben, die von ihm verlangten, etwas aus dem Anwesen zu holen oder dort abzuliefern, denn dadurch konnte er sich nach und nach einen Überblick über das Gebäude verschaffen. Auf diese Weise prägte er sich ein, welcher Flur zu welchem Flügel führte und wo er überall mit Wachen rechnen musste.

Er schob den Schlüssel in seine Hosentasche und sah sich in einem Korridor um, der an Jocelyns Büro angrenzte und in dem er noch nicht gewesen war. Allerdings stieß er nur auf leere Zimmer. Nachdem er hier und da einen Blick hineingeworfen hatte, ging er zu Hume zurück.

Der Gärtner hielt sich im Gewölbekeller unter dem Gesindeflügel auf und stöberte in den Kisten und Körben, die dort kreuz und quer herumstanden. Staub wirbelte im Lichtkegel seiner Karbidlampe. Liam gab ihm den Schlüssel, den Hume in seiner Schürze verschwinden ließ. »Ich habe hier noch eine Weile zu tun«, sagte der Gärtner. »Hol dir Werkzeug und fang schon mal mit der Hecke an. Jackon soll dir helfen.«

Liam nickte. »Wir sollen sie ausreißen, nehme ich an.«

»Bis zur letzten Wurzel. Ich kann sie nicht mehr sehen. Und

den Baumstumpf auch. Bevor der Herbst kommt, will ich dort Rasen anlegen.«

Liam verließ den Keller und fand Jackon hinter dem Heckenlabyrinth, wo er eine Vogeltränke von Moos und Flechten reinigte. Gemeinsam beluden sie eine Karre mit Hacken, Spaten und Äxten und schoben sie zur Brombeerhecke, die Hume meinte. Eigentlich war es gar keine richtige Hecke, sondern ein undurchdringliches Gestrüpp aus verschlungenen Dornensträngen, die eine Fläche von zehn mal zehn Schritt bedeckte. Eine verwitterte Statue stand inmitten des Dickichts. Sie stellte einen Basilisken dar, ein Mischwesen mit Flügeln, dem Körper eines Reptils und dem Kopf eines Hahns. Efeu wuchs am Sockel empor und rankte sich um den steinernen Schlangenleib.

Die Hecke musste jahrelang gewuchert sein, ohne dass sich jemand darum gekümmert hatte. Da Hume nun über zwei Gehilfen verfügte, war er fest entschlossen, den Garten auf Vordermann zu bringen – angefangen mit dieser verwilderten Ecke.

Liam und Jackon griffen sich Äxte und rückten dem Dickicht von zwei Seiten zu Leibe. Es war nicht ganz so heiß wie an den vergangenen Tagen, was die Arbeit erleichterte. Ein seltsames Licht lag über der Stadt. Dächer und Kuppeln zeichneten sich scharf umrissen gegen den stahlblauen Himmel und den Aetherdunst aus den Schloten des Kessels ab. Die dunklen Konturen des Wasserturms im Süden der Altstadt glichen einer geballten Faust.

Liam arbeitete gern mit Jackon zusammen. In den vergangenen Tagen hatte er den Rothaarigen ein wenig kennengelernt und erfahren, dass dieser auch erst seit ein paar Tagen im Palast lebte. Jackon war ein angenehmer und zurückhaltender Zeitgenosse, der ihn nicht mit Fragen belästigte. Lediglich am ersten Abend, als Liams Geschichte im Gemeinschaftsraum die Runde machte, hatte er versucht, ihn auszufragen – natürlich war der Rothaarige genauso neugierig auf den Neffen des berühmten Nestor Quindal wie die anderen Bediensteten. Liam hatte ihm zu verstehen gegeben, dass er nicht über seine Vergangenheit sprechen wollte, obwohl er wusste, dass er seinen neuen Gefährten damit wahrscheinlich vor den Kopf stieß. Doch Jackon war nicht beleidigt. Er respektierte seine Verschlossenheit und hörte auf, ihn zu bedrängen.

Die Arbeit ging gut voran. Am frühen Nachmittag hatten sie die Fläche vollständig gerodet. Gestrüpp und Dornenranken bildeten einen mannshohen Haufen auf der Wiese. Die Basiliskenstatue ragte einsam inmitten der zerwühlten Erde auf, wodurch das Steingeschöpf Liam noch grotesker erschien. Offenbar hatte hier früher ein Gebäude gestanden: Zwischen den Wurzeln waren sie überall auf Mauerreste gestoßen. Vielleicht ein alter Schuppen, vermutete er, oder ein Pferdestall.

»Ist noch Wasser da?«, fragte Jackon, nachdem sie die letzten Ranken aufgesammelt hatten.

Liam reichte ihm die Flasche.

Der Rothaarige trank einen Schluck und deutete auf die verwitterten Mauerstücke. »Was ist damit? Sollen wir die ganzen Steine ausgraben?«

»Davon hat Hume nichts gesagt. Warten wir besser, bis er da ist. Komm, nehmen wir uns die Wurzel vor.«

Sie holten ihr Werkzeug und stapften zu den Überresten des Baums am Rand des gerodeten Feldes. Er musste bereits vor mehreren Jahren abgesägt worden sein, denn der Stumpf war so morsch, dass sich nicht mehr feststellen ließ, was für ein Baum es gewesen war. Ein dicker, nur so viel konnte Liam sagen; allein hätte er den Stamm nicht umspannen können. Seine Wurzeln reichten vermutlich tief in die Erde. Sie zu entfernen würde nicht leicht werden.

Sie zerhackten den Stumpf, bis er nur noch halb so groß

war. Das tiefer liegende Wurzelwerk gruben sie aus. Es war eine mühsame Arbeit, denn das Erdreich war von Wurzelfasern durchsetzt, sodass man den Spaten nur mit großem Krafteinsatz hineinstoßen konnte. Als sie etwa anderthalb Fuß tief gegraben hatten, stießen sie auf Stein, offenbar die Grundmauern des alten Gebäudes. Die Baumwurzeln klammerten sich daran fest.

Jackons Gesicht war rot vor Anstrengung und Frustration. »Das haben wir gleich«, schnaubte er. »Gib mir die Axt.«

Liam holte ihm das Werkzeug. Der Rothaarige begann, auf die Wurzeln einzuhacken.

»Warte. Ich weiß nicht, ob das so gut ist.«

»Wieso nicht?«

»Das klingt irgendwie … hohl, findest du nicht?«

»Ist mir egal, wie das klingt.« Verbissen arbeitete Jackon weiter.

Jedes Mal, wenn die Axtklinge eine Wurzel durchtrennte und auf das Mauerwerk darunter traf, war Liam, als würde kaum merklich der Boden unter seinen Füßen vibrieren. Ein mulmiges Gefühl stieg in ihm auf, aber Jackon war fast fertig, und er wollte ihn nicht unterbrechen.

»So«, meinte der Rothaarige. »Ich glaube, der Stumpf ist jetzt locker. Hilf mir mal.« Er warf die Axt weg und trieb die Schaufel unter die Wurzeln, den Schaft als Hebel benutzend. Gleichzeitig stellte sich Liam breitbeinig auf den Rand der kleinen Grube, packte die Reste des Strunks von oben und zog.

Der Baumstumpf bewegte sich etwas, saß aber immer noch fest. Jackon trat dagegen, während er mit der Schaufel hebelte.

Ein Knirschen erklang.

Liam ließ den Stumpf los und keuchte: »Hör sofort auf!«

»Nein, wir haben es gleich. Nur noch ein bisschen …«

Der Rothaarige trat weiter. Es knirschte wieder – und plötzlich sackte der Stumpf weg, verschwand in einer klaffenden Öffnung. Jackon blieb der Triumphschrei im Hals stecken, als er das Gleichgewicht verlor. »Liam!«, ächzte er und ruderte mit den Armen. Liam bekam das Hemd seines Gefährten zu fassen und spürte gleichzeitig, dass das Erdreich, auf dem er kniete, ins Rutschen geriet. Er konnte nicht verhindern, dass Jackon von der Öffnung verschluckt wurde.

Im nächsten Moment gab der Boden unter ihm nach.

Es war kein tiefer Sturz. Dennoch keuchte Liam vor Schmerz, als er auf den Füßen landete und hinfiel. Instinktiv rollte er sich zur Seite, denn es regnete Steine und Sand. Schützend vergrub er seinen Kopf in den Armen und rechnete jeden Augenblick damit, von einem mühlradgroßen Mauerstück getroffen zu werden. Doch nichts dergleichen geschah. Kurz darauf verklang das Grollen von bröckelndem Stein.

Vorsichtig hob er den Kopf. »Jackon?«, rief er leise in die Dunkelheit.

Keine Antwort.

Liam rappelte sich auf. Sand rieselte von seinen Kleidern. Außer einigen Kratzern und Prellungen schien er sich keine Verletzungen zugezogen zu haben. Vor ihm lag ein Haufen aus Steinen und Erde, aus dem der Baumstumpf ragte. Darüber, in einer Höhe von vier Schritt, klaffte ein unförmiges Loch, durch das ein Ausschnitt des Himmels zu sehen war.

»Jackon?«, rief er noch einmal. »Bist du in Ordnung?«

Wieder keine Antwort.

Panik stieg in ihm auf. War Jackon verletzt? Oder, schlimmer noch, verschüttet worden?

Plötzlich hörte er ein Stöhnen, und auf der anderen Seite des Schutthaufens regte sich ein Schemen. Erleichtert eilte Liam hin und half Jackon aufzustehen.

»Geht es dir gut?«

Der Rothaarige war noch sichtlich benommen. »Ich glaube schon«, murmelte er, rieb sich Sand aus dem Gesicht und blinzelte. »Was ist eigentlich passiert?«

Liam blickte sich um. Was er zunächst für ein Loch oder einen alten Brunnen gehalten hatte, war in Wirklichkeit ein größerer Raum. Er konnte steinerne Rippenbögen erkennen, die in der Dunkelheit verschwanden. Offenbar hatten sie durch ihre unvorsichtige Arbeit an der Baumwurzel ein Loch in die Gewölbedecke gebrochen. »Sieht so aus, als wären wir in eine Art Keller gefallen.«

»Keller wovon?«

»Dem Gebäude, das früher hier stand.«

Jackons Schritte knirschten, als er über den schuttbedeckten Boden ging. »Sieh mal. Hier sind Kisten. Und Schränke.«

Liam folgte dem Rothaarigen. Der Raum hatte die Form einer halben Tonne: Die Decke wölbte sich an zwei Seiten zum Boden, während die anderen beiden Wände senkrecht waren. Das Mauerwerk bestand aus rußfarbenen, eng verfugten Steinen und roch alt und feucht. Die Möbelstücke, die Jackon gefunden hatte, befanden sich in einem schlechten Zustand. Das Holz war gesplittert, wurmzerfressen und aufgequollen, die Scharniere und Blechbeschläge waren verrostet. Zwei mannshohe Schränke flankierten eine morsche Tür. An der Wand darüber entdeckte Liam ein kleines Relief. Es stellte einen Basilisken dar.

Er runzelte die Stirn. Erst die Statue und nun ein Steinmetzzeichen – was hatte das zu bedeuten?

Eine Warnung?

Vor einem Basilisken?

Unsinn, dachte er. Es gab schon lange keine Basilisken mehr. Die letzten waren vor Jahrzehnten verschwunden, wie die meisten Schattenwesen.

Aber was, wenn einer überlebt hatte, versteckt in den Tiefen dieses vergessenen Kellers? Der, aufgeweckt von dem Erdrutsch, auf dem Weg zu ihnen war, bereit, sie mit seinem Giftatem zu töten?

Liam schüttelte diesen törichten Gedanken ab. An einem Ort wie diesem in Schauergeschichten zu schwelgen war nicht gerade hilfreich.

Er schrak zusammen, als ein Knarren ertönte. »Was machst du da?«

»Ich will wissen, was da drin ist«, antwortete Jackon, während er einen der Schränke öffnete. »Schau dir das an! Glasflaschen, Röhren, eine Zunderbüchse, Schutzkleidung ... Was ist das hier?«

»Nicht anfassen«, mahnte Liam, doch der Rothaarige hatte den Gegenstand bereits in die Hand genommen. Lederne Schläuche baumelten herunter.

»Eine alte Gasmaske. Was ist das für ein komischer Keller?«

Liam betrachtete den grotesk geformten Gesichtsschutz ... und begann zu ahnen, wo sie gelandet waren. Die Sarkas waren eine alte Familie von Alchymisten, wie jedermann in Bradost wusste. Vermutlich handelte es sich bei dem Gewölbe um die Reste eines Laborgebäudes. Deshalb die Statue und das Relief: Der Basilisk war ein traditionelles Symbol für die Verwandlungskräfte der alchymistischen Wissenschaft.

Jackon legte die Gasmaske zurück und machte sich an dem anderen Schrank zu schaffen.

»Hör auf«, sagte Liam. »Lass uns lieber überlegen, wie wir hier rauskommen.«

Er betrachtete die Öffnung, die sich am höchsten Punkt der Decke befand, genau da, wo die Rippenbögen zusammenliefen. Besorgt stellte er fest, dass überall Staub herabrieselte. Womöglich hatte der Einsturz das gesamte Gewölbe destabilisiert.

»Meinst du, wir können da raufklettern?«, fragte Jackon.

»Zu hoch.«

»Mit Räuberleiter?«

Liam schüttelte den Kopf. Selbst wenn Jackon auf seine Schultern stieg, würde er Schwierigkeiten haben, das Loch zu erreichen. »Vielleicht, wenn wir erst auf den Schrank klettern. Hilf mir.«

Mit vereinten Kräften versuchten sie, einen der Schränke zum Schutthaufen zu ziehen. Sie schafften es kaum, ihn zu bewegen. Er war aus massivem Holz gefertigt, das sich obendrein mit Feuchtigkeit vollgesogen hatte, und wog so viel, als bestünde er aus Stein.

Immer mehr Staub rieselte von der Decke.

»Wieso warten wir nicht einfach, bis Hilfe kommt?«, fragte Jackon. »Vielleicht hat irgendwer mitgekriegt, was passiert ist.«

»Keine gute Idee«, erwiderte Liam.

Ein unheilvolles Knirschen erklang. Jetzt bemerkte auch Jackon den rieselnden Staub. Seine Augen weiteten sich.

»Raus hier!«, stieß er hervor.

Ein Stein löste sich von einem Rippenbogen und fiel polternd zu Boden, als Liam herumwirbelte und sich gegen die Tür warf. Sie ließ sich nicht öffnen – entweder war sie verzogen oder verriegelt.

Jackon wühlte im Schrank herum.

»Was soll das? Komm her, verdammt!«, schrie Liam.

Noch ein Stein stürzte herab, gefolgt von einer Ladung Schutt und Erde. Offenbar war das marode Mauerwerk nur noch von den Baumwurzeln zusammengehalten worden. Das Gewölbe ächzte, als sich überall in den Fugen Risse bildeten.

»*Jackon!*«

Endlich kam ihm der Rothaarige zu Hilfe. Gemeinsam rüttelten sie an der Tür und stemmten sich dagegen, bis sie schließlich nachgab. Liam stolperte in die Dunkelheit und schlug der Länge nach hin, als Jackon von hinten gegen ihn prallte. Er drehte sich auf den Rücken und sah gerade noch, wie sich die Gewölbedecke in einzelne Steine auflöste und unter ihrem eigenen Gewicht zusammenbrach. Eine Staubwolke walzte auf die Tür zu – und im nächsten Augenblick war es stockfinster.

Auf das Getöse folgte Stille.

Die Luft war voller Staub. Liam hörte Jackon husten.

»Das war knapp«, ächzte der Rothaarige.

Liam stand auf. Wieder hatte er verteufeltes Glück gehabt. Sein Fußknöchel schmerzte ein wenig, aber davon abgesehen war ihm nichts passiert. Er tastete sich an der Wand entlang zur Tür. Teile der Decke hatten sich dahinter verkeilt, und der Schutt war einen halben Meter weit in den Gang gerutscht.

Nirgendwo der kleinste Lichtschein.

Liam versuchte, ruhig zu bleiben und nicht auf die Stimme in seinem Kopf zu hören, die beharrlich flüsterte: *Wir sind hier unten eingeschlossen. Wie lange wird es wohl dauern, bis uns die Luft ausgeht?*

»Was machen wir jetzt?«, fragte er.

Jackon antwortete nicht. Es klackte, als er etwas auf den Boden schlug.

»Was tust du da?«

Funken sprühten. Dann flackerte eine kleine Flamme auf.

Jackon kauerte auf dem Boden, über die Zunderbüchse gebeugt. »Schnell, gib mir ein Holzstück.«

»Hier gibt es kein Holz.«

»Doch, die Tür!«

Die Tür war an einer Stelle gesplittert, als sie sie aufgebrochen hatten. Mit einem Fußtritt gelang es Liam, ein armlanges Stück herauszubrechen.

»Dein Hemd«, sagte Jackon, »wickle es herum. Mach schnell, das Feuer geht gleich aus!«

Hastig zog Liam sein Hemd aus und machte aus dem Holzstück eine provisorische Fackel. Sie fing augenblicklich Feuer, als Jackon das brennende Zunderstück daranhielt.

»Wenigstens sitzen wir jetzt nicht mehr im Dunkeln«, sagte er.

Mit einer Mischung aus Unglauben und Bewunderung für Jackons Geistesgegenwart sah Liam zu, wie dieser die Zunderbüchse einsteckte. »Die Decke stürzt ein, und das Erste, woran du denkst, ist das Ding da?«

»Unter der Erde ist man ohne Licht verloren«, erwiderte der Rothaarige entschieden.

Im Fackelschein sahen sie sich die verschüttete Türöffnung an. Liam versuchte gar nicht erst, sie freizulegen. Geröll und große Mauerstücke bildeten eine undurchdringliche Wand, hinter der sich wahrscheinlich Tonnen von Erde auftürmten. »Hier kommen wir nicht raus.«

Jackon blickte in die Dunkelheit des Tunnels. »Vielleicht gibt es noch einen anderen Ausgang.«

Die Aussicht, ein vergessenes Laborgebäude zu durchsuchen, das außer baufälligen Kellerräumen vielleicht noch viel schlimmere Gefahren enthielt, war nicht gerade verlockend. Aber was hatten sie schon für eine Wahl? Selbst wenn die Palastbewohner den Gewölbeeinsturz inzwischen bemerkt hatten und sich umgehend auf die Suche nach ihnen machten, würde es möglicherweise Tage dauern, bis sie den Schutt beseitigt hatten.

»Sehen wir uns an, wohin der Tunnel führt«, sagte Liam und ging mit der Fackel in der Hand voraus.

Der Keller war nicht sonderlich groß. Er bestand aus mehreren Gewölberäumen, von denen zwei teilweise eingestürzt waren. Die anderen enthielten alte Kisten, rostige Stahlfässer, aus denen seltsam riechende Substanzen sickerten, und Schränke aus Blech und morschem Holz voller Plunder. Eine Treppe hatte an der Wand eines runden Raumes entlang nach oben geführt, doch jetzt waren von den Stufen nur noch gesplitterte Stümpfe übrig, die aus dem Mauerwerk ragten. Alles war voller Moder, Schimmel und schmieriger Feuchtigkeit. Ihre Fackel drohte mehrmals auszugehen, so schwach brannte sie in der dicken und klebrigen Luft.

Sie suchten Raum für Raum ab, in der Hoffnung, dass diese Gewölbe mit dem Palastkeller verbunden waren. Doch alles, was sie fanden, war ein zugemauerter Durchgang.

Niedergeschlagen setzte sich Liam auf eine Kiste. »Und jetzt?«

Jackon trieb sich im hinteren Teil des Raumes herum. Aus einem Tischbein und einigen halbwegs trockenen Lumpen hatte er sich eine zweite Fackel gemacht. »Du darfst nicht so schnell aufgeben.«

Es war Liam schon vor einer Weile aufgefallen, dass die Dunkelheit und die stickige Luft seinem Gefährten nicht halb so viel ausmachten wie ihm. Manchmal erschien es ihm sogar, als würde sich Jackon hier unten wohlfühlen. »Vergiss es. Wir sitzen fest.«

»Glaube ich nicht.« Der Rothaarige zwängte sich durch die kaum anderthalb Schritt hohe Öffnung, die in den Nebenraum führte. Liam seufzte.

Er hatte mit allen möglichen Gefahren gerechnet, als er in den Palast gekommen war, hatte sich damit abgefunden, dass er vielleicht von den Spiegelmännern getötet oder von Corvas ins Gefängnis geworfen wurde, wenn er einen Fehler machte. Niemals wäre er auf die Idee gekommen, dass ihm ein dummes Missgeschick bei der Gartenarbeit zum Verhängnis werden könnte. Nun würde er in diesem Keller verrotten, ohne auch nur in die Nähe des Gelben Buches gekommen zu sein. Und alles wegen einer verdammten Baumwurzel. Was für ein erbärmliches Ende.

»Liam«, rief Jackon. »Komm mal her.«

Müde stand Liam auf und trat ebenfalls durch den schmalen Durchgang.

Der Rothaarige stand vor einer Wand, vor der sich Gerümpel auftürmte. »Hier muss es irgendwo einen Ausgang geben.«

»Wieso?«

»Spürst du nicht den Luftzug?«

Liam spürte gar nichts, aber er sah, dass seine Fackel aufloderte.

Jackon stemmte sich gegen einen Blechschrank. Liam legte behutsam seine Fackel weg, damit sie nicht ausging, und half ihm, den Spind wegzuschieben.

Dahinter kam eine kreisrunde Öffnung zum Vorschein.

»Siehst du?«, meinte Jackon grinsend.

Liam leuchtete mit seiner Fackel in das gemauerte Loch. Rostige Stümpfe deuteten darauf hin, dass es einst vergittert gewesen war. Dahinter erstreckte sich ein Gang, der sich nach einigen Schritten in der Dunkelheit verlor. Anders als der Keller bestand er aus Ziegelsteinen.

Wenn ihn sein Orientierungssinn nicht gänzlich verlassen hatte, führte der Tunnel vom Palast weg.

»Wahrscheinlich gehört der Gang zum Abwassersystem«, sagte Jackon. »Hör genau hin. Irgendwo rauscht Wasser.«

Liam wusste, dass viele Häuser in Scotia eine Verbindung zur Unterwelt Bradosts aufwiesen. Für die Altstadt mit ihren jahrhundertealten Anwesen galt das vermutlich in gleichem Maß.

Er schöpfte neuen Mut. Vielleicht waren sie doch noch nicht verloren.

»Also gut«, sagte er. »Nach dir, wenn ich bitten darf.«

Nacheinander schlüpften sie durch das Loch und folgten dem Gang. Jackon behielt recht mit seiner Vermutung: Als der

Tunnel abknickte, trafen sie auf einen Raum, in dem sich Abwässer sammelten. Jenseits eines rostigen Geländers gähnte ein Schacht, in den aus diversen Rohren stinkende Brühe stürzte und rauschend in der schwarzen Tiefe verschwand. Über ihren Köpfen verliefen dicke Leitungen aus Stein. Sie gehörten zur Frischwasserversorgung der Stadt, erklärte Jackon, und verbanden die Wassertürme mit den einzelnen Brunnen und Häuserblocks.

Als sie den Sammler durchquerten, bemerkte Liam, dass der Rothaarige sorgenvoll die Lippen zusammenpresste. »Was ist?«

»Die Fackeln. Sie sind gefährlich.«

»Wieso?«

»Manchmal bilden sich in den Kanälen brennbare Gase. Wenn man dann offenes Licht bei sich trägt ...«

Liam schauderte, als er sich vorstellte, was Jackon nicht aussprach. »Kann man sich irgendwie davor schützen?«

»Wenn du etwas riechst, das dir verdächtig vorkommt, lösch sofort die Fackel.«

»Wie soll das gehen, Jackon? Hier stinkt es so sehr, dass man kaum Luft bekommt.«

»Versuch trotzdem, darauf zu achten. Es ist ein fauliger Geruch. Ein bisschen wie verdorbene Eier. Aber vielleicht haben wir Glück. Das Gas ist meistens nur in den tieferen Gängen.«

Wieder fiel Liam auf, wie sehr sich sein Gefährte in der letzten Stunde verändert hatte. Bei der Arbeit im Garten und während der Mahlzeiten mit den anderen Bediensteten war Jackon stets schüchtern und versuchte, nicht aufzufallen. Hier unten dagegen wirkte er sicher und selbstbewusst, als könnten ihm die Dunkelheit und die Gefahren dieser Tunnel nichts anhaben.

Sie stiegen eine Treppe hinab, deren Eisenstufen bei jedem Schritt unheilvoll knarrten und quietschten. Danach wurde der

Gang noch niedriger. Außerdem mussten sie hintereinander gehen, denn mehr als die Hälfte des Tunnels wurde von einem Kanal eingenommen, durch den ein stinkendes Rinnsal floss. Jackon übernahm die Führung.

»Du scheinst dich hier drin auszukennen«, meinte Liam.

Der Rothaarige warf ihm einen seltsamen Blick zu. »Wie kommst du darauf?«

»Nun ja … Die Sache mit dem Gas und die ganzen anderen Dinge, über die du Bescheid weißt. Das ist nicht gerade Allgemeinbildung, oder?«

Jackon schwieg eine Weile. Schließlich sagte er: »Mein Vater hat in den Kanälen gearbeitet. Er hat mir das eine oder andere beigebracht.«

Liam gab sich mit dieser Antwort zufrieden, obwohl er spürte, dass der Rothaarige ihm etwas verschwieg. Jackon belästigte ihn nicht mit Fragen, also würde er es umgekehrt genauso halten.

Der Gang endete an einer gusseisernen Luke, deren Riegel sich mit etwas Mühe öffnen ließ. Dahinter kreuzte ein weiterer Kanal ihren Weg, in dem klares Wasser mit beachtlicher Geschwindigkeit dahinströmte. Offenbar waren sie auf einen unterirdischen Nebenarm des Rodis gestoßen.

Ein rostiger Steg überspannte den vier Schritt breiten Wasserlauf. Er besaß nur auf einer Seite einen Handlauf, der obendrein verbogen und unbrauchbar war.

Voller Unbehagen betrachtete Liam die wenig vertrauenerweckende Brücke. Zwar konnte er schwimmen, wenn es sein musste, aber nicht besonders gut.

»Wir müssen da rüber«, sagte Jackon.

»Gibt es keinen anderen Weg?«

»Ich habe keinen gesehen. Es sei denn, du willst durch die Abwasserrohre kriechen. Warte. Ich gehe zuerst.«

Jackon begann, über den Steg zu balancieren, Schritt für

Schritt, so vorsichtig wie möglich. Als er die Mitte erreichte, neigte sich die Blechkonstruktion plötzlich quietschend zur Seite. Liam sog scharf den Atem ein und sah seinen Gefährten schon im Wasser verschwinden, doch Jackon hatte sich blitzschnell am Handlauf festgehalten und sein Gleichgewicht zurückgewonnen. Wohlbehalten kam er auf der anderen Seite an.

»Jetzt du.«

Liam schluckte trocken. Dann setzte er seinen Fuß auf die Brücke.

Rostpartikel rieselten ins Wasser, wenn er nur minimal sein Gewicht verlagerte, doch wie durch ein Wunder trug ihn der Steg. Um nicht denselben Fehler wie Jackon zu begehen, vermied er es, auf den wackeligen Mittelteil zu treten, sondern machte einen großen Schritt. Diesmal schwankte die Konstruktion nur ein wenig. Liam wartete, bis sie zu quietschen aufgehört hatte, bevor er weiterging.

Als er noch eine Armlänge vom Ufer entfernt war, gab der Steg nach.

Metall ächzte ohrenbetäubend, und plötzlich stand er mit den Füßen in kaltem Wasser. Der vordere Teil der Brücke war aus der Verankerung gebrochen und schabte über die Kanalwand, als er nach unten rutschte. Liam ließ seine Fackel fallen und hielt sich reflexartig am Geländer fest. Jackon rief seinen Namen, fiel auf die Knie und streckte die Hand nach ihm aus, doch bevor Liam sie ergreifen konnte, brach das Stegsegment vollständig weg. Wasser schlug über ihm zusammen.

Hektisch ruderte er mit den Armen, bis sein Kopf die Wasseroberfläche durchstieß. Er kam nicht gegen die Strömung an und wurde mitgerissen. Jackon war bereits mehrere Schritte entfernt.

Aus dem Augenwinkel sah er, dass er auf eine schwarze Öffnung in der Wand zutrieb.

»Halt dich irgendwo fest!«, brüllte Jackon.

Liam gelang es, zur Kanalwand zu schwimmen. Seine Fingerkuppen fanden in den Mauerfugen Halt. Allerdings machte ihm die Kälte des Wassers zu schaffen. Seine Hände wurden bereits taub. Lange würde er sich nicht festhalten können.

Jackon konnte ihm nicht zu Hilfe kommen, denn der begehbare Teil des Kanals endete einen Schritt links und rechts des Stegs. Er beugte sich über den Sims und rief: »Schwimm gegen den Strom!«

Liam ließ die Mauer los und machte einige Schwimmzüge. Er erreichte damit jedoch nur, dass er noch weiter weggetrieben wurde. Die Strömung war einfach zu stark. Er kämpfte die aufkeimende Panik nieder und hielt sich abermals an der Wand fest.

Seine Gedanken überschlugen sich. Er durfte nicht aufgeben. Wenn er aufgab, war er verloren.

Jackon hatte die Fackel auf den Boden gelegt und schlüpfte aus seinen Schuhen. »Nicht!«, stieß Liam hervor, als er begriff, was sein Gefährte vorhatte. Jackon hörte nicht auf ihn. Kopfüber sprang er in den Kanal und verschwand im Wasser.

Hatte er den Verstand verloren? Genügte es nicht, dass einer von ihnen ertrank?

Jackon tauchte nicht wieder auf. Vermutlich hatte ihn die Strömung mitgerissen und in den dunklen Schlund gespült. Liam klammerte sich mit einer Hand fest und tastete sich mit der anderen vor, bis seine Finger Halt fanden. Auf diese Weise versuchte er, sich Stück für Stück an der Wand entlangzuziehen. Er konnte seine Hände kaum noch spüren. Nicht mehr lange, und ihn würden die Kräfte verlassen.

Da durchstieß ein roter Schopf die Fluten. Jackon spie einen Schwall Wasser aus, aber er schien wohlauf zu sein. Er hielt eine Art Stange in der Hand und rief etwas. Liam hatte Wasser in den Ohren und verstand nur: »Halte … ziehe dich …«

Er stieß sich von der Wand ab und schwamm mit all seiner verbliebenen Kraft gegen die Strömung an. Streckte die Hand aus, bis er die Stange berühren konnte.

»Halt dich fest!«, brüllte Jackon, ging unter und tauchte im nächsten Augenblick wieder auf. Das rote Haar klebte nass an seiner Stirn. Irgendwie gelang es ihm, sich gegen die Strömung zu behaupten.

Liam griff nach der Stange und erkannte im selben Moment, dass es sich um den Handlauf der Brücke handelte. Jackon hielt sich an den Resten des Stegs fest, sodass er sich an der Stange entlangziehen konnte.

Wenig später erreichte er den rettenden Sims. Jackon half ihm, aus dem Wasser zu klettern, bevor er ihm folgte. Benommen vor Entkräftung blieben sie nebeneinander auf dem Steinboden liegen und schöpften Atem.

»Bist du in Ordnung?«, erkundigte sich Jackon nach einer Weile.

Liam brachte nur ein Nicken zustande. Sein Körper war so schwer wie Blei. »Danke«, murmelte er irgendwann.

Der Rothaarige grinste, während er sich aufsetzte und nach seinen Schuhen griff. »Ich sollte dir bei Gelegenheit schwimmen beibringen.«

»Ich kann schwimmen!«

»O ja, und wie.«

Liam schnaubte. »Sehen wir lieber zu, dass wir hier rauskommen.«

»Gute Idee.«

Wider Erwarten gelang es Liam aufzustehen. Allmählich kehrte das Gefühl in seine Gliedmaßen zurück, was jedoch nur bedingt ein Gewinn war, denn nun begann er zu frieren. So gut er konnte, rieb er seinen nackten Oberkörper trocken und wärmte sich an den Flammen der Fackel auf.

Schließlich gingen sie weiter. Liam überließ Jackon die Führung und folgte ihm nachdenklich. Der Rothaarige hatte ihm das Leben gerettet. Und nicht nur das – er hatte sein eigenes Leben in Gefahr gebracht, als er ins Wasser gesprungen war. Obwohl sie sich gerade einmal ein paar Tage kannten.

Wie es schien, hatte Liam unverhofft einen Freund gefunden … und hätte es in seiner Verzweiflung und Trauer beinahe nicht bemerkt.

Kurz nach der zerstörten Brücke verzweigte sich der Tunnel. Abwasserkanäle und begehbare Wasserleitungen kreuzten den Gang, vergitterte Treppen und Schächte führten in die tiefer gelegenen Katakomben hinab. Jackon musste sich bei der Suche nach einem Ausgang ganz auf seinen Instinkt verlassen, denn in diesem Teil der städtischen Unterwelt war er noch nie gewesen. Sorgen bereiteten ihm außerdem die Schlammtaucher, die eine stillgelegte Zisterne in der Nähe des Flusses bewohnten und sich in den Kloaken unter der Altstadt herumtrieben. Wenn er ihnen begegnete, erkannten sie ihn womöglich als einen der Ihren, was Probleme nach sich ziehen konnte. Schließlich hielt Liam ihn für einen ehemaligen Plantagenarbeiter – und das sollte auch so bleiben.

Doch allen Schwierigkeiten und Gefahren zum Trotz fühlte er sich hier unten auf seltsame Weise wohl. Die Kanäle waren in gewisser Weise immer noch seine Heimat. Nicht, dass er sich hierher zurücksehnte – er hatte den Palast mit seinem Komfort zu schätzen gelernt und wollte nie mehr darauf verzichten. Das änderte jedoch nichts daran, dass ihn die Welt Lady Sarkas und ihrer Diener nach wie vor verwirrte und einschüchterte und ihm stets das Gefühl gab, alles falsch zu machen. In den Kanälen dagegen wusste er, wie man sich verhielt, er kannte ihre Tücken und Gesetzmäßigkeiten. Hier war er kein unbeholfener Tölpel, sondern ein gewitzter Überlebenskünstler, und er genoss es.

Sie blieben in den Haupttunneln, um sich nicht im Gewirr der Gänge zu verlaufen. Wenig später hörten sie gedämpftes Wummern und Stampfen, das mit jedem Schritt näher klang. Offenbar befanden sie sich am Rande des Kessels, dessen Maschinen die Erde zum Vibieren brachten.

Jackon entdeckte ein rotes Glühen, das aus einem Nebengang drang, und machte Liam darauf aufmerksam.

»Ein Ausgang?«, fragte der Blonde hoffnungsvoll.

»Sehen wir es uns an.«

Der Gang, durch den sie gehen mussten, war schmal, niedrig und unglaublich schmutzig. Wasser tropfte von der Decke, sodass sie schon nach ein paar Schritten von oben bis unten mit Rost und Schlamm bedeckt waren. An den Wänden klebte altes Öl. Jackon musste aufpassen, es nicht versehentlich mit seiner Fackel anzuzünden.

Das Glühen kam aus einem engen Deckenschacht. Eiserne Trittstufen führten darin empor. Oben konnte er ein Gitter ausmachen, durch das lautes Hämmern und Zischen klang. »Anscheinend führt er zu einer Manufaktur.«

»Worauf wartest du noch? Klettern wir rauf.«

Jackon hätte lieber nach einem anderen Ausgang gesucht, wo sie den Tunnel unbeobachtet verlassen konnten. Schließlich mochten die meisten Leute die Bewohner der Unterwelt nicht sonderlich oder hassten sie sogar. Aber Liam fror so sehr, dass er zitterte. Jackon konnte nicht von ihm verlangen, noch länger durch die Finsternis zu wandern.

Er warf die Fackel weg, die durch das tröpfelnde Wasser fast erloschen war, und kletterte die Sprossen hinauf.

Auf halbem Weg fragte er sich, ob dieser Schacht wirklich für Menschen angelegt worden war. Selbst ihm fiel es schwer, sich hindurchzuzwängen, und er war nicht gerade ein Hüne. Zu allem Überfluss waren die Wände von Schmieröl, Rost und Schlimmerem bedeckt. Als er das Gitter wegschob und hinauskletterte, gab es kaum noch eine Stelle seines Körpers, die nicht schmutzig war.

Er fand sich in einer Halle wieder, die in rotem Licht erglühte. Geschmolzenes Metall quoll aus einem Hochofen in verschiedene Gussformen. Arbeiter schoben glühende Barren in Maschinen aus Kettenzügen, Zahnrädern und stampfenden Kolben, die den Stahl pressten und schnitten und dabei fauchend goldene Aetherwolken ausstießen.

Hastig half er Liam aus dem Schacht. Gerade als sie zum Ausgang der Schmiede huschen wollten, bemerkten die Arbeiter sie.

Drei der Männer rissen angstvoll die Augen auf, ließen ihr Werkzeug fallen und ergriffen die Flucht. Der vierte starrte die beiden Eindringlinge voller Abscheu an. Mit einem Fluch auf den Lippen griff er nach einem Schürhaken und kam auf sie zu.

Obwohl Jackon mit solch einer Reaktion gerechnet hatte, war er so entsetzt, dass er nichts anderes tun konnte, als den wütenden Arbeiter anzuglotzen. Der Mann ließ den Schürhaken kreisen und hätte ihn mit voller Wucht am Kopf getroffen, wenn Liam nicht im letzten Moment nach vorne geschnellt wäre und ihm die Beine weggetreten hätte. Keuchend fiel der Arbeiter zu Boden. Liam griff nach dem Schürhaken und schwang ihn drohend über dem Kopf. Von Grauen erfüllt rappelte der Mann sich auf und floh.

»Danke«, ächzte Jackon.

Nun war es Liam, der grinsen musste. »Ich glaube, jetzt sind wir quitt.« Der Blonde half ihm auf. »Verschwinden wir, bevor sie zurückkommen.«

Unbemerkt von den Arbeitern hasteten sie im rot glühenden Zwielicht zu einer Hintertür, durch die sie in eine Gasse zwischen zwei Ziegelwänden gelangten, wo sich niemand aufhielt.

Erschöpft lehnte sich Liam gegen eine Mauer. »Endlich«,

sagte er. »Ich dachte schon, wir würden da nie rauskommen. Warum hat uns dieser Kerl angegriffen?«

»Ich glaube, er hat uns für Ghule gehalten.«

»Ghule? Soll das ein Witz sein?«

»Schau dich mal an.«

Liam sah an sich herunter. Genau wie Jackon bot er einen entsetzlichen Anblick: zerkratzt, durchnässt und schmutzig von Kopf bis Fuß. »Lieber Himmel«, murmelte er. »Die armen Arbeiter …«

Plötzlich musste Jackon lachen – warum, wusste er selbst nicht. Vielleicht weil ihm klar wurde, wie knapp er eben dem Tod entronnen war, vielleicht auch nur, weil er sich vorstellte, was für ein jämmerliches Bild sie beide abgeben mussten: zwei Gestalten in einer Gasse, dreckig und stinkend und fassungslos darüber, was sie gerade erlebt hatten. Er lachte, bis er keine Luft mehr bekam.

Und dann lachte auch Liam.

Verwundert starrte er Jackon an, bevor er zu kichern begann, zuerst ganz leise, dann immer lauter, bis er so sehr brüllte, dass ihm die Tränen herunterliefen. Schließlich kauerten sie nebeneinander auf dem Boden und hielten sich die Bäuche.

Als es Jackon endlich gelang aufzuhören, blickte er in das Gesicht des Arbeiters, der ihn angegriffen hatte. Der Mann hielt eine Axt in den Händen und wirkte verwirrt, genau wie der Hüne neben ihm.

»Das sollen Ghule sein?«, knurrte der Vorarbeiter. »Zwei verdammte Bettler sind das, du Dummkopf! Wolltest mich wohl zum Narren halten, was? Na warte, dafür ziehe ich dir einen Schilling vom Lohn ab. Und jetzt zurück an die Arbeit, oder ich trete dir in den Hintern …«

Einige Stunden später saß Jackon im Gemeinschaftsraum des Gesindetrakts und stärkte sich mit einer Tasse Kaffee. Er hatte sich ausgiebig gewaschen, seine Blessuren verarztet und frische Kleider angezogen. Jetzt fühlte er sich wieder einigermaßen sauber. Liam erzählte den anderen Bediensteten gerade zum zweiten Mal, was geschehen war, damit sie endlich aufhörten, sie mit Fragen zu bestürmen.

Es hatte eine Weile gedauert, bis sich die Aufregung im Palast gelegt hatte. Als Jackon und Liam zurückgekommen waren, hatten sie Hume und die anderen Bediensteten bei der Einsturzstelle vorgefunden – ein zehn Schritt durchmessender und zwei Schritt tiefer Krater –, wo sie im Schutt wühlten, in der Hoffnung, ein Lebenszeichen von Jackon und Liam zu finden. Wie sich herausstellte, hatte Hume gerade den Keller verlassen, als das Gewölbe einstürzte. Nachdem er begriffen hatte, was passiert war, hatte er umgehend die anderen Palastbewohner alarmiert. Auch jetzt war der Gärtner immer noch kreidebleich, denn der Schreck saß ihm tief in den Knochen. Außerdem war Umbra für eine halbe Stunde mit ihm verschwunden, vermutlich um ihm die Leviten zu lesen, weil Jackon seinetwegen in Gefahr geraten war. Jackon konnte sich lebhaft vorstellen, wie es sein musste, wenn Umbra wütend war. Hume tat ihm aufrichtig leid.

Was für ein seltsamer Tag … Um ein Haar wäre er von einer Geröllawine begraben worden. Wenig später hätte man ihn fast mit einem Schürhaken erschlagen, kurz nachdem er bis zur Erschöpfung gegen einen reißenden Fluss gekämpft hatte. Alles nicht gerade erfreuliche Erlebnisse, und doch bereute Jackon keine Sekunde davon. Fast sein halbes Leben lang war er auf sich allein gestellt gewesen. Heute hatte er zum ersten Mal Hilfe von einem Gefährten bekommen. Gemeinsam Schwierigkeiten zu meistern gefiel ihm viel besser.

Er hatte noch nie einen Freund gehabt. Fühlte es sich so an, wenn man einen fand?

15

Das Ding in den Schatten

Die nächsten Tage waren heiß und trocken. Nur selten zeigte sich eine Wolke am Himmel über der Stadt oder sorgte eine Brise für Abkühlung. Eine träge, schläfrige Stimmung herrschte im Palast. Sogar die Krähen dösten und verließen kaum ihre Schlupflöcher im Dachgebälk.

Lady Sarka hatte Arbeiter angeheuert, die sämtliche Kellerräume des alten Laborgebäudes zuschütteten, damit es nicht noch einmal zu einem Einsturz kam. Ibbott Hume schien wegen des Vorfalls ein schlechtes Gewissen zu haben und gab Liam und Jackon nur noch leichte Arbeiten. Sie mähten den Rasen, jäteten Unkraut oder gossen die Rosenhecken, womit sie meist schon am frühen Nachmittag fertig waren. Den Rest des Tages ruhten sie sich aus, schlenderten durch die Altstadt oder badeten im Feuersee beim Magistratsgebäude. Es gefiel Liam, Zeit mit Jackon zu verbringen. Die gemeinsam überstandene Gefahr hatte sie zusammengeschweißt, und dank Jackon fühlte er sich nicht mehr ganz so einsam auf der Welt.

Dennoch verlor er niemals sein Ziel aus den Augen. So oft er konnte, sah er sich unauffällig im Palast um, bis er sich allmählich darin zurechtfand. Schließlich fühlte er sich bereit, nach dem Buch zu suchen.

Abends, bei Sonnenuntergang, traf er sich mit Jackon und den anderen Bediensteten im Gemeinschaftsraum. Auf dem Tisch standen Brot, Hartkäse, geräucherte Wurst und Ale.

Jocelyn erzählte Neuigkeiten aus der Stadt, während gegessen wurde. Anschließend zogen sich die Bediensteten einer nach dem anderen in ihre Unterkünfte zurück, denn nach einem langen Arbeitstag und zwei Krügen Ale wollten die meisten nichts als schlafen. Jackon war einer der Ersten, der ging. Liam schloss sich ihm wenig später an, legte sich angezogen ins Bett und löschte das Licht.

Es dauerte nicht lange, bis Stille im Gesindeflügel einkehrte. Um sicherzugehen, wartete Liam noch eine halbe Stunde. Schließlich stand er auf, öffnete leise die Tür und trat barfüßig auf den Gang.

Dunkelheit erfüllte den Korridor. Durch das kleine Fenster am Ende war der Mond über den Dächern Bradosts zu sehen. In keiner der angrenzenden Kammern brannte noch Licht.

Liam durchquerte den Gemeinschaftsraum und folgte einem Flur, der zur Küche, der Wäscherei und den anderen Wirtschaftsräumen führte. Er wählte diesen Weg, um nicht durch die Eingangshalle gehen zu müssen, wo, wie er annahm, auch nachts Spiegelmänner Wache standen.

Er hatte nicht die leiseste Ahnung, wie viele Spiegelmänner sich im Palast aufhielten. Außer jenen in der Eingangshalle gab es zwei weitere am Tor der Palastmauer und gewiss noch viele andere in den Gemächern der Lady und anderen Gebäudetrakten, in die ein Hilfsgärtner wie er niemals einen Fuß setzte. Manchmal, etwa zur Wachablösung, zeigten sich auch welche im Garten. Wenn sie mit ihren Kutten und Spiegelmasken an ihm vorbeischritten, lief ihm stets ein kalter Schauder über den Rücken. Er würde sich niemals an ihre Anwesenheit gewöhnen, in hundert Jahren nicht.

Von der Küche gelangte er in einen Saal, der den größten Teil des Hauptflügels einnahm. Vermutlich wurden hier Bälle und Bankette abgehalten. Durch die Fenster war der Nachthimmel zu sehen; im Licht der Sterne erahnte Liam Tische,

Lehnstühle und Vitrinen mit kostbarem Kristallgeschirr. Dicke Teppiche dämpften seine Schritte, sodass er sich erlaubte, etwas schneller zu gehen. Eine Holztreppe, die er hinaufstieg, knarrte, und er fürchtete, den ganzen Palast aufzuwecken. Oben angekommen, hielt er den Atem an und lauschte, doch es herrschte weiterhin Stille im Saal. Niemand schien ihn gehört zu haben.

Auf leisen Sohlen huschte er die Galerie entlang, öffnete eine Tür und betrat kurz darauf den Korridor, der zum Kuppelsaal mit den Gemächern der Lady führte. Normalerweise gelangte man durch die Eingangshalle hierher. Auf den Weg durch den Bankettsaal war er zufällig gestoßen, als er in Humes Auftrag etwas aus der Küche geholt und sich danach ein wenig umgesehen hatte.

Er folgte dem Gang, bis er zu einer Biegung kam. Dort spähte er um die Ecke. Etwa zehn Schritte vor ihm begann die Treppe zur Pforte des Kuppelsaals. Davor hielten zwei Spiegelmänner Wache. Es gab keine Lampe, nicht einmal eine Kerze, und es hatte etwas Gespenstisches, wie die beiden Gestalten in der Dunkelheit des Korridors standen. Hätten sich nicht die Sterne in ihren Masken gespiegelt, wäre Liam vermutlich geradewegs in sie hineingelaufen.

Unmöglich, an ihnen vorbeizukommen. Er verbarg sich hinter der Gangecke und überlegte, wie er weiter vorgehen sollte. Quindal hatte gesagt, dass die Lady das Buch mit großer Wahrscheinlichkeit im Kuppelsaal aufbewahrte. Allerdings war das nur eine Vermutung des Erfinders; ebenso gut konnte das Buch auch woanders sein.

Mutlosigkeit überkam Liam bei dem Gedanken, die zahllosen Zimmer des Palasts nach einem Folianten zu durchsuchen, von dem er nicht einmal wusste, wie er aussah. Nein, besser er hielt sich an den einzigen Hinweis, den er hatte. Er musste versuchen, in Lady Sarkas Bibliothek hineinzukommen.

Nur wie? Solange die beiden Spiegelmänner nicht verschwanden, war die Tür unerreichbar für ihn.

Er stand kurz davor umzukehren, überlegte es sich dann jedoch anders. Jetzt schon aufzugeben kam nicht infrage. Das schuldete er seinem Vater.

Nimm dir ein Beispiel an ihm. Er war hartnäckig. Anderthalb Jahre hat er seine Nachforschungen betrieben. Glaubst du, er musste währenddessen nie einen Rückschlag hinnehmen?

Ein schmerzhafter Gedanke schob sich Liam ins Bewusstsein: *Und wohin hat ihn seine Beharrlichkeit am Ende geführt?*

Er kämpfte die aufwallende Trauer nieder und zwang sich, noch einmal über seine Situation nachzudenken. Quindal hatte zugegeben, dass er nur wenig über den Palast wusste. Was, wenn er sich irrte? Wenn der Kuppelsaal noch einen weiteren Eingang besaß? Womöglich einen weniger gut bewachten? Bei der Größe des Gebäudes hielt Liam dies nicht für ausgeschlossen.

So leise, wie er gekommen war, machte er kehrt und ging zum Bankettsaal zurück. Da er das Erdgeschoss inzwischen einigermaßen kannte, beschloss er, in den oberen Stockwerken zu suchen. Dort war er allerdings noch nie gewesen, weshalb er noch vorsichtiger und aufmerksamer sein musste. Vor allem tat er gut daran, sich die Lage der Flure und Zimmer genau einzuprägen, damit er später wieder zurückfand.

Er kam in einen Trakt, der genauso still und menschenleer zu sein schien wie die meisten Teile des Anwesens. Es *roch* sogar verlassen: staubig, nach altem Holz und ersten Anzeichen von Moder. Liam versuchte sich nur an jenen Türen, von denen er glaubte, dass die Flure und Zimmer dahinter an den Kuppelsaal angrenzten. Keine Einzige war verschlossen, sie knarrten nicht einmal, was ihn jedes Mal aufs Neue überraschte. Ölte etwa jemand die Angeln dieser Türen, obwohl niemand sie je öffnete?

Einige der Räumlichkeiten, die er betrat, waren vollkommen leer. Andere enthielten alte Möbel, von einer dicken Staubschicht bedeckt. Wieder andere ein unübersichtliches Durcheinander aus aufeinandergestapelten Stühlen, Tischen, Truhen und Schränken, verborgen unter zerschlissenen Laken, die Liam unwillkürlich an Leichentücher erinnerten – doch nirgendwo fand er einen Zugang zum Kuppelsaal.

Nachdem er sicher war, dass er den Trakt vollständig abgesucht hatte, folgte er einem Gang zur anderen Seite des Anwesens und kam zu einer Tür. Als er sie öffnete, sah er im Schein des Mondlichtes, das durch ein nahes Fenster fiel, dass das Holz mit einer Schnitzerei versehen war: Sie stellte einen Basilisken dar und glich dem Relief, das er im Keller des alten Labors gefunden hatte.

Vorsichtig trat er auf eine Galerie mit eisernem Geländer und blickte in einen großen Raum hinab. Der Geruch, der ihm in die Nase stieg, war sehr schwach, aber überaus unangenehm. Es roch nach Kot, Schweiß und Erbrochenem – und nach Blut. Gebilde hingen an schweren Ketten von den Deckenbalken. Sein Mund wurde trocken vor Furcht, als er Rippenkästen und Schädel zu erkennen meinte. Skelette? Nein, Käfige. Manche waren der Form des menschlichen Körpers angepasst, doch es gab auch andere, kastenartige, mit dornenbewehrten Stangen.

Am Rande seines Blickfelds bemerkte er plötzlich eine Bewegung, ein Huschen in der Dunkelheit. Liam fuhr herum und horchte angestrengt. Nichts. Nur das Pochen seines Herzens. Vielleicht hatte er sich alles nur eingebildet. So angespannt, wie er war, wäre das kein Wunder.

Der nächste Raum war kleiner und enthielt einen steinernen Ofen sowie einen Tisch voller Apparaturen, deren Glasröhren und -kolben im Sternenlicht wie geschliffener Obsidian schimmerten. Eine alchymistische Küche. Allerdings sah sie nicht aus, als wäre sie noch in Gebrauch, wenngleich die absonderlichen Gerätschaften nach wie vor seltsame Düfte verströmten, schweflige, faulige und ganz und gar fremdartige.

Schaudernd dachte er an die Käfige im Nebenraum – *Käfige in Menschenform*. Er wagte sich nicht vorzustellen, welcher Art die Experimente gewesen waren, die einst hier stattgefunden hatten. Er konnte nur hoffen, dass diese Räumlichkeiten Relikte aus alter Zeit waren und nichts mit Lady Sarka zu tun hatten.

Ein Krächzen ließ ihn aufschrecken. Ein Oberlicht des Labors stand offen, auf dem Fensterrahmen hockte eine Krähe. Blitzschnell ging Liam hinter dem Tisch in Deckung. Er hatte Quindals Warnung nicht vergessen. Hoffentlich hatte ihn der Vogel nicht bemerkt.

Vorsichtig blickte er zum Fenster auf. Konnten Krähen im Dunkeln sehen? Er wünschte, er wüsste es. Allerdings machte das Tier nicht den Eindruck, als würde es ihn beobachten. Es pickte etwas auf, vielleicht ein Insekt, dann flatterte es kreischend davon. In diesem Moment flog ein ganzer Schwarm Krähen am Fenster vorbei, so viele, dass sie die Sterne über den Baumkronen verdunkelten, bevor sie verschwanden.

Liam wagte sich erst nach ein paar Minuten hinter dem Tisch hervor. Sein ganzes Vorhaben kam ihm immer törichter vor. Schierer Wahnsinn, in der Dunkelheit ein Gebäude zu erkunden, das er nur oberflächlich kannte. Hinter jeder Ecke konnte Gefahr lauern. Er beschloss, so schnell wie möglich den Rest des Flügels abzusuchen und es dann für den Anfang gut sein zu lassen.

Er huschte durch Flure und Korridore, bis er zu einer halb offenen Tür kam, durch die schwaches Licht fiel. Liam pirschte sich heran und erblickte einen Mann mit wallender schwarzer Mähne, der eine Kristallkaraffe von einer Kommode nahm und sich Absinth einschenkte, glitzernd wie ein geschmolzener Smaragd. Liam hatte diesen Mann gestern kurz im Garten gesehen und wusste von Jackon, dass er Amander hieß. Jackon schien Angst vor ihm zu haben, allerdings hatte er nicht herausbekommen, weswegen.

Amander betrat eine Kammer und schloss die Tür hinter sich. Liam hielt es für zu riskant, den beleuchteten Raum zu betreten, zumal er sich nichts davon versprach. Er kehrte um und stieg eine Treppe hinauf, an der er auf dem Weg hierher vorbeigekommen war.

Sein Gefühl sagte ihm, dass er sich ganz in der Nähe des Kuppelsaals befand, aber er wusste, dass er sich täuschen konnte. Bei all den verwinkelten Gangfluchten, Zwischengeschossen und gewundenen Wendeltreppen war es unmöglich, die Orientierung zu behalten, schon gar nicht bei Nacht. Sicher war nur, dass er sich im obersten Stockwerk aufhielt, denn Teile davon waren zum Dachgebälk hin offen. Jene Räume mied er, denn darin stank es nach Vogelkot, und er wollte um keinen Preis weiteren Krähen begegnen.

Er bog in einen Korridor ein – und hielt inne. Er hatte ein Geräusch gehört; es kam von der Treppe. Als er sich umwandte, erblickte er erneut eine Bewegung in der Dunkelheit. Nein, keine richtige Bewegung, eher ein kurzes Zucken der Schatten, doch diesmal war er sich sicher, dass er es sich nicht eingebildet hatte.

Eine Krähe? Er hoffte es beinahe, denn die Vorstellung, dass ihm etwas durch die finsteren Flure folgte, ließ eisiges Grauen in ihm aufsteigen. Ratten? Möglich, bei diesem alten Gemäuer. Gewiss wimmelte es in den Wänden und Zwischenböden nur so von Nagetieren und anderem Ungeziefer.

Liam schluckte trocken. Wem wollte er eigentlich etwas vormachen? Keine Ratte verursachte solch ein Geräusch. Es war ein schleifender Laut gewesen, seltsam fleischig, als würde etwas Massiges über die Steinstufen kriechen.

Er versuchte, ruhig zu atmen, und wünschte, sein Herz würde nicht wie verrückt wummern, damit er besser hören konnte, was in der Schwärze vor sich ging. Langsam wich er zurück, bis er mit dem Rücken gegen eine Tür stieß. Sie war nur angelehnt und gab nach. Er stolperte über die Schwelle und fiel mit einem erstickten Schrei auf sein Hinterteil. Staub wallte auf.

Während er ungeschickt versuchte aufzustehen, rechnete er damit, dass sich jeden Moment etwas auf ihn stürzen würde. Zu seiner Überraschung geschah gar nichts. Dabei war sein Sturz so laut gewesen, dass man ihn noch drei Räume weiter gehört haben musste. Also doch nur eine Ratte? Allmählich traute er seinen Sinnen nicht mehr.

Leise klopfte er sich den Staub von den Kleidern. Erst jetzt sah er, in was für einem Raum er sich befand. Der Mond schien durch mehrere Dachfenster herein, Regale standen kreuz und quer und enthielten … *Dinge.* Schädel, menschliche und tierische. Kästen voller Knochen. Leere Gehäuse riesiger Käfer und Insekten. Gläser, in denen abstoßende Gebilde schwammen, Föten mit aufgequollenen Köpfen und Gliedmaßen an Stellen, wo keine sein sollten. Missgebildete Tiere und Organe, aufgespießt und in Flüssigkeit konserviert.

Ekel und Entsetzen ließen seinen Atem stocken. Sein Blick fiel auf einen Glaskolben, der zerbrochen auf dem Boden lag. Er schluckte, als in seinen Gedanken ein hässliches Bild entstand: Was, wenn eines dieser Dinge entkommen war und sich draußen herumtrieb?

Unsinn. Der Inhalt dieser Gläser war tot. Toter als tot, seit vielen Jahren schon. Nichts davon kroch irgendwo herum. Und er hörte besser auf, sich solche Dinge auszumalen. Sinnlose Panik war gewiss das Letzte, was er jetzt brauchte.

Trotzdem wollte er nichts mehr, als dieses Schreckenskabinett so schnell wie möglich zu verlassen. Da es ihm nicht sonderlich behagte, in den Gang zurückzukehren, wo er das Geräusch gehört hatte, entschied er, die gegenüberliegende Tür zu öffnen. Vielleicht befand sich dahinter ja ein Zugang zum Kuppelsaal. Gewundert hätte es ihn nicht: Ein Raum wie dieser schreckte Eindringlinge wirkungsvoller ab als zehn Spiegelmänner.

Die Pforte war massiver und schwerer als die anderen. Als Liam sie öffnete, hörte er Gekrächze.

Krähen, diesmal war er ganz sicher. Und offenbar viele davon. Nur sehen konnte er sie nicht. Aber wenige Schritte vor sich entdeckte er eine weitere Tür. Vorsichtig schlich er dorthin. In das eisenverstärkte Holz war ein vergittertes Fenster eingelassen.

Mit angehaltenem Atem spähte er hindurch. Was er erblickte, war so bizarr, dass er mehrmals blinzeln musste, bis er seinen Augen traute.

Vor ihm befand sich ein runder Raum, das Innere eines kuppelförmigen Erkertürmchens, zwei oder drei Mannslängen hoch, mit offenen Fensterschlitzen in den Wänden. Auf einer steinernen Kanzel stand Corvas, wie immer in seinen schwarzen Mantel gehüllt. Dutzende von Krähen umschwirrten ihn, einige saßen auf seinen ausgebreiteten Armen und krächzten.

Und Corvas lauschte.

Quindals Warnung war eine Sache, doch mit eigenen Augen zu beobachten, wie die Krähen ihre Botschaften überbrachten, eine ganz andere. Liam konnte nicht anders, als sich zu fragen, ob es hier in diesem Erker gewesen war, dass Corvas von den Nachforschungen seines Vaters erfahren hatte, aus dem Schnabel eines Rabenvogels. Und welche Nachrichten empfing der bleiche Mann gerade jetzt? An wessen Tür würden die Spiegelmänner im Morgengrauen klopfen, nur weil eine Krähe ein unbedachtes Wort aufgeschnappt hatte? Liam hatte in dieser Nacht viele unheimliche Dinge gesehen, doch der Anblick von

Corvas, wie er seinen gefiederten Spionen zuhörte, war mit Abstand am beklemmendsten.

Er durfte nicht länger hierbleiben. Irgendwann würde eine der Krähen ihn entdecken, und dann wäre es um ihn geschehen. Liam wandte sich ab und schlich in die Kammer mit den konservierten Monstrositäten zurück, wo er lautlos die Tür hinter sich schloss.

Er hatte genug. Falls es einen zweiten Zugang zum Kuppelsaal gab, würde er ihn finden, aber nicht in dieser Nacht. Die ständige Angst vor Entdeckung hatte ihn so sehr erschöpft, dass er nur noch schlafen wollte.

Doch als er sich der Alchymistenküche näherte, hörte er abermals das Geräusch.

Er erstarrte. Da war es, ganz deutlich. Ein Schleifen, wie von ledriger Haut auf Stein.

Oder wie von Schuppen …

Langsam wandte er sich um, blickte in den Korridor, aus dem er gekommen war, jede Faser seines Körpers zum Zerreißen gespannt.

Etwas bewegte sich in der Dunkelheit. Es kam jedoch nicht näher, als fürchte es das Sternenlicht, das durch die hohen Fenster des Labors fiel.

Aber es war da. Liam hörte es atmen.

Und es beobachtete ihn.

Eiseskälte breitete sich in ihm aus, von den Haarspitzen bis zu den Zehen. Alles in ihm schrie nach Flucht. Doch noch mächtiger war das Verlangen, endlich zu erfahren, was ihm seit dem Raum mit den Käfigen folgte. Andernfalls, so fürchtete er, würde er den Verstand verlieren.

Es kostete ihn all seine Willenskraft, sich zu bewegen, einen Schritt zu tun. Das Ding in den Schatten gab einen fleischigen Laut von sich, als es zurückwich.

Noch einen Schritt. Das Blut rauschte in seinen Ohren. Am

Eingang, wo es saß, verdichtete sich die Dunkelheit zu einem tiefschwarzen Kern, zu einem unförmigen Klumpen Finsternis.

»Zeig dich«, flüsterte er mit brüchiger Stimme.

Pfeifendes Atmen. Dann ein Keuchen voller unterdrückter Qual.

Es machte eine ruckartige Bewegung, und für einen flüchtigen Moment erhaschte Liam einen Blick auf das Ding, oder auf Teile davon, er wusste es nicht. *O Gott, nein*, durchfuhr es ihn, er wirbelte herum und stieß gegen den Tisch, Glas schepperte, er rannte durch das Labor, den Raum mit den Käfigen, hastete, all seine Vorsicht vergessend, die Treppe hinab, nur fort von diesen Kammern und dem Grauen, das darin hauste.

Schlaflos wälzte sich Umbra in ihrem Bett von einer Seite auf die andere und verfluchte die Nacht.

Bei Einbruch der Dunkelheit zog sie sich stets in ihre Kammer zurück. Wenn die Sonne hinter dem Horizont versank, verschmolzen die Schatten mit der Finsternis, bis sie schließlich verschwanden und für Umbra unerreichbar wurden. Deshalb mied sie die Dunkelheit, so gut sie konnte. Ohne die Schatten war sie schwach.

Sie verlor ihre Kräfte, sowie der letzte Sonnenstrahl erlosch. Gegen die Erschöpfung, die sie anschließend überkam, war sie machtlos, weswegen sie meist früh zu Bett ging. Sie löschte die Kerze und schlief wenig später ein, um nach einigen Stunden vom ersten Licht des Tages geweckt zu werden, erfüllt von neuer Vitalität, die sie den langen Schatten des Morgens verdankte.

Heute jedoch fand sie keinen Schlaf. Wenn sie die Augen schloss, kamen die Bilder – Erinnerungen an eine *andere* Nacht, eine Nacht voller Feuer und Blut. Sie hatte diese Bilder tief in sich eingeschlossen, in einem dunklen Winkel ihrer Seele, und meist gelang es ihr, nicht daran zu denken. Manchmal jedoch kehrten sie unvermittelt zurück, so klar und deutlich, als würde sie die Ereignisse jener Stunden noch einmal durchleben.

Sogar die Schreie konnte sie hören.

Lange nach Mitternacht stand Umbra schließlich auf, zog sich trotz der bleiernen Schwere in ihren Gliedern an und verließ ihr Zimmer. Ziellos streifte sie durch Flure und Säle des Palasts, floh vor der Vergangenheit, in der Hoffnung, den quälenden Erinnerungen zu entkommen.

Seit vier Jahren lebte sie hier. Sie kannte jedes Zimmer, jede Nische des verwinkelten Anwesens, fand sich sogar bei Nacht darin zurecht. Die Finsternis in den Korridoren machte ihr zu schaffen, doch sie widerstand dem Drang, zu ihrer Kammer zurückzukehren. Die Dunkelheit war leichter zu ertragen als die Stille in ihrem Zimmer, in der sie mit ihren Gedanken allein war. Außerdem ging bald die Sonne auf. Sie konnte bereits spüren, wie die Erschöpfung nachließ.

Sie hatte keine Stiefel angezogen. Sie liebte es, die kühlen Steinfliesen unter ihren nackten Fußsohlen zu spüren. Barfuß stieg sie eine Wendeltreppe hinauf, staubige Stufen, die sich in einem Eckturm emporwanden. Oben angekommen, trat sie an ein milchiges Bleiglasfenster, wischte die Spinnweben weg und blickte über die Stadt, die sich vor ihr ausbreitete. Hunderte von Laternen glitzerten in den dunklen Gassen, wie ein Meer aus Sternen.

Sie wollte zusehen, wie die Sonne hinter den Hügeln östlich des Kessels aufstieg und die Schatten von Dachgiebeln, Kaminen und Wetterfahnen auf Straßen und Plätze zeichnete. Wenn ihre Kräfte erwachten, würde sie stark genug sein, die Erinnerungen zu bezwingen. So war es jedes Jahr.

Im Osten färbte sich der Himmel erst violett, dann blau, schließlich orange. Trübes Morgenlicht kroch über die Anhöhe. Stadthäuser und Villen tauchten aus der Dunkelheit auf.

Umbra stand reglos am Fenster, als die Sonne hinter den Dächern erschien. Spürte, wie ihr Schatten in die Länge wuchs. Fühlte ihre Kraft zurückkehren.

Die Nacht war zu Ende. Umbra lächelte.

Sie blieb noch eine Weile auf der Turmspitze und lauschte den Geräuschen der erwachenden Stadt, die kaum hörbar zu ihr heraufdrangen, ehe sie schließlich die Treppe hinunterstieg und bei jedem Schritt die Energie genoss, die durch ihren Körper strömte. Die quälenden Bilder verblassten bereits. Irgendwann im Lauf des Tages, während sie ihren Pflichten nachging, würden sie gänzlich verschwinden.

Bis zum nächsten Mal, flüsterte eine Stimme in ihrem Innern, doch Umbra schenkte ihr keine Beachtung.

Ihr Tag begann stets damit, dass sie Jackon im geheimen Zimmer abholte, wohin sie ihn jeden Abend brachte. Allerdings würde der Junge frühestens in einer halben Stunde aufwachen, sodass sie noch genug Zeit hatte, zu frühstücken. Nach solch einer Nacht brauchte sie dringend einen Kaffee.

Während sie zu dem Trakt ging, den Corvas, Amander und sie bewohnten, hörte sie ein Geräusch. Es kam aus einem verlassenen Korridor.

Umbra blieb stehen und horchte. Da war es wieder: platschende Schritte, gefolgt von schnaufendem Atem.

Sie seufzte. Primus. Nicht schon wieder. Wann brachte die Herrin an seinem Käfig endlich ein Schloss an, mit dem er nicht so einfach fertig wurde?

Mit einer Zornesfalte zwischen den Augenbrauen folgte sie dem Flur. Die aufgehende Sonne schien durch die Buntglasscheiben und überzog Wände und Boden mit einem verwirrenden Farbenspiel.

Primus hatte sie offenbar bemerkt. Er kauerte in einer Nische, wo tiefe Schatten ihn verbargen.

»Spar dir die Mühe«, schnarrte sie. »Ich kann dich sehen.«

Die missgestaltete Kreatur machte sich so klein wie möglich.

»Komm raus. Oder ich helfe nach.«

Primus gab eine Art Winseln von sich. Manchmal war Umbra, als versuche er, Silben und Worte zu formen, allerdings brachte er nie mehr als ein Krächzen zustande. Sie schauderte. Der kleine Mistkerl war einfach widerwärtig.

»Also gut. Du hast es nicht anders gewollt.«

Sie konzentrierte sich, woraufhin ihr Schatten zu wachsen begann und über den Boden kroch, bis er Primus' Versteck erreichte. Das Geschöpf keuchte panisch, als sich schattenhafte Arme um ihn schlangen und ihn aus der Nische zerrten.

»Ich frage mich«, knurrte Umbra, »warum die Herrin dich nicht längst getötet hat.«

16

Seelenhäuser

Nacht für Nacht, wenn die anderen Bewohner des Palasts längst schliefen, holte Umbra Jackon ab und brachte ihn durch den schattenhaften Tunnel zu dem geheimen Zimmer, wo er unter den Augen der Lady seine Gabe schulte.

Langsam machte er Fortschritte. Bevor er einschlief, nahm er sich stets vor, die Tür zu finden, sodass er mit der Zeit lernte, sich daran zu erinnern, während er träumte. Indem er sich bewusst machte, dass alles, was er in seinen Träumen sah und erlebte, nicht real war, verirrte er sich nicht mehr so leicht darin. Wenn er sich Mühe gab, konnte er sie sogar nach seinem Willen verändern. Als er wieder einmal vor einer Horde Ghule durch die Kanäle floh, fokussierte er seine Gedanken und wünschte sich an einen sicheren Ort. Im nächsten Moment wanderte er über eine sonnige Wiese, und seine Furcht einflößenden Verfolger waren verschwunden.

Lady Sarka schien das Zimmer nicht zu verlassen, während er schlief. Wenn er aufwachte, saß sie stets in ihrem Lehnstuhl, um sich nach seinen Erfahrungen zu erkundigen, ihn für seine Fortschritte zu loben oder ihn aufzumuntern, wenn er das Gefühl hatte, nicht voranzukommen.

»Ist sie wirklich die ganze Nacht bei mir?«, fragte er eines Abends Umbra.

»Natürlich.«

»Wann schläft sie?«

»Niemals«, antwortete die rothaarige Frau so einsilbig wie immer.

»Niemals? Aber sie muss doch irgendwann schlafen. Jeder Mensch muss das.«

»Die Herrin nicht. Und jetzt beeil dich gefälligst. Sie wartet schon auf dich.«

Nach einigen Tagen fiel es ihm nicht mehr schwer, die Tür zu finden, obwohl sie sich jede Nacht an einer anderen Stelle befand. Wie die Lady gesagt hatte, war sie stets irgendwo in den Träumen versteckt. Mal stand sie mitten auf einer Straße, die er entlangging, mal war sie in die Wand der Alten Glasbläserei eingelassen oder schwebte über einer Wasserfläche. Doch sowie er seine Hand auf den Messsingknauf legen wollte, veränderte sich die Umgebung, und die Tür verschwand. Offenbar wollten die Träume verhindern, dass er sie öffnete.

Lady Sarka spornte ihn an, nicht aufzugeben, sich nicht von den Träumen verwirren zu lassen. Hartnäckig übte er weiter.

Seit dem Beginn seiner Ausbildung war eine Woche vergangen. Jackon hatte sich angewöhnt, gleich nach dem Abendbrot auf sein Zimmer zu gehen, wo er sich wusch und saubere Kleider anzog. Wie an den vergangenen Abenden ließ Umbra nicht lange auf sich warten. Als sie in einer Ecke der Kammer erschien, stand er vom Bett auf und folgte ihr in den Tunnel, der sich durch die Dunkelheit schlängelte.

Voller Unbehagen betrachtete er die schwarzen Wände, die nicht richtig fest waren, aber auch nicht durchsichtig. Einmal glaubte er zu sehen, wie sich etwas in der Finsternis bewegte.

»War das eine Düsterkralle?«, fragte er leise.

»Schon möglich.«

Es gebe eine Vielzahl von Wesen, die in der Zwischenwelt der Schatten lebten, hatte Umbra ihm erzählt. Glücklicherweise war ihnen bisher keines davon begegnet.

»Wieso müssen wir immer durch diesen Tunnel gehen? Gibt es keinen anderen Weg?«

»Das ist der kürzeste. Und der unauffälligste.«

Und vermutlich der gefährlichste, dachte Jackon und war erleichtert, als wenig später Licht die Wand aus Dunkelheit durchbrach. Er trat durch den Spalt und stolperte im nächsten Moment über den ausgeblichenen Teppich. »Wir sehen uns morgen früh«, sagte Umbra, bevor sie verschwand und ihn schwindelnd und mit pochenden Schläfen zurückließ. Er würde sich nie an diese Art der Fortbewegung gewöhnen.

Jackon atmete tief ein und aus, bevor er langsam über den Teppich ging. Wie immer erfüllte ein seltsamer Duft die fensterlose Kammer – fremdartig, aber wohltuend. Lampen verströmten warmes Licht. Lady Sarka kniete hinter dem Wandschirm und flüsterte leise. Als sie aufstand, sah er etwas in die Schatten huschen, klein, grau, mit ledriger Haut. Bevor er mehr sehen konnte, war es auch schon verschwunden.

»Was war das?«, fragte er.

»Nur ein Haustier. Nichts, wovor du Angst haben musst«, fügte die Lady hinzu, als sie sein Unbehagen bemerkte.

Er konnte sich kein Tier vorstellen, das so merkwürdig aussah. Aber ein Mensch war es ganz sicher nicht gewesen. Ihn schauderte.

Lächelnd kam sie näher. »Setz dich, Jackon.«

Er ließ sich auf der Couch nieder. Lady Sarkas karmesinrotes Kleid knisterte, als sie sich in ihren Lehnstuhl setzte.

»Umbra hat mir berichtet, dass du einen Freund gefunden hast«, sagte sie.

»Meint Ihr Liam Hugnall?«

Die Lady nickte. »Hast du ihm erzählt, warum du hier bist?«

»Nein. Natürlich nicht.«

»Das ist wichtig, Jackon. Niemand darf von deiner Gabe wissen. Nicht einmal dein bester Freund. Vergiss das niemals.«

Ihre Stimme war sanft und freundlich, so wie immer, dennoch hörte er den warnenden Unterton. »Liam erfährt es nicht. Ihr habt mein Wort.«

»Ich muss mich auf dich verlassen können. Nun lass uns anfangen.«

Er machte es sich auf der Couch bequem und nahm sich fest vor, heute die Tür zu öffnen. Lady Sarka drehte die Lampen dunkler und schaltete das Grammofon hinter dem Wandschirm ein. Eine seltsame Melodie erklang, sanft und monoton wie die Gesänge in einer Kirche, nur viel beruhigender. Seine Lider wurden schwer. Er schlief ein.

Er ging durch ein Heckenlabyrinth mit haushohen Wänden. Eine Weile wanderte er ziellos durch die gewundenen Gänge, bevor ihm einfiel, dass er sich in einem Traum befand. Augenblicklich wurden seine Gedanken klarer, das Labyrinth erschien ihm weniger verwirrend. Er machte sich auf die Suche nach der Tür.

Es dauerte nicht lange, bis er sie fand. Sie war in die Heckenwand eingelassen. Konzentriert führte er seine Hand zum Knauf. Diesmal würde er nicht zulassen, dass sie vor seinen Augen verschwand.

Die Umgebung veränderte sich, als er das Messing berührte. Wo eben noch das Labyrinth gewesen war, erstreckte sich nun ein Kuppelsaal, der in blauem Licht erstrahlte. Eine Stimme rief seinen Namen, und er war versucht, sich umzudrehen.

Nein. Er durfte sich nicht ablenken lassen.

Seine Hand schloss sich um den Knauf.

Der Saal wich einer Menschenmenge. Gesichtslose Leute brüllten und rempelten ihn an. Seine Gedanken wurden verschwommener und begannen, sich in der Kaskade aus Bildern, Gerüchen und Geräuschen zu verlieren.

Es ist nur ein Traum, sagte er sich. *Nur ein Traum.*

Er ließ den Knauf nicht los, obwohl er sich schon nicht

mehr richtig daran erinnern konnte, weswegen er hergekommen war.

Die Tür. Er musste die Tür öffnen.

Mit einem letzten Rest von Willenskraft drehte er den Knauf und warf sich gegen das Holz. Knarrend schwang die Tür auf. Getragen vom eigenen Schwung stolperte er hindurch.

Er hatte es geschafft!

Das Triumphgefühl ermöglichte es ihm, seine Gedanken zu fokussieren, und er stellte fest, dass er auf einer breiten Straße stand. Zu beiden Seiten befanden sich Häuser unterschiedlichster Größen und Bauweisen: schäbige Hütten aus Holz und Wellblech neben Palästen mit mehreren Flügeln, Erkern und Türmen.

Seelenhäuser, kam es ihm in den Sinn.

Er drehte sich um und betrachtete sein eigenes Seelenhaus.

Es bestand aus Ziegelsteinen und besaß ein schlichtes Schieferdach. Schmiedeeiserne Gitter befanden sich vor den Fenstern, in denen er Ausschnitte seiner Träume erkennen konnte. Hinter der offenen Tür wogte die Menschenmenge, die ihn eben noch umgeben hatte.

Jackon dachte an die Landschaften, die er in seinen Träumen gesehen hatte, die weitläufigen Gärten, Hügel und Gewässer. Dafür, dass sein Seelenhaus nicht sonderlich groß war, passte eine Menge hinein.

In der Straße herrschte Stille und dämmriges Zwielicht. Der Himmel über den Dächern war blauschwarz, es gab weder Mond noch Sterne. Silbriger Staub wirbelte um die Kamine und Turmspitzen, und Jackon spürte, wie Wind an seiner Kleidung riss.

Nirgendwo waren Menschen zu sehen, auch keine Kutschen oder Tiere. Als er schon dachte, er wäre vollkommen allein, bemerkte er zwei seltsame Wesen. Sie glichen zwei Fuß hohen Würfeln aus einer schwammähnlichen Substanz und krochen langsam die Straße entlang, wobei sie eine feuchte Spur auf dem Kopfsteinpflaster hinterließen. Nacheinander glitten sie durch die Tür eines Seelenhauses, ohne sie zu öffnen. Sie krochen einfach durch das Holz, als wäre es nicht da.

Jackon hörte ein Summen und blickte auf. Ein riesiges Insekt schwirrte durch die Luft. Seine vier Flügel bewegten sich so schnell, dass man sie kaum erkennen konnte; mit seinen langen, behaarten Beinen umklammerte es einen Tropfen grau schimmernden Materials. Es flog zu einem Seelenhaus, änderte kurz vorher die Richtung und kam auf ihn zu. Mit vibrierenden Flügeln schwebte es vor ihm in der Luft und streckte eine Art Rüssel nach seinem Gesicht aus.

Entsetzen überkam Jackon. Er wich zurück, stolperte und fiel zu Boden. Das Insekt landete auf seiner Brust.

Schreiend wachte er auf. Er schlug mit den Armen nach dem Untier, bevor er feststellte, dass es gar nicht mehr da war.

»Alles in Ordnung?«, fragte Lady Sarka.

Jackon begriff, wo er sich befand. Benommen setzte er sich auf.

»Hier, trink das.«

Mit zitternden Händen griff er nach dem Becher. Das kühle Wasser tat ihm gut.

»Ich habe die Tür geöffnet«, sagte er mit belegter Stimme.

Die Lady lächelte. »Ich wusste, du würdest es schaffen.«

Es fiel Jackon zusehends leichter, sich nach dem Aufwachen an seine Träume zu erinnern. »Ich habe die Seelenhäuser gesehen, von denen Ihr gesprochen habt«, berichtete er, als das Grauen nachließ. »Auf der Straße treiben sich merkwürdige Geschöpfe herum. Eines hat versucht, mich anzugreifen.«

»Wie sah es aus?«

»Wie ein riesiger Moskito. Die anderen wie Schwämme.«

»Das waren nur Boten und Sammler. Sie sind harmlos. Wenn sie dich wieder belästigen, verjagst du sie einfach.«

Jackon nahm noch einen Schluck. Er verspürte nicht das geringste Verlangen, zu dieser seltsamen Stadt zurückzukehren. »Ist meine Ausbildung jetzt beendet?«, fragte er matt.

»Wie kommst du darauf?«

»Nun ja, ich habe die Tür geöffnet.«

Die Lady ließ ein glockenhelles Lachen erklingen. »Und du meinst, das macht dich bereits zu einem Traumwanderer? Ich fürchte, ich muss dich enttäuschen, Jackon. Deine Ausbildung fängt jetzt erst an.«

17

Blut für Bradost

Liam machte einen Zug, nahm einen Stein vom Brett und legte ihn zu den anderen in die Kiste. Auffordernd blickte er Jackon an.

Jackon betrachtete das achteckige Spielbrett mit den braunen, weißen und gelben Steinen in verschiedenen Größen und versuchte, sich an die Regeln dieses Spiels zu erinnern. Es waren so viele, dass er die meisten schon wieder vergessen hatte. Unsicher zog er einen Stein.

»Das ist eine Harpyie«, sagte Liam. »Sie kann drei Felder springen.«

»So?«

»Ja. Aber meinen Stein kann sie nicht schlagen. Silber schlägt Kupfer, nicht umgekehrt.«

»Tut mir leid.«

»Macht nichts. Wir fangen einfach von vorne an, und ich erkläre es dir noch einmal, in Ordnung?«

Jackon hörte aufmerksam zu, wie Liam ihm die Regeln erläuterte. Beim nächsten Anlauf verlor er haushoch, aber wenigstens wusste er jetzt, wie man die verschiedenen Steine zog. Beim dritten Spiel gelang es ihm beinahe, Liams Basilisk zu schlagen, doch Liam drehte die Partie im letzten Moment, fegte all seine Kobolde vom Brett und holte sich den Stein der Weisen. Trotz der Niederlage begann das Spiel Jackon Spaß zu machen.

»Noch eins?«

»Gern.«

Sie saßen im Palastgarten, unter den ausladenden Ästen eines Apfelbaums, wo die Hitze einigermaßen erträglich war. Das Brett lag auf einer umgedrehten Weinkiste. Ibbott Hume hatte ihnen den Nachmittag freigegeben, denn für den frühen Abend stand ein offizieller Empfang an, bei dem sie nicht gebraucht wurden.

Nachdem sie die Partie zu Ende gespielt hatten, stand Liam auf. »Genug für heute. Ich muss los.«

»Wohin?«

»Zu meinem Großonkel. Ich habe versprochen, ihn zu besuchen. Wir sehen uns heute Abend.«

Nachdem Liam gegangen war, legte Jackon das Spielbrett und die Steine in den Korb und genoss das Nichtstun. Die vergangenen Tage gehörten zu den schönsten seines Lebens. Seit ihrem unfreiwilligen Ausflug in die städtische Unterwelt erledigten er und Liam die Gartenarbeit nach Möglichkeit gemeinsam. In den Pausen saßen sie zusammen, redeten oder alberten im Heckenlabyrinth herum. Liam lehrte ihn die Brett- und Kartenspiele, die sie im Gemeinschaftsraum fanden, und hatte sogar angeboten, ihm Lesen und Schreiben beizubringen. Der Blonde war so viel gebildeter als er, dennoch fühlte sich Jackon in seiner Gegenwart niemals unwissend oder unterlegen.

Lady Sarka hatte recht: Liam und er waren tatsächlich Freunde geworden.

Dabei wusste er kaum etwas über ihn: nur dass er aus dem fernen Torle stammte und dass seine Eltern an der Cholera gestorben waren, weswegen sein Großonkel ihn bei sich aufgenommen hatte – mehr nicht. Liam war sehr verschlossen, was seine Vergangenheit anging.

Das machte Jackon nichts aus. Viel schlimmer fand er, dass

er nichts von *seiner* Vergangenheit erzählen konnte. Immer, wenn die Sprache darauf kam, musste er die dumme Lüge wiederholen, die die Lady sich für ihn ausgedacht hatte, obwohl Liam seit ihrem Abenteuer in den Kanälen vermutlich längst ahnte, dass er ihm etwas verheimlichte.

Jackon hasste es, ihn zu belügen. Sie waren gerade erst Freunde geworden, und schon war er gezwungen, Liam etwas vorzumachen. Andererseits – wie würde Liam reagieren, wenn er erführe, dass Jackon ein Schlammtaucher gewesen war? Möglicherweise wäre er dann nicht mehr so nett zu ihm. Schließlich mochte niemand Schlammtaucher. Nicht einmal die freundlichsten und großherzigsten Menschen.

Jackon seufzte. Besser, er hörte auf, sich darüber den Kopf zu zerbrechen, bevor alles noch komplizierter wurde.

Am frühen Abend tauchten nach und nach die Gäste auf, Männer in doppelreihigen Gehröcken und Frauen in kostbaren Kleidern. In ihren Droschken fuhren sie vor das Anwesen, wo Lady Sarka sie empfing und zu einem Pavillon geleitete, den Hume, Liam und Jackon am Vormittag unter den Bäumen aufgebaut hatten. Vier Musiker spielten dort auf ihren Instrumenten, Jocelyn und der Palastkoch servierten Wein und Absinth. Von Umbra wusste Jackon, dass es sich bei den Gästen um Patrizier, Aethermakler, Adlige, Luftschiffeigner und andere bedeutende Bürger handelte. Sogar zwei Alchymisten waren gekommen, leicht zu erkennen an ihren fließenden Gewändern. Umbra hielt sich unauffällig am Rande des Geschehens auf, von wo aus sie die Lady im Auge behielt. Später gesellten sich Corvas und Amander zu ihr. Die beiden Männer waren den Gästen sichtlich unheimlich. Wer konnte, machte einen weiten Bogen um sie.

Eigentlich sollte Jackon gar nicht hier sein – Hume hatte ihm verboten, sich während des Empfangs draußen herumzutreiben. Aber da alle viel zu beschäftigt waren, nahm niemand

Notiz von ihm. Er machte sich diesen Umstand zunutze und suchte sich ein Plätzchen im Heckenlabyrinth, von dem aus er einen guten Blick auf den Pavillon hatte. Denn neugierig, wie er war, dachte er gar nicht daran, seine Kammer aufzusuchen.

Allerdings erwies sich das kleine Gartenfest bald als recht langweilig. Die Leute standen herum, rauchten und nippten an ihren Gläsern. Lady Sarka ging von einem Grüppchen zum nächsten, scherzte mit ihren Gästen und unterhielt sich mal mit diesen, mal mit jenen. Geredet wurde über die Unruhen der jüngsten Zeit und über andere Dinge, von denen Jackon nichts verstand. Als er gerade beschloss zu gehen, entdeckte er das Luftschiff.

Es fuhr über die Altstadt, ein gewaltiger Zapfen vor dem rot glühenden Himmel, dessen silberne Hülle in der Abendsonne schimmerte. Das allein war nicht sonderlich ungewöhnlich; jeden Tag kreisten Dutzende von Luftschiffen über Bradost. Dieses jedoch schwebte so tief, dass es beinahe die Kamine von den Dächern riss. Und es kam genau auf den Palast zu.

Beunruhigt beobachtete Jackon den fliegenden Koloss. Hatte das Schiff Lande- oder Startschwierigkeiten? Es sah nicht danach aus. Die Motoren brummten gleichmäßig, es verlor keine Höhe und schlingerte nicht.

Er blickte zum Gartenfest. Dort hatte noch niemand das Luftschiff bemerkt, nicht einmal Umbra und ihre beiden Gefährten. Sollte er sie warnen? Nein, besser, er wartete noch, ob das Schiff abdrehte.

Doch es behielt seine Richtung bei, und wenig später kroch sein Schatten über den unteren Teil des Palasthügels. Inzwischen übertönte der Motorenlärm deutlich die Musik. Die ersten Gäste drehten die Köpfe und deuteten verwundert auf das silberne Ungetüm.

Jetzt wurde auch Umbra darauf aufmerksam. Besorgnis erschien in ihrer Miene, sie flüsterte Corvas etwas zu und bahnte sich durch die Menge einen Weg zu Lady Sarka.

Jackon blinzelte gegen die versinkende Sonne. Sein Körper spannte sich an, und plötzlich schrie alles in ihm: Gefahr!

Die Motoren summten wie zehntausend Bienenschwärme und sonderten goldenen Aetherdampf ab. Das Luftschiff schwebte nun über den Hügel, in einer Höhe von nicht mehr als fünfzehn Schritt.

Kaum befand sich die Bugschnauze über Jackon, begann es zu feuern.

Ein Blitz zuckte fauchend durch die Luft und riss das Dach des Pavillons weg, ein zweiter fuhr in einen Baum. Die Gäste schrien und rannten durcheinander, Tische und Stühle fielen um, Menschen stürzten zu Boden.

Jackon war wie erstarrt und blickte zu der silbernen Hülle über seinem Kopf empor – bis er Rufe hörte, die das panische Geschrei übertönten. Er schaute durch die Hecke und sah, dass einige der Gäste Waffen gezückt hatten, Messer, Pistolen und winzige Armbrüste. »Blut für Bradost!«, schrien sie. »Blut für den Magistrat!«

Als Jackon begriff, was vor sich ging, schien sein Herz stillzustehen. Diese Männer wollten die Lady ermorden!

In dem Durcheinander konnte er weder Umbra noch Lady Sarka ausmachen. Spiegelmänner kamen aus dem Palast gerannt. Ein Blitz zuckte von der Luftschiffgondel herab, traf einen Maskierten und verwandelte ihn in einen unförmigen Klumpen Asche. Die anderen verteilten sich und stürzten sich mit gezückten Rabenschnäbeln auf die Attentäter.

Im nächsten Moment wurde überall gekämpft. Ein junger Mann mit einem Messer warf sich brüllend einem Spiegelmann entgegen und wurde niedergestreckt. Ein anderer legte mit seiner Pistole an und traf einen Maskierten in die Brust, woraufhin der Schwarzgekleidete zu Boden stürzte, um sich gleich darauf wieder aufzurappeln und dem Schützen die Pistole aus der Hand zu schlagen.

Jackon kauerte sich in seinem Winkel zusammen und machte sich so klein wie möglich. Plötzlich brachen neben ihm ein Spiegelmann und ein Attentäter durch die Hecke und rangen miteinander. Jackon sprang auf. Er musste hier fort – nur wohin? Er rannte an den Kämpfenden vorbei, zum Ausgang des Labyrinths und von dort aus durch den Garten. Pulverdampf wogte in der Luft. Weißes Licht gleißte, als sich ein weiterer Blitz in den Boden bohrte. Vor Angst erstarrte Menschen versteckten sich hinter Büschen und umgeworfenen Bänken.

Jackon schlug Haken, sprang über reglose Körper. Als ihm drei bewaffnete Männer entgegenkamen, darunter einer der Alchymisten, warf er sich im zerstörten Pavillon unter einen Tisch. Der Alchymist schoss mit seiner Miniaturarmbrust und traf einen Spiegelmann in der Schulter, was dem Maskierten nicht das Geringste anzuhaben schien. Hektisch lud der Alchymist nach, während sich seine beiden Gefährten mit ihren Messern auf den Spiegelmann stürzten.

In diesem Moment erschien Amander hinter dem Alchymisten, der ihn nicht bemerkte. Seelenruhig zog er seine weißen Handschuhe aus, warf sie fort und berührte den Attentäter am Hals. Dieser ließ vor Schreck seine Armbrust fallen und fuhr herum. Seine Augen weiteten sich vor Grauen, als er Amander erkannte. Dann stockte sein Atem, blutiger Schaum quoll aus seinem Mund, und er brach zusammen. Mit einem dünnen Lächeln betrachtete Amander sein Werk.

Entsetzt wandte Jackon sich ab. Doch was sich im Rest des Gartens abspielte, war nicht weniger schrecklich. Der Spiegelmann, aus dessen Schulter der winzige Armbrustbolzen ragte, wurde von mehreren Messerstichen getroffen. *Warum stirbt er nicht?*, durchfuhr es Jackon. Aber der Maskierte taumelte nicht einmal. Mühelos streckte er die Angreifer nieder.

Am Rande des Apfelhains stand Corvas. Der Bleiche starrte das Luftschiff an, das am Palastgebäude vorbeigeglitten war, einen engen Bogen beschrieb und zurückkam. Plötzlich breitete er seine Arme aus, wodurch sein Mantel zwei Schwingen glich. Krähen lösten sich aus der Schwärze seines Körpers, ein ganzer Schwarm, der ihn wie eine Windhose umkreiste, bevor er einen spitzen Keil bildete und zu dem Luftschiff hinaufflog. Kreischend, mit Krallen und Schnäbeln stürzten sich die Vögel auf die silberne Hülle und rissen winzige Löcher hinein. Aetherdampf trat aus und umgab das Schiff wie einen glitzernden Schleier.

Jackon schluckte. Corvas' Macht war noch größer und schrecklicher, als er je für möglich gehalten hätte.

Er musste irgendwie ins Haus gelangen. Nur dort war er sicher. Als er sich nach einem Fluchtweg umsah, entdeckte er Lady Sarka.

Sie kauerte inmitten des Durcheinanders zwischen zwei umgestürzten Tischen. Umbra war bei ihr. Da um die beiden Frauen herum gekämpft wurde, saßen sie fest.

Jackon fasste den Entschluss, ihnen zu helfen. Er kroch unter dem Tisch hervor und hastete geduckt zwischen den Bäumen entlang, bis ihn das Handgemenge zwischen einem Spiegelmann und einem Attentäter zwang, hinter einem Steinlöwen in Deckung zu gehen.

Währenddessen versuchte sich ein Bewaffneter an das Versteck der Lady heranzupirschen. Umbra entdeckte ihn und tat … irgendetwas. Der Mann schrie, wurde nach hinten gerissen, verlor seine Pistole, während er stürzte, und bewegte sich nicht mehr.

Den zweiten Angreifer sah nur Jackon. Der Mann kroch über den Rasen, in der Hand einen Dolch. »Herrin!«, schrie Jackon, doch seine Warnung kam zu spät. Der Attentäter sprang auf, warf sich über den Tisch und stach zu.

Lady Sarka wirbelte herum, als sie Jackons Ruf hörte, sodass sich der Dolch in ihre Schulter bohrte. Blut quoll aus der Wunde und tränkte ihr Kleid, mit einem schmerzerfüllten Keuchen fiel sie zur Seite. Der Angreifer kniete sich breitbeinig auf sie und stach wieder und wieder zu, bevor Umbra reagierte und ihm einen Tritt versetzte. Er prallte gegen den Tisch, Umbra verdrehte ihm den Arm, woraufhin er das Messer fallen ließ. Sie stieß ihn von sich, hob das Messer auf und rammte es ihm in den Rücken.

Jackon war währenddessen aufgestanden und rannte über den Rasen, ohne einen Gedanken an die Pistolenschüsse und Schreie um ihn herum. Neben Lady Sarka fiel er auf die Knie. Sie blutete aus einem halben Dutzend Wunden. Ihre Augen trübten sich.

»Herrin«, brachte er mit erstickter Stimme hervor.

Leise flüsterte sie seinen Namen und ergriff seine Hand. Ihre Finger waren kalt.

Er durfte nicht zulassen, dass sie starb. Er musste etwas tun, ihre Wunden verbinden, wenigstens ihr Kleid öffnen, damit sie atmen konnte. Aber das Entsetzen lähmte ihn so sehr, dass er nur dasitzen und ihre Hand halten konnte.

»Jackon!«, rief Umbra. »Wir müssen sie fortbringen. Hilf mir.«

Der barsche Klang ihrer Stimme riss ihn aus seiner Erstarrung. Er sprang auf und ergriff Lady Sarkas Beine, während Umbra sie an den Schultern hochhob. Gemeinsam trugen sie die Verletzte über die Wiese. Ihr Kopf war nach hinten gefallen. Sie hatte das Bewusstsein verloren.

»Nicht da entlang«, schnarrte Umbra, als er zum Eingang des Anwesens laufen wollte, und dirigierte ihn zum Pavillon.

Als Jackon sich noch fragte, was sie vorhatte, wankte ein Attentäter auf sie zu. Der Mann bleckte die Zähne und presste eine Hand auf eine Schulterwunde; in der anderen hielt er eine Pistole.

»Vorsicht!«, kreischte Jackon, doch Umbra hatte den Angreifer bereits gesehen. Ihre Augen verengten sich, als sie zu den Apfelbäumen blickte, deren Laubkronen sich dunkel vor der untergehenden Sonne abzeichneten. Der Schatten des höchsten Baumes begann zu wachsen und bewegte sich auf den Attentäter zu. Das schwarze Gewirr der Äste auf dem Boden wand sich wie ein Knäuel Vipern und besaß plötzlich Festigkeit und Substanz. Schattenhafte Arme umschlangen den Mann, bevor er mit seiner Pistole anlegen konnte, wickelten sich um seine Brust, seinen Hals, sein Gesicht. Er schrie und brach zusammen, die Schatten ließen von ihm ab. Rote Striemen wie von Peitschenhieben überzogen seine Haut.

In Jackons Kopf drehte sich alles. Er wusste schon lange nicht mehr, ob er all das wirklich erlebte oder ob er durch einen grauenvollen Traum wanderte. Wie in Trance half er Umbra, die Lady in den Pavillon zu bringen. Dort kauerte sie sich in den Schatten und befahl ihm, die Verletzte loszulassen.

»Nein, du nicht«, sagte sie barsch, als er zu ihr gehen wollte. Die Schatten hüllten die beiden Frauen ein, und im nächsten Moment waren sie verschwunden.

Jackon lehnte sich gegen die Pavillonwand und versuchte, einen klaren Kopf zu bekommen. Wenn er nur nicht so viel Angst hätte! Unauffällig schaute er sich um und stellte fest, dass die Spiegelmänner inzwischen die meisten Attentäter überwältigt hatten. Trotzdem fühlte er sich im Garten nach wie vor nicht sicher.

Er lief in Richtung des Palasteingangs und verbarg sich hinter den Rosenbüschen, als in seiner unmittelbaren Nähe ein Pistolenschuss donnerte. Jemand brach vor der Hecke zusammen. Ein Spiegelmann, wie Jackon mit einem verstohlenen Blick feststellte. Seine Spiegelmaske war zerbrochen, zahllose Splitter lagen glitzernd im Gras. Und das Gesicht, das darunter zum Vorschein gekommen war … Jackon schob die Dornenäste zur Seite, um besser sehen zu können.

Es war nicht menschlich.

Er riss den Kopf herum, als ein gewaltiger Schatten über ihn hinwegstrich.

Das Luftschiff stürzte ab.

18

Vivana

Heruntergekommene Mietskasernen und ärmliche Bretterbuden säumten die Gasse, der Liam folgte. An der Hügelflanke wirkten die Gebäude wie aufeinandergestapelt, ein verschachteltes Wirrwarr aus Ziegelstein, Blech und Schiefer. Wo der Hang zu steil war, wich das Kopfsteinpflaster ausgetretenen Treppen, über denen sich die Fassaden der oberen Stockwerke beinahe berührten. Abwässer flossen in einer Rinne talwärts. Die Luft roch nach Asche und Rauch.

Liam kam von Quindals Werkstatt. Der Erfinder wollte sich in seinem Haus mit ihm treffen, musste vorher jedoch seine Arbeit zu Ende bringen, weswegen er ihn aufgefordert hatte, schon vorauszugehen. Das Anwesen des Wissenschaftlers stand auf dem östlichen der drei Hügel, die sich rings um den Kessel erhoben. Der Weg dorthin war nicht sonderlich weit, aber anstrengend, da er ausnahmslos hangaufwärts führte.

Liam bekam von seiner Umgebung kaum etwas mit, denn er dachte zum tausendsten Mal an seinen nächtlichen Streifzug durch den Palast. Ein paar Tage waren seitdem vergangen, doch das Grauen saß ihm immer noch in den Gliedern. Was immer er in der Alchymistenküche gesehen hatte, es schien ihm nicht gefolgt zu sein, als er Hals über Kopf geflohen war. Dennoch hatte es einen vollen Tag gedauert, bis er sich in seiner Kammer wieder sicher gefühlt hatte. Ob Hume und die anderen Bediensteten wussten, dass sich nachts seltsame Geschöpfe in den Fluren herumtrieben? Der Vorfall machte Liam so sehr zu schaffen, dass er am liebsten Jackon davon erzählt hätte. Aber wie sollte er erklären, warum er sich mitten in der Nacht in einem Flügel des Palasts aufhielt, in dem er nichts zu suchen hatte? So sehr er Jackon mochte, erschien es ihm doch zu riskant, ihn ins Vertrauen zu ziehen.

Wenn er dieses Ding wenigstens deutlicher gesehen hätte … Er hatte lediglich erkennen können, dass es eine Art Kopf, graue Haut und missgestaltete Gliedmaßen besaß. Ein Schauder lief ihm über den Rücken, wenn er nur daran dachte.

Auf der Hügelkuppe blieb er stehen. Vor ihm verlief eine Straße, die deutlich breiter und wohnlicher war als die Gassen des Kessels. Zwischen den alten Villen und Herrenhäusern erstreckten sich gepflegte Gärten, in denen Brunnen plätscherten. Obwohl die Sonne gerade erst untergegangen war, machten bereits die Lampenanzünder die Runde, und die Granitfassaden erstrahlten im Schein der Gaslaternen.

Ein Schild verriet Liam, dass er sich in der richtigen Straße befand. Kurz darauf hatte er Quindals Haus gefunden. Gusseiserne Gitter befanden sich vor den Fenstern des zweistöckigen Anwesens. Das rußgraue Mauerwerk wirkte verwittert, einer der Erker erweckte den Anschein, als könnte er jeden Moment auf die Straße stürzen, so zerfallen sah er aus. Eine Kuppel aus Bleiglas krönte den Eckturm, und Liam konnte darin die eisernen Bögen eines drehbaren Teleskops erkennen: ein Observatorium, das schon lange nicht mehr benutzt wurde, den blinden Scheiben nach zu urteilen.

Er holte den Schlüssel hervor, den er von Quindal bekommen hatte, schloss die Haustür auf und trat ein. Ein kurzer Flur führte zu einem runden Raum, der sich über beide Stockwerke erstreckte. Abendlicht fiel durch eine Kuppel aus Messingstreben und Glas. Im Boden aus Porphyr spiegelte sich schattenhaft seine Gestalt. Bücher, hunderte, wenn nicht sogar tausende, füllten die Wandregale. Die Holztäfelungen glänzten rotbraun im Schein der Lampen. Es roch nach frischem Kaffee.

Lampen? Kaffeeduft? Quindal hatte ihm nichts davon gesagt, dass er mit jemandem zusammenlebte. Vielleicht ein Diener?

»Hallo?«, rief Liam.

Keine Antwort. Vielleicht hatte der Erfinder lediglich vergessen, die Lampen zu löschen, bevor er aus dem Haus gegangen war. Obwohl er eigentlich nicht zerstreut wirkte.

Liam beschloss, hier auf Quindal zu warten, und sah sich um. Gemälde hingen unterhalb der Kuppel, und obwohl er nicht viel von Kunst verstand, sah er auf den ersten Blick, dass es sich um Kostbarkeiten handelte. Eines stellte Tessarion dar, wie er mit hocherhobenem Stab der Todesgefahr trotzte und den Heiden von Varusia predigte. Ein anderes zeigte eine beklemmende Landschaft aus titanischen Ruinen, seltsamen Flüssen und schwarzen Felsenkämmen, in der sich Scharen grotesker Kreaturen tummelten: das Pandæmonium, Kerker und Heimstatt der Dämonen und verdammten Seelen.

Im Boden befand sich ein Mosaik: eine Weltkarte aus abertausenden winzigen Steinen. Bradost lag genau in der Mitte, jenseits des Gebirges erstreckte sich Torle, das Land der tausend Flüsse sowie die Heimat eines gewissen Liam Hugnall, und daneben das von ewigen Kriegen zerrissene Barkisien. Auf der anderen Seite des Meeres: Aquinia mit seinen unergründlichen Wäldern, die Zwillingsinseln Kairis und Jandis und im Süden das Wüstenreich Yaro D'ar. Weltkarten waren kostbar und selten; Liam hatte in seinem Leben erst eine einzige zu Gesicht bekommen, eine vergilbte und unleserliche im Atlas seines Vaters. Er konnte sich kaum daran sattsehen.

Ein Zischen erklang.

Er erschrak so sehr, dass er gegen die Regalwand prallte. Aus einem der Flure kam ein seltsames Wesen gekrochen. Im ersten Moment dachte er, es sei das Ding aus dem Labor – Tessarion allein wusste, wie es hierhergekommen war. Dann stellte er zu seiner Erleichterung fest, dass es keinerlei Ähnlichkeit mit der missgestalteten Monstrosität aufwies. Es war eine Art Echse von der Größe einer Katze. Aus dem schwarz geschuppten Schlangenleib wuchsen zwei krallenbewehrte Pfoten, mit denen sich das Tier robbend fortbewegte. Es fauchte ihn an und stellte drohend seine Rückenstacheln auf.

Langsam wich Liam zur Haustür zurück.

»Ruac tut dir nichts«, sagte jemand. »Er ist nur ein Tatzelwurm.«

Ein Mädchen betrat den Saal. Sie trug einen bunten Rock und mochte etwa so alt sein wie er. Das lange braune Haar hatte sie mit silbernen Spangen zurückgesteckt. Liam war erleichtert, als sie das Echsengeschöpf zu sich rief. Der Wurm robbte über den Boden, kletterte an ihrem Arm empor und machte es sich auf ihren Schultern bequem, indem er seinen Schwanz um ihren Nacken schlang.

»Du weißt doch, was ein Tatzelwurm ist, oder?«, fragte sie.

»Äh, ja. Natürlich«, log er.

Das Mädchen war sehr hübsch.

Liam räusperte sich. »Wer bist du?«

»Vivana«, stellte sie sich vor. »Und du bist wohl Liam Hugnall.«

»Du kennst meinen Namen?«

»Vater hat von dir erzählt.«

»Vater?«, wiederholte er verwirrt. »Du meinst Nestor Quindal?«

»Er hat mich mit keinem Wort erwähnt, richtig?«

Er schüttelte den Kopf, woraufhin sie den Mund verzog.

Liam hätte nicht verblüffter sein können. Der Gedanke, Quindal könnte eine Familie haben, war ihm aus irgendeinem

Grund nie gekommen. »Tut mir leid, dass ich einfach so hereinplatze. Quindal … ich meine, dein Vater hat mir den Schlüssel gegeben. Ich soll hier auf ihn warten.«

»Macht nichts. Möchtest du Kaffee? Ich habe gerade welchen aufgesetzt.«

Er folgte ihr ins Nebenzimmer, einen gemütlichen Salon mit holzgetäfelten Wänden, Ohrensesseln und noch mehr Büchern. Der Tatzelwurm starrte Liam argwöhnisch mit seinen gelben Reptilienaugen an, während Vivana an der Anrichte stand und Kaffee einschenkte.

»Milch? Zucker?«

»Nur Milch, danke.«

Sie nahmen Platz. Der Tatzelwurm reckte die Schnauze, um an Vivanas Kaffee zu schnüffeln. Sie setzte ihn auf den Boden, wo er unter die Anrichte watschelte und sich zusammenrollte.

»Was hat dein Vater gesagt, als er mich erwähnte?«, erkundigte sich Liam betont beiläufig.

»Dass du dich als mein Großcousin aus Torle ausgibst.«

»Also kennst du die Geschichte, die er sich ausgedacht hat.«

»Er war so nett, sie mir zu erzählen.« Vivana zog die Nase kraus. »Obwohl er mir sonst nicht gerade viel erzählt.«

»Ist das alles, was du weißt?«

»Ziemlich.«

Vermutlich hatte Quindal seine Tochter eingeweiht, um zu verhindern, dass sie ihn und Liam versehentlich verriet, indem sie der falschen Person erzählte, sie habe gar keinen Großcousin namens Liam. Das war einerseits umsichtig; andererseits erfüllte es Liam mit Sorge, dass nun noch jemand von dieser Sache wusste. Wenn Vivana sich verplapperte, war es um ihn geschehen.

»Mach dir keine Sorgen«, sagte sie, als hätte sie seine Gedanken gelesen. »Dein Geheimnis ist bei mir sicher. Was auch immer dein Geheimnis ist.«

»Habe ich dein Wort?«, fragte er zögernd.

»Erwartest du etwa von mir, dass ich schwöre?«

»Nein. Aber es ist wichtig, dass niemand weiß, wer ich wirklich bin. Mein Leben ...«

»... hängt davon ab, ich weiß. Mein Vater hat mir das mehr als deutlich eingeschärft, das kannst du mir glauben.«

»Gut«, erwiderte Liam, obwohl er sich immer noch unwohl fühlte.

Vivana nippte an ihrem Kaffee und bedachte ihn mit einem seltsamen Blick. »Also, Liam *Hugnall*, weswegen bist du hier?«

»Ich muss etwas mit deinem Vater besprechen.«

»Geheime Dinge, nehme ich an.«

»So ungefähr.« Plötzlich kam sich Liam wie ein Narr vor. Da saß er nun mit diesem Mädchen, das er eben erst kennengelernt hatte, und benahm sich wie eine Figur aus einem billigen Kriminalroman.

Sie seufzte. »Möchtest du, dass ich dir das Haus zeige, bevor mein Vater kommt?«

»Gern.« Alles war besser, als diese seltsame Unterhaltung weiterzuführen.

Sie tranken ihren Kaffee aus, dann verließen sie den Salon und gingen vom Kuppelsaal aus einen Flur entlang. Quindals Haus war geräumig und verwinkelt, und genau wie im Palast der Lady hatte Liam den Eindruck, dass manche Teile schon lange nicht mehr benutzt wurden.

»Wohnt ihr hier allein, dein Vater und du?«

»Wir hatten mal einen Diener, aber Vater war so unzufrieden mit ihm, dass er ihn schon nach zwei Tagen hinausgeworfen hat.«

»Und deine Mutter?«

»Sie ist tot.«

»Oh«, sagte Liam. »Tut mir leid. Ich wollte nicht –«

»Schon gut. Es ist lange her. Ich war noch ein Kind, als sie gestorben ist. Komm, ich zeige dir ein Bild von ihr.«

Sie gingen zu einer Nische, wo das Abendlicht auf ein Gemälde fiel. Darunter stand eine Vase mit Rosen, die die Köpfe hängen ließen. Vivana runzelte die Stirn. »Vater vergisst immer, ihnen Wasser zu geben. Bin gleich wieder da.«

Während sie mit der Vase davonging, betrachtete Liam das Bild. Es stellte eine Frau dar, der Vivana auffallend ähnlich sah. Dieselben braunen Haare, dieselben dunklen Augen. Und genau wie ihre Tochter trug sie einen bunten Rock, außerdem ein rotes Kopftuch.

So kleidete sich keine Frau aus Bradost. Liam brauchte einen Moment, bis er die farbenfrohe Tracht einordnen konnte.

Vivana kam zurück und stellte die Vase auf die Kommode.

»Deine Mutter war eine Manusch?«, fragte er.

Sie nickte. »Sie kam vor siebzehn Jahren nach Bradost. Als sie meinen Vater kennengelernt hat, entschloss sie sich hierzubleiben. Ein paar Monate später wurde ich geboren.«

Liam wusste nicht viel über jenes geheimnisvolle Volk, das in bunten Wagen von Stadt zu Stadt zog, denn nach Scotia kamen nur selten Manusch. Doch als er Vivana nun anblickte, fiel es ihm plötzlich auf: die mandelförmigen Augen, der olivfarbene Teint – Vivana sah selbst wie eine Manusch aus.

»Sie war sehr schön, nicht wahr?«, sagte Vivana mit einem Anflug von Wehmut in der Stimme.

»Vermisst du sie?«

»Ja. Sehr.«

»Ich meine Eltern auch«, rutschte es ihm heraus.

Sie blickte ihn argwöhnisch an. »Ich dachte, das ist erfunden. Dass sie tot sind, meine ich.«

Er schüttelte den Kopf.

»Was ist passiert?«, fragte sie.

»Ich glaube, darüber sollte ich nicht reden.«

»Verstehe. Dein großes Geheimnis.«

Er bereute, dass er davon angefangen hatte, und beschloss, das Thema zu wechseln. »Erzähl mir von den Manusch.«

»Was willst du denn wissen?«

»Woher sie kommen. Warum sie durch das Land ziehen und nirgendwo lange bleiben.«

Vivanas Blick kehrte zu dem Gemälde zurück. »Sie haben keine Heimat mehr. Deshalb müssen sie umherwandern und dort leben, wo man sie willkommen heißt. Leider ist das nicht an vielen Orten der Fall.«

»Stimmt es, dass sie Schwarze Magie betreiben?«

»Dummer Aberglaube«, erwiderte sie verärgert. »Erzählt man sich das da, wo du herkommst?«

»Manchmal.«

»Hör nicht auf solches Geschwätz. Wenn die Leute etwas nicht verstehen, ist es immer gleich Schwarze Magie. Die Manusch verfügen über altes Wissen, das sie benutzen, um den Menschen zu helfen. Wissen über die Schattenwelt und ihre Bewohner.«

Liam betrachtete das Bild. Aus irgendeinem Grund wirkte Vivanas Mutter todtraurig, obwohl sie lächelte. Er hätte Vivana gerne noch mehr gefragt, doch in diesem Moment knarrte eine Tür.

»Das ist Vater.« Sie wandte sich ab und ging zum Saal zurück.

Liam verspürte leises Bedauern, als er ihr folgte. Mit ihr zu reden hatte ihm gefallen. Quindal hätte sich ruhig noch ein wenig Zeit lassen können.

Der Erfinder war so mürrisch wie eh und je, als er seine Tochter begrüßte. »Ich sehe, ihr habt euch schon miteinander bekannt gemacht. Hast du Liam Kaffee angeboten?«

»Natürlich«, erwiderte Vivana kühl. »Ich weiß, wie man mit Gästen umgeht.«

Er musterte sie mit gerunzelter Stirn. »Wie du aussiehst. Hat dir deine Tante diesen Rock aufgeschwatzt?«

»Tante Livia hat ihn mir geschenkt.«

»Wann?«

»Vorgestern.«

»Also hast du dich wieder bei den Manusch herumgetrieben.«

»Und wenn schon.«

Liam tat, als betrachte er fasziniert das Mosaik. Er hatte nicht die geringste Ahnung, was sich gerade zwischen Quindal und Vivana abspielte, und wollte es auch gar nicht wissen. Er wünschte, sie hätten mit ihrem Streit gewartet, bis er gegangen war.

»Morgen bleibst du zu Hause«, sagte Quindal. »Ich habe einen neuen Hauslehrer gefunden. Er will dich kennenlernen.«

»Aber morgen muss ich Onkel Madalin im Wanderzirkus helfen.«

»Sag ihm ab.«

»Das geht nicht. Ich habe es ihm versprochen. Schon letzte Woche.«

»Dein Unterricht ist wichtiger als dieser Manuschunfug.«

»Manuschunfug?«, fauchte Vivana. »Wenn Mutter dich hören könnte!«

Mit verkniffener Miene wandte sich der Erfinder an Liam. »Entschuldigst du uns?«

»Natürlich«, erwiderte Liam und war erleichtert, als die beiden im Salon verschwanden und dort weiterstritten. Sie bemühten sich, leise zu sein, dennoch hörte er Wortfetzen wie »undankbar«, »nur das Beste für dich« und »nicht so aufsässig«. Der Streit endete, als Vivana rief: »Ich gehe morgen zu Onkel Madalin, und wenn du eine Million Hauslehrer einbestellst!«

Sie rauschte mit zornigem Gesicht an Liam vorbei. »Hat mich gefreut«, sagte er mit einem schiefen Lächeln, doch sie nahm keine Notiz von ihm. Kurz darauf knallte eine Tür.

Liam blies die Backen auf. Schon während seines kurzen Gesprächs mit Vivana hatte er den Eindruck gewonnen, dass ihr Verhältnis zu Quindal nicht gerade das beste war. Doch dass es so schlimm stand, hätte er nicht gedacht.

Er wartete darauf, dass Quindal wieder aus dem Salon kam. Als das nicht geschah, trat er zögernd ein.

»Ich muss mich für meine Tochter entschuldigen«, sagte der Wissenschaftler. »Sie ist mitunter ein wenig aufbrausend.«

»Warum haben Sie nicht gesagt, dass Sie Familie haben?«

»Du hast es doch auch so erfahren.« Quindals Gesicht verfinsterte sich, als er den Tatzelwurm unter der Anrichte entdeckte. »Verschwinde. Na los!«

Widerwillig kroch das Geschöpf aus dem Zimmer, nicht ohne den Erfinder dabei anzufauchen.

»Ein eigenartiges Tier«, meinte Liam, als das Schweigen unangenehm zu werden drohte.

»Grässlich, nicht wahr? Ich wünschte, Vivana wäre nicht so vernarrt in dieses Vieh.«

»Was ist das für ein Wanderzirkus, von dem sie gesprochen hat?«

»Herumhüpfende Artisten, Wahrsagerei und anderer Kinderkram. Geh zum Platz der Erztugenden, dort kannst du dir diesen Mummenschanz mit eigenen Augen ansehen. Aber deswegen bist du nicht hier, oder?«

»Nein.«

Quindal nickte knapp. »Ich habe ein Plätzchen, wo wir uns ungestört unterhalten können.« Zu Liams Verwunderung schraubte er einen Finger seiner mechanischen Hand ab. Darunter kam ein gezackter Metallstift zum Vorschein, den er in ein winziges Loch in der Holztäfelung schob und drehte.

Hinter sich hörte Liam ein Schaben von Holz auf Stein. Er wandte sich um und sah, dass ein Regalsegment nach innen schwang und den Blick auf einen Durchgang mit unverputzten Mauern freigab.

»Eine Geheimtür«, stellte er fest.

»Theatralisch, ich weiß«, erwiderte Quindal. »Aber gewisse Vorsichtsmaßnahmen sind in diesen Zeiten leider unumgänglich.«

Er schraubte den Finger wieder an und nahm eine Gaslampe, und sie betraten den Gang. Der Erfinder betätigte einen Hebel, woraufhin sich das Regalsegment wieder schloss. Dann schob er ein verschnörkeltes Gitter beiseite, hinter dem sich eine Kabine aus rötlichem Holz befand. Sie stiegen ein, Quindal fischte eine Aetherkapsel aus seiner Hosentasche und schlug sie an der Kabinenwand auf wie eine Nuss. Als der Aether auszuströmen begann, steckte er die Kapsel in die dafür vorgesehene Öffnung. Verborgene Mechanik setzte sich knirschend in Gang. Quindal schloss das Gitter und drückte einen der kupfernen Knöpfe. Langsam und ruckelnd fuhren sie nach unten.

Liam fiel etwas ein. Er schob seine Hand in die Hosentasche. »Hier. Der Haustürschlüssel.«

»Behalte ihn. Schließlich gehörst du gewissermaßen zur Familie.«

»Vivana hat mir übrigens gesagt, dass sie Bescheid weiß. Was meinen falschen Namen betrifft, meine ich.«

»Ich musste sie einweihen. Sie hätte dich sonst in Gefahr bringen können.«

»Werden Sie ihr auch den Rest erzählen?«

»Nein.« Quindal bedachte ihn mit einem warnenden Blick. »Und du auch nicht, verstanden? Es genügt, dass wir beide in der Sache drinstecken.«

Hinter dem Gitter zog die verwitterte und von Spinnweben

bedeckte Ziegelsteinwand des Schachtes vorbei. Nach zwanzig, dreißig Fuß tat sich schließlich ein Durchgang vor ihnen auf. Der Aufzug hielt an, und Quindal öffnete das Gitter.

Sie betraten einen unterirdischen Raum, in dem es zu Liams Überraschung beinahe so hell war wie in dem Saal unter der Glaskuppel, obwohl nirgendwo Lampen brannten. Er entdeckte zwei Öffnungen in der Decke, durch die Dämmerlicht fiel.

»Spiegel«, erklärte Quindal. »Sie leiten das Tageslicht durch Schächte in den Mauern.«

Liam blickte sich um. Der Keller war voller Pflanzen: exotische Büsche mit handtellergroßen Blüten und fleischigen Blättern sowie Klettergewächse, die an den Steinmauern emporwuchsen. Sie schienen hier unten prächtig zu gedeihen. »Was ist das für ein Raum?«

»Ein Versteck für schlechte Zeiten. Kaum jemand weiß davon – und das soll auch so bleiben, wenn du verstehst, was ich meine.«

Liam nickte. Unwillkürlich fragte er sich, ob dies der Raum war, in dem sich sein Vater mit den anderen Verschwörern getroffen hatte.

Quindal hatte die Gaslampe heller gedreht, denn das Tageslicht wurde von Minute zu Minute schwächer. Er durchquerte den Keller und warf einen Blick in jeden Winkel.

In seiner gesunden Hand hielt er eine Pistole.

»Wofür ist die Waffe?«, fragte Liam verwundert.

»Der Keller hat Verbindungen zu den Katakomben. Man weiß nie, was aus der Dunkelheit heraufkriecht. Einmal hat sich ein Ghul hierherverirrt.«

Liam unterdrückte ein Schaudern. Er hatte die Gerüchte um diese unheimlichen Geschöpfe immer für Ammenmärchen gehalten, für Geschichten, um Kinder zu erschrecken. Zum Glück erfuhr er erst jetzt, dass es sie wirklich gab. Hätte er das schon gewusst, als er mit Jackon in der Kanalisation umhergeirrt war, hätte er sich vermutlich vor lauter Angst nicht mehr rühren können.

Offenbar drohte keine Gefahr, denn Quindal schob die Pistole wieder in das verborgene Halfter unter seiner Weste. »Also«, meinte er, »was wolltest du mir erzählen?«

»Ich habe mich nachts im Palast umgeschaut und versucht, in den Kuppelsaal zu gelangen. Aber er wird zu gut bewacht. Es ist unmöglich, an den Spiegelmännern vorbeizukommen. Ich habe nach einem anderen Eingang gesucht, doch es scheint nur diesen einen zu geben.«

Quindal nickte. »Ich habe dir gesagt, dass es nicht leicht werden wird. Lady Sarka ist vorsichtig. Was wirst du jetzt tun?«

»Weitersuchen«, antwortete Liam. »Der Palast ist größer, als er aussieht. Möglich, dass ich etwas übersehen habe. Allerdings ist da noch eine andere Sache …«

»Hat man dich entdeckt?«

»Nein … nicht richtig. Irgendetwas ist auf mich aufmerksam geworden. Ein Tier, dachte ich zuerst. Aber es muss etwas anderes gewesen sein. Ein verkrüppelter Zwerg«, fügte er in Ermangelung einer besseren Beschreibung hinzu.

»Und dieses Ding hat dich nicht verraten?«

»Ja.«

»Wieso bist du dir da so sicher?«

»Nun ja, ich sitze nicht im Gefängnis.«

Der Erfinder stieß ein kurzes, freudloses Lachen aus. »Da hast du wohl recht.«

»Was war das für ein Wesen?«

Quindal zuckte mit den Achseln. »Vergiss nicht, dass Lady Sarka Alchymistin ist. Wer weiß, was sich alles in ihrem Haus herumtreibt.«

Liam hätte sich eine beruhigendere Antwort erhofft. Bei der Vorstellung, auf seinem nächsten Streifzug vielleicht noch schrecklicheren Wesen zu begegnen, stellten sich die Härchen an seinen Armen auf.

»Ich war auch nicht untätig«, sagte Quindal. Er gab Liam mit einer Geste zu verstehen, ihm zu einem Tisch zu folgen, auf dem eine Eisenkassette lag. Der Erfinder schloss sie auf und holte ein Buch heraus. Es besaß einen Ledereinband. Die Seiten waren gelb vor Alter.

»Was ist das?«, fragte Liam.

»Ich habe ein paar Nachforschungen angestellt. An dieses Buch heranzukommen war nicht ganz ungefährlich. Bete, dass mich Corvas' Krähen nicht beobachtet haben. Sonst ergeht es mir wie deinem Vater.«

Erinnerungen flackerten auf: Corvas, wie er den Botschaften der Rabenvögel lauschte. Sein Vater, tot auf dem Boden der Sternwarte. Doch Liam ließ nicht zu, dass der Schmerz ihn überwältigte.

»Ich habe darin etwas gefunden, das dich interessieren wird.« Quindal blätterte in dem Folianten, bis er zu der gesuchten Stelle kam.

Liam betrachtete die aufgeschlagene Seite. Illustrationen befanden sich an den Rändern, winzige, ineinander verschlungene Tiere und Fabelwesen, mit großer Kunstfertigkeit gezeichnet. Das alte Pergament bedeckten Zeichen und Symbole, deren Bedeutung er nicht kannte. Darunter befand sich eine Zeichnung. Das Buch, das sie darstellte, besaß einen gelben Einband, verziert mit einem Vogel, der mit ausgebreiteten Schwingen aus einem Flammenmeer aufstieg.

»Das Gelbe Buch von Yaro D'ar!«, stieß er hervor.

»Zumindest weißt du jetzt, wie es aussieht«, erwiderte Quindal.

Liam blätterte in den Seiten. Überall Symbole und handschriftliche, unleserliche Zeilen. »Steht darin noch mehr?«

»Nein. Nichts.«

»Aber das ergibt keinen Sinn. Warum bildet man ein Buch ab, ohne zu erklären, worum es sich handelt?«

»Hier, siehst du das? Es wurden Seiten herausgerissen. Übrigens nicht nur aus diesem Buch – aus fast allen alten Folianten in der Bibliothek von Bradost.« Die Zahnräder der mechanischen Hand surrten, als der Erfinder sie auf die vergilbten Seiten presste. »Jemand gibt sich offenbar große Mühe zu verschleiern, was es mit dem Gelben Buch von Yaro D'ar auf sich hat.«

Vivana hatte ihr Bett zur Seite geschoben und kauerte in der Zimmerecke. Dort, eine Armlänge über dem Boden und normalerweise hinter dem Kopfteil des Bettes versteckt, befand sich ein Loch in der Wand. Sie hatte es vor zwei Jahren gemacht, nachdem sie zufällig herausgefunden hatte, dass einer der Lichtschächte des Kellers an ihrem Zimmer vorbeiführte. Mit ihrem Brieföffner hatte sie den Putz abgeschabt und den Mörtel aus den Fugen gekratzt, bis sich ein Stein herausnehmen ließ und man einen Blick in den Schacht werfen konnte. Eine langwierige, mühsame Arbeit. Doch Vivana konnte hartnäckig sein, wenn es darauf ankam.

Ihr Vater wusste nichts von dem Loch.

Und er würde nie erfahren, dass Vivana, wenn sie an der Öffnung lauschte und ganz leise war, jedes Wort hören konnte, das im Keller gesprochen wurde.

19

Homunculi

Ehrfürchtig betrachtete Jackon die Heckflosse, die so hoch wie ein mehrstöckiges Haus vor ihm aufragte. Ein Höhenruder war zersplittert, im Rumpf klafften unzählige kleine Löcher und gaben den Blick auf das eiserne Gerippe im Innern frei. Eine abgebrochene Motorgondel hatte die Erde aufgerissen und lag mit verbogenen Propellerblättern am Ende einer zwanzig Fuß langen Furche. Goldener Aetherdampf strömte aus der Blechhülse.

Es war eine Sache, ein Luftschiff hoch am Himmel zu bestaunen, aber eine völlig andere, unmittelbar neben einem dieser Ungetüme zu stehen. Jackon streckte die Hand aus und berührte die silbrige Außenhaut. Glatt fühlte sie sich an, metallisch und kühl.

Er trat einige Schritte zurück und betrachtete das Bild der Zerstörung.

Das Schiff war beim Absturz in der Mitte eingeknickt und hatte eine breite Schneise in die Palastmauer gerissen. Der Bug hatte sich in ein Stadthaus gebohrt und das Gebäude zum Einsturz gebracht. Der hintere Teil lag im Garten, umgeben von entwurzelten Bäumen. Corvas' Krähen saßen auf der Hülle wie Aasfresser auf einem Kadaver, von den Lecks in den Traggaszellen stiegen Aetherschwaden zum Nachthimmel auf. Hunderte von Menschen waren auf der Straße zusammengeströmt, Laternen und Karbidlampen in den Händen. Manche halfen den Bewohnern des eingestürzten Hauses, doch die meisten standen einfach nur da, in sicherer Entfernung von den Spiegelmännern, die das Luftschiff umstellten.

Aeronauten in ledernen Schutzanzügen, die meisten verletzt, kletterten aus der zerschmetterten Gondel. Die ersten beiden wehrten sich, als die Spiegelmänner sie ergreifen wollten. Die Maskierten umringten sie und hieben mit ihren Rabenschnäbeln auf sie ein; Sekunden später lagen sie tot auf dem Kopfsteinpflaster. Die anderen Besatzungsmitglieder ergaben sich daraufhin und wurden zum Palast getrieben.

Jackon betrachtete die düsteren Gesichter der Männer und Frauen, die an ihm vorbeimarschierten, die Hände hinter den Köpfen verschränkt. Sie waren Attentäter und Mörder, die nichts als den Tod verdient hatten. Dennoch verspürte er weder Hass noch den Wunsch nach Rache. Das Entsetzen der vergangenen Stunde saß noch zu tief und ließ keine andere Empfindung zu.

Lady Sarka ist tot.

Er hatte gegen diesen Gedanken angekämpft, hatte versucht, sich einzureden, dass er sich irrte, doch allmählich wurde ihm klar, dass er sich etwas vormachte. Er hatte gesehen, wie der Attentäter auf die Lady einstach, wie sie aus einem halben Dutzend Wunden blutete, als Umbra sie fortbrachte. Niemand überlebte solche Verletzungen. Nicht einmal die mächtige, engelsgleiche, Ehrfurcht gebietende Herrscherin von Bradost.

Tot.

Die Heftigkeit seiner Trauer überraschte Jackon. Was wurde jetzt aus ihm? Lady Sarka hatte ihn aus dem Elend der Kanäle geholt und ihm ein besseres Leben geschenkt. Ohne sie war er wieder ein Schlammtaucher. Ein Niemand.

Wie in Trance ging er zum Palast zurück.

Der Kampf war längst zu Ende. Die unbeteiligten Gäste und Musiker hatten sich aus ihren Verstecken hervorgewagt.

Corvas befahl Jocelyn, die Leute wegzuschaffen, woraufhin die Diener die verängstigten Männer und Frauen in den Palast führten. Von den Attentätern waren die meisten tot oder so schwer verletzt, dass sie keine Gefahr mehr darstellten. Offenbar hatten nur zwei den Kampf unbeschadet überstanden. Sie lagen auf dem Boden, bewacht von Spiegelmännern.

Auch die Aeronauten mussten sich hinlegen. Jackon traute sich nicht näher heran, also kletterte er auf einen Apfelbaum, der ihm eine gute Sicht auf das Geschehen bot. Corvas befahl zwei Spiegelmännern, den Luftschiffkommandanten herzubringen, woraufhin die Maskierten einen Aeronauten vor ihm auf die Knie zwangen.

»Wer steckt hinter diesem Anschlag?«, fragte der Bleiche.

»Mit Verrätern an Bradost und der Republik rede ich nicht«, erwiderte der Kapitän barsch und spuckte aus.

Wortlos nickte Corvas Amander zu, der zu den beiden überlebenden Attentätern ging, einer jungen Frau und einem Mann mit vernarbtem Gesicht. Dem Mann legte Amander die Hand auf den Kopf, nur eine flüchtige Berührung, die jedoch ausreichte, dass sein Gift zu wirken begann. Der Attentäter zuckte am ganzen Leib, hustete Blut, verzerrte vor Qual das Gesicht und starb.

Jackon konnte das Grauen der anderen Gefangenen förmlich spüren.

»Antworte, oder all deine Freunde erleiden dasselbe Schicksal«, sagte Corvas mit seiner tonlosen Stimme.

»Lass dich nicht einschüchtern, Coel«, rief die junge Frau. »Die Lady ist tot! Ich habe es gesehen. Will hat sie abgestochen …«

Corvas machte eine herrische Geste, und Amander brachte sie mit einer Berührung seiner Hände zum Schweigen. Obwohl sie ebenso qualvoll starb wie ihr Gefährte, lächelte der Kapitän.

»Habt ihr gehört, Freunde?«, rief er. »Wir haben gesiegt! Bradost ist frei …«

Ein paar der Gefangenen riefen »Bradost!« und »Ein Hoch auf die Republik!«, bevor die Spiegelmänner dem Jubel ein Ende machten, indem sie mit den Schäften ihrer Rabenschnäbel auf die Aeronauten einschlugen.

»Ihr irrt euch«, sagte Corvas. »Die Lordkanzlerin ist nicht tot.«

Der Kapitän krümmte sich von einem Schlag in die Magengrube. »Erzähl deine Lügen, wem du willst«, ächzte er. »Meine Leute wissen, was sie gesehen haben.«

Corvas machte sich nicht die Mühe, darauf zu antworten. Wortlos drehte er den Kopf und blickte zu einem Balkon empor, auf dem Umbra stand.

Hinter der rothaarigen Leibwächterin erschien Lady Sarka.

Jackon musste zweimal blinzeln, bis er sicher war, dass ihm seine Augen keinen Streich spielten. Es war die Lady, ohne jeden Zweifel. Blass und schön trat sie an die Brüstung. Das Haar fiel in weichen Locken auf ihre Schultern, ihr zierlicher Leib zeigte keinerlei Anzeichen von Verletzung, nicht einmal Blut war zu sehen. Statt ihres Abendgewands trug sie nichts als eine Decke, mit der sie ihren nackten Körper verhüllte.

Wie, bei allen Namen Tessarions, war das nur möglich?

Stille breitete sich im Garten aus, als die Lady ihren Blick über die Gefangenen gleiten ließ.

»Ich habe dir eine Frage gestellt«, wandte sich Corvas an den Kapitän.

»Wir haben sie sterben sehen«, stieß der Aeronaut hervor. »Was ist das für eine Teufelei?«

Corvas packte ihn am Kinn. »Rede!«

Es mussten keine weiteren Gefangenen sterben. Das unvermittelte Auftauchen von Lady Sarka hatte genügt, den Widerstand des Kapitäns zu brechen. Stockend beantwortete er Frage um Frage, die Corvas auf ihn abschoss.

Jackon versuchte gar nicht erst zuzuhören. Er starrte die Lady an, die reglos an der Brüstung stand. Hatte ein Arzt oder irgendeine machtvolle Medizin sie gerettet? Nein, unmöglich. Nichts und niemand hätte etwas gegen ihre Wunden ausrichten können. Sie hätte binnen weniger Minuten verblutet sein müssen.

Ihm war, als erwache er aus einem schrecklichen Albtraum. Es spielte keine Rolle, wer oder was die Lady vor dem Tod bewahrt hatte. Sie lebte. Allein das war wichtig.

Ein Lächeln erschien auf seinem Gesicht, als eine Welle ungeheurer Erleichterung über ihn hinwegspülte.

Und im selben Moment brach der Ast ab.

Allmählich kehrte Ruhe im Palast ein. Nachdem Corvas die Gefangenen verhört hatte, ließ er die Gäste gehen. Seine Spiegelmänner brachten die Aeronauten zum Gefängnis, kehrten anschließend aber nicht zum Palast zurück. Warum, wusste Jackon nicht genau. Offenbar suchten sie nach weiteren Verschwörern, die sich irgendwo in der Stadt versteckten.

Laternen erhellten den nächtlichen Garten. Gemeinsam mit Jocelyn, Ibbott Hume und den anderen Dienern beseitigte Jackon die Trümmer des Pavillons und legte die Toten auf einen Karren. Hume redete ununterbrochen von dem Luftschiff und der Verwüstung, die es in seinem geliebten Garten angerichtet hatte. Der Gärtner war deswegen so außer sich, dass Jocelyn ihn zu seiner Kammer führen und ihm eine Flasche Gin bringen musste.

Auch Jackon hätte einen Schluck Schnaps gebrauchen können. Wenn er das Luftschiff betrachtete, ein gewaltiger Fremdkörper inmitten der Hecken und Bäume, erschien es ihm wie ein Sinnbild für den unwahrscheinlichsten Abend seines Lebens.

Corvas, aus dessen Mantel ein Krähenschwarm flog. Schatten, die einen Mann töteten. Ganz zu schweigen von Lady Sarka.

Jackon schüttelte den Kopf. Wenn er noch länger darüber nachdachte, würde ihm schwindelig werden.

Als er sich nach einem Holzstück bückte, verzog er vor Schmerz das Gesicht. Er konnte förmlich spüren, wie sich sein Gesäß in einen einzigen blauen Fleck verwandelte. Dieser verdammte Ast! Da überstand er einen tödlichen Kampf ohne einen einzigen Kratzer, nur um sich anschließend beinahe sämtliche Knochen zu brechen.

Er warf das Holzstück auf den Müllhaufen und wollte sich gerade ein wenig ausruhen, als sein Blick auf eine schwarze Kutte fiel.

Schaudernd erinnerte er sich daran, was er kurz vor dem Absturz des Luftschiffs entdeckt hatte.

Er ging zu der Kutte. Der Körper des Spiegelmanns war verschwunden. Vor der Treppe lagen nur das Gewand und die zerbrochene Spiegelmaske.

Sein Mund wurde trocken, als er an das Gesicht unter der Maske dachte. Grau und runzelig war es gewesen, mit einer klaffenden Öffnung anstelle des Mundes und zwei kleinen Löchern anstelle der Nase. Und wo die Augen hätten sein sollen, hatte sich dünne Haut gespannt.

Keine Menschen …

Er rief sich Einzelheiten des Kampfes in Erinnerung. Erst jetzt wurde ihm klar, was er gesehen hatte: Spiegelmänner, die noch lebten, obwohl sie von Pistolenkugeln getroffen worden waren. Die mit den schrecklichsten Hieb- und Stichwunden weiterkämpften. Und dennoch waren mindestens zwei gestorben. Einer, als ihn der Blitz traf, und dieser hier, geradezu von Blei durchlöchert.

Jackon stieß die Kutte mit der Fußspitze an. Etwas, das wie Asche aussah, rieselte heraus.

Er schluckte. Wenn die Spiegelmänner starben, zerfielen sie etwa zu …

Ein Geräusch ließ ihn erschrocken herumfahren.

Umbra. Sie stand vor ihm auf dem Weg.

Jackon ließ den angehaltenen Atem entweichen. Warum musste sie immer ohne Vorwarnung auftauchen?

»Bist du in Ordnung?«, fragte sie unvermittelt.

»Ja. Ja, ich denke schon.«

»Die Herrin macht sich Sorgen um dich. Sie will sichergehen, dass dir nichts zugestoßen ist.«

»Mir geht es gut. Wirklich.«

Für einen Moment glaubte er, Besorgnis in ihren Augen zu sehen. Hatte Umbra etwa Angst um ihn? Sie, die ihn mit Vorliebe Kanalratte nannte und bei jeder Gelegenheit herumschubste? Doch schon im nächsten Augenblick war ihre Miene wieder so mürrisch wie eh und je.

»Wo ist die Herrin hingegangen?«, fragte er.

»In ihre Gemächer. Sie muss sich ausruhen.«

»Wie hat sie das gemacht? Ich meine, die ganzen Messerstiche … Sie hätte sterben müssen. Aber sie hatte nicht einmal einen Kratzer.«

»Was du nicht sagst«, meinte Umbra.

»Sie war so gut wie tot! Ich habe es gesehen!«

»Und am besten vergisst du es rasch wieder.«

Er blickte sie vorwurfsvoll an. »Nie erklärst du mir irgendwas.«

Die Leibwächterin seufzte. »Die Herrin hat gewisse Vorkehrungen getroffen, für den Fall, dass ihr jemand nach dem Leben trachtet. Genügt dir das für den Anfang?«

Das war nicht gerade eine erschöpfende Erklärung, aber Jackon kannte Umbra inzwischen gut genug, um zu wissen, dass er nicht mehr erwarten durfte. Er nickte.

Sein Blick kehrte zu der Kutte zurück.

»Scheußliche Dinger, was?«, sagte Umbra leise.

Es war nicht das erste Mal, dass sie voller Abscheu von den Spiegelmännern sprach. »Die Asche«, sagte er. »Ist er –«

»Ja. Wenn sie sterben, werden sie wieder zu dem Stoff, aus dem sie erschaffen wurden.«

»Erschaffen?«

»Natürlich. Du hast doch nicht gedacht, sie sind menschlich?«

Er zuckte nur mit den Schultern.

»Man nennt sie Homunculi. Denk an meinen Rat: Halte dich von ihnen fern, wenn du kannst.« Umbra gab ihm einen Klaps auf die Schulter, bevor sie zum Haus zurückging und ihn mit seinen Fragen allein ließ.

20

Der Alchymist

Jeder Einbruch erforderte Vorbereitungen. Man musste sich umhören, Informationen einholen, sich mit der Gegend vertraut machen, das richtige Werkzeug auswählen. Diesmal war Lucien noch sorgfältiger gewesen als sonst. Und trotzdem reichte es vielleicht nicht. Denn Silas Torne war womöglich der gerissenste Mistkerl der ganzen Stadt.

Verborgen in der Dunkelheit kauerte Lucien auf einem Rohr, von dem rostige Feuchtigkeit tropfte. Rauchschwaden quollen aus mehreren Schloten in seiner Nähe und verhüllten den Blick auf den nächtlichen Chymischen Weg. Die Häuser von Alchymisten, Giftmischern, Wunderheilern und anderen Quacksalbern standen dicht an dicht zu beiden Seiten der engen Straße, hässliche Gebäude, die mit ihren verwitterten Backsteinfassaden an Manufakturen erinnerten. Unzählige Kamine, Rohre und Abzüge wuchsen aus Mauern und Bleidächern, überall traten Dämpfe aus, manche in den seltsamsten Farben. Die Gerüche ließen einem die Augen tränen und vernebelten einem den Verstand, und um die schillernden Pfützen auf dem Kopfsteinpflaster machte man besser einen Bogen.

Die meisten Leute, die hier wohnten, waren harmlose Spinner oder Betrüger, die leichtgläubigen Kunden Wunderarznei und Liebestränke aufschwatzten. Einige jedoch verfügten über altes Wissen und machtvolle Formeln, die sie eifersüchtig hüteten. Ihre Häuser erkannte man an den stabilen Türen und den Gittern vor den Fenstern.

Oder sie hatten erst gar keine Fenster eingebaut, wie Silas Torne.

Lucien balancierte auf dem Rohr über die Kluft zwischen den beiden Häusern, zog sich an der Dachkante hoch und schlüpfte in einen rostigen Luftschacht, in den er gerade so hineinpasste. Im Innern umfing ihn ein feiner Nebel aus lauwarmem Wasserdampf. Von fern erklang das Stampfen von hydraulischen Pumpen.

Vorsichtig kroch er durch den abschüssigen Tunnel, bis er zu einem Gitter kam, an dem der Dampf Tropfen bildete. Er wollte das Gitter aus der Halterung lösen, hielt jedoch inne, als er einen Draht entdeckte, der in einem winzigen Loch in der Schachtwand verschwand.

Sogar hier, dachte er mit einer Mischung aus Beklemmung und Respekt.

Er stemmte Füße und Ellbogen gegen die Wände, zog den Bauch ein und zupfte an dem Draht. Zwischen Bauchnabel und Schlüsselbein, keinen Fingerbreit von seiner Haut entfernt, schnellten Klingen aus den Blechplatten, stellten sich auf wie die Rückenstacheln einer Echse.

Lucien schluckte. Seine Hand wanderte zu seinem Gürtel und fand blind eine Kneifzange, mit der er den Draht durchtrennte. Die Klingen verschwanden wieder.

Er klappte das Gitter auf und kroch weiter, noch wachsamer als zuvor.

Irgendwann wurde der Tunnel eben. Lucien lauschte mit angehaltenem Atem. Nichts. Nur das Zischen der Pumpen. Er zückte einen Schraubenzieher und hebelte ein Bodensegment auf.

Der Raum unter ihm war dunkel. Aus einem runden Treppenschacht schien flackerndes Licht herauf. Der Steinboden glänzte vor Feuchtigkeit. Von irgendwoher kam ein unangenehmer fauliger Geruch.

Leise entfernte Lucien die Blechplatte. Als er gerade durch das Loch klettern wollte, hörte er ein Geräusch.

Schlurfende Schritte.

Hastig bedeckte er die Öffnung mit der Platte, ließ nur einen schmalen Spalt und spähte hindurch.

Ein zerlumpter Mann trat mit schleppenden Schritten in den Lichtschein, das Gesicht bleich, die Augen leer. Wurzelartige Triebe wuchsen aus seiner Haut und rankten sich über seine Schultern und Arme, seinen Nacken, verschwanden in seinem Ohr.

Die Gestalt war nicht allein. Mindestens fünf oder sechs weitere schlurften in dem Halbdunkel umher.

Lotossklaven. Vermutlich arme Teufel aus der Grambeuge, die Torne unter einem Vorwand in sein Haus gelockt und zu willenlosen Knechten gemacht hatte. Gefährliche Gegner. Und leider zu dumm, um auf seine Unauffälligkeit hereinzufallen.

Er musste wohl oder übel weiterkriechen. Allerdings wurde der Schacht kurz darauf so abschüssig, dass Lucien beinahe auf dem Kopf stand. Bei jeder Bewegung musste er darauf achten, nicht den Halt zu verlieren, damit er nicht bäuchlings in die Tiefe rutschte. Zu allem Überfluss war der Nebel jetzt so dicht, dass er kaum noch etwas sah.

Was, wenn der Schacht weitere Fallen enthielt? In diesem Dampf hatte er keine Chance, sie rechtzeitig zu entdecken.

Seine Bauchdecke kribbelte unangenehm.

Licht fiel durch die Ritzen zwischen den Wandsegmenten. Lucien versuchte gar nicht erst, etwas zu hören, denn die Pumpen waren inzwischen viel zu laut. Er musste es einfach riskieren.

Mit seinem Schraubenzieher machte er sich an der Blechwand zu schaffen. Plötzlich blieb sein Ärmel an der gelockerten Platte hängen, und das Werkzeug rutschte ihm aus der Hand. Polternd verschwand es im Schacht.

Lucien erstarrte. Es kam ihm wie eine Ewigkeit vor, bis das Klappern endlich aufhörte. Er konnte nur hoffen, dass die Pumpen den Lärm übertönt hatten.

Er bog die Platte mit bloßen Händen auf, kroch kopfüber durch die Öffnung, ließ sich fallen, rollte sich auf dem Boden ab und gelangte blitzschnell auf die Füße, die Hand auf dem Knauf seines Wurfmessers.

Niemand da. Glück gehabt.

Er befand sich in einem Gang mit nackten Steinwänden. An einem Eisenhaken hing eine Laterne. Lautlos huschte er in den nächsten Raum, eine runde Kammer mit Regalen. Hunderte von Flaschen, Phiolen, Ampullen und Dosen standen darin.

Lucien ging an den Regalen entlang und las die Beschriftungen. Duftwasser, Aphrodisiaka, Medizin für alle erdenklichen Krankheiten und Leiden. Opium, Traumlotos und zwei Dutzend andere Drogen. Daneben die Gifte: leichte wie Brechwurz und Königspfeffer, aber auch tödliche wie Nuriat und Silberstaub. Viele dieser Substanzen waren sehr wertvoll und zeugten vom Geschick ihres Herstellers, allerdings konnte man die meisten davon im Laboratorium beinahe jedes Alchymisten finden.

Nicht jedoch die Elixiere in der Glasvitrine.

Voller Unbehagen betrachtete Lucien das halbe Dutzend Bleiphiolen, spürte die unheimliche Präsenz, die sie umgab. Was sie genau enthielten, konnte er nur vermuten. Harpyienblut vielleicht oder Chimärenessenz. Trünke, die dem, der sie zu sich nahm, unvorstellbare Kräfte verliehen. Denn für jedes dieser Fläschchen hatte ein Schattenwesen sein Leben gelassen.

Ein unbezahlbarer Schatz. Lucien spielte mit dem Gedanken, die Vitrine aufzubrechen, verwarf ihn jedoch wieder. Es wäre falsch, sich daran zu bereichern. Schließlich wäre er beinahe selbst in einer solchen Phiole geendet.

Er schob einen Vorhang zur Seite und gelangte in einen kleineren Raum, wo sich Kisten und Korbtornister stapelten. Lucien sah sich ein wenig darin um. Beim Hinausgehen fiel ihm eine Truhe auf, halb von einem löchrigen Tuch bedeckt. Sie war mit Blei verkleidet, was seine Neugierde weckte. Sein Instinkt sagte ihm, dass es sich lohnen könnte, sie näher anzuschauen. Wenn er schon die Vitrine mit ihren Kostbarkeiten verschonte, so fand er vielleicht hier etwas, das er zu Geld machen konnte.

Er schob das Tuch zur Seite, zückte seinen Dietrich und machte sich an dem Schloss zu schaffen, bis es klickte und sich der Deckel öffnen ließ.

Die Truhe enthielt einen Gürtel aus rußfarbenem Metall, einen Silberdolch mit gebogener Klinge, eine Kette aus Raubtierzähnen, einen gefiederten Lederhut, eine Affenpfote, eine Kerze aus menschlichem Talg und andere Dinge. Das meiste davon war Plunder, doch Lucien konnte spüren, dass einige dieser Utensilien noch einen Rest magischer Kraft bargen.

Torne war nicht nur Alchymist, sondern auch eine Art Antiquitätenhändler. Er kaufte diese Gegenstände Leuten ab, die nicht im Traum ahnten, was da seit Ewigkeiten in ihrem Keller verstaubte. Oder er nahm sie den Schattenwesen ab, die er getötet hatte, und verkaufte sie für viel Geld an jemanden, der sich ihre Magie zunutze machen wollte.

Lucien fragte sich, ob auch Jernigans Lampe durch seine Hände gegangen war.

Er wühlte in der Truhe und entdeckte ein Amulett. Es bestand aus grün schimmernder Keramik und war neuneckig, nicht viel größer als ein Schilling und mit verschlungenen Linien versehen, die, wenn man sie auf eine bestimmte Weise betrachtete, ein fratzenhaftes Gesicht zu bilden schienen.

Die Haut an Luciens Fingern prickelte. Sein Instinkt hatte ihn nicht getäuscht. Das Amulett war kostbarer als der übrige Inhalt der Truhe zusammen. Dass es einfach so inmitten dieses Plunders lag, deutete darauf hin, dass Torne selbst nicht wusste, was er da besaß.

Lucien schob den Talisman in seine Hosentasche, schloss den Truhendeckel und ging weiter, dem Stampfen und Zischen entgegen.

Vor ihm tat sich das Herzstück des Hauses auf, ein riesiger Saal, dessen Decke in den Dampfschwaden verschwand. Die Luft war zum Schneiden dick. Pfützen bedeckten den Steinboden. Gewaltige Öfen, mit metaphysischen Symbolen versehen, glühten vor Hitze. Ventile zischten. Zahnräder trieben die Pumpen an. Blubbernde Flüssigkeiten quollen durch Rohre aus Kupfer und Glas und plätscherten in bauchige Kessel, die an feuchten Ketten über den Kohlepfannen hingen. Der mächtigste Kessel stand in der Mitte des Saales, ein Monstrum von der Größe einer Droschke, von dem grünlicher Dampf aufstieg.

Lautlos huschte Lucien hinein, verbarg sich hinter Pumpzylindern, Öfen und gebündelten Rohren, die wie Pfeiler aus dem Boden ragten. Als er ein Brüllen hörte, blieb er stehen und spähte zu einer Ecke des Saals.

Dort stand ein Käfig, in dem ein Mantikor gefangen war.

Das Ungeheuer brüllte noch einmal und warf seinen Löwenkörper gegen die Eisenstäbe, sein Skorpionstachel zuckte wütend. Unter normalen Umständen hielt kein Gefängnis dieser Welt einen Mantikor lange auf. Dieser jedoch war bereits zu geschwächt, um etwas gegen das Gitter auszurichten. Blutige Striemen verliefen kreuz und quer über seinen Leib, sein Fell war stumpf, die Schwingen waren zerrupft und löchrig.

Lucien konnte sich nicht erinnern, wann er das letzte Mal einen echten Mantikor gesehen hatte. Vielleicht vor hundertfünfzig, zweihundert Jahren. Sie waren selten geworden, und er schätzte, dass es auf der ganzen Welt noch höchstens zwei Dutzend dieser furchterregenden Kreaturen gab. Es musste extrem aufwendig gewesen sein, ihn zu finden und zu fangen.

Beim Anblick des Geschöpfs verspürte Lucien einen Anflug von Mitleid. Nicht mehr lange, und Torne hatte den Mantikor gebrochen. Vielleicht steckte seine Lebenskraft schon nächste Woche in einer Bleiphiole.

In diesem Moment entdeckte er den Alchymisten.

Torne saß an einem Tisch, tauchte seinen Federkiel in ein Tintenfass und schrieb. Eine silbrige Robe verhüllte seinen mageren Leib, die Füße steckten in Schnabelschuhen, das Haar bildete verfilzte Büschel, wo es nicht längst ausgefallen und wunden Flecken gewichen war.

Lucien lächelte. Er hätte nicht erwartet, dass es so einfach werden würde.

Er pirschte sich an den Alchymisten heran, bis er zwei Schritte hinter ihm stand. »Schlaf«, sagte er.

Torne erschlaffte, sein Kopf sank auf das Pergament.

Behutsam setzte Lucien Torne aufrecht hin, dann löste er sein Seil vom Gürtel und fesselte die Arme des Alchymisten hinter der Stuhllehne, bevor er zur Seite trat und den schlafenden Mann betrachtete.

»Was bist du doch für ein abgrundtief hässlicher Kerl«, murmelte er.

Torne war recht groß und so dünn, dass sich überall unter der Robe seine Knochen abzeichneten. Seine Wangenknochen stachen hervor, sein dünner Bart glich einem umgedrehten U und reichte bis zu seinem Schlüsselbein. Die jahrzehntelange Arbeit mit giftigen und ätzenden Substanzen war nicht spurlos an ihm vorübergegangen: kaum eine Stelle seiner Haut, die nicht von Ausschlag und nässenden Pusteln bedeckt war.

Plötzlich bekam das Gesicht des Alchymisten Risse, wie

Lehm, der in der Sonne trocknete. Die Haut blätterte ab, und darunter kam das weißhäutige Antlitz eines Jünglings zum Vorschein, der nicht die geringste Ähnlichkeit mit Torne hatte.

Lucien keuchte. Ein verdammter Doppelgänger! Mit dem Messer in der Hand wirbelte er herum, doch es war bereits zu spät. Glas zerplatzte vor seinen Füßen, grüner Rauch wallte auf. Er wich zurück und wedelte mit der Hand, vergebens. Der Rauch bildete tentakelähnliche Schwaden, die seine Arme und Beine umschlangen. Das Messer entglitt seiner Hand, er fiel zu Boden. Der Rauch hielt ihn wie ein Netz fest. Seine Haut brannte, wo die grünen Stränge sie berührten.

Ein Kichern erklang.

Lucien hob den Kopf, soweit es die Fesseln zuließen. Der echte Silas Torne stand in dem riesigen Kessel. Ölige Flüssigkeit rann über seinen nackten, von Geschwüren übersäten Körper. Seelenruhig entstieg er seinem widerwärtigen Bad, trocknete sich ab und schlüpfte in einen Mantel.

»Lucien, Lucien«, sagte er, während er herkam. »All die Jahre versuche ich, dich zu fangen, und dann spazierst du einfach hier herein. Was für ein ungewöhnlicher Glücksfall.«

Lucien blieb reglos liegen. Je heftiger er gegen den Rauch ankämpfte, desto schlimmer brannte seine Haut. Außerdem lähmte der Rauch seine Albenkräfte. »Wer hat mich verraten?«, ächzte er.

»Niemand. Aber um Silas Torne zu übertölpeln, muss man früher aufstehen. Von einem Meisterdieb deines Formats hätte ich eigentlich mehr erwartet.«

Der Doppelgänger war zwischenzeitlich aufgewacht und bedachte Lucien mit einem finsteren Blick. Torne machte keine Anstalten, ihn loszubinden.

»Ich bin neugierig«, sagte der Alchymist liebenswürdig. »Wolltest du mich berauben? Entführen? In wessen Auftrag?

Schickt dich die Familie Addock? Tragen sie mir den Vorfall in den Aetherküchen etwa immer noch nach?«

»Ich bin hier, um dir einen Handel vorzuschlagen.«

»Einen Handel? Und dafür wolltest du mich fesseln? Ts, ts, Lucien, geht man so mit einem Geschäftspartner um?«

»Ich brauche eine Information. Dafür biete ich dir etwas, das dich interessieren wird.«

»Ich höre«, sagte Torne.

»Zuerst die Fesseln.«

»Hältst du mich für einen Narren?« Der Alchymist band seinen Doppelgänger los und flüsterte ihm etwas ins Ohr, woraufhin der weißhäutige Jüngling einen Schrank neben dem Käfig öffnete. Der Mantikor brüllte ihn an, doch der Jüngling nahm keine Notiz davon. »Du solltest etwas über den Rauch wissen«, wandte sich Torne wieder an Lucien. »Noch brennt er nur auf deiner Haut, aber nach einer Weile fängt er an, sich in dein Fleisch zu fressen. Kein angenehmes Gefühl, ganz bestimmt nicht.«

Lucien biss die Zähne zusammen. »Der Harlekin hat Aziel im Zweikampf besiegt. Ich muss wissen, wie …«

»Du scheinst immer noch nicht zu verstehen«, fiel Torne ihm ins Wort. »Zuerst dein Angebot. Dann entscheide ich, ob wir ins Geschäft kommen.«

Das Brennen wurde bereits schlimmer. Besser, er tat, was Torne verlangte. »Ich kann dir verraten, wo du vier Alben findest.«

»Lebendige?«, fragte der Alchymist mit erwachendem Interesse.

»Tote.«

»Tote Alben sind ohne Wert für mich.«

»Sie sind noch nicht lange tot. Zwei, höchstens drei Wochen. Die Körper sind gut erhalten. Ihre Essenz hat sich noch nicht verflüchtigt.«

»Danke, kein Bedarf.«

Der Doppelgänger kam zurück und übergab Torne eine Bleiphiole. Panik stieg in Lucien auf.

»Warte«, stieß er hervor. »Das sind die letzten Alben, die du je finden wirst. Die anderen haben die Welt verlassen ...«

»Alle bis auf einen«, sagte Torne mit einem unheilvollen Funkeln in den Augen.

Mit der Phiole in der Hand ging er zum Schreibtisch, öffnete eine Schublade und holte ein Messer heraus. Die dünne Klinge glitzerte im Schein der Kohlepfannen, als der Alchymist näher kam.

Luciens Gedanken rasten. Er brauchte sein Messer, einen Wurfpfeil, irgendetwas, mit dem er diesen Wahnsinnigen aufhalten konnte. Doch an seinen Gürtel kam er nicht heran. Jedes Mal, wenn er es versuchte, schlang sich der Rauch noch fester um seinen Arm, und das Brennen wurde schier unerträglich.

Egal. Vergiss den Schmerz. Du hast keine andere Wahl.

Seine Hand streifte seine Hosentasche, berührte etwas Festes darin. Das Amulett! Vielleicht war das die Rettung.

Vorsichtig schob er die Hand in die Tasche, schloss sie um das geschliffene Keramikstück. Jetzt spürte er die Macht des Talismans so intensiv, dass sein Arm warm wurde.

»Um noch einmal auf unseren Handel zurückzukommen«, sagte er.

Torne zog einen Schemel her und setzte sich. »Sag bloß, dir ist ein besseres Angebot eingefallen als deine toten Alben. Vielleicht ein Schwarm seniler Harpyien?«

»Noch besser. Wenn du mich freilässt, töte ich dich nicht.«

»Jetzt hör schon auf«, erwiderte der Alchymist ungehalten. »Zeig ein wenig Würde. Ich verspreche dir auch, dass es schnell gehen wird.« Er öffnete die Phiole und stellte sie auf den Boden.

»Heißt das Nein? Wenn das so ist, muss ich wohl einen Blutgeist rufen.«

»Du? Einen Blutgeist? Wie willst du das anstellen?«

»Damit«, sagte Lucien und zog das Amulett aus der Hosentasche.

Tornes Gesicht verfinsterte sich. »Woher hast du das?«

»Du solltest deine Sachen nicht so offen herumliegen lassen.«

»Es ist wertlos. Es hat seine Magie längst verloren.«

»Für euch Menschen vielleicht. Ich kann sie immer noch spüren.«

Der Alchymist sprang so heftig auf, dass der Schemel umkippte. »Das ist nur wieder einer von deinen Tricks!«

»Bist du dir da so sicher?«

Torne war sich offenbar alles andere als sicher, denn er wich zwei Schritte zurück. »Bleib, wo du bist«, fuhr er den weißhäutigen Jüngling an, der ihm zu Hilfe eilen wollte. Zu Lucien sagte er: »Gib mir den Talisman.«

»Vorher löst du die Fesseln.«

»Nein.«

»Ich warne dich, Torne. Es wird allmählich schmerzhaft. Siehst du meine Hand? Sie fängt an zu zucken. Nicht ausgeschlossen, dass ich das Amulett aus Versehen zerbreche.«

Mit einem zornigen Schnauben wirbelte der Alchymist herum und griff nach einem Glasfläschchen auf dem Schreibtisch.

»Was ist das?«, fragte Lucien.

»Ein Bannpulver«, knurrte Torne.

»Herzeigen.«

Torne hielt ihm das Fläschchen vors Gesicht. Lucien verstand ein wenig von Alchymie. Das Pulver schien kein Gift oder dergleichen zu sein, aber ganz sicher sein konnte er nicht.

»Tu ein wenig davon auf deine Hand«, forderte er den Alchymisten auf.

»Das ist lächerlich.«

»Wie lange war der Blutgeist in dem Amulett? Ein paar hundert Jahre, oder? Ich schätze, er wird hungrig sein.«

In Tornes Augen glühte der Zorn. Dann öffnete er das Fläschchen und streute eine Prise des Pulvers auf seine Hand. Nichts geschah.

»Gut«, sagte Lucien. »Jetzt die Fesseln.«

Torne verstreute das Pulver über ihm. Augenblicklich verflüchtigte sich der Rauch. Mit schmerzenden Gliedern stand Lucien auf. Es gab kaum eine Stelle seines Körpers, die nicht brannte. Aber bleibende Schäden schien er keine erlitten zu haben. Die roten Striemen, die der Rauch verursachte hatte, verschwanden bereits.

»Her mit dem Amulett«, sagte der Alchymist.

»Meine Bedingungen haben sich soeben geändert. Zuerst beantwortest du meine Fragen.«

Tornes Kiefer mahlten. Dann war sein Zorn plötzlich wie weggeblasen, und ein Lächeln erschien auf seinem Gesicht, wobei er verfaulte Zähne entblößte. »Wieso reden wir nicht wie vernünftige Männer miteinander? Hören wir auf, einander zu bedrohen und zu betrügen. Schließlich sind wir beide Geschäftsleute, nicht wahr? Ich bin sicher, dass wir uns einig werden können.«

Lucien musterte Torne misstrauisch. Dieser Sinneswandel ging ihm eindeutig zu schnell. Ohne den Alchymisten aus den Augen zu lassen, legte er die Bruchstücke von Jernigans Lampe auf den Tisch. »Ich nehme an, du weißt, was das ist.«

Torne setzte sich, griff nach einer Juwelierlupe und begutachtete die Einzelteile fachmännisch. »Jernigans größte Schöpfung«, sagte er, und seine Ehrfurcht war nicht gespielt. »Obwohl der Wahnsinn bereits nach ihm gegriffen hat, als er die Lampe konstruierte. Er fürchtete sich vor den Träumen, die die Alben ihm sandten – so sehr, dass er sich Tag und Nacht mit einem Licht umgeben wollte, das kein Alb ertragen kann.«

»Ich kenne die Geschichte«, sagte Lucien ungeduldig. »Der Harlekin hat die Lampe benutzt, um Aziel im Zweikampf zu besiegen. Obwohl sie als verschollen galt. Ich will wissen, woher er sie hatte.«

»Sie war nicht verschollen. Sie befand sich im Besitz eines Sammlers. Ein reicher Patrizier aus Scotia, Duncan Banister.«

»Hat man sie ihm gestohlen?«

»Keineswegs. Ich hörte, Corvas hat nach der Lampe gesucht. Er soll Banister viel Geld dafür bezahlt haben.«

»*Der* Corvas?«, fragte Lucien alarmiert. »Die alte Krähe?«

»Kein Geringerer.«

»Wann war das?«

»Vor ein oder zwei Monaten.«

Also vor dem Zweikampf. Das passte zusammen. Nun begriff Lucien, warum Aziel so versessen darauf war, die Wahrheit über die Lampe herauszufinden.

Plötzlich fiel ihm auf, dass der weißhäutige Jüngling, der die ganze Zeit reglos neben dem Tisch gestanden hatte, verschwunden war.

Torne lächelte … und blickte für einen Wimpernschlag an ihm vorbei.

Instinktiv wirbelte Lucien herum. Ein weißer Schemen sprang aus dem Halbdunkel, eine Klinge verfehlte ihn und schrammte über die Tischplatte. Der Jüngling schrie vor Zorn.

Lucien versetzte ihm einen Tritt, der den Doppelgänger gegen den Schrank schleuderte. Dabei verlor er jedoch das Gleichgewicht und stürzte zu Boden.

Das Amulett entglitt seinen Fingern, schlitterte über die Steinplatten und blieb genau vor Torne liegen.

Der Alchymist stellte den Fuß darauf und rief: »Hast du wirklich gedacht, ich lasse mir einen frischen, kraftstrotzenden Alben entgehen?«

Lucien spürte, dass seine Kräfte zurückgekehrt waren. »Schlaf«, befahl er.

Torne lachte ihn aus. »Vergiss es. Deine billigen Tricks helfen dir hier nicht.«

Der Alb riss ein Messer aus seinem Gürtel und warf es. Torne ächzte vor Schmerz, als ihn die Klinge am Arm verletzte. Blut tränkte seine Robe. Mit wutverzerrtem Gesicht zertrat er das Amulett.

Entsetzen wallte in Lucien auf. Bevor er sich herumwarf und losrannte, sah er noch, wie Torne gegen den Tisch taumelte, während vor ihm blutrote Schleier emporwirbelten, begleitet von unmenschlichem Heulen.

Der Mantikor verfiel in Raserei. Wieder und wieder rannte er gegen die Gitterstäbe an und brüllte dabei.

Lucien ging hinter dem Käfig in Deckung. »Wenn ich dir helfe, versprichst du dann, mich nicht zu fressen?«

Das Ungeheuer hörte auf zu toben. Ein tiefes Grollen drang aus seinem Maul. Trübe Augen musterten ihn. Vielleicht hatte es verstanden – vielleicht aber auch nicht.

Lucien blickte zu den Schemen und Fratzen aus Blutnebel, die um die Rohre und Kessel heulten und immer körperhafter wurden. Ihm blieb keine andere Wahl. Er stieß seinen Dietrich in das Schloss des Käfigs und rührte hektisch darin herum. Plötzlich öffnete sich die Gittertür. Er wurde zu Boden gestoßen, als der Mantikor mit einem gewaltigen Sprung sein Gefängnis verließ. Das Ungeheuer brüllte markerschütternd, sein Stachelschwanz zuckte durch die Luft.

Tornes Doppelgänger rappelte sich auf und versuchte zu fliehen, doch er war viel zu langsam. Der Mantikor stürzte sich auf ihn und zerfetzte ihm mit einem Prankenhieb die Brust, bevor er Torne entdeckte und mit ausgebreiteten Schwingen über den Tisch sprang.

Lucien nutzte die Gelegenheit und lief los, vorbei an dem Schrank, wo der Jüngling lag. Während der Doppelgänger starb, erschienen auf seinem Gesicht die Züge all jener Menschen, die er in seinem Leben nachgeahmt hatte, Männer und Frauen, Alte und Junge, Blasse und Dunkelhäutige, als setze er ständig neue Masken auf.

Lucien versteckte sich hinter dem großen Kessel, denn er fürchtete, andernfalls den Blutgeist auf sich aufmerksam zu machen. Torne kroch währenddessen unter das Gewirr der Rohre und Pumpen. Der Mantikor setzte ihm nach und schlitzte mit seinen Krallen einen Ofen auf, der daraufhin in einer Wolke aus Dampf barst und das Ungeheuer durch die Luft schleuderte. Torne kreischte vor Schmerz, als die heißen Schwaden ihn verbrühten.

»Lucien!«, schrie er. »Das wirst du mir büßen! Hol ihn dir!«, befahl er dem Blutnebel, doch die geisterhaften Schemen hatten bereits ein anderes Opfer ausgemacht. Heulend stürzten sie sich auf den Mantikor, der mit seinen Pranken nach ihnen schlug.

Durch den explodierten Ofen war das gesamte System der Kessel und Pumpen aus dem Gleichgewicht geraten. Rohre platzten, als der Druck zu stark für die Ventile wurde. Schaum quoll aus den Kolben. Glas bekam Risse. Eisen ächzte.

Lucien rannte, sprang über ätzende Pfützen, wich Dampffontänen aus, duckte sich unter zischenden Rohren hindurch, während Torne schrie und schrie und schrie, bis ihn das Fauchen der Kessel und das Heulen der Geister übertönte.

21

Die Manusch

Der Duft von frisch aufgebrühtem Kaffee weckte Liam. Müde setzte er sich auf. Er hatte in Quindals Gästezimmer geschlafen, denn gestern Nacht hatte er noch lange mit dem Erfinder geredet, bis es schließlich zu spät gewesen war, zum Palast zurückzukehren. Er wusch sich am Messingzuber, schlüpfte in seine Kleider und ging zum Saal.

Es war noch früh. Das Licht der Morgendämmerung fiel durch die Glaskuppel und überzog die Buchrücken in den Wandregalen und das Mosaik mit einem roten Glühen. Aus dem Salon, wo der Kaffeeduft herkam, drangen leise Stimmen.

Hatte sich Vivana etwa mit ihrem Vater versöhnt? Bei dem Gedanken daran, ihr wiederzubegegnen, begann es in Liams Magen zu kribbeln. Gestern abend schon hatte er die ganze Zeit an sie denken müssen. Und nun das. Was war nur mit ihm los?

Kritisch betrachtete er sein Spiegelbild in einer Lampenhalterung und ordnete seine Haare, ehe er den Salon betrat.

Zu seiner Enttäuschung war es nicht Vivana, mit der Quindal redete. In der offenen Geheimtür, halb verdeckt von dem Regalsegment, stand ein Mann in einem fadenscheinigen Tweedanzug, eine Melone auf dem Kopf. Er hatte ein langes Gesicht und kränklich blasse Haut, und während er flüsternd mit Quindal sprach, wurden seine Hände für einen Augenblick durchsichtig. Goldene Schlieren folgten ihren Bewegungen, bevor sie sich wieder verfestigten und wie gewöhnliche Hände aussahen.

Liam blinzelte. Hatte er so wenig geschlafen, dass er schon halluzinierte?

Der Fremde verabschiedete sich von Quindal und schloss die Geheimtür hinter sich. Kurz darauf erklang das Rasseln des Fahrstuhls. Erst jetzt bemerkte der Erfinder Liam.

»Wie lange stehst du schon da?«, schnarrte er.

»Ich bin eben erst gekommen. Wer war das?«

»Ein Freund.«

»Was ist mit seinen …«

»Setz dich«, fiel Quindal ihm ins Wort. »Wir müssen reden.«

Beunruhigt nahm Liam auf einem der Lehnstühle Platz. »Ist etwas passiert?«

Der Wissenschaftler goss Kaffee in zwei Tassen. Sein Gesicht war noch zerfurchter als sonst. »Auf Lady Sarka wurde ein Anschlag verübt.«

Plötzlich war Liam hellwach. »Wann?«

»Gestern Abend, während du hier warst. Die Attentäter haben das Fest überfallen, das sie im Palastgarten gab. Aber ihre Leibwächter konnten den Angriff zurückschlagen. Die Lady wurde anscheinend nicht verletzt.«

»Und die Bediensteten? Sind sie wohlauf?«

»Darüber habe ich keine Informationen.«

Liam schwieg bestürzt. Er hoffte inständig, dass Jackon nichts zugestoßen war.

»Die Attentäter gehörten zu einer Gruppe, die plante, dem Magistrat seine Macht zurückzugeben und Bradost wieder zu einer Republik zu machen«, fuhr Quindal fort. »Deshalb wollten sie die Lady ermorden. Und offenbar auch einige ihrer Vertrauten. Das würde zumindest erklären, warum sie während des Festes zugeschlagen haben.«

»Woher wissen Sie das alles?« Liam kam ein beunruhigender Gedanke. »Sie haben doch nichts damit zu tun, oder?«

»Natürlich nicht«, erwiderte der Erfinder barsch. »Ich habe dir doch gesagt, dass ich mit Verschwörungen fertig bin. Hör zu: Seit Mitternacht streifen Corvas und seine Spiegelmänner durch die Stadt und verhaften jeden, der im Verdacht steht, in die Sache verwickelt zu sein. Ich kenne Corvas. Er wird erst aufhören, wenn er sicher ist, dass er jegliche Bedrohung für die Lordkanzlerin im Keim erstickt hat. Jeden kann es treffen. Auch dich. Deshalb musst du ab jetzt zehnmal so vorsichtig sein wie bisher. Verhalte dich unauffällig. Tue nichts, womit du dich verdächtig machen könntest. Hast du verstanden?«

Liam nickte verunsichert.

»Noch lieber wäre es mir, du würdest dir diese Geschichte aus dem Kopf schlagen«, fuhr Quindal fort.

»Ich soll aufhören, nach dem Buch zu suchen?«

»Ja. Es ist zu gefährlich. Ich wünschte, ich hätte dich nie dazu ermutigt.«

»Sie wissen, dass ich das nicht kann.«

»Warum nicht? Niemand zwingt dich dazu.«

»Aber ich bin es meinem Vater schuldig.«

»Immerzu redest du von deinem Vater«, knurrte der Erfinder. »Dein Vater hätte gewollt, dass du ein normales Leben führst.«

»Für mich gibt es kein normales Leben mehr«, erwiderte Liam.

»Das glaubst du jetzt. Aber du bist noch jung – jung genug, um von vorne anzufangen. Ich habe dir schon einmal angeboten, dass du für mich arbeiten kannst. Du bist ein kluger Kopf. Unter meiner Anleitung könntest du es zu etwas bringen.«

Liam wusste es zu schätzen, dass sich Quindal so viele Gedanken um sein Wohlergehen machte. Aber er hatte seine Entscheidung getroffen. »Nein«, sagte er. »Ich muss wissen, worauf mein Vater gestoßen ist. Vorher kann ich nicht neu anfangen.«

Quindal schnaubte. »Warum mache ich mir überhaupt die Mühe, mit dir zu reden? Du hörst ja doch nicht auf mich.«

»Ich verspreche Ihnen ja, vorsichtig zu sein.«

»Als ob ich dadurch ruhiger schlafen könnte. Also gut. Trink deinen Kaffee. Ich rufe derweil eine Droschke, die dich zum Palast zurückbringt. Sicher vermisst man dich bereits.«

Wenig später fuhr Liam in einem Zweispänner durch den Kessel. Vom Sonnenaufgang war hier unten kaum etwas zu sehen, denn in der Nacht war Nebel aufgezogen, der vom Fluss durch die Gassen kroch und sich zwischen den Häusern und Fabrikmauern festsetzte. Die Gaslaternen glühten wie Irrlichter in den dunstigen Schwaden.

Als sie die Altstadt erreichten, wurde die Droschke von Soldaten angehalten. Obwohl der Kutscher protestierte und drohte, sich bei Quindal zu beschweren, bestanden die Männer darauf, das Gefährt zu durchsuchen. Liam musste einige harmlose Fragen beantworten, dann ließ man ihn in Ruhe. Als sich abzeichnete, dass die Kontrolle länger dauerte, beschloss er, den Rest des Weges zu Fuß zu gehen.

In der Stadt herrschte eine seltsame Stimmung. An jeder Straßenecke waren Soldaten postiert, zum Schutz gegen den Nebel in Filzmäntel gehüllt, Piken und Hakenlanzen in den Händen. Die Nachricht von dem Anschlag hatte sich offenbar schon überall herumgesprochen, denn wohin Liam blickte, standen Leute zusammen und unterhielten sich flüsternd, die Gesichter voller Angst und Misstrauen. Von einem Zeitungsjungen kaufte er ein Exemplar der Morgenausgabe, in der über die jüngsten Geschehnisse berichtet wurde. Allerdings unterschied sich der Artikel sehr von Quindals Darstellung des Vorfalls: Darin wurden die Attentäter als Mörder und Banditen bezeichnet, die Lady Sarka heimtückisch nach dem Leben trachteten, um Bradost ins Chaos zu stürzen. Kein Wort von ihrer Absicht, die Stadt zu befreien und eine neue Republik auszurufen. Es war dieselbe Art von Lügen, die seit Jahren sämtliche Zeitungen füllte. Liam zerknüllte das Blatt und warf es in den Rinnstein.

Vor dem Palast wimmelte es von Soldaten. Mehrmals musste er erklären, dass er zur Dienerschaft gehörte, bis man ihm endlich glaubte und ihn einließ. Drinnen bot sich ihm ein Anblick, bei dem ihm der Atem stockte. Nach Quindals Schilderung des Angriffs hatte er sich auf alles Mögliche gefasst gemacht, auf Kampfspuren, Leichen – aber nicht auf ein zerstörtes Luftschiff, das im Garten lag. Dutzende von Arbeitern, offenbar von den Werften, kletterten auf dem Rumpf herum, entfernten die zerfetzte Hülle und begannen, das Stahlgerippe darunter zu zerlegen.

Auf dem Weg zum Anwesen traf er Jackon, der mit einer Axt einen entwurzelten Baum bearbeitete. Zu seiner Erleichterung war der Rothaarige wohlauf.

»Liam! Du glaubst nicht, was hier passiert ist! Wo warst du überhaupt?«

»Ich habe bei meinem Großonkel übernachtet. Wo kommt das Luftschiff her?«

Im gleichen Moment tauchte Hume auf. Der Gärtner machte einen verkaterten Eindruck. »Da bist du ja endlich, Liam«, tadelte er ihn halbherzig. »Geh und zieh dich um. Es gibt viel zu tun.«

Hume wies sie an, die Bäume zu beseitigen, die das Luftschiff umgeknickt hatte, sodass sie die nächsten Stunden nur damit beschäftigt waren. Jackon erzählte ihm währenddessen in allen Einzelheiten von dem Anschlag und dem Absturz des Luftschiffs, doch Liam hörte nur mit einem Ohr zu. Besorgt beobachtete er die Spiegelmänner, die im Anwesen ein- und ausgingen. Ihre Anzahl musste sich verdoppelt haben. Jeder

Zugang wurde jetzt bewacht, sogar der Eingang des Gesindeflügels. Wenn es dabei blieb, würde das seine Pläne nicht gerade vereinfachen.

Gegen Mittag rief ihn Hume zu sich. Das Gesicht des Gärtners war verschwitzt und gerötet. Die brutale Störung seines gewohnten Tagesablaufs schien den armen Kerl heillos zu überfordern.

»Du musst mir einen Gefallen tun, Liam. Bring diese Nachricht zur Luftschiffreederei von Jasper Brent. Er soll noch mehr Arbeiter schicken. Sonst dauert es Tage, bis dieses Monstrum aus meinem Garten verschwunden ist.«

Liam nahm den verschlossenen Umschlag entgegen. »Wo ist die Reederei?«

»Am Wollmarkt. Die Altstadt ist immer noch abgeriegelt, deswegen gehst du am besten zu Fuß. Und lass dich nicht von Brent abwimmeln. Umbra macht mir andernfalls die Hölle heiß.«

Liam machte sich gleich auf den Weg. Die Sonne hatte den Nebel längst vertrieben, und eine drückende Hitze lastete auf der Stadt. Menschenmassen strömten zum Magistratsgebäude am Flussufer, denn überall verkündeten Ausrufer, Lady Sarka wolle zu den Stadtbewohnern sprechen, um die Gerüchte über ihren Tod zu zerstreuen. Liam ging in die entgegengesetzte Richtung, denn der Wollmarkt lag am nördlichen Rand der Altstadt, an einem Wasserkanal, der das alte Stadtzentrum vom Labyrinth, dem Vergnügungsviertel Bradosts, trennte. In der Markthalle aus verwitterten Ziegelsteinen, wo an sieben Tagen die Woche von Sonnenauf- bis Sonnenuntergang Handel getrieben wurde, herrschte kaum Betrieb. Wegen der angespannten Lage in der Stadt waren die meisten Wollhändler offenbar zu Hause geblieben.

Die Luftschiffreederei befand sich in einem mehrstöckigen Eckhaus, dessen Fassade der Rauch der Kamine im Lauf der

Jahrzehnte fast schwarz gefärbt hatte. Hinter den Fenstern im Erdgeschoss saßen Schreiber und gingen ihrer Arbeit nach. Das Blechschild über dem Eingang zeigte ein kühn aufsteigendes Luftschiff.

Mit der Nachricht in der Hand trat Liam ein.

Vivana wartete, bis ihr Vater zur Arbeit gegangen war, bevor sie ihr Zimmer verließ, Ruac fütterte und sich auf den Weg machte, sodass sie erst am späten Vormittag beim Wanderzirkus eintraf. Die Kinder tollten zwischen den bunten Reisewagen herum und schrien freudig, als sie Vivana entdeckten. Sie gab ihnen die Bonbons, die sie unterwegs gekauft hatte, und ging zu ihrem Onkel und dessen Brüdern. Die vier Männer arbeiteten an einem Wagen, der dringend zwei neue Achsen und einen frischen Anstrich benötigte.

»Vivana«, begrüßte Madalin sie lächelnd. Der hochgewachsene Manusch trug sein rotes Kopftuch, was ihn verwegen erscheinen ließ, obwohl er einer der gelassensten und sanftesten Menschen war, die sie kannte. »Wir haben uns schon gefragt, wo du steckst.«

»Tut mir leid. Wobei soll ich euch helfen?«

»Du kannst dich später um die Pferde kümmern. Andulin lahmt. Vielleicht bringst du ihn zu Farkas, damit er ihn sich ansieht. Aber das hat Zeit. Jetzt setz dich erst einmal zu uns und iss etwas. Ich habe Suppe auf dem Feuer.«

Vivana war nicht nach Gesellschaft zumute. »Wo ist Tante Livia?«

»In ihrem Wagen.«

Ruac regte sich auf ihren Schultern, als sie in den Schatten des Sonnensegels trat. Er liebte Hitze und wollte offenbar in der Sonne bleiben. Vivana setzte ihn auf das warme Kopfsteinpflaster, wo sich der Tatzelwurm zusammenrollte und die Schnauze unter die Schwanzspitze schob.

Sie öffnete die Tür von Tante Livias Wagen und kletterte hinein.

Der Duft von glimmendem Sandelholz empfing sie, und wegen der zugezogenen Vorhänge herrschte ein schattiges Zwielicht im Innern des Wagens. Ihr war, als betrete sie einen verzauberten Ort fern vom Lärm und Gestank Bradosts. Ein halbes Dutzend alter Folianten stand auf einem kleinen Regal. Zedernholztruhen enthielten Tränke und Talismane aus Kupfer. Kräuter trockneten an Schnüren unter der Decke.

Tante Livia saß an einem Tischchen, die üppigen rotbraunen Locken mit einem Tuch zurückgebunden. Sie warf Knochen in eine silberne Schale.

»Setz dich«, sagte sie, ohne von den Knochen aufzusehen.

Vivana nahm auf einem dreibeinigen Hocker Platz. »Was siehst du?«

Ihre Tante wirkte beunruhigt. »Die Zeichen sind nicht eindeutig. Etwas geschieht in der Schattenwelt.«

Vivana betrachtete die Knochen in der Schale und wünschte, sie wäre in der Lage, ihre Geheimnisse zu erkennen. »Etwas, das dir Angst macht?«

»Kannst du dich noch daran erinnern, wie der Phönix verschwunden ist?«

»Natürlich.« Vivana würde diesen Tag nie vergessen.

»Etwas Ähnliches ist wieder passiert.«

»Ein Schattenwesen hat die Welt verlassen?«

»Nicht nur eines. Viele.«

»Aber Schattenwesen verschwinden jeden Tag.«

»Nicht in diesem Ausmaß. Etwas ist diesmal anders. Aber Genaueres kann ich noch nicht sagen. Ich muss mich mit anderen Wahrsagern beraten.«

Vivana hatte ihre Tante schon lange nicht mehr so nachdenklich erlebt. »Zeig mir die Kunst des Knochenorakels«, sagte sie. »Dann kann *ich* dir helfen.«

»Du kennst doch meine Meinung dazu.«

Livia war der Ansicht, sie sei noch zu jung für die geheimen Künste der Manusch, dabei wusste Vivana mit ihren sechzehn Jahren mehr über die Schattenwelt als die meisten Bewohner Bradosts. »Ich bin alt genug«, gab sie zurück.

»Überlass es mir, das einzuschätzen.« Livia steckte die Knochen in einen Lederbeutel, den sie zusammen mit der Silberschale in eine Kiste legte.

Vivana seufzte. Es war zwecklos, mit ihrer Tante darüber zu reden. Sie stand auf und betrachtete die Bücher auf dem Bord, deren Lederrücken mit unverständlichen Schriftzeichen versehen waren.

»Was suchst du?«, erkundigte sich Livia.

»Hast du schon einmal etwas vom Gelben Buch von Yaro D'ar gehört?«

»Wieso fragst du?«

»Mein Vater hat davon gesprochen.«

»Dein Vater? Seit wann interessiert er sich für solche Dinge?«

Vivana zuckte mit den Schultern. Sie schlug eines der Bücher auf und blätterte darin, allerdings konnte sie den Text nicht lesen. Zwar beherrschte sie die Sprache der Manusch einigermaßen, die Schrift jedoch hatte sie nie gelernt.

»Sei vorsichtig damit«, sagte Livia. »Das Buch ist sehr alt.«

»Kennst du dieses Buch nun oder nicht?«

»Es ist sehr selten. Ich kenne niemanden, der es je gesehen hat. Manche bezweifeln gar, dass es überhaupt existiert.«

»Wovon handelt es?«

»Man sagt, es enthalte alte Zaubersprüche. Magische Rituale des Südens, die vor langer Zeit in Vergessenheit geraten sind.«

Dass sich ihr Vater, ein verbissener Verfechter von Wissenschaft und Vernunft, mit Zauberei beschäftigte, war in der

Tat erstaunlich. Und was hatte Liam Hugnall, oder wie immer er hieß, damit zu tun? »Glaubst du, Lady Sarka besitzt ein Exemplar?«

»Möglich. Viele Alchymisten studieren die alten Künste. In welchem Zusammenhang hat dein Vater das Buch erwähnt?«

»Das weiß ich nicht so genau.«

Livia hob eine Augenbraue. »Du hast ihn wieder belauscht, richtig?«

Mit gerunzelter Stirn stellte Vivana das Buch zurück. »Was bleibt mir schon anderes übrig? Er erzählt mir ja nichts.«

»Wieso machst du so ein Gesicht? Habt ihr euch gestritten?«

»Er wollte mir verbieten herzukommen.«

Livia wurde ernst. »Weswegen diesmal?«

»Ich sollte zu Hause bleiben, damit ich meinen neuen Hauslehrer kennenlerne.«

»Du brauchst keinen Hauslehrer. Bei uns lernst du alles, was eine Manusch wissen muss.«

Vivana hätte sich denken können, dass ihre Tante wieder *damit* anfing. Hätte sie ihren Vater besser nicht erwähnt. »Ich bin keine Manusch«, erwiderte sie.

»Doch, das bist du. Egal, was dein Vater sagt.«

»Ich kann nicht einmal richtig eure Sprache.«

»Weil du nicht bei deiner Familie lebst.«

Vivana ahnte, was nun kam. Sie schwieg.

»Hast du noch einmal über Madalins Angebot nachgedacht?«, fragte Livia.

»Ich kann nicht mit euch kommen. Wie oft soll ich das noch sagen?«

»Warum nicht? Was hält dich noch hier?«

Ja, was? Es war nicht so, dass Vivana nicht davon träumte, sich den Manusch anzuschließen und mit ihnen durch das Land zu ziehen, wenn sie Bradost wieder für einige Monate verließen. Aber was wurde dann aus ihrem Vater? Sie liebte ihn, trotz der Abneigung, die er für die Manusch empfand, trotz der ständigen Auseinandersetzungen mit ihm. Wenn sie ging, hatte er niemanden mehr. Doch Livia würde das niemals verstehen. Für sie war er der Mann, der das Leben ihrer Schwester zerstört hatte und nun auch Vivana ins Unglück trieb. »Ich habe meine Gründe«, antwortete sie leise.

Livia blickte sie lange an. Wie die Wahrsagerin da saß, im Zwielicht ihres Wagens, sah sie Vivanas Mutter so ähnlich, dass es schmerzte. »Du bist immer bei uns willkommen«, sagte sie, sanfter nun. »Wenn du es dir anders überlegst, lass es uns wissen.«

In diesem Moment fühlte sich Vivana so zerrissen, dass sie am liebsten davongelaufen wäre. Warum war es so schwer, eine Heimat zu finden, einen Ort, wo sie hingehörte?

»Ich sehe jetzt nach den Pferden.« Sie öffnete die Tür und verließ den Wagen.

Jasper Brent war nicht erfreut, als er erfuhr, dass Lady Sarka noch mehr Arbeiter brauchte. Nachdem er die Nachricht gelesen hatte, knallte er sie auf seinen Schreibtisch und knurrte etwas von einem wichtigen Auftrag, den er nun in den Wind schreiben könne. Doch der Reeder wagte nicht, sich der Anweisung zu widersetzen. Er schluckte seinen Zorn herunter, sagte gepresst, dass es ihm stets eine Ehre sei, Lady Sarka zu dienen, und versprach, seine Leute so schnell wie möglich zum Palast zu schicken. Liam hatte Mitleid mit ihm.

Kurz darauf verließ er die Reederei. Als er sich gerade auf den Rückweg machen wollte, bemerkte er auf der anderen Seite des Kanals eine Gruppe von Männern. Man sah ihnen auf den ersten Blick an, dass sie nicht aus Bradost stammten. Sie hatten dunkle Haut und trugen Kopftücher und bunte Westen über den Leinenhemden, an ihren Gürteln hingen Messer.

Manusch.

Plötzlich sah er Vivana vor sich, wie sie vor dem Gemälde in Quindals Haus stand, ein jüngeres Ebenbild ihrer wunderschönen Mutter. Seltsam, wie gut er sich trotz ihrer kurzen Begegnung an ihr Gesicht erinnern konnte. Als würde er sie schon eine Ewigkeit kennen.

Er beobachtete die Manusch, bis sie in einer der zahllosen Gassen verschwanden. Ob sie zu dem Wanderzirkus gehörten, von dem Vivana gesprochen hatte?

Zu dumm, dass sie sich mit ihrem Vater gestritten hatte. Er hätte sie gerne besser kennengelernt. Leider würde er sie frühestens in einer Woche wiedersehen, bei seinem nächsten Treffen mit Quindal.

Auf einmal war da wieder dieses Kribbeln in seinem Magen, genau wie heute Morgen. Nein, eine Woche war viel zu lang.

Ihm kam eine Idee. So chaotisch, wie es gerade im Palast zuging, fiel es gewiss niemandem auf, wenn er eine Weile fortblieb. Und falls doch, konnte er später immer noch behaupten, er sei in der Reederei aufgehalten worden.

Er überquerte die Kanalbrücke und machte sich auf den Weg durch das Labyrinth.

Zunächst ähnelte das Viertel stark der Altstadt, doch mit jedem Häuserblock, den er passierte, veränderte sich die Gegend. Die ehrwürdigen Patrizieranwesen wichen Kaffeehäusern und Varietés mit blinden Scheiben. Schäbige Gebäude säumten die engen Gassen. In den Kellern befanden sich Opiumhöhlen und Tavernen, in den oberen Stockwerken winzige Mietwohnungen, aus denen Kindergeschrei drang. Schilder, von denen die Farbe abblätterte, warben für Hundekämpfe, Wahrsager und Kuriositäten aller Art. Im Schatten der Toreinfahrten schliefen Betrunkene ihren Rausch aus, Gaukler jonglierten zu ausgelassener Musik mit Messern und Fackeln, Ausrufer in phantasievollen Kostümen lockten Passanten in ihre bunten

Schaubuden. In den Gassen und Hinterhöfen herrschte reges Treiben, obwohl es noch lange nicht Abend war; von der beklemmenden Atmosphäre in der Altstadt war nicht das Geringste zu spüren. Falls die Menschen auf den Straßen und in den Spelunken von dem Anschlag gehört hatten, so scherten sie sich nicht darum.

Liam war erst ein einziges Mal hier gewesen, vor einem Jahr mit Freunden aus Scotia, obwohl sein Vater es ihm verboten hatte. Er konnte nicht gerade behaupten, sich in den Gassen auszukennen. Nachdem er die Manusch aus den Augen verloren hatte, wanderte er eine Weile ziellos herum, bis er feststellte, dass er sich verlaufen hatte – das Labyrinth trug seinen Namen zurecht.

»Aus dem Weg«, dröhnte eine Stimme, so tief und grollend, dass er sie zunächst für das Knurren eines Tieres gehalten hatte. Er wandte sich um – und wich im letzten Moment einem riesenhaften Geschöpf aus, das sich schwankend seinen Weg durch die Gasse bahnte. Das Wesen überragte ihn um mehr als einen Kopf, obwohl es gebückt ging, weil es ein Bierfass auf den Schultern trug. Hätte es sich aufgerichtet, wäre es gewiss anderthalb mal so groß gewesen wie er. Unter den Lumpen aus Tierhäuten und Fellen verbargen sich schwellende Muskeln und graue, warzige Haut. Verfilztes Haar wuchs in langen Strähnen aus dem Schädel und rahmte ein menschenähnliches Gesicht ein, aus dem eine Hakennase ragte, flankiert von zwei kleinen, gelben Augen. Grob geschmiedete und rostige Eisenreifen, mit Ösen für Ketten, befanden sich an Armen und Beinen.

Ein Oger, begriff Liam. Ehrfurcht regte sich in ihm, als ihm klar wurde, dass er vielleicht eines der letzten dieser Geschöpfe vor sich hatte. Offenbar arbeitete der Oger im Labyrinth und verdiente sich seinen Lebensunterhalt damit, Lasten zu schleppen, die für Menschen zu schwer waren. Damit gehörte er zu jener kleinen Gruppe von Schattenwesen, die sich, aus welchen Gründen auch immer, weigerten, die Welt zu verlassen. Stattdessen versuchten sie, sich anzupassen und sich mit den Menschen zu arrangieren. Liam wusste von einem Vodjanoj, der im Hafen hauste und von den Kapitänen der Aetherbarken und Teeklipper angeheuert wurde, um Muscheln von den Schiffsrümpfen zu kratzen, sowie von einer Harpyie, die in einer verrufenen Gasse irgendwo in der Grambeuge einen Laden betrieb. Man sah sie nur ganz selten, denn sie versuchten, nicht aufzufallen. Aber es gab sie, wie der Oger eindrucksvoll bewies.

Er blickte dem Furcht einflößenden Wesen nach, bis es im Hofeingang einer Taverne verschwand. Anschließend ging er zu einem Zelt, vor dem ein Ausrufer in einer altmodischen Gardeuniform mit Messingknöpfen stand. »Ich suche einen Wanderzirkus, der einem Manusch gehört. Kannst du mir helfen?« An den Namen von Vivanas Onkel konnte Liam sich nicht mehr erinnern.

»Meinst du Madalin? Du findest ihn auf dem Platz der Erztugenden. Einfach die Straße runter. Du kannst es nicht verfehlen. Aber wieso kommst du nicht rein, mein Junge? Maestra Lynette beschwört einen Dämon – nur für dich! Er sitzt auf deiner Hand und flüstert dir die dunkelsten Geheimnisse zu!«

»Danke, ein andermal«, meinte Liam lachend und wandte sich ab.

Kurz darauf erreichte er den Platz der Erztugenden, wie ein rostiges Straßenschild verkündete. Warum er diesen Namen trug, war Liam ein Rätsel. Taverne reihte sich an Taverne, und Plakate an den Gaslaternen priesen billiges Ale und leicht bekleidete Tänzerinnen an.

Das Zentrum des Platzes nahmen fünf bemalte Reisewagen ein, halbkreisförmig angeordnet. Unter einem Sonnensegel, das zwischen ihnen aufgespannt war, spielten drei Kinder. Eine

Frau, die Vivanas Mutter verblüffend ähnlich sah, nahm Äpfel aus einem Korb und legte sie in ihre Schürze. Ein sechster Wagen lag auf der Seite; vier Manusch befestigten neue Räder an den Achsen, während sie sich lachend und scherzend unterhielten. Was sie sagten, konnte Liam nicht verstehen, denn sie redeten in ihrer Muttersprache miteinander. Er hatte einmal gehört, es sei eine geheime Sprache, die ausschließlich Manusch lernen durften.

Liam war zuversichtlich, Vivana anzutreffen, obwohl ihr Vater darauf bestanden hatte, dass sie zu Hause blieb. So, wie er sie einschätzte, war sie niemand, der sich von irgendwelchen Verboten ins Bockshorn jagen ließ.

Allerdings konnte er sie nirgendwo entdecken. Er sprach die Frau an, die gerade die Äpfel an die Männer verteilt hatte und nun zu ihrem Wagen zurückging. »Ist Vivana da?«

Die Frau musterte ihn. »Bist du ein Freund von ihr?«, fragte sie in seiner Sprache.

»Ja.«

»Sie hat gerade ein Pferd weggebracht. Sie müsste gleich wieder da sein. Setz dich doch.«

Er nahm auf einer Bank unter dem Sonnensegel Platz.

»Willst du einen Apfel?«

»Gern.«

Die Manusch reichte ihm den Apfel und setzte sich neben ihn. »Ich bin Livia. Vivanas Tante.«

Liam erinnerte sich, dass Vivana jemanden mit diesem Namen erwähnt hatte. »Liam Hugnall«, stellte er sich vor.

»Sie hat noch nie von dir gesprochen. Kennt ihr euch schon lange?«

»Erst seit gestern. Ich habe sie kennengelernt, als ich ihren Vater besuchte.«

Argwohn flackerte in ihren Augen auf. »Er hat dich doch nicht hergeschickt, oder?«

»Nein«, antwortete er verwundert.

»Das will ich ihm auch geraten haben«, murmelte Livia und blickte wieder zu den Kindern, die auf dem Platz herumtollten.

Liam begann, sich unbehaglich zu fühlen. Erst der Streit zwischen Vivana und ihrem Vater, dann Quindals abfällige Bemerkungen über den Wanderzirkus – und nun das. Ganz offensichtlich herrschten zwischen Quindal und der Familie seiner verstorbenen Frau beträchtliche Spannungen.

»Sind das Ihre Kinder?«, erkundigte er sich, als ihm das Schweigen unangenehm wurde.

Livia nickte. »Das sind Tamas und Arpad. Das Mädchen heißt Dijana.«

»Vivana hat ihren Onkel erwähnt. Madalin. Ist er einer der vier, die den Wagen reparieren?«

»Ja«, antwortete sie einsilbig.

Liam fragte sich, was er tun konnte, um ihr Misstrauen zu zerstreuen. In diesem Moment fiel das Mädchen hin und fing an zu brüllen. Livia seufzte. »Entschuldige mich«, sagte sie und nahm das Kind auf den Arm. Es hatte sich das Knie aufgeschlagen und blutete. Livia strich ihm tröstend über das Haar, während sie es zu einem der Wagen trug. Froh darüber, dass diese seltsame Unterhaltung beendet war, aß Liam seinen Apfel.

Wenig später tauchte Vivana auf. Sie hielt ein Pferd am Zügel und trug denselben bunten Rock wie gestern. Das kastanienbraune Haar hatte sie zu einem Zopf zusammengebunden. Eine einzelne Strähne fiel ihr auf die Wange.

Liam fand sie noch hübscher als gestern.

Er wischte sich die klebrigen Hände an der Hose ab und stand auf. »Hallo, Vivana.«

»Liam.« Sie blieb stehen. »Was machst du denn hier?«

»Ich war zufällig in der Gegend und dachte, ich prüfe nach,

was du über die Manusch erzählt hast. Du weißt schon, die Sache mit der Schwarzen Magie.«

Sie lachte. »Und zu welchem Schluss bist du gekommen?«

»Ich habe gehofft, du könntest mir bei meinen Nachforschungen behilflich sein.«

»Warte hier«, sagte sie und führte das Pferd an den Manuschwagen vorbei zu einer alten Herberge, die nicht mehr benutzt wurde. Nachdem sie das Tier in die Stallungen gebracht hatte, wechselte sie ein paar Worte mit einem der Männer.

»Dein Onkel?«, fragte Liam, als sie zu ihm zurückkam.

Vivana nickte. »Ihm und Tante Livia gehört dieser Zirkus.«

»Deine Tante habe ich gerade kennengelernt.«

»Und? Hat sie dich mit ihrer Schwarzen Magie verhext?«

»Wäre sie dazu fähig?«

»Das hängt ganz davon ab, ob du nett zu ihr warst.«

»Ich habe mich bemüht«, sagte Liam. »Aber ich fürchte, sie glaubt, dein Vater hätte mich geschickt, um dir nachzuspionieren.«

»Hat er?«, fragte Vivana.

Er lachte. »Fang du nicht auch noch an. Er weiß nicht einmal, dass ich hier bin.«

Sie strich die Haarsträhne hinter das Ohr. »Du bist also nur wegen der Manusch hier?«

»Rein wissenschaftliche Neugier. Ich schwöre es.«

»Na gut, Liam Hugnall. Dann will ich dir glauben.« Sie ging zu einem Tischchen unter dem Sonnensegel, auf dem ein Tonkrug stand, und füllte zwei Becher mit einer klaren, grünlichen Flüssigkeit.

»Was ist das?«

»*Korkas*. Ein Tee nach einem alten Manuschrezept. Versuch es. Es ist besser als Kaffee.«

Liam nippte an dem Getränk. Es schmeckte bitter, aber sehr erfrischend.

»Was gestern passiert ist, tut mir leid«, sagte Vivana. »Wir hätten uns nicht vor dir streiten dürfen. Das war sehr unhöflich von uns.«

»Warum will dein Vater nicht, dass du die Manusch besuchst?«

Sie verzog den Mund. »Es ist ... kompliziert.«

Liam spürte, dass sie nicht darüber reden wollte. Er betrachtete die bunten Reisewagen. »Einen Wanderzirkus habe ich mir anders vorgestellt.«

»Wie denn?«

»Mit einem Zelt. Und Schaubuden mit wilden Tieren.«

»Madalin und seine Brüder sind Gaukler. Sie jonglieren, machen Musik und führen Kunststücke auf.«

»Und deine Tante?«

»Sie erzählt Geschichten und liest den Leuten aus der Hand.«

»Also doch Schwarze Magie«, meinte er grinsend.

»Ertappt«, sagte Vivana.

Der Tatzelwurm kam unter einem Wagen hervorgekrochen. Vivana nahm das Geschöpf auf den Arm.

»Woher hast du ihn?«

»Letzten Sommer habe ich am Stadtrand ein schwarzes Ei gefunden, am Ufer eines Sees. Ich habe es für einen seltsam geformten Stein gehalten und mit nach Hause genommen. Naja, und ein paar Tage später ist Ruac geschlüpft. Ich bin fast in Ohnmacht gefallen, wie du dir vorstellen kannst.«

»So ein Tier habe ich noch nie gesehen.«

»Er ist kein Tier. Tatzelwürmer sind Schattenwesen. Allerdings gibt es nicht mehr viele von ihnen. Die Manusch erzählen sich, dass es früher, als die Magie noch stark war, in den Schluchten von Karst nur so von ihnen gewimmelt hat. Die stärksten sind im Lauf der Jahrhunderte zu Lindwürmern herangewachsen.«

»Dein Vater kann ihn nicht leiden, was?«

»Er hat Angst vor Ruac. Alles, was mit Magie zu tun hat, ist ihm unheimlich.«

»Seltsam, wenn man bedenkt, was er für einen Umgang pflegt.«

»Was meinst du damit?«, fragte Vivana.

»Heute Morgen hat er mit einem blassen Mann im Tweedanzug geredet. Irgendetwas hat mit dem Kerl nicht gestimmt. Wie soll ich es erklären …«

Sie lachte. »Ach, das war nur Godfrey. Keine Sorge, er ist harmlos.«

»Du kennst ihn?«

»Er ist ein alter Freund meines Vaters. Er besucht ihn ab und zu und versorgt ihn mit Informationen. Ist er mal wieder durchsichtig geworden?«

»Ja.« Also hatte er es sich doch nicht eingebildet.

»Godfrey verwandelt sich manchmal teilweise in Aether. Er kann nichts dafür.«

»In Aether?«, fragte Liam ungläubig.

»Er war Mechaniker in der Werkstatt meines Vaters. Vor ein paar Jahren gab es einen Unfall. Der Aetherumwandler ist explodiert. Mein Vater hat seine Hand verloren, und einige seiner Arbeiter wurden verletzt. Godfrey traf es am schlimmsten. Er wurde fast vollständig zu Aether verdampft. Irgendwie ist es meinem Vater gelungen, sein Leben zu retten und ihn wiederherzustellen – wenigstens zum größten Teil.«

In Bradost machten viele solcher Geschichten über Quindals Werkstatt die Runde. Liam hatte sie jedoch immer für Schauermärchen gehalten. Ihn fröstelte. »Was heißt das, er versorgt deinen Vater mit Informationen?«

»Seit seinem Unfall erträgt Godfrey die Gegenwart anderer Menschen nicht mehr. Er hat sich in die Katakomben zurückgezogen. Was er dort macht, weiß ich nicht genau. Ich glaube, er redet mit Schlammtauchern, Vogelfreien und Dieben und erfährt so, was in der Stadt vor sich geht. Seine Informationen verkauft er. Mein Vater bekommt sie kostenlos, zum Dank dafür, dass er ihm das Leben gerettet hat.«

Liam schüttelte den Kopf. Eine unglaubliche Geschichte. Aber sie erklärte, wie Quindal so frühzeitig von dem Anschlag erfahren hatte.

Rufe erklangen. Die Manusch hatten den Wagen repariert und stellten ihn mit vereinten Kräften auf die Räder. Anschließend klopften sie sich gegenseitig auf die Schultern.

»Ich sollte jetzt weiterarbeiten«, sagte Vivana. »Ich habe meinem Onkel versprochen, die Pferde zu striegeln. Es war schön, dich wiederzusehen, Liam.«

»Ja.« Er lächelte. »Das war es.«

Mit Ruac auf dem Arm ging sie zu den Stallungen. Nach ein paar Schritten drehte sie sich noch einmal um. »Übermorgen ist Phönixtag. Ich werde am Turm sein, wenn sie die Feuer anzünden. Kommst du mit?«

»Phönixtag?«

»Spar dir die Mühe«, erwiderte sie. »Ich weiß, dass du aus Bradost bist.«

Liam grinste gequält. »Es steht mir auf der Stirn geschrieben, richtig?«

»Das nicht gerade. Als Schauspieler bist du ganz passabel. Mein Vater hat es mir gesagt.«

Er atmete auf. »Also dann, übermorgen am Phönixturm.«

Es war nur ein flüchtiges Lächeln, mit dem sie sich von ihm verabschiedete, doch er konnte den ganzen restlichen Tag an nichts anderes denken.

22

Die Traumlande

Diesmal hatte Lucien vorgesorgt. Er drehte die Laterne heller und hielt sie vor sich, während er die Augen zusammenkniff und die Tür aufstieß. Die Ghule fauchten hasserfüllt und wichen vor dem Licht zurück. Eilends durchquerte er den Raum, schlüpfte durch die gegenüberliegende Tür und warf sie hinter sich zu, womit er das Zischen der Untoten abschnitt.

Stinkende Kadaver. Ekelhaft.

Lucien löschte die Laterne und sah sich um.

Wie bei seinem letzten Besuch erhellten Kerzen den alten Salon. Er folgte dem leisen Gelächter und gelangte zu einer Nische mit einer abgewetzten Ledercouch, auf der sich ein junger Mann lümmelte. Fay und Whisper, die bleichen Víla-Schwestern, schmiegten sich an ihn, küssten seine Halsbeuge und strichen mit ihren krallenartigen Fingern über seine Arme und die entblößte Brust. Der Jüngling hatte die Augen geschlossen und lächelte glückselig. Vermutlich ein vergnügungssüchtiger Adliger oder Patriziersohn, den die Schwestern irgendwo im Labyrinth aufgegabelt und mit verruchten Versprechungen hierhergelockt hatten. Noch wähnte er sich im Himmel und schob die zunehmende Benommenheit auf den Absinth, den er trank. Wenn er endlich begriff, dass die Schwestern ihm mit jeder Berührung einen Teil seiner Lebenskraft stahlen, würde es längst zu spät sein.

Fay bemerkte Lucien und musterte ihn kalt.

»Wo ist Aziel?«, fragte er.

Wortlos wies die Víla auf den zerschlissenen Vorhang, bevor sie sich wieder ihrem Opfer widmete.

»Wenn ich dir einen Rat geben darf«, wandte sich Lucien an den Jüngling, »geh nach Hause, solange du noch kannst.«

Der blickte ihn aus verschleierten Augen an und lächelte matt. »Nach Hause? Wo denkst du hin, mein Freund! Das hier ist das Paradies.« Er hob sein Absinthglas, das im Kerzenlicht grün schimmerte. »Setz dich zu uns. Trink. Lass uns feiern.«

Lucien seufzte und wandte sich ab.

Er teilte den Vorhang und folgte einem Gang mit schimmeligen Wandtäfelungen, bis er eine Steintreppe erreichte. Unten, in dem Kellergewölbe, zwischen morschen Kisten und Fässern, standen Aziel und Seth und redeten leise miteinander. Der Halbdämon deutete eine Verneigung an, bevor er sich zur Kellerwand umdrehte. Das Mauerwerk wurde durchsichtig, und es erschien eine wabernde, ovale Fläche. Obwohl es schlagartig heiß wurde, schauderte Lucien, als er einen Blick auf die bizarre Landschaft hinter der Öffnung erhaschte: Dunst verhüllte gewaltige Treppen und Pfeiler, Rauch stieg aus Schächten und Abgründen auf. Schwarze Flüsse schlängelten sich zwischen scharfkantigen Felszacken entlang.

Seth trat durch die Öffnung, woraufhin sich das Tor schloss. Zurück blieb ein leichter Schwefelgestank.

Lucien stieg die Treppe hinab. »Was, um alles in der Welt, treibt ihr hier?«

»Seth stellt Nachforschungen für mich an«, erklärte Aziel.

»Im Pandæmonium?«

Der einstige Herrscher der Alben antwortete nicht. Der Saum seiner Robe strich über den Boden, als er Lucien entgegenschritt. »Wo warst du so lange?«, fragte er barsch.

»Zum letzten Mal: Ich bin nicht dein Leibeigener. Ich komme und gehe, wann es mir passt.«

Ein metallischer Glanz erschien in Aziels Augen. »Hast du etwas herausgefunden?«

Lucien nickte.

»Gut. Gehen wir nach oben.«

»Wir reden hier. Ich will deine Dienerinnen nicht bei ihrem Vergnügen stören.«

»Sie sind Vílen«, entgegnete Aziel. »Sie gehorchen nur ihrer Natur.«

Lucien war nicht gekommen, um sich Vorträge über Geisterfrauen anzuhören. »Ich weiß, wie der Harlekin an Jernigans Lampe gekommen ist«, begann er ohne Umschweife. »Du hattest recht: Jemand hat ihm geholfen.«

»Wer?«, fragte Aziel schneidend.

»Corvas.«

»Und daran besteht kein Zweifel?«

Lucien war gewiss der Letzte, der etwas auf Silas Tornes Wort gab. Dennoch glaubte er nicht, dass der Alchymist gelogen hatte, was die Lampe betraf. »Ich fürchte nein.«

»Corvas«, murmelte Aziel angewidert, als hätte der Name einen üblen Geschmack. »Also steckt die Lady hinter alldem.«

»Das ist nicht gesagt. Corvas hat möglicherweise eigene Pläne.«

»Die alte Krähe? Nein. Corvas würde nie eigenmächtig handeln. Lady Sarka hat ihm befohlen, die Lampe zu beschaffen, genau wie er in ihrem Auftrag den Kerker des Harlekins aufgebrochen hat.«

Lucien dachte an die toten Alben in den Katakomben, an die Schusswunden in ihren verwesenden Leibern. Der Anordnung der Leichen nach zu schließen war es ein kurzer Kampf gewesen, falls es überhaupt einen gegeben hatte. Sie waren mit genau jener grausamen Effizienz angegriffen worden, für die man Corvas in ganz Bradost fürchtete. »Du glaubst, die Lady hat den Harlekin benutzt?«

»Ja.«

»Warum sollte ihr daran gelegen sein, dich zu entmachten?«

»Es wird Zeit, das herauszufinden«, knurrte Aziel und ergriff Luciens Hand.

Die Kellerwände verblassten, und für einen Wimpernschlag hatte Lucien das Gefühl, zu fallen. Im nächsten Moment waren die feuchten Mauern und die Kistenstapel verschwunden. Sie fanden sich im großen Saal des Albenpalastes wieder.

Lucien blickte zu den Galerien auf, wo sich bei seinem vorletzten Besuch hunderte von Alben gedrängt hatten. Die Säulen verloren sich im Zwielicht, und die Stille, die in dem gewaltigen Gebäude herrschte, wirkte gespenstisch.

»Was tun wir hier?«

»Ich will mir Lady Sarkas Träume ansehen.« Aziel ging zur Treppe, die zu den Emporen führte.

Lautloser Wind strich durch die Korridore. Während Lucien dem älteren Alb durch die Hallen und Flure folgte, fiel ihm auf, dass sich der Palast seit dem Zweikampf verändert hatte. Säulen und Pfeiler bekamen Risse. Bodenplatten waren gesprungen. Wände begannen zu bröckeln.

Der Palast des Albenherrschers verfiel. Aziel bot all seine Kräfte auf, um die Träume zu kontrollieren, aber offenkundig gelang es ihm nicht, die Schäden, die überall entstanden, einzudämmen oder gar zu beheben. Selbst ein alter und machtvoller Alb wie er war dieser Aufgabe ohne die Hilfe seines Volkes nicht gewachsen.

»Alles verkommt«, sagte Aziel düster, als hätte er Luciens Gedanken gelesen. »Ich schaffe es gerade noch, die Seelenhäuser vor dem Verfall zu bewahren, doch ich werde von Tag zu Tag schwächer. Dort draußen könnten die schrecklichsten Dinge geschehen, und ich würde es nicht einmal bemerken. Geschweige denn, dass ich etwas dagegen tun könnte. Was, wenn die Träume außer Kontrolle geraten? Was dann, Lucien?«

Diese Frage war so groß, so bedrohlich, dass Lucien es stets vermieden hatte, darüber nachzudenken. Er schwieg bedrückt.

Sie stiegen die Wendeltreppe zum höchsten Turm des Palastes hinauf. Unter dem Kuppeldach, hoch über den Zinnen, befand sich ein kreisrunder Raum. Lucien trat an eines der Spitzbogenfenster und betrachtete die Stadt, die sich um den Palast ausbreitete.

Sie war so gewaltig, dass nicht einmal Lucien mit seinen scharfen Augen ausmachen konnte, wo sie endete. Abermillionen von Seelenhäusern drängten sich aneinander, bedeckten die Ebene bis zum Horizont. Ewiges Zwielicht herrschte in den Gassen, ein Schleier aus Silberstaub lag über den Dächern. Die Luft unter dem nachtblauen Firmament war erfüllt vom unaufhörlichen Wispern und Raunen der Träume. Sammler krochen durch die Straßen und holten verbrauchte Traumsubstanz aus den Seelenhäusern. Geflügelte Boten brachten frische, die sie in den Höhlen unter dem Palast ernteten und in Form tropfenförmiger Blasen in die Kamine fallen ließen. Sowohl die schwammähnlichen Sammler als auch die insektenartigen Boten waren geistlose Kreaturen; sie folgten Abläufen, die seit Jahrtausenden feststanden, weswegen sie noch nicht bemerkt hatten, dass es keine Alben mehr gab. Doch es war nur eine Frage der Zeit, bis sie begriffen, dass niemand mehr auf sie aufpasste und sie tun und lassen konnten, was ihnen gefiel. Lucien wagte nicht, sich das Chaos vorzustellen, das unweigerlich die Folge sein würde.

»Hast du noch Kraft für einen Sprung?«, fragte Aziel.

»Ja. Aber ich fürchte, ohne deine Hilfe finde ich das Seelenhaus der Lady nicht.«

»Früher hast du es doch auch gekonnt.«

»Ich bin aus der Übung.«

»Gib mir deine Hand«, knurrte Aziel unwirsch.

Sie landeten irgendwo in der Stadt. Lucien blinzelte benommen, als er Aziels Hand losließ. Er war an all das nicht mehr gewöhnt.

Gebäude säumten die Straße, große und kleine, prächtige und schäbige, je nachdem, wie die Seelen, die sie beherbergten, beschaffen waren. Verkümmerte Seelen hausten in Hütten, während sich sehr intelligente, willensstarke oder phantasiebegabte Schlösser und Prachtbauten schufen, in denen sie sich ihren Träumen hingaben, um sich von den Mühen des Tages zu erholen.

Lady Sarkas Seelenhaus glich einem dunklen Ebenbild ihres Palastes in Bradost. Es überragte sämtliche Gebäude weit und breit.

Aziel ging zu einem kleineren Haus in der Nähe.

»Was machst du da?«, rief Lucien.

»Etwas in Ordnung bringen.«

Die Fenster des Gebäudes waren dunkel, denn es enthielt gerade keine Seele und folglich auch keine Träume. Die Wände und das Dach wiesen Risse auf. Aziel legte seine Hand auf die Tür, woraufhin die Schäden verschwanden.

»Gehen wir«, sagte er.

Eins kann er wiederherstellen, dachte Lucien. *Aber was ist mit den unzähligen anderen, die gerade zerfallen?*

Sie folgten dem Pfad, der den Hügel zu Lady Sarkas Seelenhaus hinaufführte. Seltsame, gekrümmte Pflanzen wuchsen auf den Hängen. Lucien konnte sich nicht daran erinnern, je eine menschliche Seele gesehen zu haben, die in der Lage war, die Gegend *außerhalb* ihrer Zuflucht zu beeinflussen. Lady Sarka musste sehr mächtig sein. Oder sehr größenwahnsinnig.

Aziel stieß die Tür auf, und sie traten ein.

Das Seelenhaus war leer. Eine dünne Schicht Traumsubstanz bedeckte den Boden. Ein Sammler kroch durch die Zimmer und Flure und nahm die silbrige Materie in sich auf.

»Sieht so aus, als müssten wir abwarten, bis sie das nächste Mal träumt«, sagte Lucien.

»Nein.« Aziel nahm etwas Traumsubstanz auf und ließ sie durch seine Finger rinnen. »Schau dir das an. Unverbraucht.«

»Was hat dann der Sammler hier zu suchen?«

»Er ist ein geistloses Wesen, das nur seine Arbeit tut. Er begreift nicht, dass die Traumsubstanz nicht verbraucht wurde. Vermutlich taucht bald ein Bote auf und liefert frische.«

»Ich fürchte, ich kann dir nicht folgen.«

»Lady Sarka träumt nicht mehr«, erklärte Aziel.

»Aber Menschen *müssen* träumen. Wenn sie nicht träumen, verlieren sie spätestens nach einem Monat den Verstand.«

»Es sei denn, sie finden einen Weg, ihre Seele zu schützen.«

»Das ist nicht möglich.«

»Wer weiß, wozu Lady Sarka fähig ist. Schau dir ihr Seelenhaus an. Sie hat einen unbeugsamen Willen und große Macht.«

»Aber um den Schlaf zu besiegen, müsste sie …«

»Nicht das Wie ist entscheidend, sondern das Warum«, fiel ihm Aziel barsch ins Wort. »Sie wusste, dass ich herkommen würde. Deshalb hat sie dafür gesorgt, dass ihr Seelenhaus leer ist – aus Angst, ich könnte herausfinden, was sie vorhat.«

Beklemmung stieg in Lucien auf. Falls der einstige Albenkönig recht hatte, war Lady Sarka mächtiger, als er je für möglich gehalten hätte. »Was willst du jetzt tun?«

Aziels Augen funkelten. »Geh zurück nach Bradost. Dring in ihren Palast ein und sieh dich um. Such nach Hinweisen auf ihre Pläne. Und beeil dich, bevor es zu spät ist.«

23
Das Labor

Umbra fand Amander im Salon, wo er sich wie üblich in einem Sessel lümmelte.

»Was machst du hier?«, fuhr sie ihn an. »Die Herrin erwartet uns!«

Der Schwarzhaarige sah von der Zeitung auf, in der er gelangweilt geblättert hatte. »Ich warte auf Corvas.«

»Er ist schon bei ihr.«

Amander seufzte und faltete das Blatt zusammen. Umbra blickte ihn voller Ungeduld an, während er sich schwerfällig erhob. Sie hatte nicht viel übrig für ihn, nicht nur wegen seiner chronischen Unzuverlässigkeit. Sein ganzes Wesen war ihr zuwider. Umbra hatte nichts dagegen, dass er hin und wieder Leute beseitigte, die sich als störend erwiesen – wohl aber gegen die Art und Weise, *wie* er es tat. Er genoss es regelrecht.

Amander griff nach einer Laterne und stellte sich dicht neben sie, obwohl er genau wusste, dass sie das nicht mochte. Sie warf ihm einen wütenden Blick zu und rückte von ihm ab, woraufhin er anzüglich lächelte.

»Komm schon«, begann er.

»Halt den Mund. Ich muss mich konzentrieren.«

Sie öffnete ein Tor. Die Sonne ging gerade unter, weswegen es ihr kaum Mühe bereitete. Ihre Kräfte waren abends genauso stark wie am frühen Morgen.

Sie traten durch das Tor und folgten schweigend dem Schattentunnel. Nachdem sie eine Weile abwärts gegangen waren, schuf Umbra eine Öffnung, durch die sie in die Höhlen tief unter dem Palast gelangten.

Während sich der Spalt hinter ihnen schloss, drehte Amander die Lampe auf. Das Licht fiel auf unregelmäßig geformte Wände, die nicht aus Stein bestanden, sondern aus einer glasartigen Substanz.

»Wieso hast du den Jungen nicht mitgenommen?«, fragte Amander, während sie den Stollen entlanggingen.

»Jackon ist noch nicht so weit.«

Der Schwarzhaarige kicherte leise.

»Was gibt's da zu lachen?«

»Weißt du noch, wie er gesehen hat, was ich mit der Ratte gemacht habe? Sein Gesicht ... Der arme Kerl hätte sich vor Angst fast nass gemacht.«

»Herrgott, er ist erst fünfzehn.«

»Er ist ein Waschlappen, wenn du mich fragst. Er hat nicht das Zeug dazu, einer von uns zu werden.«

»Zum Glück fragt dich keiner«, erwiderte Umbra unfreundlich.

Amander warf ihr einen spöttischen Blick zu. »Sag bloß, du nimmst die kleine Kanalratte in Schutz. Was bist du – sein Kindermädchen?«

Sie fuhr zu ihm herum. Ihr Schatten wuchs im schwankenden Laternenlicht in die Länge und krümmte sich die Tunnelwand hinauf. »Ich will das nie wieder hören, verstanden?«, erwiderte sie leise.

»Was – Kanalratte oder Kindermädchen?«

Der Schatten streckte die Arme nach dem Schwarzhaarigen aus. Amander wich zurück und hob abwehrend die freie Hand. »Ho!«, sagte er. »Schon gut. Es war nur ein Witz.«

Umbra starrte ihn aus zusammengekniffenen Augen an.

»Spar dir deine Witze«, knurrte sie, ließ ihren Schatten auf seine normale Größe schrumpfen und ging weiter.

Kindermädchen – pah! Sie befolgte nur die Befehle der Herrin. Darüber hinaus gab sie Jackon hin und wieder einen Stoß in die richtige Richtung, damit er nicht unter die Räder geriet. Natürlich konnte er eine schreckliche Nervensäge sein. Aber das gab Amander nicht das Recht, ihn Kanalratte zu nennen. Wenn jemand den Jungen Kanalratte nennen durfte, dann sie.

Sie erreichten jenen Teil der Höhlen, der stets von einem fahlen blauen Glühen erfüllt war, und betraten eine weitläufige Kaverne. Nischen befanden sich in den Wänden. In zweien hingen kokonartige Gebilde. Offenbar hatte die Herrin gleich nach dem Attentat begonnen, neue Homunculi heranzuzüchten, als Ersatz für jene, die von den Angreifern vernichtet worden waren. Allerdings würde es noch Wochen dauern, bis die Geschöpfe reif waren. Noch waren ihre Kokons nicht größer als eine Schweinsblase.

Umbra verspürte ein leichtes Schaudern beim Anblick der spindelförmigen Hüllen. Manchmal schien sich etwas darin zu bewegen. Sie war im Lauf ihres Lebens Dämonen und Schattenwesen begegnet, darunter einigen wirklich scheußlichen Exemplaren. Aber an diese *Dinger* würde sie sich nie gewöhnen.

Eine Ecke der Kaverne wurde von einem Athanor eingenommen, einem Ofen, von dem mehrere Röhren zu einer alchymistischen Apparatur auf einem Steintisch verliefen. Kochende Flüssigkeiten strömten durch Zylinder und Destillierkolben, Ventile sonderten fauchend Dampf ab, der durch Öffnungen in der Decke abzog.

Corvas stand in der Mitte der Höhle und beobachtete die Herrin, die an der Apparatur arbeitete. Sie trug lederne Schutzkleidung und eine Maske, die über mehrere schlauchartige Atemstutzen verfügte und auf bizarre Weise an einen Tintenfisch erinnerte.

Umbra wusste, warum die Herrin sie gerufen hatte, und konnte die Anspannung in der Luft beinahe körperlich spüren. Sie versuchte, in Corvas' Miene zu lesen, um einen Hinweis zu bekommen, was sie erwartete. Aber natürlich gab das bleiche Antlitz nicht das Geringste preis.

Lady Sarka streifte die Maske ab, warf die Handschuhe auf den Tisch und wischte sich das schweißnasse Haar aus dem Gesicht, bevor sie die Kaverne durchquerte. Jemand, der nicht wusste, was geschehen war, wäre nicht im Traum darauf gekommen, dass sie erst gestern mehrere schreckliche Verletzungen erlitten hatte. Umbra jedoch bemerkte, dass sie sich noch nicht vollständig erholt hatte: Einige ihrer Bewegungen wirkten seltsam eckig, ihre Haut war ein wenig blasser als sonst. Die … Verwandlung musste sie unsagbar viel Kraft gekostet haben.

Ein diamantenes Glitzern lag in Lady Sarkas Augen, als sie ihre drei Leibwächter anblickte. »Habt ihr eine Erklärung für euer Versagen?«

Umbra war sich durchaus im Klaren, wie gefährlich die derzeitige Stimmung der Herrin war, weshalb sie ihre Worte sehr genau abwägte. Allerdings kam Corvas ihr zuvor.

»Was geschehen ist, ist unverzeihlich«, sagte er. »Dafür gibt es keine Entschuldigung.«

»Unverzeihlich?«, fauchte die Lady. »Es war stümperhaft! Ein Attentat in meinem eigenen Haus – was für eine Schande. Nenn mir einen Grund, warum ich euch nicht alle drei aus der Stadt jagen soll.«

»Wir haben vorab sämtliche Namen auf der Gästeliste überprüft«, sagte Umbra vorsichtig. »Es gab keinen Hinweis, dass jemand etwas plante.«

Lady Sarka wandte sich ihr ruckartig zu. »Weil ihr schlampig gearbeitet habt! Der Anschlag wurde seit Monaten vorbereitet. Wie kann es sein, dass euch so etwas entgeht?«

»Meine Krähen sehen viel, aber nicht alles«, erklärte Corvas.

»Ach wirklich? Vielleicht fehlt ihnen nur der richtige Ansporn. Vielleicht geben sie sich mehr Mühe, wenn ich ab und zu einem deiner Lieblinge den Hals umdrehe.«

»Das wird nicht nötig sein«, entgegnete der Schwarzgekleidete tonlos.

»Das will ich hoffen. Denn einen weiteren Fehler werde ich nicht hinnehmen. Von keinem von euch.«

Lady Sarka schritt zum Tisch, wo sie begann, die Verschlüsse des Schutzanzuges zu öffnen. Umbra atmete unmerklich aus. Wie es schien, waren sie glimpflich davongekommen.

»Komm her«, befahl die Herrin.

Umbra half ihr, aus dem Anzug zu schlüpfen. Obwohl sie splitterfasernackt war, machte die Lady keine Anstalten, sich vor den Blicken ihrer drei Leibwächter zu verbergen. Ungeniert ging sie zu einem Stuhl, griff nach ihrem Gewand und streifte es sich über.

»Wie geht die Suche nach den Verschwörern voran?«, erkundigte sie sich bei Corvas.

»Einige wollten die Stadt verlassen, als sie von dem gescheiterten Attentat erfahren haben. Meine Leute haben sie festgenommen, bevor ihr Luftschiff startklar war. Der Rest der Gruppe scheint sich im Kessel zu verstecken.«

»Scheint?«, fragte Lady Sarka scharf.

»Wir suchen noch nach ihnen«, erklärte der Schwarzgekleidete nach einem kaum merklichen Zögern.

Bei allen Dämonen, dachte Umbra. *Sogar* er *hat Angst vor ihr.*

»Findet sie. Und dann schafft sie in den Magistrat. Ich will sie persönlich verhören.«

»Gewiss.«

»Du lässt jeden verhaften, dessen Name im Verlauf der Ermittlungen fällt. Ich will, dass dieser Sumpf trockengelegt wird. Und so lange betritt niemand ohne meine ausdrückliche Erlaubnis den Palast, ist das klar?«

Corvas nickte.

Lady Sarka blickte in die Runde. Mit einer Hand stützte sie sich auf der Stuhllehne ab. Umbra bemerkte, dass sie zitterte.

»Ihr solltet Euch ausruhen«, murmelte sie.

»Nein«, erwiderte die Herrin barsch. »Es gibt noch viel zu tun. Was ich bisher unternommen habe, reicht offensichtlich nicht aus. Ihr werdet mir einen Doppelgänger beschaffen.«

Die Worte hingen in der Luft. Umbra war die Erste, die ihre Überraschung überwand.

»Einen Doppelgänger? Wozu?«

»Zu meinem Schutz, was sonst?«

»Aber Ihr seid geschützt. Der Anschlag hat das bewiesen …«

»Wer weiß, wie lange noch«, fiel Lady Sarka ihr ins Wort. »Meine Feinde schlafen nicht. Sie werden alles versuchen, um das Geheimnis meiner Macht zu ergründen.«

Umbra konnte sich nicht vorstellen, wie. Allerdings hatte sie es auch nicht für möglich gehalten, dass jemand so verrückt sein könnte, die Herrin in ihrem eigenen Palast anzugreifen. »Ein Doppelgänger würde vieles erleichtern«, räumte sie ein. »Aber es wird schwierig sein, einen zu finden. Sie sind selten geworden.«

»Ich habe gehört, Silas Torne aus dem Chymischen Weg besitzt einen.«

»Tornes Haus ist in der vergangenen Nacht abgebrannt«, sagte Corvas.

»Abgebrannt?«, wiederholte Lady Sarka.

»Offenbar gab es in seinem Laboratorium einen Unfall.

Meine Krähen haben gemeldet, dass ein Blutgeist ausgebrochen ist und alles verwüstet hat.«

»Hat Torne überlebt?«

»Ja. Allerdings ist er kurz nach dem Feuer verschwunden.«

»Finde ihn. Vielleicht ist er bereit, mir seinen Doppelgänger zu verkaufen.«

»Der Doppelgänger ist vermutlich bei dem Brand gestorben.«

»Bring Torne trotzdem her. Wenn mir jemand helfen kann, dann er.«

Umbra äußerte ihre Bedenken: »Der Mann hat nicht gerade einen guten Ruf. Ich weiß nicht, ob es klug ist, Geschäfte mit ihm zu machen …«

»Sein Ruf kümmert mich nicht. Und jetzt verschwindet und macht eure Arbeit.«

Corvas und Amander verließen die Kaverne, während sich die Herrin wieder der Apparatur zuwandte.

»Wieso bist du immer noch hier, Umbra?«, fragte sie ungehalten.

»Wegen Jackon. Wollt Ihr seine Ausbildung fortsetzen?«

»Es war nie die Rede davon, damit aufzuhören.« Lady Sarka warf einen Blick über ihre Schulter. »Mein derzeitiger Zustand wird mich jedenfalls nicht davon abhalten. Das ist es doch, woran du denkst, nicht wahr?«

»Ihr solltet warten, bis Ihr wieder bei Kräften seid.«

»Mir geht es gut.«

»Ihr seid schwach«, widersprach Umbra.

»Schwach«, stieß die Herrin hervor und verzog das Gesicht zu einer Grimasse. »Was hast du denn erwartet? Vor weniger als einem Tag bin ich gestorben und wieder auferstanden. Wie würdest du dich an meiner Stelle fühlen?«

24

Quindals Warnung

Das Luftschiff verdeckte die Sonne, als es mit dröhnenden Propellern den Ankermast ansteuerte. Heerscharen von Männern fingen die Haltetaue und zogen es mit vereinten Kräften zum Erdboden, wo es behutsam aufsetzte. Die Motoren verstummten, goldener Aetherdampf verflüchtigte sich im Wind. In der Gondel öffnete sich eine Luke. Passagiere stiegen die Trittleiter hinab und wurden von einem Bodenoffizier begrüßt. Wenig später bugsierte die Haltemannschaft das Schiff zu einer der tonnenförmigen Hallen aus Ziegelsteinen und Stahlstreben, die das Flugfeld umgaben.

Liam fuhr seinen Pferdewagen zu einer benachbarten Halle und hielt vor dem Tor. Ein Arbeiter in ölverschmierter Kleidung schirmte seine Augen vor dem Sonnenlicht ab, während er die Ladung begutachtete. »Sind das die Letzten?«, fragte er.

»Ja.« Liam nahm einen Schluck aus seiner Wasserflasche, nachdem er vom Kutschbock gestiegen war.

»Abladen!«, brüllte der Arbeiter, woraufhin mehrere Männer herbeieilten und begannen, Eisenträger, Rotorblätter und andere Luftschiffteile zur Halle zu tragen. Als sie fertig waren, verteilte Liam ein paar Münzen Trinkgeld, was ihm freudige Dankesrufe einbrachte. Dann stieg er wieder auf und fuhr los.

In der Stadt herrschte eine beinahe gespenstische Ruhe. Die Menschen sahen zu, dass sie ihre Geschäfte erledigten, und gingen auf dem schnellsten Weg nach Hause, falls sie ihre Wohnungen überhaupt verließen. Viele Läden hatten geschlossen. Niemand wagte es, laut zu sprechen oder auf andere Weise aufzufallen, aus Angst, die Aufmerksamkeit der Pikeniere zu erregen, die in Vierergruppen durch die Straßen patrouillierten. Der Phönixplatz, wo fast alle Unruhen der letzten Wochen ihren Anfang genommen hatten und wo es normalerweise vor fliegenden Händlern, obskuren Predigern und Spontanrednern nur so wimmelte, wirkte wie ausgestorben. Liam begegnete lediglich einem Tross von Arbeitern, die das Kopfsteinpflaster ausbesserten. Sogar die Aetherbörse hatte vorübergehend die Geschäfte eingestellt.

Und auf sämtlichen Dächern saßen Krähen und beobachteten das Geschehen auf den Straßen.

Auch am zweiten Tag nach dem Anschlag hatte die Angst Bradost fest im Griff. Jeder fürchtete, er könnte der Nächste sein, an dessen Tür die Spiegelmänner klopften.

Als Liam die Chimärenbrücke erreichte, hielt er den Wagen an. Vor ihm lag Scotia mit seinen windschiefen Dächern, Wetterfahnen und bemalten Türen. Mit seinen Gassen, die er wie seine Westentasche kannte. Es war gerade einmal zwei Wochen her, dass er seinen Karren mit den Aetherfässern durch die Straßen geschoben hatte und in den Aufruhr geraten war. Doch es erschien ihm wie eine Ewigkeit.

Er blickte zum Hügel hinauf. Die Kuppel der Sternwarte glühte in der Abendsonne.

Jemand hatte die Fenster zugenagelt. An der Tür hing vermutlich ein Schild, das ihn aufforderte, sich bei seiner Rückkehr nach Bradost umgehend beim Ministerium der Wahrheit zu melden. Liam stellte sich vor, wie er durch die Zimmer ging: von seiner Kammer in den Eingangsraum, weiter in die Küche und das Zimmer seines Vaters, die Treppe hinauf zur Kuppel mit dem Blitzfänger. Überall sah er Staub liegen, auf den Aetherfässern, den Möbeln, seinen Büchern, bevor ihm klar wurde, dass die Spiegelmänner wahrscheinlich das meiste davon beschlagnahmt und leere Zimmer zurückgelassen hatten.

Auch seinen Vater hatten sie mitgenommen und in irgendeinem namenlosen Grab am Stadtrand verscharrt.

Liam schlang die Zügel so fest um seine Hand, dass das Lederband schmerzhaft in sein Fleisch schnitt. Zum hundertsten, zum tausendsten Mal fragte er sich, warum sein Vater ihn nicht früher ins Vertrauen gezogen hatte. Hätte Liam von seinen Plänen gewusst, hätte er vielleicht verhindern können, dass er in Gefahr geriet, hätte ihm helfen können, mehr über das Gelbe Buch herauszufinden, ohne dass Corvas davon erfuhr. Aber in seiner Vorsicht hatte sein Vater niemandem vertraut, nicht einmal dem eigenen Sohn.

Liam wünschte sich nichts mehr, als ein letztes Mal zur Sternwarte zu gehen, durch die Zimmer zu wandern und nachzuholen, was er wegen seiner überstürzten Flucht nicht hatte tun können: Abschied zu nehmen – von seinem Zuhause, seinem alten Leben, seinem Vater. Aber es war zu gefährlich. Im Grunde durfte er sich nicht einmal hier aufhalten, am Rande Scotias, denn das Risiko, dass ihn jemand sah und erkannte, war zu groß. Er war jetzt Liam Hugnall. Liam Satander existierte nicht mehr. Besser, er fand sich endlich damit ab.

Er trieb die Pferde an und fuhr über die Brücke.

Die Sonne stand bereits tief über den Dächern, als er den Palast erreichte. Das Luftschiff war inzwischen verschwunden, allerdings erinnerten nach wie vor umgeknickte Bäume, ausgerissene Büsche und zerfurchtes Erdreich an den Absturz. Zwar hatten Jackon, Ibbott Hume und er die schlimmsten Schäden beseitigt, doch bis sich der Garten von der Zerstörung vollständig erholt haben würde, würden Monate vergehen.

Liam stellte den Wagen im Schuppen ab und brachte die Pferde zu den Ställen, bevor er in den Gesindeflügel ging und mit den anderen zu Abend aß. Jackon spürte wohl, dass ihm etwas zu schaffen machte, und erkundigte sich, ob alles in Ordnung sei. Liam gab eine ausweichende Antwort und zog sich wenig später unter dem Vorwand, er sei müde, in seine Kammer zurück.

Er lag lange wach, bis er endlich einschlief. In seinem Traum ging er ziellos durch die Sternwarte, durch Zimmer, die nichts enthielten als Staub, der bei jedem seiner Schritte aufwallte. Er suchte nach seinem Vater, doch so sehr er sich auch anstrengte, er konnte ihn nicht finden, er rief seinen Namen und bekam keine Antwort. Als er aufwachte, war sein Gesicht feucht von Tränen, sein Hals fühlte sich eng und rau an, sodass er Mühe hatte zu atmen.

Er schälte sich aus der verschwitzten Decke, öffnete das Fenster und blickte hinaus in die Nacht. Die Glocken der Kathedrale schlugen zwei Uhr, das einzige Geräusch in der Stille, die auf der Stadt lastete.

Liam sah wieder vor sich, wie sein Vater verzweifelt auf ihn einredete und ihm das Versprechen abnahm, mit Quindals Hilfe nach dem Gelben Buch von Yaro D'ar zu suchen. Da wurde ihm klar, dass er nicht länger warten konnte. Er musste das Buch finden, damit er endlich erfuhr, wofür sein Vater gestorben war.

Quindals Warnung kam ihm in den Sinn. *Du musst ab jetzt zehnmal so vorsichtig sein wie bisher. Verhalte dich unauffällig. Tue nichts, womit du dich verdächtig machen könntest …*

Zum Teufel mit Quindal und seiner Vorsicht! Er konnte nicht noch einen Tag untätig herumsitzen. Was er vorhatte, war nun einmal gefährlich. Das würde sich niemals ändern, auch wenn er zehn Jahre wartete.

Er zog sich an. Als er gerade seine Tür öffnen wollte, fiel ihm das unheimliche Zwergenwesen wieder ein, das ihm bei seinem ersten Streifzug durch die dunklen Flure gefolgt war. Leises Grauen regte sich in ihm. Er hoffte inständig, dass es zu keiner weiteren Begegnung dieser Art kam, aber ausschließen konnte er es nicht.

Er holte ein Messer aus dem Schrank, schob es sich hinter den Gürtel und verließ leise seine Kammer.

Im Gemeinschaftsraum hing noch der Geruch der Kohlsuppe, die es zum Abendessen gegeben hatte. Durch die Fenster konnte er die beiden Spiegelmänner erkennen, die seit dem Anschlag vor dem Seiteneingang des Gesindeflügels Wache standen. Er huschte an der Tür vorbei und folgte dem Korridor zu den Wirtschaftsräumen, bis er zur Küche kam.

Obwohl er sich inzwischen besser im Palast auskannte, hatte er bislang nicht in Erfahrung bringen können, ob es außer dem bewachten Flur im Hauptflügel noch einen anderen Zugang zu den Gemächern der Lady gab. Also blieb ihm nichts anderes übrig, als seine Suche in den verlassenen Flügeln des Anwesens fortzusetzen.

Vorsichtig öffnete er die Tür. Stille herrschte im Bankettsaal. Als er gerade eintreten wollte, bemerkte er ein Glitzern auf den Galerien. Spiegelmasken! Ruckartig wich er in die Küche zurück. Sogar hier hatte Corvas Wachen postiert. Er zählte drei – nein, vier. Unmöglich, an ihnen vorbeizukommen. Lautlos schloss er die Tür.

Welche Möglichkeiten blieben ihm jetzt noch? Der einzige Weg zu den anderen Palastflügeln, der für ihn infrage kam, führte durch den Bankettsaal. An die Treppe in der Eingangshalle brauchte er gar nicht erst zu denken – dort wimmelte es Tag und Nacht von Spiegelmännern.

Dieser verdammte Anschlag! Wäre der Angriff auf Lady Sarka nicht gewesen, hätte er sich in Ruhe im Palast umsehen können. Aber so, mit Wachen an jeder Ecke, hatte er nicht den Hauch einer Chance.

Frustriert ging er zu seiner Kammer zurück.

An Schlaf war nicht zu denken, deswegen setzte er sich ans

offene Fenster und atmete die kühle Nachtluft ein. Quindal hatte recht: Er musste abwarten, bis in der Stadt wieder so etwas wie Normalität eingekehrt war, ob ihm das gefiel oder nicht.

Irgendwann hörte er Schritte. Er blickte aus dem Fenster und sah eine Gestalt um die Ecke des Gesindeflügels kommen.

Corvas.

Liam zog den Kopf ein. Der Bleiche blieb wenige Schritte von seinem Fenster entfernt stehen und bückte sich. Als er sich wieder aufrichtete, sah Liam, dass er etwas in der Hand hielt. Einen Regenwurm. Das Tier wand sich in den blassen Fingern, bevor Corvas es zu seinem Mund führte – und aß.

Ekel stieg in Liam auf, gefolgt von jähem, verzehrendem Hass. Er zog sein Messer. Was, wenn er aus dem Fenster kletterte, sich lautlos anpirschte und Corvas von hinten die Kehle aufschlitzte? Bis die beiden Spiegelmänner vor dem Gemeinschaftsraum etwas bemerkten, wäre er längst wieder in seiner Kammer. Niemand würde je herausfinden, dass er es getan hatte.

Seine schweißnassen Finger krampften sich um den Messerknauf. *Hör auf zu denken – tu es einfach!* Wenn er Corvas tötete, machte er Bradost auf einen Schlag zu einem besseren Ort, dann wäre keiner mehr da, der dem verräterischen Krächzen der Krähen lauschte.

Doch dann ging Corvas seines Weges, und der günstige Moment war vorüber. Liam duckte sich, kauerte sich unter der Fensterbank zusammen und hielt den Atem an, bis die Schritte des Bleichen verklangen.

Er schluckte schwer. Seine Hand zitterte, als er das Messer auf den Boden legte.

Er konnte niemanden töten. Nicht einmal einen Mörder wie Corvas.

Liam fühlte sich mutlos und schwach und hasste sich dafür.

25

Springen

Kurz nachdem Liam gegangen war, verabschiedete sich auch Jackon von den anderen und schlurfte müde zu seiner Kammer. Obwohl es ein anstrengender Tag gewesen war, konnte er nicht einschlafen. In seinen Arbeitskleidern lag er auf dem Bett und dachte über Liam nach. Es war nicht das erste Mal, dass er seinen Freund so verschlossen und in sich gekehrt erlebt hatte. Jackon vermutete, dass er an seine Eltern gedacht hatte. Liam trauerte immer noch um sie – natürlich tat er das. Wie viel Zeit war seit ihrem Tod vergangen? Höchstens ein paar Wochen. Viel zu wenig, um über so viel Trauer und Schmerz hinwegzukommen. Jackon konnte sich noch gut daran erinnern, wie verzweifelt er nach dem Tod seiner Eltern gewesen war. Acht Jahre war das nun her, aber er vermisste sie immer noch.

Als er gerade das Licht löschen wollte, erschien Umbra.

Verwundert setzte er sich auf. »Du?«

»Die Herrin will mit deiner Ausbildung weitermachen.«

»Jetzt schon? Ich meine, es ist doch gerade erst zwei Tage her, dass sie …«

»Jetzt fang nicht wieder damit an«, fiel die Leibwächterin ihm ins Wort. »Frag die Herrin, wenn du mehr wissen willst.«

Kurz darauf fand er sich im geheimen Zimmer wieder, wo Lady Sarka ihn bereits erwartete. Sie saß in ihrem Lehnstuhl. Blonde Locken fielen auf ihre Schultern.

Jackon konnte nicht anders, als sie unverhohlen anzuglotzen, während er auf der Couch Platz nahm. Ihr Gesicht, ihr ganzer Körper war so schön und makellos wie eh und je. Nirgendwo die kleinste Spur der grausamen Verletzungen, die sie erlitten hatte. Nicht einmal ein Kratzer.

»Was schaust du mich so an?«, fragte sie freundlich.

»Die Messerwunden«, stammelte er. »Das viele Blut ... Wie kann es sein, dass Ihr ...«

»... dass ich vor dir sitze, als wäre nie etwas geschehen?«

Er nickte.

»Du solltest doch inzwischen bemerkt haben, dass ich über Kräfte verfüge, die die Möglichkeiten gewöhnlicher Menschen weit übersteigen.«

Jackon konnte gerade noch akzeptieren, dass es Leute gab, die nicht schlafen mussten. Doch dass jemand dem sicheren Tod entkam, noch dazu vollkommen unbeschadet, ging ihm über den Verstand. »Ja, aber ...«, begann er.

»Später, Jackon. Zu gegebener Zeit wirst du mehr erfahren. Jetzt sollten wir zusehen, dass wir deine Ausbildung fortsetzen.« Lady Sarka stand auf, verschwand hinter dem Wandschirm und kam mit einer Tasse zurück, die eine gelbliche Flüssigkeit enthielt. »Trink davon.«

»Was ist das?«

»Ein Tee aus Bittergras. Du bist sehr aufgeregt. Er wird dir beim Einschlafen helfen.«

Er nippte an der Tasse.

»Dir ist es gelungen, die Tür zu öffnen«, sagte die Lady. »Nun musst du lernen, dich außerhalb deines Seelenhauses zurechtzufinden.«

Schaudernd dachte Jackon daran, wie der monströse Moskito – der Bote – auf seiner Brust gelandet war. Er war nicht gerade versessen darauf, an diesen seltsamen Ort zurückzukehren.

»Die Stadt, die du gesehen hast, besteht aus Millionen von Seelenhäusern. Sie ist unermesslich groß. Zu Fuß wärst du Tage unterwegs, um auch nur zum benachbarten Viertel zu gelangen. Deshalb musst du dich auf andere Weise fortbewegen. Du musst springen.«

»Springen?«, fragte er verständnislos.

»Denk immer daran, dass es nur deine Seele ist, die sich in der Stadt der Träume aufhält. Für deine Seele sind Entfernungen bedeutungslos. Sie kann innerhalb eines Augenblicks jeden Ort erreichen, zu dem sie will.«

»Wie?«

»Indem du all deine Gedanken auf diesen Ort richtest.«

»So, als würde ich die Tür suchen?«

»Ja. Denk an dein Ziel, stell es dir vor, so klar und deutlich du kannst, und im nächsten Moment bist du dort. Das ist springen.«

»Aber wohin soll ich springen? Ich kenne keine Orte in der Stadt.«

»Such die Seelenhäuser von Menschen, die du kennst. Denk an ihren Namen, ihr Gesicht, den Klang ihrer Stimme. Je besser du sie kennst, desto leichter wird es dir fallen, ihr Seelenhaus zu erreichen.«

»Habt Ihr auch ein Seelenhaus?«

»Natürlich.« Der Glanz in ihren Augen wurde kalt. »Aber du wirst dich davon fernhalten, verstanden?«

Er nickte eingeschüchtert.

»Ebenso von den Seelenhäusern von Umbra, Corvas und all meinen übrigen Bediensteten. Ich will nicht, dass du ihre Träume störst. Du kennst genügend andere Leute. Spring zu den Seelenhäusern von Schlammtauchern.«

»Was soll ich tun, wenn ich dort bin?«

»Geh hinein. Schau dir ihre Träume an. Lerne, sie zu verändern. Aber pass auf, dass du dich nicht darin verirrst.«

Jackon hatte die Tasse ausgetrunken und stellte sie auf das Tischchen. Der Tee begann bereits zu wirken. Er fühlte sich zunehmend schläfrig und legte sich hin.

»Noch etwas musst du wissen«, sagte die Lady. »Im Herzen der Stadt steht ein gewaltiger Palast. Möglicherweise siehst du ihn bei deinen Streifzügen. Du darfst ihm unter keinen Umständen zu nahe kommen.«

»Warum nicht?«

»Aziel, der Herrscher der Träume, lebt dort. Er duldet keine Menschen in seiner Stadt und könnte versuchen, dich anzugreifen, wenn er dich bemerkt. Meide deshalb Aziels Nähe, so gut du kannst.«

Palast meiden. Seelenhäuser suchen, versuchte er sich einzuprägen, bevor ihm die Augen zufielen.

Er träumte, dass er einen schummrigen Abwasserkanal entlangging. Schlammtaucher hausten in den Nischen und Abzweigungen. Einige von ihnen waren keine richtigen Menschen, sondern hatten Krähenköpfe und krächzten mit ihren Schnäbeln. Jackon schenkte ihnen keine Beachtung und machte sich auf die Suche nach der Tür. Es dauerte nicht lange, bis er sie in der Tunnelwand fand. Diesmal musste er sich nicht sonderlich anstrengen, um sie zu öffnen – es schien nur beim ersten Mal schwierig zu sein und danach nicht mehr.

Er trat hindurch.

Draußen bot sich ihm derselbe Anblick wie bei seinem ersten Besuch: Dämmriges Zwielicht herrschte in der Straße, Träume flackerten in den Fenstern der Seelenhäuser. Schwammartige Sammler krochen von Tür zu Tür, während geflügelte Boten um die Dächer schwirrten.

Jackon fokussierte seine Gedanken und erinnerte sich an seine Anweisungen.

Er musste lernen zu springen.

Lady Sarka hatte gesagt, er könne jeden Ort erreichen, zu

dem er wollte. Am besten fing er mit einem Ort ganz in seiner Nähe an.

Einen Steinwurf entfernt stand ein Gebäude, das an die Patrizierhäuser der Altstadt erinnerte. Jackon betrachtete die Spitze des kleinen Eckturms. *Dort will ich hin*, dachte er und richtete all seine Gedanken auf dieses Ziel.

Im nächsten Moment schlitterte er die Dachschräge hinab. Er bekam die Wetterfahne zu fassen und hielt sich daran fest. Er hatte es geschafft! Er war von seinem Seelenhaus zur Turmspitze gesprungen, und es war ihm nicht einmal besonders schwer gefallen. Er fühlte sich nur ein wenig benommen.

Rittlings setzte er sich auf die Turmspitze, den Mast der Wetterfahne zwischen den Oberschenkeln, und ließ seinen Blick über die Stadt schweifen.

Die Aussicht raubte ihm schier den Atem. Seelenhäuser aller Größen und Bauweisen, so weit das Auge reichte. Und überall fliegende Boten, die silbrige Tropfen in die Kamine fallen ließen.

Er fühlte sich bereit für einen schwierigeren Sprung.

Er dachte an Liam, so wie die Lady es ihm erklärt hatte: Er stellte sich Liams Gesicht vor, seine blonden Haare, seine Stimme, bis er seinen Freund deutlich vor sich sah. »Bring mich zu seinem Seelenhaus«, sagte er laut.

Dieser Sprung kostete ihn wesentlich mehr Kraft als der erste. Er taumelte, als er in einer anderen Straße landete, und fiel zu Boden. Ein neugieriger Bote wurde auf ihn aufmerksam und schwirrte um ihn herum. »Hau ab!«, schrie Jackon und wedelte mit den Armen, bis das Geschöpf davonflog.

Er spürte, dass er seine Konzentration zu verlieren drohte. Er fing bereits an zu vergessen, was er hier tat. Mit all seiner Willenskraft sammelte er sich.

Ich lerne zu springen, sagte er sich mit geschlossenen Augen. *Ich habe Liams Seelenhaus gesucht.*

Als seine Gedanken wieder klarer wurden, öffnete er die Augen.

Das Seelenhaus seines Freundes war ungefähr so groß wie seines und besaß schlichte weiße Wände und eine eiserne Kuppel anstelle eines Daches. *Eine Sternwarte*, dachte Jackon verwundert. *Warum eine Sternwarte?*

Er trat zu einem der Fenster.

Liam träumte. Er streifte durch staubige Korridore und Zimmer, rief einen Namen und wirkte dabei so verzweifelt, dass Jackon Mitleid überkam. Offenbar suchte er seine Eltern und konnte sie nirgendwo finden.

Jackon griff nach dem Türknauf. Sollte er hineingehen und seinem Freund Trost spenden? Nein, besser nicht. Schließlich hatte Lady Sarka ihm befohlen, sich von den Träumen ihrer Bediensteten fernzuhalten.

Er nahm die Hand vom Türknauf und überlegte, wessen Seelenhaus er stattdessen besuchen könnte.

Ihm kam eine Idee.

Auch der nächste Sprung war sehr anstrengend, doch diesmal traf ihn der Schock der Landung wenigstens nicht unvorbereitet. Als er in der Gasse erschien, fokussierte er augenblicklich seine Gedanken, womit er verhinderte, dass ihn die Verwirrung überwältigte. Er schüttelte die Benommenheit ab und blickte sich um.

Darrens Seelenhaus glich einer schäbigen Baracke aus Holz, Wellblech und löchrigem Segeltuch. Durch die Ritzen in den Wänden sah Jackon das Flimmern von Darrens Träumen.

Er öffnete die Tür und trat ein.

Anders als in seinem eigenen Seelenhaus konnte er Wände, Boden und Decke des Verschlags auch dann noch erkennen, als er drinnen war. Halbdurchsichtige Traumbilder füllten das Innere aus, schemenhaft wie die Phantasmagorien einer Laterna magica.

Für Darren jedoch war der Traum überaus real. Der missgestaltete Hüne hetzte durch Abwasserkanäle und Katakomben, auf der Flucht vor einer Horde geifernder Ratten.

Wut stieg in Jackon auf, als er sich daran erinnerte, wie Darren ihm jahrelang das Leben schwer gemacht, ihn bedroht und gedemütigt hatte. Höchste Zeit, es ihm heimzuzahlen.

Er stellte sich dem Missgestalteten in den Weg. »Hallo, Darren.«

Der Hüne blieb ruckartig stehen. Seine blutunterlaufenen Augen weiteten sich. »Du!«

»Ziemlich viele Ratten«, bemerkte Jackon. »Und sie scheinen nicht gut auf dich zu sprechen zu sein. Was ist passiert? Hast du ihr Futter gestohlen?«

Darren warf einen panischen Blick über seine Schulter. »Lass mich vorbei! Sie haben mich gleich eingeholt!«

»Warum läufst du dann in eine Sackgasse?«

Seine eigenen Träume zu beeinflussen kostete Jackon viel Kraft, doch diese durchsichtigen Bilder zu verändern war nicht sonderlich schwer.

»Das ist keine Sackgasse!«, schrie Darren. »Das ist …« Er verstummte. Wo eben noch ein Tunnel gewesen war, erhob sich plötzlich eine Wand. »Was hast du gemacht?«

Der Hüne wirbelte herum und rannte in eine Abzweigung. Die Rattenhorde flutete über den Boden und folgte ihm.

Jackon musste nur ein paar Schritte zur Seite gehen, um abermals vor Darren zu stehen. Auch diesen Tunnel verschloss er mit einer Wand.

»Geh weg!«, kreischte sein alter Feind. »Ich habe dir doch gesagt, du sollst mich in Ruhe lassen!«

»Das habe ich nicht vergessen«, erwiderte Jackon. »Dabei hast du alle meine Sachen in den Kanal geworfen. Du weißt, was das für einen Schlammtaucher bedeutet. Ich hätte sterben können.«

Darren sprang ins Wasser und watete durch die stinkende Schlammbrühe, bis er festen Boden erreichte. Bevor er weiterlaufen konnte, erschien Jackon vor ihm.

»Du kannst nicht vor mir weglaufen. Nicht hier.«

Wimmernd fiel der Hüne auf die Knie. »Bitte«, heulte er. »Ich rühre dich nie wieder an. Ich schwöre es. Nur geh … endlich … weg.«

»Ich fürchte, dafür ist es leider zu spät«, sagte Jackon.

Scharen von Ratten schwammen durch das Kanalwasser. Darren schrie, als sie den Sims hinaufkletterten und sich quiekend auf ihn stürzten. Sie verbissen sich in seinen Armen und Beinen, er wälzte sich auf dem Boden und war im nächsten Moment über und über von Ratten bedeckt.

Er verschwand – und mit ihm die Traumbilder. Eine silbrige Schicht bedeckte den Boden der leeren Baracke. Ein Sammler kam durch die Tür gekrochen und begann, die verbrauchten Träume aufzusaugen.

Jackon lächelte bei der Vorstellung, dass Darren gerade irgendwo in den Kanälen schweißgebadet aufwachte und schreiend gegen Ratten kämpfte, die gar nicht existierten. Zu gerne hätte er den Hünen in seinem Loch besucht und ihm erklärt, dass er ihm noch viel schlimmere Albträume bescheren konnte, wenn ihm der Sinn danach stand.

Als er wenig später auf der Couch im geheimen Zimmer erwachte, lächelte er immer noch.

Allmählich fand er an der Sache Gefallen.

26

Der Drudenfuss

Lucien vermutete, dass er sich inzwischen unter Lady Sarkas Palast befand. Die Tunnel sahen vollkommen anders aus als die Katakomben unter der Altstadt. Die Wände wirkten glasartig und wiesen Wölbungen und seltsame Auswüchse auf, so als wäre das Gestein bei großer Hitze geschmolzen und zu bizarren Formen erstarrt, als es erkaltete. Von irgendwoher kam ein blaues Glühen, das die Höhlen mit fahlem Licht erfüllte.

Er fühlte sich nicht wohl in seiner Haut, während er durch die Gänge schlich. In den Palast der Lady einzudringen stellte selbst für einen Dieb seines Ranges eine Herausforderung dar. Er hätte sich gerne sorgfältig darauf vorbereitet, aber Aziel hatte ihn zur Eile gedrängt und ihm so die Möglichkeit genommen, alle Eventualitäten zu durchdenken. Also musste er sich wohl oder übel auf sein Improvisationstalent verlassen und zusehen, dass er irgendwie zurechtkam.

Ich hätte ihm sagen sollen, dass er sich selbst darum kümmern soll, wenn es ihm so wichtig ist, dachte er missmutig. *Warum bin ich nur so verdammt gutmütig?*

Er bog um eine Ecke und verbarg sich hastig hinter einem Wandvorsprung, als er zwei Spiegelmänner entdeckte. Sogar hier unten hatte Lady Sarka Posten aufgestellt. Ihre Wachsamkeit kannte wahrlich keine Grenzen.

Verstohlen spähte er an dem steinernen Wulst vorbei. Die Spiegelmänner standen vor einer Treppe, die nach oben führte

– vermutlich der Zugang zum Palast, den er suchte. Das Licht ließ ihre Masken blau schimmern. In den Händen hielten sie ihre bevorzugten Waffen, Rabenschnäbel.

Gegen diese Kreaturen war seine magische Unauffälligkeit nutzlos; dank ihrer Spiegelmasken konnten sie ihn sehen. Glücklicherweise kannte er noch andere Methoden, um sich vor unwillkommenen Blicken zu verbergen.

Er zog eine Rauchglasphiole aus einer Schlaufe seines Gürtels, entkorkte sie und trank die winzige Menge Flüssigkeit, die sie enthielt. Schwindel überkam ihn, und er schloss die Augen, bis es vorüber war. Die Substanz hieß *javva*. Sie verfügte über einige erstaunliche Eigenschaften – unter anderem bewirkte sie, dass einen die Spiegelmänner der Lady nicht sehen konnten. Es war nicht leicht gewesen, an das Elixier heranzukommen. Außer den Manusch kannten nur zwei oder drei Alchymisten das Geheimnis seiner Herstellung, und sie hüteten es wie einen Schatz.

Nachdem Lucien die Phiole wieder in seinen Gürtel geschoben hatte, huschte er lautlos den Gang entlang. Unbemerkt schlüpfte er zwischen den Spiegelmännern hindurch und eilte die Treppe hinauf.

Er kam zu einer Tür, die er vorsichtig öffnete. Dahinter verlief ein Gang mit mehreren Fenstern. Es war eine Stunde vor Sonnenaufgang, und trübes Dämmerlicht fiel durch das Bleiglas.

Die Hinweise, die er suchte, befanden sich vermutlich in den Gemächern der Lady. Wie er dorthin gelangte, wusste er nicht; Aziel hatte ihm keine Zeit gelassen, Baupläne von dem Anwesen aufzutreiben. Ihm blieb nichts anderes übrig, als sich von seinem Instinkt leiten zu lassen.

Er schlich durch menschenleere Flure und Zimmer und erreichte schließlich die Eingangshalle. Gaslampen an den geschnitzten Pfeilern verströmten grünliches Licht. Überall standen Spiegelmänner herum, mindestens ein halbes Dutzend.

Lucien machte einen Durchgang aus, der, so nahm er an, zum Kuppelsaal führte. Da er sich nicht zu sehr auf das *javva* verlassen wollte, hielt er sich im Schatten der Galerien, während er die Halle durchquerte. Unbemerkt betrat er den Durchgang, hastete einen Korridor entlang und stahl sich an den Spiegelmännern vorbei, die ihm unterwegs begegneten.

Wenig später tat sich ein gewaltiger Saal vor ihm auf. Ehrfürchtig betrachtete er die gläserne Kuppel hoch über seinem Kopf. Dies war das Herzstück des Palastes. Niemand kam hier hinein, es sei denn, er wurde von Lady Sarka eingeladen.

Jetzt musste er nur noch ihre Gemächer finden.

Stimmen erklangen. Lucien versteckte sich hinter einem Wandschirm und beobachtete zwei Gestalten, die den Saal durchquerten.

Corvas und Umbra.

Es gab nur wenige Menschen, die ihm ebenbürtig waren – diese beiden gehörten dazu. Als er vor zwei Jahren in das Anwesen der Familie Damon eingebrochen war, um den Medusenring zu stehlen, hatte Lady Sarka Corvas und Umbra auf ihn angesetzt, denn Lord Damon war ein enger Freund von ihr. Ihre beiden Leibwächter hatten ihn tagelang durch die Stadt gejagt und sogar einen seiner Schlupfwinkel gefunden. Zwar war er mit knapper Not entkommen, aber den Medusenring hatte er zurücklassen müssen – eine Schlappe, die ihm heute noch zu schaffen machte.

Er tat gut daran, sich nicht von ihnen im Palast erwischen zu lassen.

»Macht der Junge Fortschritte?«, fragte Corvas, während er am Wandschirm vorbeiging. Lucien schauderte beim Anblick des bleichen Schädels. Corvas wurde von Jahr zu Jahr krähenhafter. Er *roch* sogar wie eine Krähe.

»Die Herrin ist sehr zufrieden mit ihm«, antwortete Umbra. »Ihr habt ihn unterschätzt. Er gibt sich Mühe. Heute Nacht hat er sich so verausgabt, dass er sich in seinem Zimmer noch mal hinlegen musste …«

Zu Luciens Erleichterung verließen die beiden die Halle.

Abgesehen von dem zweiflügligen Portal, durch das er hereingekommen war, gab es im Kuppelsaal nur eine einzige Tür. Sie befand sich auf der Galerie. Er schlich die Treppe hinauf.

Mehrere Spiegelmänner machten im Zwielicht ihre Runden. Lucien wartete, bis keines der Geschöpfe in seiner Nähe war, und griff nach dem Türknauf. Furcht durchzuckte ihn, ehe er das Silber berührte. Seine Hand begann zu brennen, und er zog sie hastig zurück, bevor der Schmerz intensiver wurde.

Was zum Teufel …

Im gleichen Moment entdeckte er den Drudenfuß. Er war in den Türsturz eingekerbt, ein kleiner fünfzackiger Stern, von einem Kreis umgeben.

Lucien fluchte innerlich. Gegen einen Drudenfuß war er machtlos.

Warum, bei allen Dämonen, schützte Lady Sarka ihre Gemächer mit solch einem Symbol?

Dabei ahnte er die Antwort bereits: Weil sie wusste, dass Aziel oder einer seiner Diener in ihren Palast eindringen würde. Weil sie ihre Geheimnisse vor den Alben schützen wollte.

Er schlich die Treppe hinunter, versteckte sich hinter einer Säule und dachte nach.

Wenn diese Tür mit einem Drudenfuß versehen war, konnte er davon ausgehen, dass die Lady auch alle übrigen Zugänge zu ihren Gemächern gesichert hatte, umsichtig, wie sie war. Nach einem anderen Weg brauchte er sich gar nicht erst umzusehen. Vermutlich waren sogar die Fenster mit Bannzeichen geschützt. Ihm blieb nichts anderes übrig, als sich zurückzuziehen und in Ruhe zu überlegen, was er gegen den Drudenfuß unternehmen konnte.

Vorher aber musste er etwas erledigen. Wenn Aziel ihn

schon nicht für seine Dienste bezahlte, musste er eben sehen, wie er anderweitig auf seine Kosten kam.

Er huschte zu einer Vitrine, die ihm auf dem Weg zur Galerie aufgefallen war, und machte sich mit einem seiner Dietriche daran zu schaffen. Mit einem kaum hörbaren Klicken öffnete sich das Schloss. Vorsichtig klappte Lucien die Vitrine auf und betrachtete das Silbergeschirr darin.

Er entschied sich für etwas Besteck und einen ziselierten Kelch. Nicht gerade die Ausbeute des Jahrhunderts, aber mehr konnte er nicht tragen, ohne dass ihn das Gewicht behinderte.

Wenigstens war der Einbruch nun nicht völlig erfolglos gewesen. Er verstaute die Beute in seinen Hosentaschen, arrangierte das übrige Geschirr so, dass das Fehlen der Stücke nicht auf den ersten Blick auffiel, und verschloss die Vitrine.

In diesem Moment spürte er die Präsenz.

Sie machte sich als Kribbeln auf seiner Haut bemerkbar, als leichte Unruhe in seinen Gliedern. Eigentlich war sie schon die ganze Zeit da gewesen, aber er hatte sich so intensiv auf seine Aufgabe konzentriert, dass sie ihm nicht aufgefallen war.

Er horchte in sich hinein. Es dauerte eine Weile, bis ihm allmählich klar wurde, um was für eine Präsenz es sich handelte.

Nein. Das kann nicht sein. Ich muss mich irren.

Das letzte Mal, dass er etwas Vergleichbares gespürt hatte, war mehrere hundert Jahre her. Damals hatte er gedacht, es handele sich um ein einmaliges Phänomen, das sich nicht wiederholen würde.

Bei einer Angelegenheit dieser Tragweite durfte er sich nicht allein auf sein Gespür verlassen. Er musste sich Gewissheit verschaffen.

Er verließ den Kuppelsaal und eilte durch die Flure, bis er zur Eingangshalle kam. Dort war die Präsenz merklich stärker. Lucien schlich in die Richtung, in der er ihre Quelle vermutete, huschte an den Wachen vorbei und fand sich wenig später in einem Gebäudetrakt wieder, der wesentlich schlichter beschaffen war als der Rest des Anwesens. Die Küche und diverse Wirtschaftsräume befanden sich hier.

Er betrat einen Korridor mit mehreren Türen, hinter denen vermutlich die Unterkünfte der Bediensteten lagen. Vor einer Kammer blieb er stehen.

Die Härchen an seinen Armen stellten sich auf, so machtvoll war hier die Präsenz.

Er öffnete die Tür und schlüpfte in das halbdunkle Zimmer. Es war karg eingerichtet. Schmutzige Kleider hingen über einer Stuhllehne. Auf dem kleinen Tisch stand ein Krug mit Wasser.

Im Bett lag ein Junge.

Er mochte vielleicht vierzehn oder fünfzehn Jahre alt sein, war recht mager und hatte blasse Haut und rote Haare. Ein ganz normaler Heranwachsender, dem man die Fähigkeiten, die in ihm schlummerten, nicht im Mindesten ansah.

Um sicherzugehen, berührte Lucien den Jungen behutsam an der Stirn.

Ja. Ein Traumwanderer. Seine Gabe erwachte gerade erst, was vermutlich die Erklärung dafür war, warum Aziel noch nichts davon wusste. Aber Lucien spürte auch, dass seine Kräfte rasch wuchsen.

Lady Sarka hatte den Harlekin befreit, damit er Aziel besiegte und mit den Alben die Welt verließ. Nun stellte sich heraus, dass in ihren Diensten ein Traumwanderer stand.

Was hatte sie vor?

Der Junge regte sich, als Lucien seine Hand fortnahm. Er öffnete die Augen und blickte den Alb verschlafen an.

»Du kannst mich sehen?«, fragte Lucien. Nur außergewöhnliche Menschen waren dazu fähig, seine Unauffälligkeit zu durchschauen. Menschen wie Corvas.

Der Junge blinzelte verwirrt. »Schlaf«, flüsterte Lucien, woraufhin er auf das Kissen zurücksank, die Augen schloss und regelmäßig zu atmen begann. Vermutlich würde er sich nach dem Aufwachen nicht mehr an seinen Besucher erinnern.

Wenig später eilte Lucien durch die glasartigen Tunnel unter dem Palast. Er durfte Aziel nichts von seiner Entdeckung verraten. Aziel fühlte sich bedroht wie noch nie zuvor. Wenn er erfuhr, dass die Lady einen Traumwanderer gefunden hatte, wäre dessen Leben in Gefahr. Lucien liebte die Menschen – er liebte sie viel zu sehr. Er würde es nicht ertragen, wenn dem Jungen seinetwegen etwas zustieße.

Er hatte keine andere Wahl, als unterzutauchen, bis er wusste, was er tun sollte.

27

Phönixtag

Es war früh am Abend, als Liam den Palast verließ. Im Westen glich der Himmel einem flammenden Streifen, und die Gassen und Kanäle der Altstadt versanken allmählich in Schatten. Wind strich raschelnd über die Platanen am Straßenrand, trieb Staub und Abfall vor sich her und verwehte den Aetherdampf, der golden von den Schloten des Kessels aufstieg.

Kaum hatte Liam das Magistratsgebäude hinter sich gelassen, konnte er den Phönixturm sehen. Wie eine Nadel überragte das schlanke Gebäude die benachbarten Stadthäuser und zeichnete sich dunkel vor dem Abendhimmel ab. Die Spitze mit ihren sechs steinernen Bögen ähnelte einer Laterne, der Turm selbst bestand aus Gestein, das viel Rost enthielt und von innen heraus zu glühen schien, wenn das Sonnenlicht im richtigen Winkel darauf fiel.

Liam konnte sich noch gut daran erinnern, wie der Phönixtag entstanden war. Vor sieben Jahren, auf den Tag genau zwölf Monate nach dem Verschwinden des Phönix, hatte ein Unbekannter neben dem Turm ein Feuer angezündet, um des alten Wächters von Bradost zu gedenken und ihm zu zeigen, wie sehr er der Stadt fehlte. Seitdem versammelten sich Jahr für Jahr Menschen auf dem Platz, entzündeten Feuer, die bis zum nächsten Morgen brannten, und zogen um Mitternacht mit Fackeln durch die Straßen, um den Phönix zu bitten, zurückzukehren und wieder über die Stadt zu wachen. Lady Sarka duldete diese Tradition, obwohl sie normalerweise öffentliche Festlichkeiten aller Art zu unterbinden versuchte, aus Angst vor Aufständen. Sie wusste, wie viel der Phönixtag den Menschen bedeutete. Ihn zu verbieten hätte die Leute nur noch unzufriedener gemacht, als sie ohnehin waren.

Liam fühlte sich nicht wohl in seiner Haut, während er die Chimärenbrücke überquerte. Er fragte sich, ob es eine gute Idee gewesen war, sich ausgerechnet hier mit Vivana zu treffen. Der Phönixtag erfreute sich bei den Bewohnern Scotias großer Beliebtheit. Es war nicht ausgeschlossen, dass ihn jemand erkannte.

Als er kurz darauf den Platz erreichte, stellte er fest, dass diesmal nur wenige Menschen gekommen waren, verglichen mit den Vorjahren. Vermutlich hatte die angespannte Stimmung in der Stadt die meisten veranlasst, zu Hause zu bleiben. Unauffällig blickte er sich um. Nirgendwo ein bekanntes Gesicht. Er beruhigte sich etwas.

Die Leute hatten bereits begonnen, Reisig und Holz zu großen Haufen aufzuschichten. Natürlich waren auch Soldaten anwesend. Sie stützten sich auf ihre Hakenlanzen und beobachteten wachsam das Geschehen. Zusätzlich hockten Dutzende von Krähen auf den unteren Turmsimsen. Lady Sarka mochte den Phönixtag dulden – weniger vorsichtig war sie deswegen nicht.

Er fand Vivana auf der anderen Seite des Platzes, wo sie im Schatten stand.

»Hallo, Liam«, sagte sie lächelnd.

Er hätte sie beinahe nicht erkannt, denn statt ihres bunten Rocks trug sie eine schlichte Hose, ähnlich seiner eigenen, sowie abgenutzte Lederschuhe und ein helles Leinenhemd, das ihr ein wenig zu groß war. Sogar darin sah sie hübsch aus. Er räusperte sich, als ihm klarwurde, dass er sie anstarrte. »Wo hast du Ruac gelassen?«, erkundigte er sich.

»Zu Hause. Die Leute reagieren manchmal komisch auf ihn.«

»Vorgestern hattest du ihn doch auch dabei.«

»Naja, das war im Labyrinth. Dort ist alles ein bisschen anders.«

Sie setzten sich auf den Bordstein vor dem Hoftor eines Hotels. Das Schweigen, das sich einstellte, war keins von der Sorte, bei der man sich den Kopf zerbrach, was man als nächstes sagen könnte, nur damit es aufhörte. Liam genoss es einfach, neben ihr zu sitzen.

Währenddessen versank die Sonne hinter den Dächern, und die Grenze zwischen Schatten und Licht wanderte langsam an der Turmmauer nach oben. Bald erstrahlte nur noch die Spitze in rostrotem Glühen.

»Er ist wunderschön, nicht wahr?«, sagte Vivana.

»Ja.«

»Hast du gewusst, dass er das älteste Gebäude Bradosts ist?«

Liam betrachtete das Mauerwerk. Es wies keine Fenster auf, denn der Turm war vollständig massiv. Weder Treppen noch Leitern führten zur Spitze hinauf. »Ich habe mich immer gefragt, wer ihn gebaut hat.«

»Der Legende nach hat ihn der Phönix selbst errichtet, als er nach Bradost kam.«

Liam kannte diese Geschichte, genau wie alle anderen, die sich um den Phönix rankten. Sein Vater hatte sie ihm erzählt, als er klein gewesen war.

»Kannst du dich noch daran erinnern, wie er verschwunden ist?«, fragte Vivana.

»Ich weiß noch, dass es ein eiskalter Morgen war.«

Sie nickte. »Ich bin von seinem Schrei aufgewacht. Ich bin zum Fenster gerannt und habe gesehen, dass er fort war. Einfach verschwunden, als hätte es ihn nie gegeben. Ich glaube, ich habe mich noch nie so einsam gefühlt.«

Liam wusste, was sie meinte. Er hatte genauso empfunden.

Sie strich sich eine Haarsträhne hinter das Ohr. »Was hast du an diesem Morgen gemacht?«

»Ich bin früh aufgewacht, genau wie du. Als ich gesehen hatte, dass der Phönix nicht mehr da war, wollte ich meine Eltern wecken, aber sie wussten es schon. Gemeinsam sind wir hierhergegangen, so wie die halbe Stadt. Irgendwann ist uns wohl klar geworden, dass er nicht zurückkommen würde, und meine Mutter hat mich in den Arm genommen. Ich glaube, es war das erste Mal, dass ich sie weinen sah.« So viel hatte er gar nicht erzählen wollen. Verlegen zuckte er mit den Schultern.

»War das lange, bevor sie gestorben sind?«

»Meine Mutter starb vor anderthalb Jahren. Mein Vater vor zwei Wochen.«

»Oh«, murmelte sie. »Erst vor zwei Wochen?«

Liam nickte.

»Tut mir leid. Ich hätte nicht davon anfangen sollen.«

»Macht nichts.« Er sah ihr an, dass etwas sie beschäftigte. »Was ist?«

»Ach, nichts.«

»Nun sag schon.«

»Ich habe mich nur gefragt, ob du deswegen einen anderen Namen angenommen hast«, begann Vivana zögernd. »Weil dein Vater gestorben ist, meine ich.«

Liam wusste, dass er nicht mit ihr über diese Dinge sprechen sollte. Aber er hatte diese ewige Geheimniskrämerei satt, und er war es leid, dass in beinahe jedem Gespräch unweigerlich der Moment kam, an dem er entweder schweigen oder lügen musste. Was war schon dabei, wenn er ihr ein wenig von seiner Vergangenheit erzählte? Schließlich hatte sie ihm versprochen, sein Geheimnis zu wahren. »Mein Vater wurde umgebracht«, sagte er. »Corvas hat ihn ermordet. Wenn er gewusst hätte, dass ich in der Stadt bin, hätte er mich festgenommen und eingesperrt. Ich musste untertauchen und einen anderen Namen annehmen, damit er mich nicht findet.«

Falls diese Enthüllung sie erschreckte, so zeigte sie es nicht. Liam studierte ihr Gesicht und gewann den Eindruck, als hätte sie so etwas erwartet.

»Aber du wohnst im Palast«, erwiderte sie. »Dort begegnest du Corvas jeden Tag.«

»Er weiß nicht, wer ich bin. Er glaubt, ich hätte die Stadt schon vor Wochen verlassen.«

»Wieso hast du nicht? Anderswo wärst du viel sicherer.«

»Ich habe meine Gründe«, antwortete er knapp.

»Warum erzählst du mir das alles? Ich meine, ich könnte ein Spitzel der Geheimpolizei sein oder so.«

Er grinste. »Bist du einer?«

»Klar. Ich bessere mein Taschengeld auf, indem ich Verschwörer ans Messer liefere. Im Ernst, Liam. Warum? Neulich abend warst du noch so misstrauisch, dass du mich am liebsten hättest schwören lassen, dass ich niemandem etwas verrate.«

»Ich weiß. Aber diese Heimlichtuerei ist auf Dauer ermüdend. Immer nur zu lügen und anderen etwas vorzumachen, das liegt mir einfach nicht.«

Vivana blickte ihn forschend an. »Danke für deine Offenheit. Ich weiß das zu schätzen, Liam … Hugnall.«

»Das macht dir Spaß, was?«

»Ein bisschen.« Sie lächelte verschmitzt.

»Also gut. In Wirklichkeit heiße ich Liam Satander. Aber am besten vergisst du das gleich wieder.«

»Zu Befehl, Herr Hugnall.«

Es dämmerte, und die Leute zündeten ihre Fackeln an. Liam stellte fest, dass sich der Platz in der Zwischenzeit gefüllt hatte. Offenbar hatten sich viele Menschen im letzten Moment entschlossen, doch den Phönixtag zu feiern, allen Widrigkeiten zum Trotz. Ein Reisighaufen flammte auf, ein zweiter, ein dritter, bis wenig später ein Dutzend Feuer den Platz in flackerndes Licht tauchten. Jemand stimmte ein Lied an. Es war ein altes Lied, das davon handelte, dass die Flamme des Phönix für immer über den Dächern von Bradost brennen und niemals erlöschen würde.

»Als ich ein Kind war«, sagte Vivana, »habe ich mir immer gewünscht, dass der Phönix aufwacht und über die Stadt fliegt. Es muss ein phantastischer Anblick gewesen sein.«

»Ich habe es einmal gesehen«, erwiderte Liam.

»Wie alt warst du da?«

»Vier oder fünf.«

»Das muss sein letzter Flug gewesen sein. Vater hat mir davon erzählt. Angeblich habe ich es auch gesehen, aber ich kann mich nicht daran erinnern.«

»Ich weiß es noch genau. Es war abends. Plötzlich hat seine Flamme ganz hell gebrannt, so als wäre eine zweite Sonne aufgegangen. Er hat seine Flügel ausgebreitet und ist in einem Bogen von Scotia nach Norden geflogen, über die Altstadt und das Labyrinth, ohne auf die Luftschiffe Rücksicht zu nehmen. Eins hätte er sogar fast zum Absturz gebracht.«

Sie lachte. »Wirklich?«

»Ja. Es musste auf dem Fluss notlanden, glaube ich.«

»Was ist dann passiert?«

»Er ist ein paar Runden geflogen. Wahrscheinlich wollte er sich vergewissern, dass der Stadt keine Gefahr droht, so wie er es früher immer getan hat.«

Sie betrachtete die Turmspitze, als wäre der Phönix gerade eben dort gelandet. Orangefarbener Feuerschein lag auf ihrem Gesicht. »Schade, dass ich damals noch so klein war.«

»Glaubst du, er kommt eines Tages wieder?«, fragte Liam.

»Er ist ein Schattenwesen. Die Manusch sagen, wenn Schattenwesen einmal die Welt verlassen haben, bleiben sie für immer fort. Aber wer weiß, vielleicht hört er ja die Leute singen und überlegt es sich noch mal.«

Der Gesang endete abrupt, als wütende Rufe erklangen. Liam erblickte in ihrer Nähe einen Mann, der Steine nach den Krähen warf. Er war groß und bullig gebaut und trug eine Filzkappe, schwere Stiefel und ölverschmierte Kleider – vielleicht ein Arbeiter vom Luftschiffhafen oder ein Mechaniker aus dem Kessel. Mit hochrotem Gesicht holte er einen neuen Stein aus seinem Beutel und brüllte: »Hinterlistige Mistviecher! Hässliche Aasfresser!«

Der Stein prallte vom untersten Turmsims ab. Die Krähen krächzten angriffslustig.

»Hört auf, uns nachzuspionieren! Lasst uns endlich in Ruhe!«

Noch ein Stein flog durch die Luft.

Liam stand auf und schaute sich besorgt um. Die Stimmung auf dem Platz veränderte sich merklich. Sämtliche Gespräche waren verstummt. Die Leute reckten die Köpfe, um zu sehen, was vor sich ging. Die Gesichter der Soldaten verfinsterten sich.

»Corvas!«, schrie der Hüne. »Du verdammter Hurensohn! Komm her, damit ich dir in deinen bleichen Hintern treten kann. Und bring auch den Rest von deiner Bande mit, Umbra und Amander und deine verfluchten Spiegelmänner. Ich breche euch allen die Knochen!«

Ein Mann mit grauem Bart trat vor. »Hör auf damit«, redete er auf den Hünen ein. »Du bringst dich noch in Schwierigkeiten.«

»Lass mich!«, knurrte der Arbeiter mit glühendem Gesicht. »Diese Stadt stinkt!«, brüllte er der Menge entgegen. »Lady Sarka hat uns alle verraten und verkauft. Verraten und verkauft, hört ihr? Und wir Feiglinge lassen uns das gefallen. Nieder mit ihr!, sage ich. Holen wir uns zurück, was uns gehört!«

Voller Unbehagen beobachtete Liam die Soldaten. Er konnte sich nicht vorstellen, dass sie eine derartige Ansprache gleichmütig hinnahmen. Prompt bildete die Menge eine Gasse, durch die ein Trupp Bewaffneter marschiert kam.

»Das sieht nicht gut aus«, raunte er Vivana zu. »Sollen wir gehen?«

»Warte. Vielleicht ist es halb so schlimm«, sagte sie, trotz der Furcht in ihren Augen.

Der Captain baute sich vor dem Hünen auf. »Gibt es hier ein Problem?«, schnarrte er.

»Allerdings«, erwiderte der Angesprochene herausfordernd. »Und was für eins. Du und deine Soldaten, ihr seid das Problem!«

»Ich warne dich, Freundchen. Für solches Gerede könnte ich dich festnehmen.«

»Das kannst du ja mal versuchen, du Winzling.«

»Na schön, du willst es nicht anders. Ich verhafte dich wegen aufrührerischer Reden und Hetze gegen die Lordkanzlerin. Ergreift ihn«, befahl der Captain seinen Männern.

»Lasst den armen Kerl in Ruhe«, mischte sich der Bärtige ein. »Seht ihr nicht, dass er betrunken ist?«

»Halt den Mund, oder wir nehmen dich auch mit!«, fuhr der Offizier ihn an … und wurde im nächsten Moment umgerissen, als sich der Hüne brüllend auf ihn stürzte.

Plötzlich ging alles sehr schnell. Die Soldaten hieben mit ihren Lanzenschäften auf den Betrunkenen ein, der Bärtige rief: »Aufhören!«, woraufhin ihn zwei Bewaffnete wegziehen wollten. Als er sich wehrte, stießen sie ihn zu Boden. Aus der Menge kamen ihm mehrere Männer und Frauen zu Hilfe und griffen die Soldaten mit bloßen Händen an.

Liam fluchte. »Weg hier«, sagte er zu Vivana, und sie liefen los.

Was dann geschah, konnte er nicht mehr erkennen. Überall brach Geschrei los, Leute rangelten mit Soldaten, die verzweifelt versuchten, sich um ihren gestürzten Captain zu formieren.

Liam ergriff Vivanas Hand und versuchte, sich durch die Menge zu drängen. Es wurde gestoßen und geschoben, als Menschen vor dem Handgemenge fliehen wollten, während andere nach vorne stürzten, um in den Kampf einzugreifen. Frauen schrien und pressten ihre Kinder an sich.

Panisch hielt Liam nach einem Ausweg Ausschau, doch wohin er auch blickte, sah er nichts als wogende Leiber. »Da entlang«, rief Vivana und zog ihn zu einer Lücke, die sich plötzlich hinter ihnen auftat. So schnell es das Gedränge zuließ, liefen sie in Richtung Chimärenbrücke. Allerdings waren sie noch keine zehn Schritte weit gekommen, als irgendwo jemand brüllte: »Sie haben ihn umgebracht. Mörder! Mörder!«

Liam konnte förmlich spüren, wie sich binnen eines Augenblicks die aufgestaute Wut der Menschen auf die Willkür der Soldaten entlud. Gesichter verzerrten sich vor Zorn. Leute schwenkten Fackeln und schrien Flüche und Beleidigungen. Männer griffen nach brennenden Holzscheiten. Wo eben noch die Lücke gewesen war, herrschte nun ein noch schlimmeres Gedränge als vorher.

»Liam!«, rief Vivana. Ihre Hand entglitt seiner, als sie von der Flut der herandrängenden Körper mitgerissen wurde, und er musste mit ansehen, wie sie in der Menge verschwand.

Er brüllte ihren Namen, während er sich einen Weg durch das Getümmel zu bahnen versuchte. Ein Ellbogen traf ihn im Gesicht, er wurde zurückgestoßen und wäre gestürzt, wenn er nicht mit jemandem zusammengeprallt wäre. Mit aller Kraft warf er sich nach vorne, rempelte Menschen zur Seite und sah für einen Moment ihr Haar in dem Chaos aufblitzen.

Eine Gestalt fuhr herum, schrie etwas, eine Fackel versengte seine Wange. Er versetzte dem Mann einen Stoß und bekam

Vivanas Arm zu fassen. Sie versuchte, ihn abzuschütteln, bevor sie ihn erkannte und er sie zu sich ziehen konnte.

»Bist du in Ordnung?«

Sie nickte, bleich, aber unversehrt. Schützend presste Liam sie an sich, während sie sich durch die Menge schoben.

Plötzlich donnerten Pistolenschüsse, und die Leute liefen auseinander. Im Feuerschein sah er weitere Soldaten von der Chimärenbrücke kommen, begleitet von einem halben Dutzend Reiter, die in die Luft feuerten, bevor ein Hagel aus Holzscheiten und Pflastersteinen auf sie niederprasselte.

Liam konnte kaum noch etwas sehen. Als er sich das Gesicht abwischte, entdeckte er Blut auf seinem Ärmel. Er überließ Vivana die Führung, und Hand in Hand flohen sie vor den Soldaten, die in geschlossener Formation vorrückten. Die Menge hatte sich auf der anderen Seite des Platzes gesammelt, sodass sie ungehindert zu einer Gasse zwischen zwei Stadthäusern gelangen konnten. Sie hasteten durch das Halbdunkel und fanden sich kurz darauf am Flussufer wieder.

Liams Lunge brannte bei jedem Atemzug. Erschöpft sank er auf die gemauerte Böschung. Abermals wischte er das Blut weg, das ihm ins Auge rann.

»Warte, ich helfe dir«, sagte Vivana. Sie suchte ihre Hosentaschen nach einem Tuch ab. Als sie keines fand, fing sie an, ihren Ärmel zu zerreißen.

»Was machst du da?«

»Du hast eine ganz schöne Schramme.« Sie faltete einen Fetzen Stoff zusammen, den sie behutsam auf seine Augenbraue presste.

»Danke«, murmelte er.

»Halt es fest. Es sieht nicht schlimm aus. Es müsste gleich aufhören zu bluten.«

Sie setzte sich neben ihn. Das Geschrei der Menge und das Donnern der Pistolen klangen weit entfernt.

»Diese Bastarde«, sagte Vivana nach einer Weile. »Die Leute haben ihnen überhaupt nichts getan. Sie wollten nur in Ruhe den Phönixtag feiern.«

Es dauerte eine Weile, bis das Entsetzen von Liam abfiel. Das war nicht der erste Aufruhr, den er erlebt hatte, aber noch nie zuvor hatte er die Gewalt so unmittelbar erfahren.

»Was machen wir jetzt?«, fragte er schließlich. »Soll ich dich nach Hause bringen?«

»Lass uns lieber einen Arzt suchen, der sich deine Wunde ansieht.«

»Ich brauche keinen Arzt.«

»Bist du sicher?«

»Es hat schon aufgehört zu bluten.«

Vivana sah ihn an und strich sich eine Haarsträhne hinter das Ohr. »Danke, dass du mir geholfen hast.«

Er grinste schief. »Wer hat hier wem geholfen?«

»Hör auf, Liam. Ich saß da oben ziemlich in der Klemme. Wer weiß, was ohne dich passiert wäre.«

»Reiner Eigennutz. Ich hätte deinem Vater nur ungern erklären wollen, dass seine Tochter zertrampelt wurde.«

Sie musste lachen. »Ja, das hätte eurer Freundschaft wahrscheinlich nicht gut getan.« Sie schien in der kühlen Abendluft zu frösteln und schlang die Arme um den Oberkörper. »Eine Bitte: Sag ihm nicht, wo wir waren. Er macht sich auch so schon zu viele unnötige Sorgen um mich.«

»So schlimm?«

Sie verzog den Mund. »Ich sollte jetzt gehen. Besser, ich bin zu Hause, bevor er von der Werkstatt kommt.«

»Lass mich lieber mitkommen. In den Straßen wird es vor Soldaten nur so wimmeln.«

»Also gut«, murmelte sie.

Bewaffnete hatten die Chimärenbrücke abgeriegelt, weshalb sie am Ufer entlanggingen und den Fluss weiter östlich überquerten. Im Chymischen Weg und dem Kessel war von dem Aufruhr nichts zu spüren, und sie begegneten nur einer einzigen Patrouille, die sie jedoch in Ruhe ließ. Wenig später kamen sie zu Quindals Haus.

»Alles dunkel«, stellte Vivana erleichtert fest. »Er macht offenbar wieder Überstunden.« Sie schloss die Tür auf.

Liam blickte zum Phönixturm. Der Platz war weit entfernt, aber da Quindals Haus auf einem Hügel stand, konnte er ihn dennoch erkennen. Schatten bewegten sich im Feuerschein, hin und wieder trug der Wind fernes Geschrei und Schüsse herauf. Es sah nicht danach aus, als wäre der Aufruhr bald zu Ende. »Das war wohl der letzte Phönixtag«, sagte er.

»Meinst du?«

»Ich glaube nicht, dass Lady Sarka weitere öffentliche Versammlungen dulden wird. Nicht nach allem, was in letzter Zeit passiert ist.« Er wandte sich zu Vivana um. »Also dann …«

Sie lehnte am Türrahmen. »Normalerweise wäre das jetzt der Moment, sich für den schönen Abend zu bedanken, aber das einen schönen Abend zu nennen wäre etwas seltsam, oder?«

Er lachte. »Allerdings.«

Sie schwiegen. Liam wollte sich nicht einfach von ihr verabschieden, als wäre nichts gewesen, und er spürte, dass es ihr ebenso erging.

»Und du bist wirklich sicher, dass mit deinem Auge alles in Ordnung ist?«, fragte sie.

»Ich denke schon.«

»Lass es mich lieber noch einmal ansehen. Mein Vater hat irgendwo ein Mittel zum Desinfizieren.«

Er nickte. »Ich warte hier draußen.«

»Unsinn. Du kannst dich in den Salon setzen, während ich danach suche.«

Sie gingen hinein. Im Salon machte Vivana Licht. Ruac kroch unter der Anrichte hervor und zischte vorwurfsvoll.

»Ich weiß, der Herr hat Hunger«, sagte Vivana. »Aber du musst dich noch einen Moment gedulden.«

Liam nahm in einem Lehnstuhl Platz, während sie im Nebenraum verschwand. Zu seiner Überraschung kletterte Ruac auf seinen Schoß und machte es sich dort bequem.

»Seine Schuppen sind warm«, sagte er, als Vivana zurückkam.

»Mit der Temperatur seiner Schuppen drückt er seine Gefühle aus. Warm bedeutet, dass er dich mag.«

Allerdings ging Ruacs Zuneigung nicht so weit, dass er darüber seinen Hunger vergaß. Vivana hatte den Napf kaum auf den Boden gestellt, da sprang der Tatzelwurm schon von Liams Knien und machte sich über die Fleischbrocken her.

Vivana öffnete das Fläschchen mit der Tinktur. »Achtung, das brennt jetzt etwas.«

Liam zuckte zusammen, als sie die Schramme an seiner Augenbraue einrieb.

»So, jetzt kann sie sich wenigstens nicht mehr entzünden.« Sie ging zu einem der Regale und holte die Gaslampe heraus, die Quindal im Keller benutzt hatte.

»Was hast du vor?«

»Du willst doch nicht schon nach Hause, oder?«

Liam dachte gar nicht daran – er genoss das Zusammensein mit ihr viel zu sehr. »Sehe ich so aus?«, fragte er grinsend.

»Komm mit. Ich will dir etwas zeigen.«

Sie gingen zur Eingangshalle und von dort aus durch einen Flur, der zum Eckturm des Hauses führte. Während er Vivana die Treppe hinauffolgte, sah Liam im Schein ihrer Lampe, dass Staub auf den Stufen lag und die Wände in einem schlechten Zustand waren. Überall zeigten sich Risse und bröckelte der Putz herunter.

»Ihr benutzt diesen Flügel schon eine Weile nicht mehr, was?«

»Mein Vater lässt alles verkommen. Wenn ich nicht hin und wieder sauber machen und die schlimmsten Schäden ausbessern würde, wäre der Turm wahrscheinlich längst in sich zusammengefallen.«

Die Treppe endete an einer Tür, die so verzogen war, dass Vivana sie nur mit Mühe öffnen konnte. Dahinter lag das kleine Observatorium, das Liam von außen gesehen hatte.

Sie drehte die Lampe ab und stellte sie auf den Boden. Die unteren Segmente der Glaskuppel waren blind vor Staub und Spinnweben, aber die oberen boten einen ungetrübten Blick auf das nächtliche Firmament. Sternenlicht fiel auf das Teleskop, das in der Mitte des Raumes stand.

Vivana setzte sich auf das Messinggestänge der Apparatur und ließ die Beine baumeln. »Manchmal, wenn ich nicht einschlafen kann, komme ich hier herauf und sehe mir den Himmel an. Er wirkt so unfassbar weit, dass einem Bradost dagegen winzig erscheint. Irgendwie beruhigend, oder? Zu wissen, dass unsere Probleme im Grunde bedeutungslos sind.«

»Benutzt dein Vater das Observatorium noch?«, fragte Liam.

Sie schüttelte den Kopf. »Er hat es für meine Mutter eingerichtet. Sie liebte die Sterne. Früher sind sie oft gemeinsam hier gewesen und haben die Sternbilder betrachtet, aber seit ihrem Tod hat er den Turm kaum noch betreten. Ich glaube, er erträgt die Erinnerungen an sie nicht.«

Liam setzte sich neben sie. Ihre Arme berührten sich, aber Vivana rückte nicht von ihm weg. »Woran ist sie gestorben?«

»Der Kummer hat ihr das Herz gebrochen.« Vivana streifte ihn mit einem Blick, dann schaute sie wieder zum Sternenhimmel auf. »Sie war eine Wahrsagerin wie Tante Livia. Mein Vater ist damit nicht zurechtgekommen – ich habe dir ja erzählt, was er von Magie hält. Es verging keine Woche, in der sie nicht deswegen stritten. Irgendwann hat er angefangen, alles abzulehnen, was mit den Manusch zu tun hat. Ihre Sprache, ihre Musik, ihre gesamte Lebensweise. Ich glaube, am liebsten hätte er meine Mutter verwandelt. In eine gewöhnliche Frau aus Bradost oder, noch besser, in eine Wissenschaftlerin, die genauso denkt wie er.«

»Warum hat sie ihn nicht verlassen?«

»Das hat sie versucht, aber sie konnte es nicht. Trotz allem liebte sie ihn. Irgendwann wurde sie schwermütig und hat immer weniger gegessen. Ein paar Monate später ist sie gestorben.«

Liam begann zu verstehen, warum die Manusch und Quindal einander ablehnten. »Hasst du ihn deswegen?«

»Ich hasse ihn nicht«, sagte sie, »auch wenn es vielleicht so aussieht. In gewisser Weise kann ich sogar verstehen, warum er sich so verhalten hat. Die Welt der Manusch macht ihm Angst. Er fürchtete, meine Mutter daran zu verlieren.«

Liam musterte sie. Ein Mädchen wie Vivana hatte er noch nie getroffen. Sie war so anders als die Mädchen von Scotia, mit denen er aufgewachsen war, nachdenklicher und irgendwie … erwachsener. Vielleicht war das der Grund, warum er das Gefühl hatte, sie schon ewig zu kennen, obwohl sie sich erst vor wenigen Tagen begegnet waren.

Sie bemerkte seinen Blick. »Du bist der Erste, dem ich diese Dinge erzähle. Merkwürdig, oder?«

Er lächelte. »Ein bisschen.«

»Na ja, du warst offen zu mir. Da ist es nur fair, dass ich auch offen zu dir bin.« Sie wippte mit den Beinen und begann, auf ihrer Unterlippe zu kauen. Als sie weitersprach, lag leichte Anspannung in ihrer Stimme. »Wie ist es, Liam, verträgst du heute Abend noch ein bisschen mehr Ehrlichkeit?«

»Wie meinst du das?«

»Ich fürchte, ich muss dir etwas gestehen. Etwas, das dir nicht gefallen wird.«

»Du bist doch von der Geheimpolizei?«

Sie verpasste ihm einen Stoß mit dem Ellbogen. »Mach keine Witze. Ich meine es ernst.«

»Nur zu. So schlimm wird es schon nicht werden.«

Ihr Blick sagte etwas anderes. »Als du neulich bei meinem Vater gewesen bist, habe ich euch heimlich zugehört.«

»Wann? Während wir im Keller waren?«

»Ja.«

»Aber dein Vater hat gesagt, dort wäre es sicher.«

»An meinem Zimmer führt einer der Lichtschächte vorbei. Ich habe vor Jahren ein Loch in die Wand gemacht. Mein Vater weiß nichts davon.«

»Und durch das Loch hast du uns belauscht?«

Sie nickte.

»Das ist … nicht gut«, sagte er überrumpelt.

»Du bist jetzt sauer, oder?«, fragte sie.

Liam war sicher, dass, hätte ihm jemand anderes dieses Geständnis gemacht, er nicht nur ärgerlich, sondern fuchsteufelswild geworden wäre. Auf Vivana jedoch konnte er nicht wütend sein. Nicht nach allem, was heute Abend passiert war. »Hast du jemandem davon erzählt?«

»Nein … das heißt, doch. Tante Livia. Aber dich habe ich nicht erwähnt. Ich habe sie nur gefragt, was es mit diesem Gelben Buch auf sich hat, von dem ihr geredet habt.«

»Mehr hast du ihr nicht gesagt?«

»Wirklich nicht. Hör zu, Liam, es tut mir leid. Ich hätte das nicht tun sollen. Aber da war dieser Streit mit meinem Vater. Außerdem habe ich seine ewige Heimlichtuerei nicht mehr ertragen.« Sie schwieg unglücklich.

Plötzlich konnte Liam nicht anders, als leise zu kichern.

»Warum lachst du denn?«

»Ich muss mir nur gerade deinen Vater vorstellen. Er würde toben, wenn er das wüsste.«

»Allerdings«, murmelte sie. »Vor allem, wenn er herausbekäme, was ich noch alles belauscht habe.«

»Das war nicht das erste Mal?«

»Natürlich nicht. Ich weiß so ziemlich alles, was er seit Jahren vor mir zu verbergen versucht.«

Liam vermutete, dass sie damit die Verschwörung meinte, in die ihr Vater verwickelt gewesen war. Ja, Quindal *würde* toben.

»Und der arme Kerl ahnt nicht das Geringste. Man könnte fast Mitleid mit ihm haben.«

»Heißt das, du bist nicht wütend?«

»Würde das etwas ändern?«

Er konnte hören, wie sie aufatmete. »Danke«, sagte sie leise. »Ich habe schon befürchtet, du würdest davonlaufen und mich nie wieder sehen wollen, wenn ich dir das erzähle.«

»Warum hast du es mir dann erzählt?«

»Weil ... Ach, einfach so. Weil es nicht richtig ist, jemanden zu hintergehen.«

Sie wich seinem Blick aus, und er konnte spüren, dass sie noch mehr sagen wollte, viel mehr. Aber dann war der Moment vorüber, und in der Stille, die folgte, hörte er nichts als das Klopfen seines Herzens.

»Los, sag etwas«, forderte sie ihn auf, als sie das Schweigen nicht mehr ertrug.

Liam musste zuerst seine Gedanken sortieren. Die Heftigkeit, mit der er sich plötzlich zu ihr hingezogen fühlte, verwirrte ihn zutiefst. »Die Dinge, die dein Vater und ich beredet haben«, begann er schließlich, »was davon hast du gehört?«

»Alles«, antwortete sie. »Ich weiß, dass du kein Gärtner bist. Das ist nur deine Tarnung. In Wahrheit suchst du ein Buch. Das Gelbe Buch von Yaro D'ar. Lady Sarka bewahrt es in ihren Gemächern auf, aber wegen der Spiegelmänner kommst du nicht hinein.«

»Weißt du auch, warum ich das Buch suche?«

Sie schüttelte den Kopf.

Liam beschloss, ihr den Rest seiner Geschichte zu erzählen. Während der letzten Minuten war ihm klar geworden, dass Vivana der einzige Mensch war, dem er wirklich vertraute, so merkwürdig ihm das auch erschien. »Mein Vater war Blitzhändler in Scotia. Wir wohnten in der Sternwarte auf dem Hügel am Fluss. Er hat Lady Sarka gehasst und wollte dafür kämpfen, dass Bradost wieder eine Republik wird, so wie früher. Dafür wollte er den Phönix zurückholen.«

»Den Phönix? Wie wollte er das machen?«

»Ich weiß es nicht. Er hat Nachforschungen angestellt. Welche, kann ich dir nicht sagen; er war sehr verschlossen. Eines Tages ist er auf das Gelbe Buch von Yaro D'ar gestoßen, doch bevor er es finden konnte, ist ihm Corvas auf die Schliche gekommen. Die Spiegelmänner wollten ihn verhaften, und als er sich wehrte, haben sie ihn getötet.«

»Aber du konntest fliehen«, sagte Vivana.

Liam nickte. »Kurz vorher hat er mich gebeten, das Buch aufzuspüren. Es gibt nur ein Exemplar – es ist im Palast versteckt. Er wollte, dass ich deinen Vater um Hilfe bitte, also bin ich zur Werkstatt gegangen und habe mit ihm geredet. Zuerst wollte dein Vater von der ganzen Sache nichts hören, aber dann hat er sich bereit erklärt, mir zu helfen. Er hat mich der Lady vorgestellt und sie überredet, mir Arbeit zu geben. So wurde ich Gärtner in ihrem Palast.«

Vivana dachte lange über seine Worte nach. »Was erhoffst du dir davon?«, fragte sie schließlich. »Ich meine, was du tust, ist gefährlich. Es ist sogar reiner Wahnsinn. Ein Fehler, und es ergeht dir wie deinem Vater.«

»Das ist mir klar«, sagte er. »Aber ich habe keine Wahl. Ich muss erfahren, was so wichtig an diesem Buch ist, dass er bereit war, dafür zu sterben.«

»Livia sagt, es enthält alte Zaubersprüche und Rituale.«

Liam hatte beinahe vergessen, dass Vivana mit ihrer Tante über das Buch gesprochen hatte. Aufregung erfasste ihn. »Was weiß sie noch?«

»Sie meint, es sei so selten, dass manche glaubten, es würde gar nicht existieren.«

»Das ist alles?«, fragte er enttäuscht.

»Leider.«

Liam fluchte leise. Er hatte schon gehofft, mit der Hilfe der Manusch mehr über das Buch herauszufinden.

Vivana kaute wieder auf ihrer Unterlippe. »Was würdest du davon halten, wenn ich dir helfe?«, fragte sie unvermittelt.

»Wobei? Das Buch zu finden?«

»Ja.«

»Eben hast du noch gesagt, dass es zu gefährlich ist.«

»Für dich allein. Aber nicht für uns beide.«

»Wie meinst du das?«

Ihre Augen waren schwarz in der Dunkelheit, als sie ihn anblickte. »Ich hätte da eine Idee …«

28
Jackons Rache

Jackon wurde von Nacht zu Nacht besser. Indem er sich beim Eintritt in sein Seelenhaus bewusst machte, dass er nur träumte, besaßen die verwirrenden Bilderfluten, die ihn dort erwarteten, kaum noch Macht über ihn. Er fokussierte seine Gedanken, sodass er mühelos die Tür fand und sein Seelenhaus verlassen konnte. Auch das Springen fiel ihm immer leichter.

Seine Kräfte wuchsen, und er genoss es.

In der vergangenen Nacht hatte er Asher einen Besuch abgestattet. Dessen Seelenhaus glich einem Palast aus Unrat und Müll, protzig und abstoßend zugleich. Jackon hatte Asher in einem Saal aufgespürt, wo dieser sich großspurigen Träumen von Reichtum und Macht hingab. Indem er hier und da eine Kleinigkeit veränderte, hatte er bewirkt, dass sich der Lumpensammler plötzlich in einem schrecklichen Albtraum wiederfand. Seine Macht war verschwunden, sein Reichtum ebenfalls, und er hatte sich so schwach und hilflos gefühlt wie die Schlammtaucher und Bettler, die er tagtäglich ausbeutete. Als Jackon sich ihm zu erkennen gab, hatte er gewimmert wie Darren und ihm alles versprochen, wenn er nur aufhörte, seine Träume heimzusuchen. »Wirklich alles?«, hatte Jackon gefragt, woraufhin Asher verzweifelt nickte. Also hatte Jackon ihn aufgefordert, die Schlammtaucher von nun an gut zu behandeln und für ihre Funde anständig zu bezahlen. Für den Fall, dass

Asher den Traum vergaß oder sich nicht an die Abmachung hielt, hatte er angekündigt, wiederzukommen und dem Lumpensammler noch schrecklichere Albträume zu bescheren.

Außer Darren und Asher gab es noch viele andere Leute, die ihn gedemütigt und schikaniert und ihm das Leben schwer gemacht hatten. Er würde sie alle heimsuchen.

Heute Nacht kam ein Schlammtaucher namens Han an die Reihe. Han war es gewesen, der damals durchgesetzt hatte, dass Jackon aus den Behausungen der Schlammtaucher am Flussufer verstoßen wurde, als immer mehr Gerüchte um seine unheimlichen Kräfte die Runde machten. Han hatte ihn damit zu einem elenden und einsamen Leben in den tiefer gelegenen Kanälen verurteilt, obwohl er genau wusste, wie gefährlich es dort war.

Aber das würde er bald bereuen.

Nachdem Jackon sein Seelenhaus verlassen hatte, konzentrierte er sich und versuchte, sich Hans Gesicht vorzustellen, seine Stimme, sein Wesen, alles, was den Schlammtaucher ausmachte. Es fiel ihm wesentlich schwerer als bei Darren und Asher, denn es war mehr als ein Jahr her, dass er Han das letzte Mal gesehen hatte. Kurz darauf sprang er.

Er kam vor einer schäbigen Hütte auf. Nachdem er die Benommenheit abgeschüttelt hatte, warf er einen Blick durch das einzige Fenster. Träume huschten und waberten durch das winzige Seelenhaus, allerdings gehörten sie nicht Han, sondern einem anderen Schlammtaucher, der am Flussufer wohnte.

Jackon wurde klar, dass er sich nicht genug konzentriert hatte. Er gab sich mehr Mühe als beim ersten Mal und malte sich Han in seinen zerlumpten Kleidern in allen Einzelheiten aus.

Er landete in einer anderen Gasse. Zwei Sprünge so kurz hintereinander waren sehr anstrengend, und er musste sich eine Weile an eine Mauer gelehnt ausruhen. Seine Gedanken tanzten wild und ungeordnet durch seinen Kopf. Es kostete ihn all seine Kraft, nicht zu vergessen, weswegen er hergekommen war.

Er fuhr herum, als er ein vertrautes Summen hörte. Vier Boten näherten sich der Gasse, ihre Flügelpaare schillerten im ewigen Zwielicht der Stadt wie hauchdünnes Silber. Die Geschöpfe wurden auf ihn aufmerksam, umkreisten ihn neugierig und betasteten ihn mit den rüsselartigen Fortsätzen an ihren Köpfen. Obwohl Jackon inzwischen wusste, dass sie ungefährlich waren, erfüllten ihn der Anblick der riesigen Insekten und besonders ihre Berührung nach wie vor mit Ekel. Er schrie und wedelte mit den Armen, doch als sie sich nicht verjagen ließen, beschloss er, sich mit einem Sprung zu retten.

Er landete … irgendwo. Seelenhäuser umgaben ihn, über den Dächern erstreckte sich das dunkle Firmament. Der Sprung hatte ihn so sehr erschöpft, dass er seine Konzentration verlor. Im nächsten Moment wusste er weder, was er hier tat, noch, wovor er geflohen war.

Er beschloss, sich ein wenig umzusehen, bis es ihm wieder einfiel. Ziellos streifte er durch die Straßen, wobei er einen Bogen um die widerwärtigen Sammler machte, die überall herumkrochen.

Er hatte etwas gesucht – aber was?

Plötzlich lichteten sich die Seelenhäuser und gaben den Blick auf ein gewaltiges Gebäude frei, mächtiger als alles, was er je in dieser Stadt gesehen hatte. Zinnengekrönte Mauern erhoben sich vor ihm, überragt von spitzen Türmen mit schwarzen Fenstern, die wie Augen auf ihn herabblickten. Der unaufhörliche Wind ließ glitzernden Staub um das Gemäuer tanzen.

Jackon konnte sich dunkel daran erinnern, dass Lady Sarka einmal von einem Palast gesprochen hatte, der im Herzen der Seelenstadt stand.

War er deswegen hergekommen?

Leider wusste er nicht mehr, was die Lady über den Palast gesagt hatte.

Es war wohl am besten, er sah sich das Bauwerk aus der Nähe an.

Wind zerzauste seine Haare, während er auf den Palast zuging. Der silberne Staub legte sich auf seine Kleidung und brannte in seinen Augen. Ein mulmiges Gefühl stieg in ihm auf. Drohte hier Gefahr?

Nein, nicht ihm. Er war ein Traumwanderer. Es gab nichts, wovor er sich fürchten musste.

Er entdeckte ein Tor und trat ein. Nach wenigen Schritten gelangte er in eine Säulenhalle, von der verwinkelte Flure und enge Treppenfluchten abzweigten. Es war weder hell noch dunkel. Das Mauerwerk wies Risse auf. Steinbrocken waren von der Decke gefallen und auf dem Boden zersplittert.

Falls es sich bei diesem Gebäude um ein Seelenhaus handelte, musste es einer überaus beeindruckenden Persönlichkeit gehören. Umso merkwürdiger, dass es verfiel.

Nirgendwo waren Träume zu sehen.

Jackon wanderte durch leere Korridore und Räume. In einer gewaltigen Halle blieb er stehen. Balustraden umliefen den Saal, die Galerien hinter den Säulen verloren sich im Zwielicht. Die Decke war so hoch, dass er sie kaum erkennen konnte.

In einem Durchgang stand eine Gestalt.

Sie war groß, viel größer als er, und trug eine Robe aus fließendem Stoff. Langes, schlohweißes Haar fiel auf die breiten Schultern und betonte die dunkle Haut des Mannes.

Seine Augen glitzerten, als er Jackon musterte.

»Wer bist du?«, fragte er mit einer Stimme, die so alt, so machtvoll war, dass Jackon vor Ehrfurcht erstarrte.

Der Mann kam näher. »Sag mir deinen Namen«, befahl er. »Sag mir, wer es wagt, in Aziels Schloss einzudringen.«

Aziel! Auf einen Schlag fiel Jackon alles wieder ein. Dies war der Herr der Träume, der unerbittliche Herrscher der Seelenstadt, vor dem ihn Lady Sarka gewarnt hatte – und er war geradewegs in dessen Palast hineingeschlendert.

Voller Entsetzen wirbelte Jackon herum und ergriff die Flucht. Rannte durch Flure und Hallen, wie er noch nie gerannt war. Doch als er endlich das Tor erreichte, stand Aziel bereits dort.

»Du kannst mir nicht entkommen«, sagte er. »Dies ist mein Reich. Nur ich entscheide, was hier geschieht.«

Jackon machte kehrt und lief zurück in das Labyrinth aus Treppen und Gängen. Er hastete die Stufen hinauf, in der verzweifelten Hoffnung, einen Winkel zu entdecken, wo Aziel ihn nicht fand.

Er konnte den Palast nicht verlassen. Er hatte keine Kraft mehr für einen Sprung.

Er lehnte sich gegen die Wand, keuchend vor Erschöpfung, obwohl er sich hundertmal sagte, dass er nicht erschöpft sein konnte, weil dies gar nicht sein Körper war, sondern nur dessen Seelenabbild. Er versuchte, ruhig zu atmen und seine verbliebenen Kräfte darauf zu konzentrieren aufzuwachen. Dies war seine einzige Chance, von hier zu entkommen.

Aziel erschien vor ihm, streckte die mächtigen Hände nach ihm aus, wollte ihn packen.

Jackon erwachte mit einem Schrei.

Er fuhr von der Couch auf und blickte sich gehetzt um. Der Palast war verschwunden. Er befand sich im geheimen Zimmer – in Sicherheit.

»Was ist geschehen?«, fragte Lady Sarka behutsam. »Bist du in einen Albtraum geraten?«

»Ich habe Aziel gesehen«, brachte er leise hervor.

Sie blickte ihn alarmiert an. »Hat er dich gefunden?«

»Nein. Ich … ich war in seinem Palast.«

Lady Sarka stand ruckartig auf. »Ich habe dir doch gesagt, dass du dich davon fernhalten sollst!«

»Es war ein Versehen«, stammelte er. »Ich wollte das nicht. Es ist … einfach passiert.«

»Du Narr! Damit hast du uns beide in Gefahr gebracht!«

Eingeschüchtert versank Jackon in der Couch. Er hatte die Lady noch nie so zornig erlebt.

»Hat er dich auch gesehen?«, fragte sie barsch.

»Leider ja.«

»Was hat er getan? Dich angesprochen?«

»Er wollte meinen Namen wissen.«

»Hast du ihm geantwortet?«

Er schüttelte den Kopf. »Ich bin geflohen.«

Sie begann, unruhig im Zimmer umherzugehen. »Das ist schlecht. Sehr schlecht. Jetzt wird er nach dir suchen.«

»Und was passiert, wenn er mich findet?«

»Er wird dich töten.«

Jackon schluckte. »Wirklich?«

»Er duldet keine Traumwanderer. Er weiß, dass du eine Gefahr für ihn bist.«

»Aber ich habe doch gar nicht vor, ihm etwas …«

»Halt den Mund!«, fuhr sie ihn an. »Lass mich nachdenken.«

Sie öffnete eine kleine Zedernholzkiste und holte eine Phiole aus Rauchglas heraus. »Trink das«, befahl sie. »Aber nur einen kleinen Schluck.«

Jackon entfernte den Pfropfen und roch an der Öffnung. Die Flüssigkeit darin verströmte einen schweren, süßlichen Duft. »Was ist das?«

»Ein Mittel, das dich für ein paar Tage traumlos schlafen lässt. Vielleicht verliert er dann deine Spur. Jetzt trink schon.«

Verunsichert gehorchte er. Der Trank schmeckte genauso, wie er roch. Ölig rann die Flüssigkeit seine Kehle hinab.

»Ich fürchte, das wird nicht ausreichen«, fuhr Lady Sarka fort. »Aziel kann unsere Welt betreten. Er wird auch hier nach dir suchen. Du brauchst noch einen anderen Schutz.« Sie streifte ihre Halskette über den Kopf und reichte sie ihm. An dem dünnen Silberband hing ein fünfzackiger Stern, umgeben von einem Kreis. »Das ist ein Drudenfuß. Aziel fürchtet ihn. Solange du ihn trägst, kann er dir nichts anhaben. Leg die Kette deshalb niemals ab, auch nachts nicht. Besonders nachts nicht.«

Mit zitternden Händen zog Jackon die Kette an und schob den Drudenfuß unter sein Hemd. Das Silber lag kühl auf seiner Haut.

»Aber was ist mit meiner Ausbildung?«, fragte er nach einer Weile. »Wenn ich nicht träume, kann ich sie nicht fortsetzen.«

Lady Sarka bedachte ihn mit einem lodernden Blick. »Vergiss deine Ausbildung«, sagte sie. »Von nun an wirst du nur noch eines tun.«

»Was?«

»Versuchen, um jeden Preis zu überleben.«

29

Vivanas Plan

Wolken türmten sich im Norden auf und zogen brodelnd über Bradost. Manchmal brach die Sonne durch, woraufhin sich drückende Hitze breitmachte; dann wieder war die Wolkendecke so undurchlässig, dass in den Straßen ein schwefliges Zwielicht herrschte. Ein seltsamer warmer Wind pfiff um die Kamine, trieb Staub und Unrat vor sich her und machte die Menschen gereizt und übellaunig. Es war ein verrücktes Wetter, passend zur nervösen Stimmung in der Stadt.

Vivana hatte die allgegenwärtige Anspannung gespürt, kaum dass sie das Haus verlassen hatte. Während sie am frühen Abend mit Liam durch die Altstadt ging, sah sie überall die Auswirkungen des jüngsten Aufruhrs. Die Zeitungen wetteiferten darum, wer die schrillsten Lügen über die Ereignisse auf dem Phönixplatz verkündete. Soldaten patrouillierten durch die Gassen, mehr noch als an den Tagen nach dem Anschlag. Plakate wiesen auf die Ausgangssperre hin, die die Geheimpolizei auf Anordnung der Lordkanzlerin verhängt hatte: Wer sich nach Einbruch der Dunkelheit draußen herumtrieb, musste damit rechnen, verhaftet zu werden. Und genau wie Liam vorhergesagt hatte, waren öffentliche Versammlungen auf unbestimmte Zeit verboten.

Nicht einmal das Labyrinth, wo man normalerweise alles dafür tat, um die Sorgen der Welt zu vergessen, blieb von alldem verschont. Auch hier wimmelte es von Soldaten. Viele

Tavernen, Varietés und Schaubuden hatten geschlossen. Die Menschen auf den Straßen blickten sich furchtsam um und sahen zu, dass sie auf dem schnellsten Weg nach Hause kamen. Die wenigen Gaukler und Musiker, die weiterhin ihre Kunst darboten, wirkten verzweifelt in ihrer Ausgelassenheit, so als wüssten sie, dass selbst das fröhlichste Lied, der albernste Taschenspielertrick niemanden darüber hinwegtäuschen konnte, was gerade in Bradost geschah.

Vivana und Liam mieden die Hauptstraßen, um möglichst wenigen Patrouillen zu begegnen. Damit sie vor der Ausgangssperre wieder zu Hause waren, beeilten sie sich, aber nicht übermäßig, denn sie wollten nicht auffallen.

»Hast du deinem Vater gesagt, wohin wir gehen?«, erkundigte sich Liam, während sie einen der zahlreichen Wasserkanäle überquerten.

»Warum fragst du?«

»Eigentlich habe ich ihm versprochen, dich nicht in diese Sache hineinzuziehen.«

»Du hast mich nirgendwo hineingezogen«, sagte Vivana. »Es war meine Entscheidung.«

»Er wird das anders sehen.«

Sie seufzte. In seinem Bemühen, sie zu beschützen, behandelte ihr Vater sie wie ein kleines Kind. »Er weiß nicht, dass wir uns treffen. Er war noch in der Werkstatt, als ich gegangen bin, und vermutlich kommt er erst spät in der Nacht zurück.«

»Trotz der Ausgangssperre?«

»Glaubst du, darum schert er sich? Er, der berühmteste Erfinder der Welt?«

Am Ende der Gasse kam der Platz der Erztugenden mit dem Wanderzirkus in Sicht. Vivana blieb stehen. »Warte hier. Es ist besser, wenn ich allein mit Livia spreche.«

Er nickte. »Und du glaubst wirklich, sie kann uns helfen?«

»Vertrau mir«, erwiderte sie, obwohl sie alles andere als sicher war. Sie musste ihre Tante um ein altes Geheimnis der Manusch bitten und konnte nicht sagen, wie Livia darauf reagieren würde. Es war nicht ausgeschlossen, dass sie Vivanas Bitte zurückweisen oder sogar ärgerlich werden würde.

Kurz darauf überquerte sie den Platz. Ihre Familie saß unter dem Sonnensegel und aß zu Abend. Die Stimmung unter den Manusch war schlecht, denn wegen der Situation in der Stadt kamen kaum noch Besucher zu ihren Vorstellungen. Vivanas Onkel sprach sogar davon, Bradost zu verlassen und weiterzuziehen, wenn sich die Lage nicht in den nächsten Tagen besserte.

Ihre Verwandten forderten sie auf, sich zu ihnen zu setzen, und boten ihr Brot, Oliven und Käse an. Aus Höflichkeit aß Vivana einige Bissen, bevor sie ihre Tante fragte, ob sie unter vier Augen mit ihr sprechen könne.

»Hast du wieder Streit mit deinem Vater?«, erkundigte sich Livia, nachdem sie sich in ihren Wagen zurückgezogen hatten.

»Ich muss dich um etwas bitten«, begann Vivana. »Es wird dir nicht gefallen, aber es ist wirklich ungeheuer wichtig, denn es hängt viel davon ab, mehr als du dir vorstellen kannst. Also sag bitte nicht gleich Nein.«

»Wieso verrätst du mir nicht erst einmal, worum es überhaupt geht?«

Vivana holte tief Luft. »Ich brauche *javva*.«

Ihre Tante war so verblüfft, dass es ihr für einen Moment die Sprache verschlug. »Weswegen?«

»Eigentlich brauche nicht ich es, sondern Liam. Du weißt schon, der Junge, der mich neulich besucht hat.«

»Was ist mit ihm? Ist er verletzt?«

»Nein. Er braucht es wegen der … anderen Wirkung.«

»Hat er etwa Ärger mit der Geheimpolizei?«

»Ja … in gewisser Weise.«

»In gewisser Weise?«, wiederholte Livia. »Könntest du dich etwas deutlicher ausdrücken?«

»Er sucht etwas. Etwas, das ihm sehr viel bedeutet und das von Spiegelmännern bewacht wird.«

»Das ist nicht gerade eine zufriedenstellende Erklärung, Vivana.«

»Mehr kann ich dir aber nicht sagen. Ich habe Liam mein Wort gegeben.«

Livia zog einen Schemel unter dem Tisch hervor, raffte ihre Röcke und setzte sich. »Ich soll ihm also eines unserer wichtigsten Geheimnisse überlassen, ohne dass ich erfahren darf, was er damit vorhat?«

»Du erfährst es. Wenn Liam nicht mehr in Gefahr ist. Ich verspreche es dir.«

»Weißt du, was du da von mir verlangst? Es hat einen Grund, dass wir unser Wissen vor Fremden hüten. Wenn Lady Sarka erfährt, dass wir etwas besitzen, das uns vor den Spiegelmännern schützt, sind wir hier nicht mehr sicher. Außerdem ist *javva* selten und kostbar. Wir benutzen es nur in Notfällen.«

Das Gespräch verlief nicht so, wie Vivana es sich erhofft hatte. »Bitte, Tante Livia«, sagte sie. »Du bist die Einzige, die Liam helfen kann.«

Die Wahrsagerin seufzte. »Setz dich.«

Nachdem Vivana an dem kleinen Tisch Platz genommen hatte, fragte Livia: »Was ist das überhaupt für ein Junge?«

»Er ist mein Freund.«

»Du hast ihn doch gerade erst kennengelernt, oder?«

»Was hat das damit zu tun?«

»Eine Menge. Er muss dir viel bedeuten, dass du mit so einer Bitte zu mir kommst.«

Vivana wusste nicht, wie sie ihrer Tante erklären sollte, was sie für Liam empfand. Sie verstand ihre Gefühle selbst kaum. Liam und sie hatten einander ihre Geheimnisse anvertraut, während das Sternenlicht durch die Kuppel des kleinen Observatoriums schien, obwohl sie ihn erst wenige Tage kannte. Die vergangene Nacht hatte eine Verbindung zwischen ihnen geschaffen, ein Vertrauen, wie sie es noch nie zuvor erlebt hatte. Und nicht nur das … Sie war mit dem Gedanken an Liam eingeschlafen und heute Morgen damit aufgewacht, und sie hatte es gar nicht abwarten können, ihn wiederzusehen. Ein überaus verwirrender Zustand. Schön. Und gleichzeitig ein bisschen beängstigend.

Livia musterte sie lange, bevor sie sagte: »Du magst ihn sehr, nicht wahr?«

»Ich will einfach nicht, dass ihm etwas zustößt.«

»Du brauchst dich für deine Gefühle nicht zu schämen. Ich war auch einmal sechzehn – glaub mir, ich weiß, wie du empfindest.«

Es gefiel Vivana ganz und gar nicht, was ihre Tante da sagte. Konnte ihr etwa jeder ansehen, was in ihr vorging? Sie zog die Nase kraus. »Sag mir lieber, ob du Liam helfen wirst.«

»Ich kann ihm kein *javva* geben. Es wäre zu gefährlich. Versteh das bitte.«

»Aber er würde es niemandem verraten! Du kannst ihm vertrauen.«

»Wie, wenn ich nichts über ihn und seine Absichten weiß? Herrgott, Vivana, ich kenne diesen Jungen nicht einmal.«

»Du hast doch mit ihm geredet.«

»Ein einziges Mal. Und nicht gerade lange.«

Vivana schwieg entmutigt. Dass es so schwer werden würde, hätte sie nicht gedacht. Dabei war sie davon überzeugt, dass ihre Tante Liam bereitwillig helfen würde, wenn sie seine Geschichte hörte. Aber Vivana hatte ihm nun einmal versprochen, nur so viel von seinen Plänen preiszugeben wie unbedingt nötig. »Und wenn er dir sagen würde, was er vorhat? Würdest du es dir dann nochmal überlegen?«

»Heißt das, er ist hier?«

»Er wartet eine Straße weiter auf mich. Ich hole ihn, wenn du einverstanden bist.«

Livia seufzte erneut, tiefer diesmal. »Und wer garantiert mir, dass er nicht lügt? Oder mir etwas verschweigt?«

»Weil Liam das nicht tun würde.«

»Das kannst du nicht wissen. Nein, Vivana. Bei solch einem bedeutenden Geheimnis kann ich kein Risiko eingehen. Es tut mir leid.«

Vivana gab auf. Sie kannte ihre Tante. Wenn die Wahrsagerin einmal eine Entscheidung getroffen hatte, konnte nichts und niemand sie umstimmen.

»Nein, mir tut es leid«, erwiderte sie resigniert. »Das war eine dumme Idee. Mach's gut.«

»Du willst schon gehen?«

»Was soll ich noch hier, wenn du mir nicht helfen willst?«

»Warte«, sagte die Manusch, als Vivana die Wagentür öffnen wollte. »Bedeutet dir das wirklich so viel?«

»Ja.«

Livia blickte sie schweigend an. »Mit Liam zu reden genügt nicht«, sagte sie schließlich. »Aber vielleicht gibt es eine andere Möglichkeit.«

»Welche?«

»Ich könnte ihn prüfen.«

»Ihn prüfen?«

»Ja. Um herauszufinden, ob er vertrauenswürdig ist. Allerdings ist dieses … Verfahren nicht unbedingt angenehm.«

»Was meinst du damit?«

»Das wirst du sehen«, erwiderte die Wahrsagerin. »Denkst du, er wäre damit einverstanden?«

»Ich rede mit ihm. Bin gleich wieder da.«

Während sie aus dem Wagen stieg, fragte sich Vivana, was ihre Tante wohl vorhatte. Doch sie war zu erleichtert, dass sie

Liam eine Chance geben wollte, um auf einer genaueren Auskunft zu bestehen.

Sie eilte über den Platz zur Gasse, wo ihr Liam entgegenkam. Der Wind pflügte durch sein blondes Haar. Als sie ihn sah, spielte irgendetwas in ihr für einen Augenblick verrückt, allerdings auf eine seltsam glückliche Art. So ging es ihr schon den ganzen Tag. Sie hoffte wirklich, dass er sie nicht so leicht durchschaute wie ihre Tante.

»Und, was hat sie gesagt?«, fragte er.

»Sie will mit dir reden, bevor sie entscheidet, ob sie uns hilft.«

»Hält sie mich etwa immer noch für einen Spion deines Vaters?«

»Es ist noch vertrackter, fürchte ich. Sie will dich prüfen.«

»Wie?«

»Das hat sie nicht gesagt. Aber wenn du ihr Vertrauen gewinnen willst, wirst du dich wohl darauf einlassen müssen.« Zögernd fügte Vivana hinzu: »Ich habe ihr außerdem vorgeschlagen, dass du ihr deine Geschichte erzählst. Wer du wirklich bist und was du vorhast.«

»Du weißt doch, dass ich das nicht kann«, erwiderte er mit einem Anflug von Ärger. »Es ist zu riskant.«

»Du hast von meiner Tante nichts zu befürchten. Sie ist verschwiegen. Und sie hasst Lady Sarka und Corvas genauso sehr wie du.«

Liam wirkte nicht überzeugt.

Vivana musste sich bemühen, nicht die Geduld zu verlieren. Wie konnte es sein, dass zwei vernünftige, kluge und ehrliche Menschen wie Liam und ihre Tante einander so viel Misstrauen entgegenbrachten? »Die Manusch haben viele Feinde«, erklärte sie. »Tante Livia versucht nur, ihre Familie und ihr Volk vor Schaden zu bewahren. Kannst du das nicht verstehen?«

»Ich habe auch Feinde.«

»Sicher. Aber meine Tante gehört nicht dazu.«

»Wenn ich wenigstens wüsste, ob dieses ominöse Manuschmittel den ganzen Aufwand wert ist«, meinte Liam.

»Ist es. Glaub mir.«

Sie konnte ihm ansehen, wie er mit sich rang. »Also gut«, sagte er schließlich. »Ich rede mit ihr und lasse mich prüfen … Was auch immer das heißt.«

Vivana atmete innerlich auf. »Komm mit«, sagte sie und griff unwillkürlich nach seiner Hand, als sie losging.

Liam hatte noch nie einen Manuschwagen von innen gesehen. Neugierig blickte er sich um, nachdem er Vivana durch die bemalte Tür gefolgt war, betrachtete die Zedernholztruhen, die Kräuterschnüre an der Decke, die alten Bücher auf dem Regalbrett. Ein kaum merklicher Duft lag in der Luft, würzig und exotisch. Plötzlich wurde ihm bewusst, wie fremd ihm die Welt der Manusch war. Worauf hatte er sich nur eingelassen?

Vivanas Tante saß an einem Tisch, auf dem ein kleiner Lederbeutel lag. »Ich nehme an, Vivana hat dir gesagt, was ich tun will«, sprach sie ihn ohne Umschweife an.

»Ja.«

»Gut. Dann lass uns gleich anfangen. Setz dich.«

Vivana hatte sich auf einer Truhe niedergelassen und nickte ihm aufmunternd zu, woraufhin er an dem Tischchen Platz nahm. Er konnte immer noch die Berührung ihrer Finger auf seiner Hand spüren. Das gab ihm ein wenig Sicherheit.

Vivanas Tante öffnete den Lederbeutel und holte einen kleinen Gegenstand heraus.

Eine Perle, makellos und schwarz wie ein Stückchen reinste Dunkelheit.

Die Wahrsagerin legte sie in seine geöffnete Hand.

»Wofür ist das?«, fragte er.

»Die Perle hilft mir herauszufinden, ob ich dir trauen kann.«

»Genügt es nicht, dass ich Ihnen mein Wort gebe?«

»Nein«, sagte die Manusch entschieden.

Er warf Vivana einen fragenden Blick zu. Sie zuckte nur mit den Schultern. Offenbar war ihr diese Prozedur genauso fremd wie ihm.

»Sieh mich an«, befahl ihre Tante.

Liam wandte sich zu ihr um und verspürte im gleichen Moment ein Kitzeln auf seiner Handfläche. Was er sah, ließ ihm den Atem stocken. Aus der Perle wuchsen *Beine*. Sie verformte sich, bildete einen zweigeteilten Körper und Beißscheren, wurde innerhalb weniger Augenblicke zu einer Spinne aus Perlmutt. »Was … was ist das?«, stammelte er.

Vivanas Tante gab keine Antwort, blickte ihn nur abwartend an. Liam war vor Entsetzen wie gelähmt. Plötzlich setzte sich das schwarzschimmernde Geschöpf in Bewegung und krabbelte seinen Arm hinauf.

Er erwachte aus seiner Erstarrung, sprang mit einem panischen Ächzen auf und versuchte, die Spinne abzuschütteln. Doch so heftig er sich auch bewegte, sie fiel einfach nicht herunter. Sie klammerte sich irgendwie an seinem Ärmel fest, und er konnte durch das Tuch spüren, wie die dünnen Beine in seine Haut piekten. »Vivana!«, schrie er und schlug nach der Spinne, verfehlte sie jedoch.

Vivana war aufgesprungen. »Sie ist auf deiner Schulter. Warte, ich helfe dir …«

»Nein, wirst du nicht«, sagte ihre Tante scharf. »Setz dich wieder hin.«

»Mach sie weg!«, schrie Liam, während er sich im Kreis drehte und sich dabei auf die Schulter schlug, ohne die Spinne zu erwischen.

»Stillhalten«, rief Vivana. Aus dem Augenwinkel sah er, dass sie mit einem Buch ausholte. Gleichzeitig verspürte er einen stechenden Schmerz im Nacken. Im nächsten Moment streifte ihn das Buch, und die Spinne flog durch den Raum. Sie landete auf dem Tisch, wo sie liegen blieb und hilflos mit den Beinen zappelte.

Ein warmes Taubheitsgefühl folgte auf den Schmerz und breitete sich vom Nacken über das Rückgrat in seinem gesamten Körper aus. Zuerst waren Schultern und Arme betroffen, dann die Beine, und er taumelte gegen das Bücherregal. *Gift*, kam es ihm in den Sinn, *das Biest hat mich gebissen …* Dann erreichte die Taubheit seinen Kopf und überlagerte seine Gedanken wie Nebel. Schwerfällig stützte er sich auf dem Tisch ab und sank auf den Hocker. Die Umgebung verschwamm. Wie aus weiter Ferne hörte er zwei Stimmen.

»Was hast du mit ihm angestellt?«

»Ich habe dir gesagt, dass es nicht angenehm für ihn werden wird.«

»Aber *davon* hast du mir nichts gesagt!«

»Jetzt beruhige dich. Das Gift ist nicht gefährlich. Es hält ihn nur davon ab, Lügen zu erzählen.«

»Warum hast du ihn nicht gewarnt?«

»Er hätte sich kaum darauf eingelassen, wenn er gewusst hätte, was geschehen wird.«

Hände berührten ihn. »Er hat Schmerzen.«

»Hat er nicht. Jetzt sei still.«

Die Hände ließen von ihm ab. Wenig später löste sich die Benommenheit allmählich auf. Er fühlte sich immer noch schwer und schläfrig, aber wenigstens konnte er wieder einigermaßen klar denken, wenngleich eine seltsame Gleichgültigkeit von ihm Besitz ergriffen hatte. Er empfand weder Furcht noch Wut, obwohl einem Teil von ihm bewusst war, dass er allen Grund dazu gehabt hätte.

Eine der beiden Stimmen begann, ihm Fragen zu stellen:

Woher er Nestor Quindal kannte. Seit wann er im Palast von Lady Sarka arbeitete. Warum er Hilfe benötigte. Ob er wirklich der war, der er vorgab zu sein. Liam hatte eine vage Ahnung, dass es nicht klug war, darauf zu antworten. Die Stimme besaß jedoch eine eigentümliche Macht über ihn, der er sich nicht widersetzen konnte, also sagte er alles, was sie wissen wollte. Schläfrig wie er war, konnte er nur einsilbige Antworten geben, weswegen die Stimme immer wieder nachhakte und ihm weitere Fragen stellte.

»Du suchst also das Gelbe Buch von Yaro D'ar?«

»Ja.«

»Warum?«

»Wegen meines Vaters.«

»Bist du sicher, dass es überhaupt existiert?«

»Ja.«

Neue Fragen, die er gehorsam beantwortete, bis die Stimme alles wusste: Wer sein Vater gewesen war. Warum er hatte sterben müssen. Wo Liam das Buch vermutete. Warum es ihm bisher nicht gelungen war, es aufzuspüren.

»Dein Vater glaubte also, er könnte den Phönix zurückholen?«

»Weiß nicht.«

»Aber er dachte, dass das Buch etwas mit dem Phönix zu tun haben könnte.«

»Ich glaube schon.«

»Wie kam er darauf?«

»Hat er nicht … gesagt.«

Irgendwann endete der Strom der Fragen. Liams Kopf war auf den Tisch gesunken, lag auf seinem Arm. Er hörte wieder die beiden Stimmen, deutlicher diesmal.

»Bist du jetzt zufrieden?«

»Ich weiß alles, was ich wissen muss, falls du das meinst.«

Eine Pause. Dann: »Wann wird die Wirkung nachlassen?«

»Bald.«

»Und du bist ganz sicher, dass ihm das Gift nicht irgendwie geschadet hat?«

»Natürlich. Wofür hältst du mich?« Noch eine Pause, bevor die Stimme fortfuhr: »Du willst ihn also begleiten, wenn er in die Gemächer der Lady eindringt.«

»Du hast doch gehört, was er gesagt hat«, erwiderte die andere Stimme mürrisch.

»Hättest du es mir auch gesagt, wenn er es nicht verraten hätte?«

»Es war unfair, ihn das zu fragen.«

»Das ist keine Antwort, Vivana.«

Liam war, als erwache er aus einem verwirrenden Traum. Die Empfindungslosigkeit, die seinen Körper und seinen Verstand beherrscht hatte, ließ langsam nach und wich dumpfem Kopfschmerz. Er hob den Kopf, blinzelte und stellte fest, dass er wieder klar sehen konnte. Auf der anderen Seite des Tisches saß eine Frau in bunten Röcken. Liam brauchte einen Moment, bis er begriff, dass es sich um Vivanas Tante handelte.

»Liam!« Vivana stürzte zu ihm. »Wie geht es dir?«

Er blickte sich um. Bemalte Holzwände, alte Bücher, Kräuterschnüre – er wusste wieder, wo er war. Entsetzen und Ekel hallten in ihm nach, und er konnte sich vage daran erinnern, dass er vor irgendetwas schreckliche Angst gehabt hatte.

Die Spinne …

Er fuhr so jäh auf, dass der Hocker umfiel, fasste sich in den Nacken und schaute sich hektisch um. »Wo –«

»Keine Sorge«, sagte Vivanas Tante, »die Spinne ist fort.« Sie hob den Lederbeutel.

»Warum haben Sie dieses … Ding auf mich losgelassen?«, krächzte er.

»Das gehört nun einmal zur Prüfung der Wahrheit.«

Liam wandte sich zu Vivana um. »Hast du das gewusst?«

»Nein. Ehrlich«, antwortete sie.

Er verzog das Gesicht, als der Kopfschmerz von Neuem aufwallte. Vivana stellte den Hocker hin, und er setzte sich. Ihre Tante schob ihm eine Tasse über den Tisch. Sie enthielt Wasser, in dem getrocknete Blätter schwammen.

»Trink das.«

»Was ist das?«, fragte er misstrauisch.

»Ein Mittel gegen die Nachwirkungen des Giftes.«

Zögernd nippte er an der Tasse. Der Tee war kalt und schmeckte frisch und pfeffrig. Schon nach wenigen Schlucken ging es ihm besser. Nach einer Weile fragte er: »Was ist eigentlich gerade passiert?«

»Ich weiß nun, wer du bist und was du vorhast, Liam Satander«, sagte Vivanas Tante.

Sie nannte ihn Satander? An das, was nach dem Spinnenbiss geschehen war, konnte er sich nur noch verschwommen erinnern. Sie hatte ihm zahllose Fragen gestellt ... Und er hatte sie beantwortet, jede einzelne davon, hatte der Wahrsagerin all seine Geheimnisse offenbart.

Er fluchte derb.

»Nichts von alldem verlässt meinen Wagen«, sagte sie. »Du hast mein Wort.«

Liam blickte die Manusch unfreundlich an. »Also gut. Sie haben mich geprüft. Und? Bin ich Ihrer Hilfe würdig?«

»Du hast viel Leid erfahren, und deine Absichten sind redlich.«

»Heißt das Ja?«

»Das hängt davon ab, ob ihr mit meinen Bedingungen einverstanden seid.«

»Welche Bedingungen?«, wollte Vivana wissen.

»Es gibt zwei«, sagte ihre Tante und wandte sich an Liam. »Erstens: Wenn du das Buch gefunden hast, bringst du es zu mir.«

»Wozu?«, fragte er mit neu erwachtem Argwohn.

»Damit ich es studieren kann. Ich will überprüfen, ob die Vermutung deines Vaters zutrifft. Ob es tatsächlich einen Zusammenhang zwischen dem Buch und dem Phönix gibt.« Als Liam zögerte, fügte sie hinzu: »Ihr werdet ohnehin jemanden brauchen, der etwas von solchen Dingen versteht.«

Liam dachte darüber nach. Was die Wahrsagerin verlangte, klang akzeptabel, zumal sie vermutlich recht damit hatte, dass sie ihre Unterstützung benötigen würden, um ein derartiges Schriftstück zu entziffern. »Einverstanden. Und Ihre zweite Bedingung?«

»Du gehst allein«, antwortete die Wahrsagerin.

Vivana konnte nicht glauben, was sie da hörte. »Nein. Ich komme mit. So haben Liam und ich es vereinbart.«

»Ich werde nicht zulassen, dass du dich in Gefahr begibst«, erwiderte ihre Tante.

»Ich kann auf mich aufpassen!«

»Mag sein. Trotzdem ist das Risiko zu groß. Ich habe bereits deine Mutter verloren«, fügte die Manusch hinzu. »Ich will nicht auch noch dich verlieren.«

Vivana hätte sich denken können, dass es darauf hinauslief. *Immer* lief es darauf hinaus. »Du hörst dich an wie Vater. Dabei habe ich immer gedacht, wenigstens *du* würdest mich ernst nehmen.«

Doch Tante Livia ließ sich auf keinerlei Diskussion ein. »Das sind meine Bedingungen. Wenn du damit nicht einverstanden bist, bekommt niemand das *javva*.«

»Das ist Erpressung.«

»Ich tue das, um dich zu schützen, Vivana. Nicht, um dich zu ärgern.«

Vivana hätte vor Wut am liebsten gegen die Kisten getreten. Tante Livia hatte sie in der Hand. Wenn sie auf ihrem Willen beharrte, würde sie Liam schaden. Die Wahrsagerin wusste genau, dass sie ihm das nicht antun würde.

»Also«, sagte ihre Tante, »kannst du das akzeptieren?«

»Habe ich eine andere Wahl?«

»Ich will, dass du mir dein Wort gibst. Versprich mir, dass du Liam allein gehen lässt.«

»Versprochen!«, fauchte sie.

»Was ist mit dir?«, wandte sich die Wahrsagerin an Liam.

»Ich schätze, die Entscheidung ist schon gefallen, oder?«

»Gut. Dann sind wir uns also einig.« Tante Livia warf ihr einen *Versuch-ja-nicht-mich-zu-hintergehen*-Blick zu, bevor sie eine ihrer Truhen öffnete. Vivana setzte sich und beobachtete mit finsterer Miene, wie ihre Tante eine Rauchglasphiole auf den Tisch stellte und eine Lederschnur danebenlegte, an der ein winziges Flakon befestigt war. Als die Wahrsagerin gerade nicht hinsah, hob Liam die Schultern und verzog entschuldigend den Mund. *Nicht dein Fehler*, formte sie stumm mit den Lippen.

»Hier«, sagte Tante Livia. »Das ist *javva.*«

Liam nahm die Phiole in die Hand und betrachtete die quecksilbrige Flüssigkeit darin. »Was bewirkt es?«

»Es beschleunigt die Heilung von Wunden aller Art und Knochenbrüchen.«

Er runzelte die Stirn. »Aber was nützt das gegen die Spiegelmänner?«

»Eine Menge. *Javva* enthält Staub, der aus dem Herzen eines Vampirs gewonnen wird. Er ist es, der dem Elixier seine Kraft verleiht.«

»Eines Vampirs?«, fragte Liam ungläubig. »Ich dachte immer, das sind nur alte Geschichten. Schauermärchen und so weiter.«

»Vampire gab es wirklich, aber es ist lange her«, erklärte die Wahrsagerin. »In Karst gibt es Höhlen, wo welche begraben liegen. Ihre Herzen enthalten einen Rest ihrer Macht, weshalb sie sehr begehrt sind. Irgendwann fanden wir durch Zufall heraus, dass *javva* eine besondere Nebenwirkung hat. Eine Art … Echo der Kräfte, die der Vampir einst besaß. Wenn man es einnimmt, verliert man für einige Stunden sein Spiegelbild. Dadurch wird man unsichtbar für die Spiegelmänner. Sie haben keine Augen. Sie können nur sehen, was sich in ihren Masken spiegelt. Ihre einzige Schwäche.«

»Keine Augen?«

»Sie sind keine Menschen. Sie sind Homunculi. Alchymistische Kreaturen, erschaffen von Lady Sarka. Sehr mächtig und gleichzeitig unvollständig.«

Liam verzog angewidert den Mund.

Tante Livia nahm ihm die Phiole weg, entkorkte sie und gab vorsichtig einen winzigen Tropfen *javva* in das kaum fingergliedgroße Glasflakon. Die silbrige Substanz vermischte sich mit dem Wasser darin.

»Nur so wenig?«, fragte er.

»*Javva* ist selten und kostbar; mehr kann ich nicht entbehren. Aber die Wirkung eines Tropfens hält acht oder zehn Stunden an. Das sollte für deine Zwecke genügen.«

Vivana hatte dem Gespräch nur mit einem Ohr zugehört, denn sie zerbrach sich den Kopf darüber, wie sie ihre Tante dazu bringen könnte, von ihrer zweiten Bedingung abzurücken. Jetzt horchte sie auf. Acht oder zehn Stunden? Das war lange genug, dass sie vielleicht … Ihre Wut verrauchte, als sie über ihre Idee nachdachte. *Ja. Das müsste klappen.*

»Obendrein wäre mehr gefährlich«, fuhr die Wahrsagerin fort. »Einige der Ingredienzen sind giftig. Zu viel davon ist schädlich für Körper und Seele. Hier.«

Liam nahm das Flakon entgegen. »Danke.«

»Dank mir, wenn du wohlbehalten zurück bist.«

In diesem Moment schlug irgendwo eine Turmuhr. Vivana

blickte aus dem Wagenfenster und stellte fest, dass die Sonne bereits hinter den Dächern versank. »Wir sollten jetzt gehen«, sagte sie. »Die Ausgangssperre.«

»Verdammt«, murmelte Liam, als ihm klar wurde, wie spät es war. Er stand auf und verstaute das Flakon in seiner Hosentasche. Tante Livia brachte sie zur Wagentür.

»Viel Glück. Sei vorsichtig. Und denkt daran: Zu niemandem ein Wort über das *javva.*«

Vivana ließ Liam zuerst aussteigen und wandte sich zu ihrer Tante um. »Was vorhin passiert ist … Ich hätte nicht so mit dir reden dürfen. Es tut mir leid.«

Die Manusch hob eine Augenbraue. »Tatsächlich?«

»Ich war undankbar. Ich weiß es zu schätzen, dass du Liam hilfst.«

»Es ist besser, wenn er allein geht. Glaub mir.«

»Schon gut. Ich sehe es ja ein.«

Tante Livia war von ihrem Sinneswandel nicht restlos überzeugt. »Ich verlasse mich auf dich, Vivana.«

Vivana gab ihr einen Kuss auf die Wange. »Danke für alles«, sagte sie, sprang aus dem Wagen und winkte ihr zum Abschied, bevor sie mit Liam davoneilte.

»Tut mir leid, dass ich dir nicht geholfen habe«, meinte er, als sie kurz darauf durch die Gassen gingen. »Aber mir ist einfach nichts eingefallen, wie ich deine Tante hätte umstimmen können.«

»Macht nichts. Ich weiß schon, was wir jetzt tun.«

»Was denn?«

»Ganz einfach: Wir teilen uns das *javva.*«

Liam war so überrascht, dass er stehen blieb. »Du meinst, das geht?«

»Natürlich. Tante Livia hat gesagt, ein Tropfen hält acht oder zehn Stunden an. Also müsste die Hälfte vier oder fünf Stunden wirken. Das ist immer noch lange genug, oder?«

»Und das Versprechen, das du ihr gegeben hast?«

Vivana blickte zu Boden, als sich ihr schlechtes Gewissen regte. Sie hatte ihre Tante noch nie hintergangen und war nicht gerade stolz auf das, was sie vorhatte. Aber die Vorstellung, untätig herumzusitzen, während Liam allein durch den Palast schlich, konnte sie noch weniger ertragen. Das wäre so, als ließe sie ihn im Stich. »Na ja, sie hat mir schließlich keine Wahl gelassen. So ein Versprechen muss man nicht halten, oder?«

Er grinste verschmitzt. »Ich schätze, man könnte es als Vertrag unter Zwang bezeichnen. Der somit nichtig wäre. Das würde dir jedes Gericht bestätigen.«

Vivana lächelte schief. Dass Liam sie verstand, linderte das schlechte Gewissen – zumindest ein wenig.

In diesem Moment kam ein Soldatentrupp um die Ecke. Die Männer trugen Filzmützen sowie graue Röcke mit dem goldenen Phönix auf Brust und Rücken und hatten ihre Hakenlanzen geschultert. Ihr Captain rief: »Noch eine halbe Stunde! Geht nach Hause, Leute!«

Vivana und Liam folgten der breiten Gasse zum Wollmarkt, wo sie das Labyrinth verließen. Wenig später kam der Palasthügel in Sicht, sodass es Zeit für den Abschied wurde.

»Danke, dass du dich so für mich eingesetzt hast«, sagte Liam. »Das bedeutet mir sehr viel.« Er lächelte sie an – und da war es wieder, dieses seltsame Gefühl, das ihr Herz wie verrückt klopfen ließ. Hastig senkte sie den Blick, damit er nicht bemerkte, was in ihr vorging. Obwohl sie sich gar nicht sicher war, ob sie überhaupt wollte, dass er es nicht bemerkte.

»Keine Ursache«, murmelte sie.

Leise sprach er weiter: »Komm morgen bei Einbruch der Dunkelheit zur Nordseite des Gartens. Ich erwarte dich hinter der Mauer, neben dem geflügelten Löwen. Du kannst ihn von außen sehen.«

»Wäre es nicht einfacher, ich besuche dich im Palast? Offiziell sind wir schließlich miteinander verwandt.«

»Man wird dich nicht hineinlassen. Die Spiegelmänner sind vorsichtig geworden. Es ist besser, wir machen es so.«

»Also gut.«

Plötzlich herrschte verlegenes Schweigen zwischen ihnen. Es gab so vieles, das Vivana gerne gesagt hätte, aber irgendwie fand sie nicht die richtigen Worte dafür.

»Es wird Zeit«, sagte Liam schließlich. »Also, pass auf dich auf.«

Er wollte nach ihrer Hand greifen, doch dann zögerte er und streifte sie nur. Er lächelte noch einmal, bevor er sich abwandte und in Richtung Palast ging.

Vivana sah ihm nach, bis ihn die Schatten zwischen den Gaslaternen verschluckten. Ihr Herz klopfte immer noch heftig.

Sie hatte es geschafft. Sie hatte Tante Livia ein Flakon mit *javva* abgerungen, und morgen würde sie gemeinsam mit Liam das größte Abenteuer ihres Lebens bestehen. Für einen Augenblick war sie so glücklich wie schon lange nicht mehr.

Doch die Euphorie hielt nicht lange an. Als sie zum Palast aufblickte, kam ihr der ganze Plan plötzlich wie die abwegigste Idee der Welt vor. Sie wollten in den Palast von Lady Sarka einbrechen, in die Privatgemächer der mächtigen Herrscherin von Bradost, ein Junge und ein Mädchen, die nichts besaßen als ihren Mut und ein Fläschchen mit magischem Elixier. So ein Vorhaben musste einfach scheitern.

Bedrückt machte sie sich auf den Heimweg.

Ein Blitz flackerte am Himmel auf, gefolgt von Donner, der über die Stadt rollte.

30

Erinnerungen

Gedankenverloren streifte Lucien durch Flure und Zimmer, während von draußen das Klagen des Windes hereindrang. Nirgendwo brannte eine Lampe oder wenigstens eine Kerze, und das vergehende Abendlicht, das durch die Fensterscheiben sickerte, wich allmählich der Dunkelheit in den Korridoren.

Das Haus stand irgendwo in der Altstadt Bradosts und wirkte unscheinbar und klein inmitten der herrschaftlichen Patrizieranwesen, die es umgaben. Efeu kletterte an der verwitterten Fassade empor und überdeckte Simse und Steinmetzornamente mit seinen Ranken. Kamine, von denen niemals Rauch aufstieg, krönten das steile Schieferdach. Die Zimmer enthielten Möbel aus Ebenholz, kostbare Teppiche bedeckten die Böden, die Decken waren mit Stuckarbeiten versehen. Auf der Rückseite gab es einen Hof mit hohen Mauern, in den kaum je ein Sonnenstrahl drang. Ein Brunnen stand dort. Das Wasser plätscherte aus dem Schnabel eines steinernen Greifen, im Becken schwammen die Blätter der alten Birke, die in einer Ecke wuchs.

Das Haus war verlassen, lange schon. Wem es gehörte, wusste niemand. Die Männer, die es instand hielten, glaubten, es sei im Besitz einer alten Adelsfamilie. Lucien selbst hatte dieses Gerücht verbreitet. Seine Anweisungen hinterlegte er einmal im Monat schriftlich auf einem Tischchen in der Eingangshalle, zusammen mit dem Lohn und dem Geld für die Reparaturen, sodass er den Arbeitern niemals begegnete. Sie stellten keine Fragen, wofür er sie gut bezahlte.

Fast jeder Schilling, den er mit dem Verkauf von Diebesgut verdiente, floss in dieses Haus. Lucien hätte es nicht ertragen, es verfallen zu sehen. Es steckte voller Erinnerungen – Erinnerungen an Caitlin.

In den Wandregalen standen ihre Bücher. In der Schatulle auf der Kommode lag ihr Silberschmuck. In den Schränken hingen ihre Kleider.

Dort, am Fenster, hatte sie jeden Abend gesessen und dem Treiben in den Gassen zugeschaut.

Da, vor dem Spiegel, hatte sie ihr kastanienbraunes Haar gebürstet.

In der kupfernen Wanne hatte sie ein Bad genommen, wenn es draußen stürmte und schneite.

Im Bett mit dem nachtblauen Baldachin hatten sie sich geliebt.

Lucien ging von Zimmer zu Zimmer, strich behutsam über Möbelstücke, Wandteppiche, Vorhänge. Keine Ecke, die nicht von ihrem Wesen durchdrungen war, kein Winkel, wo es nichts gab, das an sie erinnerte. Manchmal spürte er ihre Gegenwart so deutlich, als wäre sie eben noch hier gewesen. Dann glaubte er für einen Moment, ihr Lachen zu hören oder den Duft ihres Parfüms zu riechen, woraufhin er die Augen schloss und ihr Gesicht vor sich sah. Von Jahr zu Jahr verblasste es ein wenig mehr, so sehr er auch dagegen ankämpfte, und er fragte sich, wann der Tag kommen würde, an dem er sie endgültig vergaß.

Er liebte dieses Haus und hasste es zugleich. Bei allem Glück, das er hier fand, erinnerte es ihn stets daran, wie einsam er war.

Lucien seufzte. Zwei Tage in diesen stillen Fluren und Zimmern waren mehr, als er ertragen konnte. Und gebracht hatte es ihm nicht das Geringste – er wusste immer noch nicht, was er wegen Aziel unternehmen sollte.

Er goss etwas Absinth in ein Glas, mischte ihn mit Eiswasser und Zucker und setzte sich an ein Fenster. Draußen bogen sich die Pappeln im Wind, der durch die menschenleere Straße wehte. Seit gestern Nacht hingen Gewitterwolken über der Stadt. Gelegentlich blitzte und donnerte es, aber das Unwetter brach aus irgendeinem Grund nicht los. Als würde es auf etwas warten.

Lucien nippte an seinem Glas und dachte zum hundertsten Mal über das Dilemma nach, in dem er steckte. Wenn er Aziel von seiner Entdeckung im Palast der Lady berichtete, würde dieser zweifellos versuchen, den Traumwanderer auszuschalten. Tat er es nicht, würde sich Lady Sarka die Kräfte des Jungen zunutze machen, was gewiss nichts Gutes bedeutete. Für beides wollte er nicht die Verantwortung tragen. Er konnte nur hoffen, dass sich das Problem irgendwie von selbst erledigte, wenn er sich nur lange genug ruhig verhielt – obwohl so etwas nach seiner Erfahrung eigentlich nie geschah.

Düster vor sich hinbrütend betrachtete er den brodelnden Himmel über den Dächern. Als er den Absinth ausgetrunken hatte, ging er zur Anrichte, um sich einen neuen zu mischen.

Im gleichen Moment hörte er ein Geräusch.

Es klang wie das Brechen von Holz und kam aus dem Untergeschoss. Blitzschnell huschte Lucien zu dem Stuhl, über dem sein Gürtel hing, zog ein Messer und schlich zur Treppe, wo er den Atem anhielt und lauschte.

Jemand war im Keller.

Fast jedes Haus in der Altstadt besaß einen Zugang zur Unterwelt von Bradost, so auch seines. Als die Ghulplage immer schlimmer geworden war, hatte er die Tür zugenagelt, aber wie es schien, hatte das den Eindringling nicht aufgehalten.

Er spähte nach unten und erhaschte einen Blick auf zwei weiße Gestalten mit violettem Haar. Die Víla-Zwillinge! Lucien fluchte. Also hatte Aziel ihn gefunden. Lautlos hastete er den Flur entlang. Vielleicht konnte er durch die Eingangshalle entkommen.

Doch bevor er die Tür erreichte, flog diese mit einem Krachen auf. Seth kam herein. Eine Woge aus heißer, fast brennender Luft begleitete ihn.

Lucien wirbelte zum Flur herum. Die beiden Vílen erschienen am oberen Ende der Treppe. Blieb als Fluchtweg nur noch das nächstgelegene Fenster.

Mit einem geschickten Sprung hätte er es vermutlich erreichen können, bevor Seth bei ihm war, doch plötzlich überkam ihn Resignation. Er konnte nicht ewig davonlaufen. Irgendwann musste er sich Aziel stellen, also konnte er es genauso gut jetzt tun.

Er ließ das Messer sinken und setzte eine gelassene Miene auf. »Na, wieder aus dem Pandæmonium zurück?«, fragte er Seth.

Der Halbdämon antwortete mit einem wölfischen Grinsen.

Hinter ihm erschien ein massiger Schemen. Der Wind zerrte an Aziels Robe und peitschte sein schlohweißes Haar hierhin und dorthin, als der uralte Alb durch die Tür trat. Während er gemessenen Schrittes den Raum durchquerte, glitt sein Blick über Wände, Türen, Möbelstücke. »Ich nehme an, das ist das Haus, wo du mit dieser Menschenfrau gelebt hast.«

»Wie hast du mich gefunden?«, fragte Lucien.

»Ich habe meine Mittel und Wege. Warum versteckst du dich vor mir?«

»Um nachdenken zu können.«

Der einstige Albenherrscher betrachtete die Gemälde an der Wand. »Worüber?«, fragte er beiläufig. »Traumwanderer und dergleichen?«

Also war Aziel dahintergekommen. Lucien hatte nicht damit gerechnet, dass es so schnell gehen würde. Doch er verbarg sein Erstaunen und schwieg abwartend.

Aziel fuhr zu ihm herum. »Er hat mich in meinem eigenen Palast überrascht!«, sagte er schneidend. »Das wäre mir erspart geblieben, wenn du mich gewarnt hättest.«

»Wie kommst du darauf, dass ich davon weiß?«

»Hör auf, mich zum Narren zu halten! Ich gebe dir den Auftrag, den Palast der Lady zu untersuchen, doch statt zurückzukommen, verschwindest du spurlos. Keinen Tag später taucht ein Traumwanderer auf. Ein seltsamer Zufall, was?«

»Zufälle geschehen«, sagte Lucien.

Aziels Augen glitzerten unheilvoll. »Ich habe allmählich genug von deinen Spielchen. Was hast du herausgefunden? Steht der Traumwanderer in den Diensten von Lady Sarka?«

»Angenommen, es wäre so – was würdest du dann unternehmen?«

»Seth«, knurrte der ältere Alb.

Die Luft um den Incubus begann zu flirren. Flammen tanzten über seinen roten Anzug.

»Ein Wort von mir, und er legt dieses Haus in Schutt und Asche«, sagte Aziel. »Du hängst doch sehr daran, oder? All diese Erinnerungen … Ich schätze, es würde dich schmerzen, sie verbrennen zu sehen.«

Lucien rieb mit dem Daumen über die Messerklinge. »Wenn irgendetwas in diesem Zimmer Schaden nimmt, schicke ich deine Höllenbrut zurück ins Pandæmonium«, erwiderte er kalt.

»Womit? Diesem Messer? Mach dich nicht lächerlich. Du weißt selbst, wie mächtig er ist.«

»Pfeif ihn zurück.«

»Wirst du dann vernünftig sein?«

»Ich sage dir, was ich weiß.«

Aziel gab dem Incubus ein Zeichen, woraufhin die Flammen auf dessen Armen erloschen. Doch das Glühen in Seths Augen war ein Versprechen, dass er das Feuer, das in seinem Innern loderte, jederzeit zurückholen konnte.

Lucien ließ den Halbdämon nicht aus den Augen, während er sagte: »Ich habe nicht viel herausgefunden. Lady Sarka schützt ihre Gemächer mit einem Drudenfuß. Offenbar wusste sie, dass früher oder später einer von uns auftauchen würde.«

»Und der Traumwanderer?«, fragte Aziel bohrend.

»Wohnt im Palast. Er ist noch ein Junge, höchstens fünfzehn Jahre alt.«

»Ich weiß. Ich habe ihn gesehen.«

»Seine Gabe ist gerade erst erwacht. Sie ist noch nicht voll ausgeprägt.«

»Was hat die Lady mit ihm vor?«

»Ich nehme an, dass sie ihn ausbildet, damit er lernt, seine Gabe zu beherrschen.«

»Genau wie damals bei Corvas, Umbra und Amander«, sagte Aziel düster. »Sie wird ein Monster aus dem Jungen machen.«

»Das ist nicht gesagt«, erwiderte Lucien.

»Erspar mir deine Ansichten!«, fuhr ihn der ältere Alb an. »Schau dir an, was geschehen ist, und dann weißt du, was sie plant. Diese ganze Sache mit dem Harlekin hatte nur einen Zweck: Sie wollte, dass die Träume schutzlos sind.«

»Dazu hätte sie wissen müssen, dass der Harlekin mit unserem Volk die Welt verlassen wird, sowie er König ist.«

»Das war kein Geheimnis. Zumindest nicht für Leute wie Lady Sarka, die etwas von diesen Dingen verstehen.«

Lucien musste ihm widerwillig recht geben. Als der Harlekin vor hundert Jahren aus demselben Grund gegen Aziel rebelliert hatte und besiegt und eingekerkert worden war, hatte jeder halbwegs begabte menschliche Seher binnen weniger

Tage davon erfahren. Derartige Ereignisse erschütterten die Schattenwelt wie ein Erdbeben.

»Und jetzt dieser Traumwanderer«, fuhr Aziel fort. »Siehst du nicht, wie alles zusammenpasst? Zuerst hat sie ihm den Weg frei gemacht, und jetzt wird sie mit seiner Hilfe nach den Träumen greifen. Und komm mir nicht damit, dass er nicht die Macht dazu hätte! Wir haben schon einmal einen Traumwanderer erlebt. Du weißt so gut wie ich, wozu ein Mensch mit dieser Gabe fähig ist.«

Lucien hatte diesen Vorfall noch gut in Erinnerung, obwohl er Jahrhunderte in der Vergangenheit lag. Auch jener Traumwanderer war ein gewöhnlicher Mensch gewesen, ein Gelehrter aus Torle. Schon damals hatte niemand erklären können, warum ein Sterblicher diese Kräfte besaß – offenbar eine Laune des Schicksals, genau wie jetzt. Es hatte Monate gedauert, ihm das Handwerk zu legen und die Schäden zu beseitigen, die er an den Träumen angerichtet hatte. Aziels Befürchtungen waren nicht übertrieben, und je länger Lucien darüber nachdachte, desto mehr kam er zu dem Schluss, dass Aziels Verdacht zutreffen könnte. Lady Sarkas Herrschaft war brüchig. Ständig gab es Unruhen, und Attentäter trachteten ihr nach dem Leben. Möglicherweise erhoffte sie sich einen Gewinn an Macht, wenn sie die Träume und damit die Seelen ihrer Untertanen kontrollierte.

Lucien schauderte. Was für ein wahnwitziger Plan …

Aziel starrte ihn an. »Sag mir, wo genau sich der Traumwanderer aufhält.«

»Warum willst du das wissen?«

»Ich muss ihn aufhalten.«

Das war genau die Antwort, die Lucien befürchtet hatte. »Warum gehst du nicht zu seinem Seelenhaus? Sprich mit ihm, wenn er das nächste Mal träumt. Sag ihm, dass es falsch ist, was er tut.«

»Sein Seelenhaus ist leer. Er weiß, dass ich ihn suche. Er hat irgendetwas unternommen, dass er nicht mehr träumt.«

»Dann rede hier mit ihm.«

»Nein. Die Träume sind bedroht wie nie zuvor. Eine solche Gefahr lässt sich nicht mit guten Worten aus der Welt schaffen.«

»Was heißt das? Willst du ihn töten?«

Aziels Schweigen war Antwort genug.

»Das kannst du nicht tun«, sagte Lucien. »Bei allen Höllen, Aziel, er ist nur ein Junge!«

»Ein Junge mit mehr Macht, als einem Sterblichen zusteht.«

»Dafür kann er nichts.«

Der einstige Albenkönig wandte sich ab und machte eine herrische Geste, die das ganze Haus einschloss. »Es ist wegen dieser Frau, nicht wahr?«, bellte er. »Du bist so vernarrt in die Menschen, dass du blind geworden bist. Blind für ihre Machtgier und Bosheit.«

»Caitlin war nicht boshaft.«

»Sie ist seit zweihundert Jahren tot! Komm endlich darüber hinweg!«

»Hundertfünfzig«, sagte Lucien. »Es ist erst hundertfünfzig Jahre her.«

Aziels Augen verengten sich zu Schlitzen. »Na schön, Lucien, ich frage dich ein letztes Mal: Wo im Palast ist der Junge?«

Lucien schwieg.

»Du verweigerst mir deine Hilfe?«

»Ja.«

»Dann betrachte ich dich nicht länger als Freund.« Aziel schritt durch die Halle und befahl den Vílen mit einer Handbewegung, ihm zu folgen.

»Wohin gehst du?«

»Den Jungen suchen. Ich finde ihn auch ohne dich.«

Lucien bemerkte, dass sich Seth nicht von der Stelle rührte. »Was ist mit ihm?«

»Er wird hierbleiben und dich im Auge behalten, bis alles überstanden ist.«

»Du setzt mich gefangen? In meinem eigenen Haus?«

»Du lässt mir keine andere Wahl. Seth, sieh zu, dass er nicht versucht zu fliehen.«

Der Incubus richtete den Blick seiner glühenden Augen auf Lucien. Flammen züngelten aus dem Boden. Sie bildeten einen Kreis, der Lucien einzuschließen begann.

»Aziel!«, schrie er. »Du verdammter Bastard, komm sofort zurück!«

Doch Aziel wandte sich nicht um, während er mit den Vílen zum Flur ging.

Die Flammen reichten Lucien bereits bis zu den Knien und wuchsen weiter in die Höhe. Die Hitze raubte ihm schier den Atem, sodass er husten musste.

Seth lächelte dünn. »Das bisschen Feuer macht dir schon zu schaffen? Und *du* wolltest mich ins Pandæmonium zurückschicken?«

Lucien kämpfte mit zusammengebissenen Zähnen gegen Schmerzen und Schwäche an. »Inzwischen reicht es mir, dir wehzutun«, ächzte er.

»Ach ja? Wie denn?«

Der Wurfdolch bohrte sich in Seths Oberarm. Der Incubus taumelte zurück und glotzte ihn ungläubig an, bevor sich sein Gesicht in eine Fratze des Hasses verwandelte. Als er den Messerschaft packte, um die Klinge aus der Wunde zu ziehen, sprang Lucien über die Flammen und rammte ihm den Kopf in den Bauch. Seth prallte gegen einen Schrank und keuchte vor Schmerz. Lucien beförderte ihn mit einem Faustschlag zu Boden, setzte mit einem Sprung über den benommenen Halbdämon hinweg, rannte durch die Halle und klopfte im Laufen die Flammen aus, die an seinem Hosenbein leckten.

Alles war so schnell gegangen, dass Aziel erst jetzt bemerkte, was geschah. »Haltet ihn auf!«, dröhnte er, woraufhin die bleichen Zwillinge ihre krallenartigen Hände nach Lucien ausstreckten. Er schlug einen Haken, stieß einer Víla den Ellbogen ins Gesicht, dann war der Weg frei. Lucien hastete zur Treppe und nahm mit jedem Schritt mehrere Stufen auf einmal, während er nach unten rannte.

Er musste in die Katakomben fliehen. Nur dort hatte er eine Chance zu entkommen.

»Bleib stehen!«, brüllte Aziel ihm nach. »Was du tust, ist Verrat!«

Lucien erreichte den Keller, wo sich in den Gewölbekammern leere Weinfässer und Kisten voll mit Erinnerungsstücken auftürmten. Er schlüpfte durch die Tür, die die Vílen bei ihrem Eindringen zertrümmert hatten, und hetzte den dunklen Tunnel entlang. Als er kurz darauf zu einer Kreuzung kam, entschied er sich nach kurzem Zögern, nach Süden zu laufen. Dem Jungen würde es nicht helfen, dass Aziel nicht wusste, wo er sich aufhielt. Aziel würde seine Präsenz spüren, sowie er den Palast betrat, und ihn daraufhin mühelos finden. Lucien musste ihn warnen.

Ihm fiel ein, dass er kein *javva* mehr hatte. Ohne das Elixier kam er nicht an den Spiegelmännern vorbei. Egal – irgendwie würde er es schaffen, zu dem Jungen vorzudringen.

Er hörte Stimmen und hastige Schritte näher kommen. In der Dunkelheit hinter ihm flackerte Feuer auf. Seth war offenbar nicht so schwer verletzt, dass er zurückbleiben musste.

Ein Incubus, zwei Vílen und der mächtigste aller Alben waren ihm auf den Fersen – und er hatte keine einzige Waffe bei sich. Lucien rannte, so schnell er konnte.

Im Haupttunnel durfte er nicht bleiben, denn dort konnte Seth ihn aus sicherer Entfernung mit seinem Höllenfeuer niederstrecken. Er bog in einen Seitengang ein, in der Hoffnung, seine Verfolger in dem labyrinthischen Tunnelgewirr abzuschütteln.

Die Luft roch stickig, nach Moder und Fäulnis. Das Mauerwerk war alt, uralt, Knochen stapelten sich in den Nischen. Lucien setzte mit einem Sprung über einen Trümmerhaufen hinweg, gelangte zu einer weiteren Kreuzung – und blieb abrupt stehen.

Augenpaare glühten in der Finsternis auf.

Ghule.

Und sie kamen geradewegs auf ihn zu.

31

Das gelbe Buch von Yaro D'ar

Am späten Nachmittag wurde der Wind immer heftiger. Als es kaum noch möglich war, im Garten zu arbeiten, gab Ibbott Hume seinen Gehilfen für den Rest des Tages frei, woraufhin sich Liam und Jackon in den Gemeinschaftsraum setzten und die Zeit totschlugen. Nach einer halben Stunde sagte Jackon, er sei müde, und zog sich in seine Kammer zurück. Es war Liam schon gestern aufgefallen, dass mit Jackon etwas nicht stimmte. Der Rothaarige war wortkarg und wirkte übernächtigt und bedrückt. Er hatte sich nicht einmal nach Liams Treffen mit Vivana erkundigt, obwohl er noch am Tag zuvor vor Neugierde schier geplatzt war, als Liam sie einmal erwähnt hatte. Liam sprach ihn darauf an, bekam jedoch nur eine ausweichende Antwort. Was immer Jackon zu schaffen machte, er wollte nicht darüber reden.

Nachdem der Rothaarige gegangen war, wurde Liams innere Unruhe immer größer. Die Zeit bis Sonnenuntergang verstrich quälend langsam. Um auf andere Gedanken zu kommen, blätterte er in den Zeitungen, die im Gemeinschaftsraum herumlagen, doch er konnte sich nicht auf den Text konzentrieren. Wieder und wieder dachte er über die bevorstehende Nacht und die Gefahren nach, die Vivana und ihn erwarteten. Mit dem *javva* würde es nicht schwierig werden, in den Kuppelsaal einzudringen. Aber was, wenn es dort auch andere Wächter gab, gegen die das Elixier wirkungslos war – Wesen wie das unheimliche Zwergending? Oder wenn sie gar Lady Sarka höchstpersönlich begegneten? Je länger Liam sich Gedanken machte, desto mehr Tücken und Hindernisse, auf die sie stoßen könnten, fielen ihm ein. Schließlich fragte er sich, ob dieser verrückte Plan sie nicht geradewegs ins Verderben führte.

Ibbott Hume, der mit ihm im Gemeinschaftsraum saß, bemerkte irgendwann seine Nervosität. Liam schob seine Unrast auf das seltsame Wetter und ging zu seiner Kammer, bevor Hume misstrauisch werden konnte. Dort setzte er sich ans Fenster und wartete darauf, dass es endlich dunkel wurde.

Der Wind peitschte Büsche und Bäume und ließ Blätter und Zweige durch die Luft wirbeln. Vom Karst im Norden kam ein nicht endender Strom von Wolken, die schwarz und tief über der Stadt hingen und zum Meer weiterzogen, ohne ihre Gewitterlast unterwegs abzuladen. Es war mehr als einen Tag her, dass Liam das letzte Mal die Sonne gesehen hatte.

Schließlich, nach endlosen Stunden, begann sich die Nacht herabzusenken. Gaslaternen flammten in den Gassen auf. In der Altstadt machten Ausrufer die Runde, verkündeten den Beginn der Ausgangssperre in einer halben Stunde und forderten die Leute auf, nach Hause zu gehen. Ihre Stimmen waren im Heulen des Windes kaum zu verstehen.

Liam atmete zweimal tief durch, bevor er seine Kammer verließ.

Für den Fall, dass jemand wissen wollte, wohin er ging, hatte er sich den Vorwand zurechtgelegt, er habe seine Jacke im Garten vergessen. Doch niemand sprach ihn an, als er nach draußen trat.

Der Wind war so stark, dass er sich mit seinem ganzen Körpergewicht dagegenstemmen musste, um voranzukommen. Abgesehen von den Spiegelmännern vor dem Hauptportal und jenen vor dem Gesindetrakt hielt sich niemand draußen auf.

Liam ging gemächlich den Weg entlang, bis das Buschwerk ihn verdeckte, und huschte dann zur Mauer, der er folgte, bis er zu der Statue des geflügelten Löwen kam.

Kletterpflanzen überwucherten die verwitterte Steinfigur, der ein Flügel fehlte. Liam presste sich gegen das Mauerwerk und vergewisserte sich, dass niemand in der Nähe war, bevor er leise rief: »Vivana? Bist du da?«

»Hallo, Liam«, lautete ihre Antwort. »Kannst du mir helfen?«

Er setzte einen Fuß auf den Sockel und zog sich an der Statue hoch. Vivana reichte ihm erst ihre lederne Umhängetasche, bevor sie seine Hand ergriff und mit seiner Hilfe über die Mauer kletterte, wobei sie darauf achtete, sich nicht an den Eisendornen auf der Mauerkrone zu verletzen.

»Es kann losgehen«, sagte sie und grinste ihn an. Sie hatte ihr Haar zusammengebunden und trug unauffällige Kleidung: Lederschuhe, ein graues Hemd und dunkle Hosen. »Hast du das *javva*?«

Er holte das Flakon aus seiner Hosentasche und schraubte es auf. Gespannt beobachtete sie, wie er das Fläschchen an seine Lippen setzte. Unwillkürlich musste er daran denken, wie Vivanas Tante gesagt hatte, einige der Ingredienzen seien giftig. Schließlich gab er sich einen Ruck und trank.

Zuerst spürte er gar nichts. Dann durchlief ihn plötzlich ein fiebriger Schauer, zuerst heiß, dann kalt, und er fürchtete, das Gleichgewicht zu verlieren. Mit einer Hand hielt er sich an der Statue fest, während die Benommenheit langsam schwand. »Ist es normal, dass sich das so anfühlt?«

»Keine Ahnung. Ich habe das Zeug auch noch nie probiert.«

»Jetzt du.«

Sie trank den Rest der Flüssigkeit und blinzelte, als das Elixier zu wirken begann.

»Wenn wir alles richtig gemacht haben, dürften wir jetzt kein Spiegelbild mehr haben, oder?«, fragte Liam.

»Ich habe meinen Handspiegel dabei. Drinnen können wir nachsehen.«

Inzwischen war das seltsame Schwindelgefühl verschwunden. »Komm!« Im Schutz der Büsche gelangten sie zum Gesindeflügel, wo sie sich wenige Schritte von Liams Kammer entfernt hinter einer Hecke versteckten. Sein Fenster hatte er wohlweislich offen gelassen und festgebunden, damit es nicht im Wind klapperte. Mit klopfendem Herzen blickte er zu den Spiegelmännern vor der Tür des Traktes, von denen in der Dämmerung kaum mehr zu erkennen war als die beiden glitzernden Masken.

»Warte«, sagte Vivana, als er loslaufen wollte. »Vergiss nicht, dass uns das *javva* nur unsichtbar macht. Hören können uns die Spiegelmänner weiterhin. Sei also leise.«

So schnell es der Wind zuließ, eilten sie zum Fenster. Die Spiegelmänner bemerkten sie nicht – ob wegen des *javva* oder wegen der zunehmenden Dunkelheit, konnte Liam nicht beurteilen. Nacheinander kletterten sie hinein.

»Was jetzt?«, fragte Vivana.

»Zuerst müssen wir durch den Gesindeflügel. Um diese Zeit sollten die Bediensteten normalerweise alle in ihren Betten liegen, aber zur Sicherheit sollten wir noch etwas warten.«

Sie öffnete ihre Tasche, holte den Handspiegel heraus und warf einen Blick hinein. »Es funktioniert! Hier, sieh es dir an.«

Liam nahm den kleinen Spiegel und hielt ihn sich vor das Gesicht. Er zeigte das Fenster seiner Kammer. Von ihm selbst war nicht das Geringste zu sehen. Gänsehaut bildete sich an seinen Armen.

Er gab Vivana den Spiegel zurück und lauschte an der Tür. Wenig später hörte er jemanden eine Melodie pfeifen: Hume, der gerade zu seiner Kammer ging. Als seine Schritte verklungen waren, kehrte Stille ein. Nach einer Weile öffnete Liam die Tür.

Auf dem Gang und im Gemeinschaftsraum war es dunkel. Außer dem Heulen des Windes hörte er nichts.

Er lehnte die Tür an und wandte sich zu Vivana um. »Ich habe nachgedacht«, sagte er zögernd. »Vielleicht sollten wir auf deine Tante hören. Warum wartest du nicht hier, während ich das Buch suche?«

»Was redest du da?«, erwiderte sie. »Ich komme mit dir.«

»Aber ich will dich nicht in Gefahr bringen.«

»Keine Sorge. Ich bin vorbereitet.« Aus der Tasche zog sie die Pistole ihres Vaters.

Liam konnte kaum glauben, was er sah. »Bist du verrückt? Du kannst doch nicht mit einer Waffe herumlaufen!«

»Und warum nicht?«, fragte sie ruhig.

»Weil ... Verdammt, kannst du überhaupt damit umgehen?«

»Natürlich. Mein Vater hat es mir beigebracht. Inzwischen bin ich sogar besser als er.« Sie ließ die Pistole wieder in der Tasche verschwinden. »Wollen wir reden oder endlich losgehen?«

Liam gab auf. Im Grunde wollte er gar nicht, dass Vivana hier blieb. Schließlich brauchte er jede Hilfe, die er bekommen konnte. Und was die Waffe betraf – vielleicht würde sie sich als nützlich erweisen, obwohl er inständig hoffte, dass es nicht dazu kam. »Hast du noch etwas in deiner Tasche, von dem ich wissen sollte?«

»Was man eben so braucht. Vertrau mir.«

Sie traten hinaus auf den Gang. Im Gesindeflügel begegnete ihnen niemand. Kurz darauf kamen sie zur Eingangshalle.

Liams Mund wurde trocken vor Angst, als sie an den Spiegelmännern unter den Galerien vorbeischlichen. Kein Maskierter rührte sich von der Stelle, nicht einmal dann, als sie einer der Gestalten so nahe kamen, dass Liam sie hätte berühren können. Die Spiegelmänner konnten sie tatsächlich nicht sehen. Trotzdem legte sich seine Furcht nicht vollständig. Er wünschte, es hätte einen anderen Weg gegeben, als sein Leben einem magischen Elixier anzuvertrauen, dessen Wirkung er nicht einmal ansatzweise begriff.

Von der Halle aus folgten sie dem Korridor zum Kuppelsaal. Es war dunkel; die Nacht presste sich gegen die Scheiben der hohen Fenster. In der Ferne, jenseits der Stadt, zuckten Blitze. Falls es Donner gab, so übertönte ihn der Wind.

Genau wie bei Liams erstem Streifzug standen vor der Treppe, die zu der zweiflügeligen Tür hinaufführte, zwei Spiegelmänner.

Er hielt den Atem an und huschte zwischen den beiden statuengleichen Wachen hindurch, die Treppe hinauf. Vivana folgte ihm.

Vorsichtig öffnete Liam einen Türflügel. Zu seiner Erleichterung waren die Angeln so gut geölt, dass sie nicht das kleinste Geräusch verursachten. Sie schlüpften hinein und schlossen die Tür hinter sich.

Blaues Licht erfüllte den Kuppelsaal.

Trotz seines Unbehagens verspürte Liam für einen Moment ein Gefühl ungeheuren Triumphs. So weit war er noch nie gekommen! Jetzt musste es ihnen nur noch gelingen, in Lady Sarkas Gemächer einzudringen und das Buch zu finden. Plötzlich durchströmte ihn die Gewissheit, dass sie es schaffen würden.

Leise stiegen sie die Stufen zur Empore hinauf, wo sich die einzige Tür befand, unbemerkt von den Spiegelmännern, die auf der Galerie Wache hielten.

Liam vergewisserte sich, dass die Maskierten von ihrer Position aus die Tür nicht sehen konnten. Er griff nach dem silbernen Knauf – und hielt inne, als er ein seltsames Zeichen bemerkte, das in den Türsturz eingekerbt war.

Vivana berührte ihn am Arm und machte ihn mit einer Geste darauf aufmerksam, dass einer der Spiegelmänner seinen Posten verlassen hatte und sich lautlos wie ein Schatten näherte. Liams Herz setzte einen Schlag aus, als er dachte, der Maskierte habe sie bemerkt. Doch nichts deutete darauf hin, dass das Geschöpf sie sehen konnte; offenbar machte es nur einen routinemäßigen Rundgang. Liam wartete, bis ein Pfeiler dem Spiegelmann die Sicht versperrte, und öffnete die Tür.

Sie betraten einen Raum mit holzgetäfelten Wänden. Regale bildeten verwinkelte Gänge, in denen tiefe Schatten herrschten. Irgendwo verströmte eine Lampe trübes Licht. Es roch nach Staub, Kerzentalg und altem Pergament.

Es schien niemand da zu sein. Liam atmete auf und sah sich um. Die Regale enthielten Bücher, Unmengen davon. Die meisten hatten brüchige Ledereinbände, versehen mit unverständlichen Schriftzeichen. Liam vermutete, dass es sich um alchymistische Aufzeichnungen handelte.

Irgendwo hier musste das Gelbe Buch von Yaro D'ar sein.

»Wir brauchen Licht«, flüsterte Vivana.

Die Bibliothek bestand aus mehreren Kammern, die man über offene Durchgänge erreichte. Sie gingen zur Lampe, die auf einem Tisch stand, inmitten von aufgeschlagenen Büchern. Dort lag außerdem eine Kette mit einem Silberanhänger in Form eines fünfeckigen Sterns.

»Sieh mal«, sagte Liam. »Dasselbe Zeichen wie über der Tür.«

»Ein Drudenfuß«, sagte Vivana. »Ein altes Bannsymbol. Es wird benutzt, um Schattenwesen abzuwehren.«

»Wieso hat es die Lady über der Tür angebracht?«

»Keine Ahnung.«

Liam sah sich die Schriftstücke auf dem Tisch an. Das Gelbe Buch war nicht darunter. Die meisten Bücher und Pergamentrollen waren in fremden Sprachen verfasst. Das wenige, das er lesen konnte, schien von Träumen zu handeln, von Methoden, Träume zu beeinflussen, und von den Geheimnissen des Schlafs. Eine alte Abbildung stellte eine gewaltige Stadt in ewigem Zwielicht dar – *Die Stadt der Seelen* stand darunter. Liam fand das Bild verstörend und wandte den Blick ab.

»Am besten teilen wir uns auf«, sagte er. »Du suchst da drüben und ich …«

Er verstummte, als ein Laut erklang: das Rasseln von Ketten, dann ein seltsames Schmatzen.

Liam stockte der Atem. Er hatte dieses Geräusch schon einmal gehört und würde es nie mehr vergessen. Das missgestaltete Zwergenwesen – es war hier! Er packte Vivana am Arm. »Wir müssen sofort von hier verschwinden!«

»Nein, warte.« Sie nahm die Lampe und trat zu dem Durchgang, aus dem die Laute gekommen waren.

Wieder rasselten Ketten. Liam konnte nicht glauben, dass Vivana geradewegs darauf zuging, während in ihm alles danach schrie davonzulaufen. Fluchend gab er sich einen Ruck und folgte ihr.

Der Lampenschein fiel in eine kleine Kammer ohne Fenster. Ein kaum wahrnehmbarer Geruch nach verdorbenem Fleisch lag in der Luft. In der Mitte hing ein eiserner Käfig – und darin kauerte die abstoßendste Kreatur, die Liam je gesehen hatte.

Das Wesen war halb so groß wie ein Mensch und besaß graue, ledrige Haut, die überall verhornte Wülste bildete. Die kurzen Beine waren verkrüppelt, die beiden Arme unterschiedlich lang; mit seinen Krallenhänden umklammerte es die Gitterstäbe. Auf dem Rumpf saß ein gedrungener Kopf, der anstelle von Augen zwei Höhlungen aufwies.

Liam wusste sofort, dass er jenes Geschöpf vor sich hatte,

das ihm bei seinem ersten Streifzug durch den Palast gefolgt war. Vor Entsetzen brachte er kein einziges Wort heraus.

Mit der Lampe in der Hand ging Vivana näher an den Käfig heran. In ihrem Gesicht zeigte sich eine Mischung aus Abscheu und Faszination. »Ich glaube, ich weiß, was das ist«, sagte sie.

»Was?«, ächzte Liam.

»Ein Homunculus. Vermutlich der erste, den die Lady erschaffen hat. Sie hatte die Prozedur noch nicht vollständig verstanden, weshalb einiges … danebenging.«

»Du meinst, er hätte ein Spiegelmann werden sollen?«

»Ich glaube schon. Wahrscheinlich musste sie viele Experimente durchführen, bis es ihr endlich gelungen ist, einen Homunculus in menschlicher Gestalt zu erschaffen. Dieser arme Kerl ist ein misslungener Versuch, schätze ich.«

»Woher weißt du das alles?«

»Tante Livia versteht ein wenig von Alchymie. Sie erzählt mir das eine oder andere.«

Liam bezwang seinen Ekel und trat neben Vivana. Das Geschöpf gab einen weiteren schmatzenden Laut von sich. Es war offensichtlich, dass es nicht sprechen konnte – was Liams Glück war, andernfalls hätte es ihn womöglich verraten.

Als er begriff, dass keine Gefahr von dem Wesen ausging, regte sich ein unerwartetes Gefühl in ihm: Mitleid. Er begann, die Kreatur zu bedauern. Sie lebte gefangen in einem Käfig, verurteilt zu einer Existenz als Missgeburt, nur weil Lady Sarka beschlossen hatte, sich eine Horde nichtmenschlicher Krieger zu erschaffen. Liam fragte sich, ob sich das Geschöpf manchmal nach Freiheit sehnte. Vielleicht hatte er es deswegen getroffen – weil es aus seinem Gefängnis ausgebrochen war und versucht hatte zu fliehen.

»Sieh mal da«, sagte Vivana mit einem seltsamen Unterton in der Stimme. Sie wies auf ein kleines Schild, das am Käfig angebracht war. Darauf stand ein Name: Primus.

»Warum gibt die Lady diesem Ding einen Namen?«, fragte Liam fassungslos. »Hängt sie etwa daran?«

Diese Vorstellung schien Vivana genauso zu verstören wie ihn. Sie zuckte nur mit den Schultern. »Komm. Lass uns nach dem Buch suchen.«

Liam war erleichtert, als sie die Kammer endlich verließen. In einem Regal entdeckten sie eine zweite Lampe, sodass er einen Teil der Bibliothek absuchen konnte und Vivana den anderen. Sie wusste, worauf sie achten musste, denn er hatte ihr von der Abbildung erzählt, die Quindal ihm gezeigt hatte.

Eine halbe Stunde lang schritt Liam die Regale ab, ohne etwas zu finden. Als Vivana leise nach ihm rief, eilte er zu ihr.

Sie kniete neben einer Kiste, deren Deckel offen stand. Darin lag ein Buch. Der Einband bestand aus einem lederähnlichen, ockergelben Material. Darauf war ein Phönix abgebildet, der mit ausgebreiteten Flügeln aus einem Feuer aufstieg.

»Das ist es!«, flüsterte Liam und holte das Buch heraus. Ehrfürchtig strich er über das rissige Leder. »Wie bist du darauf gekommen, dass es in der Kiste ist?«

»Ich dachte, dass ein wichtiges Buch wie dieses nicht einfach so im Regal steht. Los, schlag es auf.«

Nervös biss er sich auf die Unterlippe, während er in den vergilbten Seiten blätterte. Sie waren voller fremdartiger Buchstaben und Symbole. Er hatte nicht damit gerechnet, ein Buch, das aus dem fernen Yaro D'ar stammte, lesen zu können, dennoch verspürte er einen Hauch von Enttäuschung. Irgendwie hatte er doch gehofft, darin augenblicklich die Antworten zu finden, die er suchte. »Was ist das für eine Sprache?«

»Ich weiß es nicht«, antwortete Vivana.

»Glaubst du, deine Tante kann das lesen?«

»Fragen wir sie einfach.«

»Gut.« Mit dem Buch in den Händen stand er auf. »Verschwinden wir.«

Vivana verstaute den Folianten in ihrer Umhängetasche, und sie stellten die Lampen zurück an ihren Platz. Liam öffnete die Tür einen Spalt und überzeugte sich davon, dass gerade kein Spiegelmann in ihre Richtung blickte. Dann verließen sie die Bibliothek und huschten verstohlen an den Maskierten vorbei, die ihnen im Kuppelsaal und dem Korridor begegneten.

Sie hatten es tatsächlich geschafft. Alles war so schnell gegangen, dass Liam es noch gar nicht glauben konnte. Nun würde er endlich erfahren, was die Pläne seines Vaters gewesen waren.

In der Eingangshalle hörte er, wie irgendwo eine Tür zugeschlagen wurde. Hallende Schritte näherten sich aus einem der Flure. Liam ergriff Vivanas Arm und zog sie hinter einen Pfeiler. Keine zwei Sekunden später trat eine Gestalt aus dem Durchgang. Lady Sarka. Der Saum ihres karmesinroten Kleides strich über die Bodenplatten, während sie mit herrischer Miene durch die Halle schritt.

Liam hielt den Atem an. Wenn die Lady sie bemerkte und wissen wollte, was sie hier zu suchen hatten, konnte er sich vielleicht herausreden. Entdeckte sie aber das Buch in Vivanas Tasche … Er wagte sich nicht vorzustellen, was dann geschehen würde.

Die Schritte näherten sich ihrem Versteck. *Geh weiter! Nicht stehen bleiben!*, betete er und presste sich gegen den kühlen Stein der Säule.

Er glaubte zu hören, dass Lady Sarka kaum merklich langsamer wurde. Hatte sie etwas gehört? Er machte sich darauf gefasst, dass sie jeden Moment neben ihm erscheinen und ihn mit ihren kalten Augen anblicken würde.

Sie ging weiter. Kurz darauf verschwand sie im Korridor, der zum Kuppelsaal führte.

Leise ließ Liam den angehaltenen Atem entweichen. Der

Schreck saß ihm so tief in den Gliedern, dass er beschloss, hier zu warten, bis er sich wieder einigermaßen beruhigt hatte.

Plötzlich wurde ihm bewusst, dass er beide Arme um Vivana gelegt und sie eng an sich gedrückt hatte. Er wusste, er sollte sie loslassen, aber er konnte es nicht.

Sie blickte ihn an: dunkle Augen, so geheimnisvoll wie die Nacht. Ihr Gesicht war so nah bei seinem, dass er ihren Atem auf seiner Haut spürte. Er konnte fühlen, wie ihr Herz klopfte, noch heftiger als seines.

Bevor ihre Lippen einander berührten, flüsterte sie: »Nicht.«

Verwirrt sah er sie an. Er war sich so sicher gewesen, dass sie es auch wollte.

»Nicht hier.« Sie lächelte zögernd und wies ihn mit einem Nicken auf die Spiegelmänner auf der anderen Seite des Saales hin.

»Oh. Natürlich.«

Sie ergriff seine Hand, und lautlos eilten sie durch die Halle, durch stille Flure und Räume, zu seiner Kammer. Liam schloss die Tür hinter sich und sank mit dem Rücken gegen das Holz.

Sie waren in Sicherheit. Vorläufig wenigstens.

Vivana legte ihre Tasche ab. Dann stand sie reglos da, nichts als ein Schemen in der Dunkelheit seines Zimmers. Langsam trat sie zu ihm, hob die Hand, legte sie auf seine Wange, fuhr ihm durch das Haar.

Sie küsste ihn.

Über der Stadt brach das Gewitter los.

Lucien hetzte durch nachtschwarze Tunnel und halb eingestürzte Gewölbe, sprang über bodenlose Gräben und Haufen aus Schutt, zwängte sich durch verrostete Gitter, erklomm eiserne Leitern, hastete ausgetretene Stufen hinauf. Sein Wams war zerrissen, seine Haut brannte von unzähligen Schrammen und Kratzern, wo die Krallenhände der Ghule ihn verletzt hatten, bevor er ihnen entkommen war. Doch er hatte seine grausigen Verfolger noch lange nicht abgeschüttelt. Manchmal konnte er ihre glühenden Augen in der Finsternis sehen, konnte hören, wie sie krächzten und wisperten, voller Gier nach seinem Blut. Dann lief er noch schneller, obwohl ihn allmählich die Kräfte verließen.

Eine unterirdische Halle tat sich vor ihm auf. Rost und Moder bedeckten den Boden, die Wände glänzten feucht. Riesige Zahnräder und die Gestänge und Kessel alter Maschinen erhoben sich vor ihm, bizarre Gebilde aus Stahl und Messing, verbogen, geschmolzen und lange vergessen. Durch einen Deckenschacht fiel das Flackern eines Blitzes herein.

Lucien rannte eine Rampe hinauf und warf sich mit seinem ganzen Gewicht gegen eine Tür, bis das Blech ächzend nachgab und er ins Freie stolperte. Regen klatschte ihm ins Gesicht. Sturmböen pfiffen um Kamine und Bleidächer.

Einen Steinwurf entfernt, auf einem Hügel, stand das Anwesen von Lady Sarka: ein schwarzer Kasten, der nur dann zu sehen war, wenn am Himmel ein Blitz zuckte.

Er kämpfte sich die Straße hinauf, zog sich an der Mauer hoch und sprang in den Garten. Geduckt lief er zum Gesindeflügel und verbarg sich hinter einem Strauch.

Zwei Spiegelmänner standen vor der Tür, reglos, als könnte ihnen das Unwetter nichts anhaben. Ihre Kutten flatterten im Wind.

Lucien blickte zum Fenster des Jungen. Zu nah. Wenn er an die Scheibe klopfte, würden die Wachen ihn bemerken. Er musste einen unauffälligeren Weg finden.

Er huschte zur anderen Seite des Gebäudetrakts und spähte in die Fenster, bis er ein Zimmer fand, in dem niemand schlief. Mit klammen Fingern löste er einen Stein aus dem gepflasterten Weg und schlug die Scheibe ein. Das Glas splitterte ohrenbetäubend, aber vielleicht waren Sturm und Donner laut genug, dass niemand es gehört hatte.

Er kletterte am Efeu empor und hielt sich am Sims fest, während er das Fenster öffnete. Flink schlüpfte er hinein und konzentrierte sich, bis er die Präsenz des Jungen klar und deutlich spürte.

Ihm blieb nicht mehr viel Zeit.

32

Klauen und Zähne

Regen prasselte gegen das Fenster, begleitet vom Rauschen des Windes in Büschen und Baumkronen.

Jackon lag in seinem Bett und starrte in die Dunkelheit. Er war so müde, dass seine Augen brannten, aber schlafen konnte er nicht. Über eine Stunde schon wälzte er sich herum, ohne Ruhe zu finden.

Seit zwei Tagen konnte er an nichts anderes denken als an seine Begegnung mit Aziel und seine Flucht durch das gespenstische Schloss. Warum nur hatte er den Palast betreten? Wieso hatte er nicht auf Lady Sarka gehört und sich davon ferngehalten? Es war ein dummer Fehler gewesen, natürlich, ein leichtsinniges Versehen, das er allein seinem Übermut verdankte. Aber das half ihm auch nicht weiter. Vermutlich suchte der Herr der Träume bereits nach ihm, und alles, was er zu seinem Schutz besaß, war ein silberner Anhänger.

Jackon berührte den Drudenfuß unter seinem Schlafgewand. *Der Palast ist sicher*, sagte er sich. *Sicherer als jeder andere Ort in Bradost. Überall stehen Spiegelmänner Wache. Und Corvas, Umbra und Amander sind auch noch da. Selbst wenn Aziel mich hier findet, er kann mir nichts antun.*

Doch so sehr er sich auch an diesen Gedanken klammerte, besser fühlte er sich nicht.

Denn Aziel war beileibe nicht sein einziges Problem. Mit seinem Fehler hatte er alles zerstört, was er in den vergangenen

Wochen erreicht hatte. Er konnte die Ausbildung nicht fortsetzen und seine neu erworbenen Kräfte nicht mehr benutzen, obwohl er gerade begonnen hatte, seine Macht zu genießen. Er war für Lady Sarka nutzlos geworden. Ein Wunder, dass sie ihn noch nicht zum Teufel gejagt hatte. Vermutlich gewährte sie ihm nur deshalb weiterhin Obdach und Schutz, weil sie hoffte, den Schaden, den er angerichtet hatte, irgendwie aus der Welt schaffen zu können. Allerdings zweifelte er nicht daran, dass sie die Geduld mit ihm verlieren und ihn in die Kanäle zurückschicken würde, sollte sich herausstellen, dass sie nichts für ihn tun konnte. Und dann wäre er wieder ein Schlammtaucher, ohne Heim, ohne Freunde, ohne Zukunft.

Der Trank, den er jeden Abend vor dem Zubettgehen einnehmen musste, trug auch nicht gerade zu seinem Wohlergehen bei. Die Substanz machte ihn unruhig und nervös, sodass er Stunden brauchte, um einzuschlafen. Und wenn er endlich einnickte, fühlte es sich an, als würde er in einem bodenlosen schwarzen Loch versinken. Am nächsten Morgen dann war er noch erschöpfter als am Abend zuvor; außerdem begannen seine Gedanken ein seltsames Eigenleben zu entwickeln.

Wurde er allmählich verrückt? Wie lange konnte ein Mensch ohne Träume auskommen, ehe er den Verstand verlor?

Jackon drehte sich auf die andere Seite. *Schlaf endlich!*, dachte er. Doch schon im selben Moment begann die Grübelei von Neuem.

Er setzte sich auf, als er ein Geräusch hörte. Es hatte sich angehört wie das Bersten von Glas. Vielleicht hatte der Sturm irgendwo ein Fenster beschädigt. Er beschloss nachzusehen. Das war allemal besser, als sich im Bett herumzuwälzen.

Er stand auf, schlüpfte in seine Kleider und zündete eine Kerze an.

Ein leises Knarren erklang. Im Licht der Flamme sah er, dass sich seine Tür öffnete. Jemand kam herein, ein Mann.

»Wer …«, begann Jackon und verstummte. Das Gesicht des Fremden war schwarz wie Ebenholz. Das lange, weiße Haar klebte nass und strähnig an seiner Haut.

Entsetzen packte ihn.

»Aziel«, ächzte er und taumelte zurück, stolperte über den Hocker und fiel zu Boden. Während der Eindringling näher kam, kroch er rückwärts, bis er gegen die Wand stieß.

»Geh weg«, flüsterte er. »Geh weg, oder ich rufe die Wachen.«

»Ich bin nicht Aziel«, knurrte der Weißhaarige. »Aber er wird bald hier sein. Jetzt steh auf. Wir haben nicht viel Zeit.«

Jackon konnte sich vor Grauen nicht bewegen. Wieso behauptete der Mann, er sei nicht Aziel, wenn er doch genauso aussah?

Der Fremde beugte sich über ihn, hob die Kerze auf und hielt sie sich vor das Gesicht. »Sieh mich an. Glaubst du mir jetzt?«

Jackon blinzelte. Langsam wurde ihm klar, dass der Mann Aziel nur sehr stark ähnelte, dank seiner schwarzen Haut und seines schlohweißen Haares. Aber das Gesicht war anders geschnitten, und er trug auch keinen Bart.

»Wer … wer bist du?«, stammelte er.

»Mein Name ist Lucien.«

Eine verschwommene Erinnerung huschte durch Jackons Gedanken. Er hatte diesen Fremden schon einmal gesehen – aber wo? Er wusste es nicht mehr. Vielleicht in einem Traum?

Als er keine Anstalten machte aufzustehen, wollte der Mann ihn an den Schultern packen, zog jedoch plötzlich seine Hände zurück, als würde ihn die Berührung schmerzen.

»Was ist das da an deinem Hals?«, fragte er scharf.

»Ich … verstehe nicht …«

»Ist das ein Talisman? Ein Drudenfußamulett?«

»Ja«, antwortete Jackon verwirrt.

»Gut. Behalte es an. Du wirst es noch brauchen. Und jetzt steh endlich auf.«

Mühsam kam er auf die Füße.

»Hör mir zu«, befahl der Mann. »Du musst sofort von hier verschwinden. Aziel sucht nach dir. Es kann nicht mehr lange dauern, bis er im Palast ist.«

»Im Palast?«, echote Jackon. »Aber die Spiegelmänner …«

»Vergiss sie. Er hat eine Horde Ghule dabei, und sie sind hungrig. Die Spiegelmänner können sie vielleicht eine Weile aufhalten, aber mehr auch nicht.«

Jackon war kaum noch in der Lage, klar zu denken, denn ein einziger Gedanke übertönte alle anderen: *Aziel hat mich gefunden, und er ist bereits auf dem Weg hierher!* Als er jedoch hörte, wovon der Fremde sprach, verschwand seine Verwirrung schlagartig und wich neuem Grauen. »Ghule? Wieso Ghule?«

Der Mann gab keine Antwort. Stattdessen eilte er zur Tür. »Komm. Du musst dich irgendwo verstecken.«

Jackon rührte sich nicht von der Stelle. »Aber wir müssen die anderen warnen. Die Ghule werden sie sonst töten!«

»Dafür haben wir keine Zeit!«

»Das ist mir egal. Ich lasse nicht zu, dass Liam etwas geschieht.«

»Wer zum Teufel ist Liam?«, fragte Lucien.

Doch Jackon hatte sich bereits an ihm vorbeigeschoben und stürzte aus dem Zimmer.

Liam strich Vivana über das Haar und schloss die Augen, um sie abermals zu küssen, doch sie löste sich aus seiner Umarmung.

»Genug für heute«, sagte sie. »Wir haben noch etwas anderes zu tun, schon vergessen?«

»Wirklich?« Er grinste schief. »Hilf mir auf die Sprünge. Ich bin gerade etwas … durcheinander.«

»Nicht nur du. Trotzdem müssen wir das Buch fortschaffen. Hast du hier irgendwo eine Lampe oder so?«

Er holte die Kerze, die auf seinem Tisch stand, und zündete sie an. Flackerndes Licht erfüllte das Zimmer. Liam schaute Vivana an und stellte verwundert fest, dass er zum ersten Mal seit vielen Tagen etwas anderes als Schmerz empfand – dass er glücklich war. Die Trauer um seinen Vater, die Furcht und der Hass, die ihn seit Wochen quälten, waren nicht verschwunden, aber jetzt, in diesem Augenblick, wusste er, dass er die Kraft hatte, damit fertig zu werden. Vielleicht nicht morgen, vielleicht nicht einmal in einem Monat – aber irgendwann.

»Was ist?«, fragte Vivana, als sie seinen Blick bemerkte.

»Nichts. Ich habe nur nachgedacht.«

»Das geht alles ganz schön schnell, oder?«, erwiderte sie nachdenklich. »Ich meine, es ist gerade mal ein paar Tage her, dass wir uns das erste Mal gesehen haben.«

»Ja.« Er lachte leise.

»Hast du gewusst, dass es so kommen würde?«

»Irgendwie schon.«

»Ich auch. Seltsam, nicht wahr?«

Sie schwiegen.

»Ich glaube, wir haben einiges zu bereden, Liam Satander«, sagte Vivana schließlich.

»Sieht ganz so aus.«

»Was hältst du davon: zuerst das Buch und dann wir?«

»Einverstanden.« Liam setzte sich aufs Bett. »Gibst du mir deine Tasche? Ich will es mir noch mal ansehen.«

Sie setzte sich neben ihn und reichte ihm die Tasche, aus der er das Buch nahm. Schwer lag es auf seinen Knien, während er in den alten Seiten blätterte. Doch so sorgfältig er auch suchte, er fand nirgendwo eine Passage, die er lesen konnte.

»Wir müssen es von hier fortbringen«, sagte Vivana. »Wenn

die Lady bemerkt, dass es weg ist, wird sie sicher zuerst im Palast danach suchen.«

»Ich bringe es morgen früh deiner Tante.«

»Warum erst morgen?«

»Die Ausgangssperre. Mir ist das Risiko zu groß, mit dem Buch erwischt zu werden.«

»Schau mal aus dem Fenster. Ich glaube nicht, dass sich bei diesem Wetter Soldaten auf den Straßen herumtreiben.«

Liam blickte nach draußen und sah nichts als heulende Schwärze, in der gelegentlich ein Blitz aufflackerte. Der Sturm schien immer stärker zu werden. »Also gut«, sagte er. »Gehen wir gleich. Allerdings befürchte ich, dass das ein ziemlich ungemütlicher Spaziergang …« Er unterbrach sich und runzelte die Stirn. »Hast du das gehört?«

»Was denn?«

»Da war ein Geräusch.«

»Sicher nur der Wind.«

»Nein. Es kam aus Jackons Zimmer.« Er rutschte auf dem Bett zur Wand und presste das Ohr dagegen.

»Jackon?«

»Ein Freund. Er arbeitet hier.« Liam hatte ein Rumpeln gehört, wie von einem umfallenden Möbelstück. Jetzt erklangen Stimmen. Was sie sagten, konnte er nicht verstehen, aber der Tonfall gefiel ihm nicht. Mit wem redete Jackon um diese Zeit? Liam überlegte, ob er nachsehen sollte. Jackon hatte sich in den letzten zwei Tagen sehr seltsam benommen. Vielleicht steckte er in Schwierigkeiten.

In diesem Moment flog die Tür auf. Fluchend zog Liam die Bettdecke über das Buch, bevor er sah, dass es Jackon war, der hereingestürzt kam. »Wieso klopfst du nicht an?«, fragte er mit einem Anflug von Ärger.

»Du musst sofort mitkommen!«, stieß Jackon hervor. »Ghule sind auf dem Weg hierher!«

»Ghule? Was redest du da?«

»Bitte, Liam! Wir haben nicht mehr viel Zeit!«

Der Rothaarige sah nicht aus, als erlaube er sich einen Scherz. Er war kreidebleich, seine Augen waren vor Entsetzen aufgerissen. »Du meinst das ernst, oder?«

»Ja!«

»Aber was haben sie hier zu suchen? Ich dachte, Ghule hausen unter der Erde …«

»Ich kann dir das jetzt nicht erklären!«

Liam blickte ratlos zu Vivana, die Jackon mit besorgter Miene musterte.

»Vielleicht tun wir besser, was er sagt«, murmelte sie und verstaute das Buch in ihrer Tasche.

Ein Fremder erschien neben Jackon, ein ungewöhnlich aussehender Mann mit schwarzer Haut und weißem Haar, der sich außerdem in einem schrecklichen Zustand befand. »Ich habe Geräusche gehört«, sagte er zu Jackon. »Ich glaube, Aziel ist in den Keller eingedrungen.«

»Wer ist das?«, wollte Liam wissen.

»Lucien«, antwortete der Rothaarige ungeduldig. »Können wir jetzt endlich gehen?«

Der Fremde wollte sich gerade abwenden, als er Vivana bemerkte. Er erstarrte und blickte sie entgeistert an.

»Kennen wir uns?«, fragte sie.

»Wie heißt du?«, brachte der Mann mit schwacher Stimme hervor.

»Vivana. Du bist ein Alb, nicht wahr?«

»Äh, woher –«

Das Klirren von Glas schnitt dem Fremden das Wort ab. Liam stürzte zum Fenster, und was er draußen erblickte, ließ ihm schier das Blut in den Adern gefrieren. Monströse Geschöpfe hetzten durch den Garten auf das Gebäude zu, Dutzende davon. Die beiden Spiegelmänner vor dem Gesindetrakt stellten sich ihnen mit schlagbereiten Rabenschnäbeln entgegen und wurden regelrecht überrannt.

Liam wirbelte herum und schrie: »Lauft!«

Sie hasteten aus dem Zimmer. Die Tür am Ende des Korridors wurde aufgerissen, und Hume taumelte heraus, das Gesicht blutüberströmt. Der Gärtner stürzte zu Boden, als ihn ein Geschöpf ansprang, ein Wesen wie aus einem Albtraum. Ledrige Haut spannte sich über Gebeine und Rippenbögen. Unter dem verwesenden Fleisch schimmerten Knochen auf. In dem Schädel, von dem dünne Haare abstanden, glühten zwei tierhafte Augen. Es schlug seine Fangzähne in Humes Nacken und riss einen Fetzen Fleisch heraus.

Liam war nicht in der Lage, sich zu bewegen. Wie angewurzelt stand er da und starrte das Geschöpf an. »Liam, komm!«, schrie Vivana und zog ihn am Arm. Bevor er losrannte, sah er noch, wie die Fensterscheibe in seinem Zimmer zersplitterte und ein Ghul auf dem Bett landete, das Maul zu einem Fauchen geöffnet. Weitere Untote sprangen auf den Fenstersims und drängten in die Kammer.

Liam folgte Vivana und den anderen durch den Gemeinschaftsraum und weiter zur Küche. Er wagte nicht zurückzublicken, zu entsetzlich waren die Laute, die aus den Gesindeunterkünften drangen: Fauchen, krächzende, unmenschliche Stimmen, Schreie voller Grauen und Schmerz. Offenbar hatten die Ghule die Bediensteten in ihren Betten überrascht und fielen über sie her. Liam wünschte, er könnte ihnen helfen, und wusste doch, dass er gegen den Ansturm der untoten Kreaturen machtlos war. Er hatte keine andere Wahl, als zu laufen, so schnell er konnte.

Warum?, fragte er sich voller Entsetzen. *Warum greifen die Ghule den Palast an? Das ergibt doch keinen Sinn!*

Jackon riss eine Tür auf, und sie rannten in die Eingangshalle. Auch dort tobte das Chaos. Die Spiegelmänner hatten das Portal verrammelt und kämpften gegen Untote, die durch die zerstörten Fenster zu klettern versuchten. Einem Ghul gelang es, in die Halle einzudringen, indem er über die Verteidiger hinwegsprang. Ein Spiegelmann streckte ihn augenblicklich nieder, doch schon im nächsten Moment musste sich der Maskierte zweier neuer Angreifer erwehren. Als ein Blitz die Nacht erhellte, erhaschte Liam einen Blick auf die Gestalten vor dem Gebäude. Es waren zu viele. Lange würden die Spiegelmänner dieser Übermacht nicht standhalten.

Sie liefen zum rückwärtigen Teil der Halle, wo sie sich hinter einem Stützpfeiler verbargen.

»Was machen wir jetzt?«, stieß Liam hervor.

»Wir müssen ihn von hier fortbringen«, sagte Lucien und meinte offensichtlich Jackon. »Wenn er im Palast bleibt, wird Aziel ihn früher oder später finden.«

Liam starrte seinen Freund an. »Heißt das, all das geschieht deinetwegen? Die Ghule jagen *dich*?«

»Ja«, antwortete der Rothaarige verzweifelt.

»Weswegen? Und wer ist Aziel?«

»Nicht jetzt«, sagte Lucien barsch, als Jackon zu einer Erklärung ansetzte. »Wir brauchen Licht. Lampen. Irgendetwas, mit dem wir die Ghule blenden können. Vielleicht gelingt es uns, sie abzulenken und aus dem Palast zu fliehen.«

»Im Lagerraum neben der Küche werden Laternen aufbewahrt«, erwiderte Liam.

Vivana, die sich an ihn presste, beobachtete die Tür zum Gesindeflügel. »Dort ist inzwischen alles voller Ghule. Ich habe gehört, wie sie uns gefolgt sind.«

»Dann müssen wir hinunter in den Keller. Unter der Treppe stehen ein paar Karbidlampen.«

»Nein, nicht in den Keller«, sagte Lucien. »Aziel und seine Leute sind dort. Vermutlich sind sie durch die Katakomben eingedrungen.«

»Wieso zeigt er sich nicht?«, fragte Jackon voller Angst.

»Ich nehme an, er wartet, bis die Ghule alles verwüstet haben, damit er leichtes Spiel mit uns hat.«

Gerade als Liam abermals fragen wollte, wer Aziel sei, tauchten die Ghule aus dem Gesindetrakt auf. Kreischend strömten sie aus dem Korridor und stürzten sich auf die Spiegelmänner. Sekunden später waren die Maskierten umzingelt, und für jeden Untoten, den sie erschlugen, rückten zwei weitere nach. Krallen zerfetzten Kutten, schlitzen Bäuche auf und rissen Spiegelmasken herunter, unter denen augenlose Homunculi-Gesichter zum Vorschein kamen. Liam sah Spiegelmänner, die trotz schrecklicher Wunden weiterkämpften, als hätten sie nur eine Schramme erlitten. Sie schienen um ein Vielfaches kräftiger und widerstandsfähiger als gewöhnliche Menschen zu sein. Trotzdem war es nur eine Frage von Minuten, bis die untote Horde sie überwältigt haben würde.

»Weg hier!«, schrie Lucien.

Panisch schaute Liam sich um. Wohin er auch blickte, wimmelte es von Ghulen. »Wohin?«

»Egal. Nach oben. Zum Dach.«

Sie hasteten zur Galerietreppe. Liam, der als Letzter der vier hinter dem Pfosten hervorkam, hörte plötzlich ein Fauchen. Verwesungsgestank schlug ihm entgegen. Er taumelte zurück, sodass die Klaue des Ghuls haarscharf sein Gesicht verfehlte. Keuchend vor Entsetzen fiel Liam auf den Rücken, der Untote landete mit einem Sprung auf ihm und packte ihn am Kragen. Geifer tropfte von seinen Fangzähnen.

Ein Schuss donnerte. Der Kopf der Kreatur platzte, und sie fiel nach hinten um.

Liam rollte sich herum. Licht flammte auf, und er kniff geblendet die Augen zusammen. Eine schemenhafte Gestalt stand inmitten der gleißenden Helligkeit.

Jackon wirbelte herum, als er den Schuss hörte. Zu seinem Entsetzen sah er Liam auf dem Boden liegen. War sein Freund verletzt? Tot? Er stürzte zu ihm, doch das Mädchen kam ihm zuvor und half Liam aufzustehen.

»Alles in Ordnung?«, fragte sie.

»Ja«, antwortete Liam, immer noch bleich vor Angst, »nichts passiert.«

Die Gestalt mit der Laterne kam auf sie zugelaufen. Jackon sah, dass es sich um Umbra handelte. Sie hielt eine Pistole.

»Dem Himmel sei Dank«, sagte sie. »Ich dachte schon, diese Biester hätten dich erwischt.«

»Aziel steckt dahinter«, stieß Jackon hervor. »Er hat mich gefunden.«

»Ich weiß. Komm in den Kuppelsaal. Dort seid ihr sicher.«

Lucien trat in den Lichtkreis. »Nicht in den Kuppelsaal«, sagte er. »Dort sitzt er in der Falle. Er muss den Palast so schnell wie möglich verlassen.«

Umbra blickte den Weißhaarigen wenig freundlich an. »Was hast *du* hier zu suchen?«

»Ich habe den Jungen gewarnt«, antwortete Lucien kühl. »Ohne mich wäre er bereits tot.«

»Lüg mich nicht an. Du steckst doch mit Aziel unter einer Decke.«

»Er sagt die Wahrheit«, mischte Jackon sich ein. »Jetzt lass uns gehen, Umbra, bitte!«

Lucien blickte ihn beschwörend an. »Du machst einen Fehler. Die Tür des Kuppelsaals widersteht vielleicht den Ghulen, aber nicht Aziel und seinen Leuten. Seth ist bei ihm, und Whisper und Fay, alles Geschöpfe von großer Macht …« Er fuhr herum, als ein Ghul auf sie zugerannt kam. Umbra legte mit der Pistole an und schoss ihn nieder.

»Der Junge kommt mit mir«, sagte sie barsch. »Wenn es dir nicht passt, kannst du ja hierbleiben.«

Sie packte Jackon am Arm, sodass ihm nichts anderes übrig blieb, als ihr zu folgen.

Sie rannten den Korridor entlang, erst Umbra und Jackon, dann Lucien, Liam und das Mädchen. Jemand war so klug gewesen, im Kuppelsaal sämtliche Lampen aufzudrehen, sodass ein vielfarbiges Glühen den runden Raum erfüllte. Regen prasselte auf die Glaskuppel. Anderthalb Dutzend Spiegelmänner hatten sich hinter dem Portal versammelt, ihre Rabenschnäbel in den Händen. Außerdem waren Corvas und Amander anwesend.

Umbra wartete, bis Liam und das Mädchen durch die Tür geschlüpft waren, bevor sie das Portal schloss und verriegelte.

»Du bleibst hier«, sagte sie. »Amander und Corvas werden dafür sorgen, dass dir nichts geschieht.«

»Wohin gehst du?«, fragte Jackon, als Umbra sich abwandte.

»Zur Herrin. Ich muss sie schützen, falls die Ghule durchbrechen.«

Umbra stieg die Treppe hinauf und verschwand in der Tür auf der Galerie. Während sich die Spiegelmänner in einem Halbkreis vor der Tür aufstellten, zogen sich Jackon und seine Gefährten in den hinteren Teil des Saales zurück.

Jackon zitterte am ganzen Leib. Zwar bewirkte die Anwesenheit von Corvas, Amander und so vielen Spiegelmännern, dass er sich einigermaßen sicher fühlte, aber das Grauen der vergangenen Minuten saß ihm so tief in den Gliedern, dass es ihn nicht so bald loslassen würde.

Lucien hatte die Augen zusammengekniffen. Offenbar machte ihm das helle Licht zu schaffen. »Warum hast du auf Umbra gehört?«, fragte er aufgebracht. »Sieh dich um. Nirgendwo ein Fluchtweg. Hier drin sitzen wir fest.«

Voller Unbehagen beobachtete Jackon das Portal. »Was hast

du damit gemeint, dass Aziel Geschöpfe von großer Macht bei sich hat? Was sind das für Wesen?«

»Seth ist ein Incubus, ein Halbdämon, der über das Feuer gebietet. Fay und Whisper sind Vílen. Sie dienen Aziel, genau wie die Ghule.«

»Vílen?«

»Geister. Untote, die sich von menschlicher Lebenskraft ernähren.«

Jackon schauderte. »Glaubst du, Corvas und Amander werden mit ihnen fertig?«

»Ich schätze, das werden wir gleich sehen«, erwiderte Lucien düster.

Plötzlich fühlte sich Jackon so schwach, dass seine Beine nachzugeben drohten. Was hatte er nur angerichtet? Wie konnte es sein, dass ein kleiner Fehler ausreichte, sein Leben in einen Albtraum zu verwandeln, aus dem es kein Entkommen zu geben schien? Er wünschte, er hätte die Kanäle nie verlassen und wäre immer noch ein Schlammtaucher, der nichts von Träumen, Seelenhäusern und Geschöpfen wie Aziel wusste.

Liam kam zu ihm. »Erklärst du mir jetzt endlich, was hier vor sich geht?«, fragte er scharf. »Wer ist Aziel? Und was will er von dir?«

»Mich töten«, murmelte Jackon.

»Warum?«

»Weil ich die Träume störe.«

»Weil du *was*?«

Jackon blickte ihn schuldbewusst an. »Es gibt da ein paar Dinge, die du nicht über mich weißt.«

»Ja, diesen Eindruck habe ich allmählich auch.«

»Ich kann dir das nicht erklären. Ich musste der Lady mein Wort geben.«

»Der Lady? Was hat die Lady damit zu tun?«

»Ich bin nicht hier, um im Garten zu arbeiten. Das ist nur ein Vorwand. In Wirklichkeit bin ich ein Traumwanderer.«

Verständnislos starrte Liam ihn an. Bevor er nachfragen konnte, was Jackon damit meinte, erregten Geräusche vom Portal ihre Aufmerksamkeit. Die Spiegelmänner wichen einige Schritte zurück, als Flammen unter den Türflügeln hervorschossen und am Holz leckten. Rauch wallte auf.

»Das ist Seth!«, stieß Lucien hervor. »Versteckt euch!«

Die Flammen hüllten das Portal ein und verzehrten es binnen weniger Augenblicke. Eine Gestalt erschien in der lodernden Wand wie ein dunkler Engel, ehe das Feuer sich um sie sammelte und auf die Spiegelmänner zuschoss. Zwei der Maskierten wurden davon erfasst und wälzten sich brennend auf dem Boden. Dann sanken die Flammen herab, und die Ghulhorde quoll in den Saal, eine Masse aus verwesendem Fleisch und gelben Knochen. Die Untoten kreischten und schirmten ihre Augen vor dem Licht ab, doch ihre Furcht vor der Helligkeit währte nicht lange. Schon im nächsten Moment gewann ihre Gier nach lebendem Fleisch die Oberhand, und sie stürzten sich auf die Spiegelmänner.

Jackon machte sich hinter der Vitrine klein, zitterte noch heftiger als zuvor und wünschte, er müsste die grauenerregenden Schreie nicht hören.

Lucien verbarg sich hinter einem Wandschirm und beobachtete den Kampf – zumindest versuchte er es. Seine Augen waren für die Dunkelheit geschaffen; das Licht der zahlreichen Lampen ließ sie schmerzen, sodass er Mühe hatte, Einzelheiten zu erkennen.

Überall im Saal kämpften Spiegelmänner gegen die Übermacht der Ghule. Amander, dessen giftige Berührung gegen die Untoten wirkungslos war, hatte sich auf die Galerie zurückgezogen und lud eine Pistole. Corvas dagegen stand mitten im

Getümmel, in jeder Hand ein Messer, stieß einem Ghul eine Klinge in die Augenhöhle, trat der Kreatur gegen den Brustkorb und wirbelte blitzschnell herum, um einer anderen den Hals aufzuschlitzen.

Seth und Aziel traten ungehindert durch die schwelenden Überreste des Portals, gefolgt von den Vílen. Lucien kniff die Augen zusammen. Die Verletzung, die er Seth beigebracht hatte, schien fast vollständig verschwunden zu sein. Lucien war nicht überrascht. Geschöpfen des Pandæmoniums, selbst wenn sie nur zur Hälfte Dämonen waren, konnte man mit gewöhnlichen Waffen lediglich Schmerzen zufügen – wirklich schaden konnte man ihnen damit nicht.

Seth wartete an der Pforte, während Aziel hinter den Pfeilern der Galerie verschwand und die bleichen Zwillinge mit flatternden Gewändern Richtung Kuppeldach zu schweben begannen, zweifellos, um nach dem Jungen Ausschau zu halten. Lucien fluchte leise. Das war genau die Situation, die er hatte vermeiden wollen: Sie saßen im Saal fest, ohne jede Fluchtmöglichkeit. Seine einzige Hoffnung bestand darin, dass Aziel in der Welt diesseits der Mauern des Schlafes kaum Macht besaß. Zwar konnte er auch hier Träume heraufbeschwören, aber anders als in der Stadt der Seelen waren diese zu schwach, um in einem Kampf von Nutzen zu sein. Aziel musste sich auf seine Helfer und seine Körperkraft verlassen. Damit war er immer noch ein schrecklicher Gegner, aber wenigstens einer, gegen den Lucien etwas ausrichten konnte.

Geduckt hastete er zu seinen drei Schützlingen, die sich hinter einer Vitrine versteckten. Als das Mädchen ihn anblickte, verspürte er abermals einen Stich in seinem Innern, und ungeachtet der Gefahr, in der sie schwebten, konnte er nicht anders, als sie kurz anzustarren. Sie sah nicht genauso aus wie Caitlin; ein paar Kleinigkeiten waren anders: Das Haar war etwas heller, der Mund etwas breiter, das Gesicht ein klein wenig feiner geschnitten. Dennoch war die Ähnlichkeit so groß, dass er Vivana bei ihrer ersten Begegnung einen schmerzhaften, ungewissen Augenblick lang für *sie* gehalten hatte.

»Was machen wir jetzt?«, fragte das Mädchen.

Sogar die Stimme, dachte er und kämpfte gegen die Flut der Erinnerungen an, die in ihm aufstieg. Nicht jetzt. Wenn sie heil hier herauskommen wollten, brauchte er einen klaren Kopf. »Wir müssen den Saal verlassen, bevor Aziel euren Freund findet. Vielleicht können wir uns das Chaos zunutze machen und fliehen, ohne dass er etwas bemerkt.«

»Was ist mit dem Kerl an der Tür?«, fragte der Junge, der Liam hieß.

»Ich versuche, Seth abzulenken«, antwortete Lucien. »Hört zu: Wir laufen unter der Galerie zur anderen Seite des Saales. Haltet euch im Schutz von Stellwänden und Möbeln, damit Fay und Whisper euch nicht sehen. Wenn ich euch ein Zeichen gebe, lauft ihr zur Tür.«

Der rothaarige Junge wandte ihm sein schreckensbleiches Gesicht zu. Lucien hatte inzwischen herausgefunden, dass er Jackon hieß. »Warum bleiben wir nicht hier? Vielleicht schaffen es Corvas und Amander ja, Aziel zu vertreiben.«

»Das ist zu riskant. Solange du in seiner Nähe bist, kann er deine Präsenz spüren. Du musst dich anderswo verstecken, am besten weit weg von hier. Vielleicht verliert er dann deine Spur. Einverstanden?«

Jackon nickte; dann sah er ihn fragend an. »Warum hilfst du mir? Du kennst mich doch überhaupt nicht.«

»Lange Geschichte«, erwiderte Lucien und lief los.

Bevor Vivana Liam und den anderen folgte, warf sie einen letzten Blick zu den beiden bleichen Frauen, die über den Köpfen der Kämpfenden schwebten, umwogt von ihren leichentuchartigen Gewändern und ihrem violetten Haar. *Vílen – allmäch-*

tiger Tessarion!, dachte sie mit einer Mischung aus Entsetzen und Faszination. Seit sie ein Kind war, hatten ihr die Manusch von diesen und anderen Bewohnern der Schattenwelt erzählt, von Alben wie Lucien und Aziel und Incubi wie Seth, und sie hatte nie daran gezweifelt, dass all diese Geschöpfe wirklich existierten. Doch sie mit eigenen Augen zu sehen, mit ihnen zu reden, vor ihrer übernatürlichen Macht zu zittern war eine Erfahrung, auf die keine Geschichte sie je vorbereitet hatte. Und sie hatte immer gedacht, sie wüsste über derartige Dinge Bescheid. Gar nichts wusste sie. Sie konnte froh sein, wenn sie mit heiler Haut davonkam, um Livia von ihrer Begegnung mit der Schattenwelt zu berichten.

Die Ledertasche an ihren Bauch gepresst, huschte Vivana unter der Galerie entlang und verbarg sich hinter Säulen und Wandschirmen, während wenige Schritte entfernt der Kampf tobte.

Vor ihr wurde eine Stellwand umgerissen, als ein Spiegelmann dagegenprallte und zu Boden stürzte. Vivana blieb so ruckartig stehen, dass sie beinahe das Gleichgewicht verlor. Ein Ghul sprang den Liegenden an, riss dessen Maske herunter und schlug seine Zähne in den Hals des Homunculus.

Voller Grauen starrte Vivana den Untoten und sein Opfer an, bevor ihr ein Sekundenbruchteil später klar wurde, in welcher Gefahr sie sich befand. Sie rannte los, doch der Ghul hatte sie bereits bemerkt. Er sprang von dem toten Homunculus herunter und fauchte.

Vivana schwang ihre Tasche und erwischte den Ghul am Kopf. Das Buch darin war so schwer, dass das Geschöpf zu Boden geschleudert wurde, allerdings rappelte es sich sofort wieder auf, ein böses Glühen in den Augen.

»Du hast es nicht anders gewollt«, sagte sie und holte abermals mit ihrer Tasche aus. Der Ghul sprang vor, bekam den Lederriemen zu fassen und riss ihr die Tasche aus den Händen. Sie rutschte über den Boden und verschwand zwischen den Füßen der Kämpfenden.

»Nein!«, schrie Vivana. Gleichzeitig schlug der Ghul nach ihrem Gesicht, sie zog den Kopf ein und entging den messerscharfen Krallen um Haaresbreite. Der Untote holte zu einem zweiten Klauenhieb aus, doch bevor er ihn ausführen konnte, tauchte hinter ihm ein Spiegelmann auf und zerschmetterte ihm mit seinem Rabenschnabel den Schädel.

Vivana wusste, dass sie nur durch pures Glück dem Tod entronnen war, aber sie wartete nicht, bis sie sich von dem Schreck erholt hatte. Kaum war der Ghul zusammengebrochen, reckte sie den Kopf und hielt nach der Tasche Ausschau. Sie musste sie finden. Wenn sie das Buch verlor, hatten Liam und sie all die Gefahren umsonst auf sich genommen, würde Liam nie erfahren, wonach sein Vater gesucht hatte.

Jemand packte sie am Arm. »Was machst du hier?«, stieß Lucien hervor. »Weiter, bevor dich die Vílen entdecken!«

»Nicht! Die Tasche –«, keuchte sie, doch der Alb zog sie bereits fort.

Sie hasteten zu einem umgefallenen Tisch in der Nähe der Tür, hinter dem Liam und Jackon kauerten.

»Wo ist die Tasche?«, fragte Liam, als Vivana und Lucien neben ihnen in Deckung gingen.

»Ein Ghul hat sie mir weggerissen.«

Er fluchte.

»Es tut mir leid«, sagte sie verzweifelt. »Ich konnte nichts machen. Es ging zu schnell.«

»Wo hast du sie verloren?«

»Irgendwo dahinten, wo die Stellwand umgefallen ist.«

Liam spähte am Tisch vorbei zu der Stelle. »Wartet hier auf mich.«

Als er loslaufen wollte, hielt Lucien ihn fest. »Du bleibst hier«, sagte er scharf. »Wir müssen so schnell wie möglich fliehen.«

»Ohne die Tasche gehe ich nirgendwo hin«, erwiderte Liam, riss sich los und hastete davon.

Jackon beobachtete, wie sein Freund in den Schatten unter der Galerie verschwand.

»Was ist denn so wichtig an dieser Tasche?«, fragte er das Mädchen, doch sie starrte Liam hinterher und hörte ihn nicht.

»Ich muss ihm helfen«, sagte sie und setzte ihm nach.

»Vivana, nicht!«, rief Lucien und schlug vor Wut mit der Faust auf den Boden. »Verdammt!«

Jackon blickte ihn ratlos an. »Und jetzt?«

»Wir warten«, fauchte der Weißhaarige. »Was bleibt uns schon anderes übrig?«

Jackon zog den Kopf ein und beobachtete mit klopfendem Herzen den Kampf. Das Gefecht hatte sich inzwischen in die Mitte des Saales verlagert, und es war immer noch nicht abzusehen, wer den Sieg erringen würde. Zwar hatten die Spiegelmänner die Hälfte der Ghule erschlagen, doch sie hatten einen hohen Preis dafür gezahlt: Viele Maskierte waren gefallen. Im Tod verwandelten sich ihre Körper in den Staub, aus dem sie erschaffen worden waren.

Schüsse peitschten durch die Halle, als Amander von der Galerie aus auf die Vílen feuerte. Eine der bleichen Frauen traf er an der Schulter, woraufhin sich das Geschöpf mit vor Hass verzerrtem Gesicht auf ihn stürzte. Die Víla landete auf der Brüstung und schlug mit ihren Krallen nach Amander, der seine Pistole weggeworfen hatte und dem Angriff behände auswich. Mit seiner Hand streifte er die Geisterfrau am Arm, doch seine Berührung, die Menschen den Tod brachte, schien auf sie keine Wirkung zu haben. »Corvas!«, brüllte er, nachdem ein Klauenhieb sein Hemd zerfetzt hatte und er verzweifelt zurückwich.

Jackon entdeckte Corvas auf der Treppe der Galerie. Der Anführer der Spiegelmänner hastete die Stufen hinauf, warf ein Messer und verletzte die Víla am Arm. Es war keine tiefe Wunde, kaum mehr als eine Schramme, doch sie bewirkte, dass das Geschöpf von Amander abließ und gemeinsam mit ihrer Schwester auf Corvas zuschwebte. Corvas blieb stehen, blickte die Vílen stechend an und breitete die Arme aus. Genau wie beim Kampf gegen die Attentäter gab sein Mantel einen Krähenschwarm frei, der auf die Geisterfrauen zuschoss. Die Vílen verschwanden in einer Wolke aus Vögeln, die mit ihren Schnäbeln auf sie einhackten. Ihre qualvollen Schreie wurden vom Kreischen der Krähen überlagert.

Jackon schluckte trocken. Es war nun schon das zweite Mal, dass er Zeuge von Corvas' bizarren Kräften wurde, doch das Entsetzen, das er beim Anblick des Krähenschwarms verspürte, war deswegen keineswegs geringer.

»Jackon«, sagte Lucien und machte ihn auf Seth aufmerksam. Der Incubus zückte einen Dolch, dessen Klinge in Flammen gehüllt war, und erwartete den Angriff eines Spiegelmanns, der gerade einen Ghul niedergestreckt hatte und auf ihn zukam. »Wenn sie anfangen zu kämpfen, läufst du so schnell du kannst zur Tür.«

»Was ist mit Liam?«

»Ich kümmere mich um ihn und Vivana.«

»Aber ich will nicht ohne sie gehen.«

Lucien ergriff seinen Arm und umschloss ihn so fest, dass es schmerzte. »Hör mir zu, Jackon«, sagte er, und in seinen Augen glühte ein kaltes Feuer. »Du läufst jetzt auf der Stelle zur Tür. Das ist vielleicht deine letzte Chance, also benimm dich nicht wie ein Narr.«

»Einverstanden«, stammelte Jackon eingeschüchtert.

Als Lucien ihn losließ, richtete er sich auf und sah sich um. Seth kämpfte mit dem Spiegelmann, in der Nähe hielten sich keine Ghule auf. Die Vílen waren vernichtet; was die Vögel von ihnen übrig gelassen hatten, lag als blutiger Haufen auf dem Boden. Corvas' Krähenschwarm kreiste wie ein schwarzer Strudel unter der Kuppel.

Der Weg zur Tür war frei.

Jackon sprang über den Tisch und rannte in Richtung des Portals.

Da entdeckte Aziel ihn.

Der Herr der Träume rang mit einem Spiegelmann, packte den Maskierten und warf ihn gegen einen Pfeiler. Sein Blick fand Jackon, der vor Schreck stehen blieb und Hilfe suchend zu Lucien schaute.

»Lauf!«, schrie der Weißhaarige.

Doch Jackon war nicht in der Lage, sich zu bewegen. Alles, was er tun konnte, war dazustehen, während Aziel auf ihn zukam. Er empfand kein Entsetzen, nicht einmal einen Hauch von Angst, sondern lediglich ein erdrückendes Gefühl der Sinnlosigkeit. Warum sollte er fliehen? Er konnte nicht entkommen. Aziel war der Herrscher der Träume, ein Wesen von unvorstellbarer Macht. Er würde ihn finden, wohin er auch ging.

Lucien kam zu ihm gelaufen, hob den Rabenschnabel eines toten Spiegelmanns auf und stellte sich schützend vor ihn.

»Überlass mir den Jungen, und ich lasse dich gehen«, sagte Aziel.

»Nein.«

Aziels Augen verengten sich zu Schlitzen – und er griff an. Flink wich Lucien aus, wirbelte herum, sodass er hinter seinen Gegner gelangte, und schlug zu. Aziel brüllte, als sich der Eisendorn des Rabenschnabels in seine Schulter grub. Er versetzte Lucien einen Schlag, der den Weißhaarigen gegen die Wand schleuderte, wo er benommen liegen blieb.

Jackon beobachtete das Geschehen mit aufgerissenen Augen. Mit einem Mal löste sich die Lähmung, die von ihm Besitz ergriffen hatten, und Furcht stieg in ihm auf, heftiger als je zuvor. Aziel versperrte ihm den Weg zur Tür, weshalb er zurück zur Galerie rannte. Als er aus den Augenwinkeln sah, dass Aziel dicht hinter ihm war und nach ihm greifen wollte, schlug er einen Haken, rutschte aus und prallte gegen den Tisch.

Dunkles Blut tränkte Aziels Gewand, und sein Gesicht war vor Schmerzen verzerrt. Jackon kroch rückwärts, doch er war nicht schnell genug. Der Herr der Träume streckte die Hände nach ihm aus, und genau wie in seinem Traum spürte Jackon die uralte Macht, die ihn wie eine Aura umgab.

Mit einem wütenden Schnauben zuckte Aziel zurück.

Das Amulett!, durchfuhr es Jackon. *Er kann mich nicht berühren!* Er nestelte an seinem Hemdkragen, bis er den Drudenfuß zu fassen bekam. Mit zitternder Hand hielt er den silbernen Stern vor sein Gesicht. Furcht flackerte in Aziels Augen auf.

»Glaubst du, das rettet dich, Traumwanderer?«, knurrte er. »Seth, töte ihn.«

Der Incubus hatte den Spiegelmann niedergestochen und kam mit dem flammenden Dolch in der Hand näher. Irgendwie gelang es Jackon aufzustehen. Doch bevor er loslaufen konnte, hielt Seth ihn fest.

Die Augen des Halbdämons loderten. Er hob den Dolch, und die Klinge bohrte sich in Jackons Leib.

Liam versteckte sich hinter einer Säule und beobachtete das Chaos aus Ghulen und Spiegelmännern, die miteinander kämpften. Wo war die verdammte Tasche? Eben noch hatte er sie gesehen, aber im gleichen Moment hatte ein Spiegelmann, der vor einem Gegner zurückwich, dagegengetreten, sodass sie tiefer ins Getümmel gerutscht war.

Er lief zu einer umgefallenen Vitrine am Rand des Kampfgeschehens und versteckte sich dahinter, in der Hoffnung, von hier aus besser sehen zu können.

Der Schrank erzitterte unter einem Schlag, als ein Ghul dagegenprallte. Ein Spiegelmann sprang herbei und hieb auf den Untoten ein, ehe dieser sich aufrappeln konnte. Dadurch klaffte eine Lücke in den Kämpfenden auf, sodass Liam die Tasche entdeckte.

Sie lag in der Mitte des Saales, wo das Gefecht am heftigsten tobte.

Er atmete einmal tief ein und aus, bevor er sich ins Getümmel stürzte. Das Geschrei der Ghule war ohrenbetäubend. Liam schlug Haken, wich Körpern aus, entging nur knapp einem herabsausenden Rabenschnabel und spürte eine Kralle an seinem Hemd zerren. Er rammte dem Untoten den Ellbogen ins Gesicht, riss sich los und bekam die Tasche zu fassen. Er presste sie sich an die Brust, während er geduckt zur anderen Seite des Saales rannte, wo er hinter einem Pfeiler in Deckung ging.

Geschafft! Als sich sein Atem etwas beruhigte, spürte er ein Brennen an seiner Seite. Wo der Ghul ihn erwischt hatte, war sein Hemd zerrissen und blutig, aber zu seiner Erleichterung sah es schlimmer aus, als es war. Die Krallen hatten seine Haut zerkratzt, mehr nicht.

Plötzlich begannen sich die Wunden zu schließen. Binnen weniger Sekunden verheilten sie, bis nicht einmal mehr die kleinste Narbe zu sehen war. Verblüfft starrte Liam die unversehrte Haut an. Das *javva*, natürlich. Der eigentliche Zweck des Elixiers war, Verletzungen zu heilen. Allerdings hätte er nicht gedacht, dass es so schnell gehen würde.

Liam überlegte, wie er zu Vivana und den anderen zurückkehren konnte, ohne sich allzu sehr in Gefahr zu begeben. Am besten lief er durch den vorderen Teil des Saales, wo kaum noch gekämpft wurde.

Er spähte an der Säule vorbei und sah, wie Jackon niedergestochen wurde.

Seth stieß ihm seinen brennenden Dolch in die Brust, genau unter dem Schlüsselbein. Der Rothaarige schrie vor Schmerz auf und brach zusammen.

Liam war, als würde sein Herz einen Schlag aussetzen. Der Incubus hatte Jackon umgebracht, ihn einfach erstochen, und es gab nichts, was er dagegen tun konnte. Dann jedoch sah er, dass sein Freund sich bewegte und davonzukriechen versuchte. Allerdings war er viel zu schwach, um sich gegen Seth zur Wehr setzen zu können. Der Halbdämon zog ihn an den Haaren auf die Knie.

Fieberhaft blickte Liam sich um.

Er brauchte eine Waffe, irgendetwas, mit dem er Seth aufhalten konnte.

Die Pistole! Fahrig öffnete er die Tasche. Vor einigen Jahren hatte ihm sein Vater beigebracht, mit Schusswaffen umzugehen, allerdings war er nicht gerade ein Meisterschütze. Aber vielleicht gelang es ihm, den Incubus lange genug in Schach zu halten, damit sich Jackon in Sicherheit bringen konnte.

Als Seth gerade seine Klinge zu Jackons Kehle führte, stand Liam auf und schoss.

Er hatte nicht damit gerechnet, dass die Pistole solch einen enormen Rückstoß besaß. Sein Arm wurde nach oben gerissen, als der Schuss durch den Saal donnerte, und er taumelte gegen die Säule.

Seth ließ den Dolch fallen und wurde von der Wucht des Treffers zu Boden geworfen. Für einen flüchtigen Moment hatte Liam sich gefragt, ob eine Pistolenkugel einem Dämon überhaupt etwas anhaben konnte, weshalb ihn die Wirkung mehr als überraschte. Schwerfällig richtete Seth sich auf. Aus einer Wunde an seinem Oberarm quoll dampfendes Blut.

Er starrte Liam an, und aus seinen Augen sprach blanker Hass.

Erst langsam, dann immer schneller, kam er näher. Flirrende Hitze umgab ihn und ließ seine Augen glühen wie flüssiges Feuer.

Liam schluckte. Er hatte noch einen Schuss. Er hob die Pistole, zielte und drückte ab.

Als Vivana zu der umgefallenen Stellwand kam, konnte sie Liam nirgends entdecken. Sie vermutete, dass er sich ins Kampfgetümmel gestürzt hatte, um die Tasche zu holen, doch auch inmitten der Ghule und Spiegelmänner war er nicht zu sehen. Zum hundertsten Mal verfluchte Vivana sich dafür, dass sie die Tasche verloren hatte. Warum war sie nicht vorsichtiger gewesen? Wenn Liam sich in Gefahr befand, war das allein ihre Schuld.

Ein Schuss erklang. Sie reckte den Kopf und sah Liam auf der anderen Seite der Halle stehen, in der Hand die Pistole ihres Vaters.

Die Kämpfenden versperrten ihr die Sicht, und sie konnte nicht erkennen, warum er geschossen hatte und auf wen. Sie rannte ein Stück zurück, um besser sehen zu können. Jackon lag auf dem Boden und wimmerte vor Schmerz. Corvas und Amander eilten die Treppe hinunter, um ihm zu Hilfe zu kommen.

Seth lief in Liams Richtung. Er war verletzt; heißes Blut tränkte seinen roten Anzug.

Grauen erfasste Vivana, als sie begriff, was Liam getan hatte. Seth war ein Incubus, ein Geschöpf des Pandæmoniums. Ein Sterblicher, der ihm Schaden zufügte, musste mit schrecklichen Qualen rechnen, mit dem Tod und Schlimmerem. Doch statt zu rennen, wie er noch nie gerannt war, zielte Liam ein zweites Mal auf den Halbdämon.

»Nicht!«, schrie Vivana und lief durch den Saal, aber sie kam zu spät. Liam schoss und traf Seth an der Schulter, was den Incubus taumeln und vor Schmerz und Zorn aufschreien ließ.

Siedend heiße Luft schlug Vivana entgegen, sodass sie kaum noch atmen konnte. »Liam, lauf«, krächzte sie, doch entweder hörte er sie nicht oder die Hitze schwächte ihn so sehr, dass er sich nicht vom Fleck bewegen konnte. Er hatte die Pistole fallen lassen und stützte sich benommen gegen eine Säule.

Seth blieb stehen; sein verletzter Arm hing steif und nutzlos herab. »Du wagst es, mich herauszufordern?«, fauchte er, und sein Zorn sandte eine neue Hitzewoge durch den Saal, so heftig diesmal, dass Vivana zu Boden fiel. Auch Liam war gestürzt. Mit angstgeweiteten Augen versuchte er, sich aufzurichten, aber er schaffte es nicht.

Furcht und Hitze lähmten Vivana, sodass sie hilflos mit ansehen musste, was sich wenige Schritte von ihr entfernt abspielte. Die Luft flimmerte und flirrte, eine wabernde Säule, die Liam und Seth umgab. Alles, was sich darin befand, Liam, der Incubus, tote Ghule und Spiegelmänner, wirkte plötzlich seltsam verschoben, wie ein Bild in einem zersplitterten Spiegel. Vivana war, als würde der Saal zeitweise verschwinden, überlagert von Ansichten aus einem anderen Gebäude, von uralten Säulen, Mauern und Treppen, die unbeständig flackerten.

Weißes Licht blitzte auf. Schmerz bohrte sich in ihren Schädel, sie vergrub ihr Gesicht in den Armen. Sie fürchtete, bei lebendigem Leib zu verbrennen, doch dann verschwand die Hitze schlagartig. Schließlich wagte sie, die Augen zu öffnen.

Die flirrende Säule war fort. Seth blickte sich suchend im Saal um. Als er feststellte, dass Amander und Corvas bei Jackon waren, ging er zu einem Mann, der Lucien ähnlich sah und in einer Ecke kauerte: Aziel, vermutete Vivana. Seth half ihm aufzustehen und legte den Arm um den verwundeten Alb, und die beiden Geschöpfe verschwanden so plötzlich, als hätten sie sich in Luft aufgelöst.

Im gleichen Moment ließen die wenigen Ghule, die noch nicht erschlagen worden waren, von ihren Gegnern ab, reckten die Köpfe und zischten und wisperten mit ihren unmenschlichen Stimmen. Als sie feststellten, dass ihr Anführer verschwunden war, hasteten sie in heilloser Flucht durch den Saal, sprangen über Vivana hinweg, die hastig den Kopf einzog, und drängten durch das Portal. Die überlebenden Spiegelmänner setzten ihnen nach und streckten so manchen Untoten nieder, bevor die Horde fliehen konnte.

Stille kehrte in der Halle ein. Corvas' Krähen hatten sich auf den Körpern der toten Ghule niedergelassen und labten sich an ihrem verrotteten Fleisch.

Vivana kroch auf allen vieren über den Boden. »Liam«, flüsterte sie, doch sie konnte ihn nicht finden. Wo er eben noch gelegen hatte, waren die Marmorplatten so heiß, dass sie sich die Hand daran verbrannte.

Mühsam stand sie auf und blickte sich um. »Liam, bist du da?«

Keine Antwort. Kalte Furcht erfasste sie. Überall lagen Körper und bewegten sich nicht. War Liam so schwer verletzt, dass er nicht antworten konnte? War er ... tot?

Sie suchte die Mitte des Saales ab. Von Liam keine Spur.

Ein schmerzerfülltes Wimmern erklang. Jackon. Sie lief zu ihm.

Corvas hatte ihm einen zusammengerollten Teppich unter den Kopf geschoben. Er atmete schwer. Dicht über seinem Herzen befand sich eine schreckliche Wunde, als hätte sich ein Stück glühendes Metall in seine Brust gebohrt und das Fleisch verbrannt.

»Jackon«, sagte sie. »Kannst du mich hören?«

Er flüsterte etwas, vielleicht ihren Namen. Es war so leise, dass sie es nicht verstehen konnte.

»Liam ist fort. Seth hat irgendetwas mit ihm angestellt. Ich kann ihn nirgendwo finden.«

Abermals formten Jackons Lippen lautlose Silben. Seine Augen trübten sich zusehends – von ihm konnte sie keine Hilfe erwarten. Verzweifelt schaute Vivana sich um. Vielleicht konnte Lucien ihr sagen, was geschehen war. Aber der Alb schien ebenfalls verschwunden zu sein.

»Wo ist Lucien?«, fragte sie Jackon, nur um festzustellen, dass der Rothaarige das Bewusstsein verloren hatte.

Erst jetzt bemerkte sie, dass Corvas sie anstarrte.

»Bist du nicht Nestor Quindals Tochter?«, fragte der Schwarzgekleidete mit seiner monotonen Stimme.

Sie nickte.

»Was hast du hier zu suchen?«

Sie zuckte mit den Schultern, woraufhin Corvas sie mit einem stechenden Blick bedachte. »Hast du etwas mit dieser Sache zu tun?«

»Mit den Ghulen? Natürlich nicht!«

Er schien ihr nicht zu glauben. Doch bevor er ihr weitere Fragen stellen konnte, kam Lady Sarka die Treppe herunter, gefolgt von ihrer Leibwächterin Umbra. Sie kniete sich neben Jackon. »Wie geht es ihm?«

»Es hat ihn übel erwischt«, antwortete Amander. »Aber er wird durchkommen, denke ich.«

»In meine Gemächer mit ihm. Und ruft meinen Leibarzt.«

Corvas hob Jackon hoch und trug ihn die Treppe hinauf, ohne Vivana eines weiteren Blickes zu würdigen. Vivana atmete auf. Nicht auszudenken, was geschehen wäre, wenn der Anführer der Geheimpolizei beschlossen hätte, sie zu verhören.

In diesem Moment wurde Lady Sarka auf sie aufmerksam. »Du?«, fragte die Herrscherin von Bradost verwundert.

»Lady Sarka«, murmelte Vivana respektvoll. Die Lady und sie waren einander schon oft begegnet, bei verschiedenen offiziellen Empfängen, zu denen man ihren Vater eingeladen hatte.

»Was machst du in meinem Haus?«

Umbra antwortete an Vivanas Stelle: »Sie war offenbar bei Jackon und Quindals Großneffen, als die Ghule angegriffen haben.«

»Weiß dein Vater davon?«, fragte die Lady.

»Natürlich«, log Vivana.

Lady Sarkas Stimme bekam einen schneidenden Klang. »Hatte ich euch nicht den Befehl gegeben, niemanden in den Palast zu lassen?«

»Wir wissen nicht, wie sie hereingekommen ist«, erwiderte Umbra.

»Sieh zu, dass sie nach Hause kommt. Wir haben Wichtigeres zu tun.« Die Lady stieg die Treppe hinauf.

»Wartet«, rief Vivana. »Was ist mit Liam?«

Lady Sarka wandte sich um und blickte sie voller Ungeduld an.

»Er ist verschwunden. Ich muss wissen, was mit ihm geschehen ist.«

»Kümmere dich darum«, befahl die Lady Umbra, ehe sie zu ihren Gemächern ging.

Dann war Vivana mit der Leibwächterin allein. Sie stieg über zertrümmerte Möbel und die Kutten zu Staub zerfallener Spiegelmänner, als sie den verwüsteten Saal durchquerte.

»Er stand hier, als es passiert ist.«

»Als *was* passiert ist?«

Vivana wusste, dass sie jetzt sehr vorsichtig sein musste. Umbra war auf ihre Weise genauso gefährlich wie Corvas. Ein falsches Wort, und es war um sie geschehen. Am besten spielte sie das naive Mädchen, das unversehens in etwas hineingeraten war, das es nicht einmal ansatzweise verstand. »Ich weiß es nicht. Der Mann im roten Anzug hat ihn angegriffen und irgendetwas mit ihm gemacht. Anschließend war Liam fort.«

»Welcher Mann im roten Anzug?«, fragte Umbra.

»Ich glaube, er war ein Incubus. Das hat zumindest dieser Alb gesagt.«

»Lucien?«

»Ja.«

Umbra seufzte und kam zu ihr. »Erzähl mir genau, was geschehen ist.«

Vivana berichtete von dem Kampf und wie Seth die seltsame Säule aus purer Hitze erschaffen hatte. Dass Liam ihn zuvor angeschossen hatte, behielt sie für sich. Besser, Umbra wusste nichts von der Pistole.

Die Leibwächterin hörte geduldig zu. Schließlich sagte sie: »Ich fürchte, für deinen Cousin gibt es keine Hoffnung mehr. Der Incubus hat ihn verbrannt.«

»Das glaube ich nicht. Hier liegt nirgendwo seine Leiche.«

»Ein Incubus kann das Feuer des Pandæmoniums heraufbeschwören. Es brennt so heiß, dass nichts übrig bleibt.«

»Nein«, erwiderte Vivana leise. »Liam ist nicht tot. Ich *weiß* es.«

Der Blick, mit dem Umbra sie bedachte, war voller Mitleid. »Komm. Du solltest jetzt nach Hause gehen.«

»Ich will nicht nach Hause«, protestierte Vivana schwach, doch als die Leibwächterin sie behutsam Richtung Tür führte, war ihr, als verließen sie all ihre Kräfte.

Wie in Trance ging sie neben Umbra her, bis sie zur Eingangshalle kamen. Beiläufig registrierte sie, dass dort dasselbe Ausmaß an Verwüstung herrschte wie im Kuppelsaal: Türen und Möbel waren zerstört, Teppiche zerrissen. Durch die zersplitterten Fenster regnete es herein, überall lagen tote Ghule. Die wenigen Spiegelmänner, die den Kampf unbeschadet überstanden hatten, waren auf ihre Posten unter und auf der Galerie zurückgekehrt und standen dort in gespenstischer Stille, als wäre nie etwas geschehen.

Umbra trat zum Portal und blickte hinaus in die Nacht. »Ein scheußliches Wetter. Ich besorge dir besser eine Droschke.«

»Ich brauche keine Droschke.« Vivana wollte allein sein und zu Fuß gehen. Sie musste nachdenken.

»Bist du sicher? Du wirst völlig durchnässt sein, bevor du zu Hause bist. Und vielleicht treiben sich immer noch Ghule in den Gassen herum.«

»Mir passiert schon nichts.«

»Gut. Wie du willst. Falls man dir wegen der Ausgangssperre Schwierigkeiten macht, sagst du ›Basilisk‹. Das ist das Losungswort. Damit wird man dich gehen lassen.«

Vivana nickte. Dann trat sie hinaus in den Regen.

»Eine Frage noch«, sagte Umbra. »Wie bist du an den Wachen vorbeigekommen?«

»Welche Wachen?«

»Du hast doch die Herrin gehört. Die Spiegelmänner haben den Befehl, niemanden in den Palast zu lassen. Du hättest gar nicht hier sein dürfen.«

Vivana strich sich eine nasse Haarsträhne aus dem Gesicht. »Euer Misstrauen kennt keine Grenzen, was?«

»Beantworte meine Frage.«

»Ich bin über die Mauer geklettert. Liam hat mir dabei geholfen.«

»Und wie bist du ins Haus gelangt?«

»Durch das Fenster von Liams Zimmer.«

»Ohne dass die Spiegelmänner etwas bemerkt haben?«

»Sieht ganz so aus.«

»Ziemlich viel Aufwand, nur um deinen Cousin zu besuchen«, meinte die Leibwächterin.

Vivana schwieg.

»Wäre es nicht einfacher gewesen, ihr hättet euch anderswo getroffen? Stell dir vor, man hätte euch erwischt. Ihr hättet in große Schwierigkeiten kommen können.«

»Man hat uns aber nicht erwischt.«

»Und genau das ist es, was mich wundert«, sagte Umbra. »Die Spiegelmänner standen vor jedem Zugang. Und ihnen entgeht nichts.«

»Es war dunkel. Und es hat gestürmt. Da war es nicht besonders schwer, unbemerkt an ihnen vorbeizukommen.«

»Ja. Ich schätze, so ist es gewesen, nicht wahr?«, erwiderte die Leibwächterin. Vivana sah ihr jedoch an, dass diese Erklärung sie nicht restlos überzeugte.

»Darf ich jetzt gehen?«

Umbra nickte. »Sei vorsichtig.«

Vivana schlurfte mit eingezogenem Kopf durch den Regen und spürte, dass die Leibwächterin ihr nachblickte, bis die Finsternis sie vollständig einhüllte.

33

Entscheidungen

Es war ein heftiger, aber kurzer Sturm gewesen. Als Vivana den Palast verließ, blitzte und donnerte es nicht mehr. Auch der Wind hatte nachgelassen. Regen fiel monoton auf Dächer und Pflastersteine, legte einen trüben Schleier um die Gaslaternen und gurgelte in den vergitterten Abflussschächten.

Sie wanderte durch die Gassen, ohne sich darum zu kümmern, dass sie nass bis auf die Haut war und die Kleidung klamm an ihrem Körper klebte. Ziellos streifte sie durch die Altstadt. Sie wollte nicht nach Hause oder zu ihrer Tante gehen. Sie war zu müde, um endlose Fragen und Vorwürfe über sich ergehen zu lassen.

Hatte Umbra recht? War Liam tot?

Wieder und wieder sah sie vor sich, wie das gleißende Licht alles überstrahlte, und jedes Mal wurde ihre Verzweiflung größer. Wenn sie ihm nur geholfen hätte … Aber sie hatte nur dagestanden, gelähmt vor Furcht und unfähig, *irgendetwas* zu tun.

Sie bemerkte nicht, dass sie weinte.

Am Straßenrand, unter dem Vordach einer dunklen Taverne, saß eine Gestalt. Sie stand auf und trat ins Laternenlicht, als Vivana näherkam.

»Wieso bist du einfach verschwunden?«, fragte sie.

»Corvas und Umbra sind nicht sonderlich gut auf mich zu

sprechen«, antwortete Lucien. »Deshalb bin ich untergetaucht, als der Kampf vorüber war.«

Er sah schrecklich aus. Sein Wams war zerrissen, seine dunkle Haut von Kratzern und Schrammen übersät. Sein weißes Haar klebte klatschnass an seinem Schädel.

»Jackon ist schwer verletzt.«

»Ich weiß. Aber mit ein wenig Glück kommt er durch. Was ist mit Aziel passiert?«

»Seth hat ihn weggebracht.«

Lucien nickte, als hätte er sich dergleichen schon gedacht.

»Wo sind sie hingegangen?«, fragte Vivana.

»Aziel hat sich vermutlich in seinen Palast zurückgezogen, um sich von seinen Wunden zu erholen. Falls er sich je davon erholt. Diese Niederlage hat ihn sehr geschwächt.«

»Und Seth?«

»Er ist im Pandæmonium, schätze ich. Hoffen wir, dass er für immer dort bleibt.«

Vivana stand eine Weile reglos da, während der Regen auf sie niederprasselte. Schließlich sagte sie: »Liam ist fort.«

»Ich habe es gesehen«, erwiderte Lucien.

»Was hat Seth mit ihm gemacht?«

»Liam hat ihn schwer verwundet. Dafür hat er sich gerächt.«

»Umbra hat gesagt, er ist tot.«

»Es ist noch schlimmer, fürchte ich.«

»Schlimmer?«, wiederholte sie leise.

»Seth hat ein Tor geöffnet und ihn hineingeschleudert.«

»Was heißt das?«

»Liam ist im Pandæmonium«, sagte der Alb.

Vivana schwieg lange. Sie dachte an die Geschichten der Manusch, die sich um das Pandæmonium rankten, diesen schrecklichen Ort jenseits von Zeit und Raum, wo Dämonen hausten und die Seelen jener quälten, die so böse und verdorben waren, dass der Himmel sich weigerte, sie nach ihrem Tod aufzunehmen. Es sei eine Welt voller Feuer, Lügen und Hass, sagten die Manusch. Und nun irrte Liam darin umher, allein. »Aber er lebt.«

»Ja … noch.«

»Was geschieht, wenn er stirbt?«

»Dann wird er zu einer verdammten Seele.«

»Obwohl er ein guter Mensch ist?«

»Das Pandæmonium kennt keine Gerechtigkeit. Wer durch seine Pforten tritt, ist verloren. Gleichgültig, ob er edel oder schlecht war.«

Vivana senkte den Blick. Lucien hatte recht: So ein Schicksal war noch schlimmer als der Tod.

Sie hob den Kopf, schaute ihn an. »Was muss ich tun, um ihn zu retten?«

»Du kannst nichts tun«, sagte der Alb. »Es gibt keine Hoffnung mehr für ihn.«

»Aber es wurden doch schon Menschen aus dem Pandæmonium gerettet«, beharrte sie. »Ich habe gehört, dass es Wege dorthin gibt. Verborgene Tore.«

»Das ist richtig.«

»Wie kann ich sie finden?«

Lucien seufzte. »Das ist verrückt. Es sind schon mächtige Zauberer und Krieger daran gescheitert, ins Pandæmonium einzudringen, sie sind gestorben oder haben noch viel Schrecklicheres erlitten. Und du – du bist nur ein Mädchen.«

»Ich habe Mut. Ich fürchte mich nicht vor Dämonen und verdammten Seelen.«

»Das solltest du aber.«

»Sag mir, wo das Tor ist. Bitte.«

Lucien musterte sie mit seinen schimmernden Augen. »Dir liegt viel an diesem Jungen, was?«

Sie nickte.

»Liebst du ihn?«

»Ja«, antwortete Vivana, und als sie es aussprach, wusste sie, dass es die Wahrheit war.

»Bist du dir ganz sicher? Im Pandæmonium lauern Gefahren, die so entsetzlich sind, dass du sie dir nicht vorstellen kannst. Der kleinste Zweifel in deinem Herzen kann dir zum Verhängnis werden.«

»Ich bin mir sicher«, sagte sie.

»Liebe allein genügt vielleicht nicht.«

»Ich muss es trotzdem versuchen.«

Lucien nickte. »Wenn du wirklich dazu entschlossen bist, sage ich dir, wo das Tor versteckt ist – unter einer Bedingung.«

»Welche?«

»Ich werde mit dir kommen.«

»Du willst mich ins Pandæmonium begleiten?«, fragte Vivana zögernd.

»Du wirst einen Führer brauchen. Jemanden, der Dämonen und ihre Heimtücke kennt.«

»Eben hast du noch gesagt, was ich vorhabe, wäre verrückt.«

»Das ist es auch, und ich bin ein Narr, weil ich dabei mitmache. Aber ich schätze, ich kann nicht anders«, sagte der Alb mit einem seltsamen Lächeln.

»Warum?«

»Du erinnerst mich an jemanden. An eine Person, an der *mir* einst sehr viel lag.«

Es war Vivana schon bei ihrer ersten Begegnung aufgefallen, dass sich Lucien ihr gegenüber merkwürdig verhielt. Aber sie war zu erschöpft, zu niedergeschlagen, um darüber nachzudenken. »Einverstanden«, sagte sie. »Lass uns gehen.«

»Nein. Wir dürfen nichts überstürzen.«

»Aber Liam braucht uns!«

»Wenn wir Hals über Kopf aufbrechen, bringen wir uns nur in Gefahr. Liam ist damit nicht geholfen. Wenn wir eine Chance haben wollen, im Pandæmonium zu überleben, müssen wir uns vorbereiten. Verpflegung besorgen. Waffen. Informationen. Davon abgesehen öffnet sich das Tor jeden Tag nur für kurze Zeit.«

»Wann?«

»In der Stunde nach Mitternacht. Wir haben also noch fast einen Tag Zeit. Geh nach Hause. Ruh dich aus und pack Sachen für eine lange Reise ein. Bei Sonnenuntergang treffen wir uns an der Alten Arena.«

»Das Tor ist in der Arena?«

»Tief unter ihren Grundmauern«, erklärte Lucien. »In einem vergessenen Gewölbe.«

»Und man kann einfach hindurchgehen?«

»Nein. Nichts von dem, was uns bevorsteht, ist einfach. Aber noch schwieriger wird es, das Pandæmonium wieder zu verlassen, selbst wenn wir von unserer Suche unbeschadet zurückkehren.«

Vivana unterdrückte ein Schaudern. Sie durfte nicht daran denken, was sie erwartete. Alles was zählte, war, dass sie Liam fand. »Heute Abend an der Alten Arena«, sagte sie. »Ich werde dort sein.«

Lucien nickte zum Abschied, verschwand vor ihren Augen und ließ sie allein im Regen zurück.

Ich komme, Liam, dachte sie, während sie durch die Nacht eilte. *Halte durch. Bitte halte durch.*

34

Pandæmonium

Blinzelnd schlug Liam die Augen auf. Er war schwach, so schwach, dass er kaum den Kopf heben konnte. Übelkeit stieg in ihm auf, als er versuchte, sich zu bewegen, und es schien keine Stelle seines Körpers zu geben, die nicht schmerzte.

Wenigstens war es nicht mehr so heiß. Seth war fort. Es herrschte Stille. Kein Krähengeschrei, keine wispernden Ghulstimmen. Er schien allein zu sein.

»Jackon? Vivana?«

Keine Antwort. Liam kämpfte gegen den Brechreiz an, als er sich aufsetzte. Dies war nicht der Kuppelsaal des Palastes. Er lag auf einem Podest aus verwitterten Steinplatten, umgeben von geborstenen Säulen, die fremdartige Schriftzeichen aufwiesen. Feuerschein glühte aus einem Schacht in der Nähe herauf, der Boden war karg und steinig. Mehr konnte er nicht sehen, denn Rauch und ein seltsamer Dunst verhüllten alles.

Was war das für ein Ort? Wie war er hierhergekommen?

Und der Himmel ... Manchmal glaubte er, meilenweit über seinem Kopf eine kathedralenartige Höhlendecke zu erkennen, bestehend aus titanischen Steinblöcken und Rippenbögen. Dann war wieder nur der allgegenwärtige Dunst zu sehen, sodass er sich fragte, ob er sich alles nur eingebildet hatte.

Schwankend stand er auf. »Vivana? Bist du hier irgendwo?«

Wieder antwortete niemand. Er blickte sich um und entdeckte am Rand des Podests die Tasche. Erleichtert nahm er sie an sich. Wenigstens hatte er das Buch nicht verloren.

Ein Geräusch erklang: das Schlagen zweier Schwingen. Ein schwarzer Schemen erschien, wuchs riesenhaft vor ihm in die Höhe.

Er wich einen Schritt zurück. Und noch einen. *Nein*, dachte er voller Grauen. *O Gott, nein* …

Eine unmenschliche Stimme hallte durch den Dunst, alt und böse und knarzend wie verrosteter Stahl: »Na, kleiner Sterblicher? Suchst du den Weg nach Hause?«

ENDE DES ERSTEN BANDES

Der letzte Traumwanderer

hat Ihnen gefallen?

Dann können Sie sich freuen,
dass es im zweiten Roman
von Christoph Lodes Pandæmonia-Trilogie

Die Stadt der Seelen

genauso spannend weitergeht:

Wer Macht über die Träume der Menschen besitzt, gebietet auch über ihre Gedanken. Lady Sarka, die allgewaltige Herrscherin von Bradost, weiß das und will sich die Gabe des Traumwanderers Jackon dafür zunutze machen. Doch sie hat viele Feinde: Liam ist einer von ihnen. Er will den Tod seines Vaters rächen und ihre Macht brechen. Aber er ist im Pandæmonium gefangen, dem dunklen Reich der verdammten Seelen und Dämonen. Seine Freundin Vivana ist verzweifelt. Sie liebt Liam, doch reicht das aus, um ihn zu retten?

Der Roman erscheint im März 2011
im Goldmann Verlag.

Auf den folgenden Seiten
finden Sie Ihre exklusive Leseprobe aus

Die Stadt der Seelen

und ein Interview mit Christoph Lode

1

DIE ALTE ARENA

Dutzende waren gekommen, um den Ghul zu sehen. Drängelnd und schiebend bevölkerten sie den kleinen Platz und glotzten zu dem Käfig empor, der auf der Wagenpritsche stand. Ein paar Halbwüchsige bewiesen sich gegenseitig ihren Mut, indem sie Stöcke durch die Gitterstäbe stießen und den Ghul so lange reizten, bis er feindselig fauchte und mit seinen Krallen nach den Angreifern schlug. Wenn er vor Zorn zu toben begann und drohte, den Käfig umzuwerfen, hob der Besitzer des Wagens seine Karbidlaterne, woraufhin der Untote schmerzerfüllt zischte und geblendet in eine Käfigecke zurückwich.

Der Mann mit der Lampe war ein rotgesichtiger Kerl, der eine Melone und ein Leinenhemd mit hochgekrempelten Ärmeln trug. Ein Bierkutscher, wie es im Labyrinth unzählige gab. Breitbeinig stand er auf dem Wagenbock und prahlte mit seiner Heldentat: »... bin gerade auf dem Weg zum Stall, um die Pferde zu füttern, wie ich's jeden Morgen tu. Es ist stockdunkel und schüttet wie verrückt, deswegen seh ich unseren Freund hier erst, als er plötzlich vor mir steht, als wär er aus dem Nichts aufgetaucht. Jeder andere hätte sich vor Angst in die Hosen gemacht und wär gerannt wie der Teufel, aber nicht der alte Calver, oh nein. Hab nämlich Mumm in den Knochen, und nicht zu knapp. Ich frag mich also: Was, wenn das Viech zum erstbesten Haus geht und vor lauter Hunger über die Leutchen in ihren Betten herfällt? Nicht mit Calver, denk ich mir und brat dem hässlichen Kerl eins mit dem Gewehrkolben über, Tessarion ist mein Zeuge. Hab nämlich zum Glück meine alte Flinte dabei. Aber glaubt ihr, er kippt um? Anspringen tut er mich und will mir das Fleisch von den Knochen reißen! Das glaubt ihr nicht? Dann seht euch mal *das* an …« Der Bierkutscher knöpfte sein Hemd auf und entblößte eine Wunde auf seiner Brust, vier rote Striemen, wo ihm die Ghulkrallen die Haut aufgerissen hatten. Die Menge raunte. Sichtlich zufrieden mit der Reaktion ließ der Mann das Hemd offen und fuhr fort, seinen Kampf mit dem Ghul zu schildern, bis zu dem Moment, als es ihm endlich gelungen war, ihn in Regen und Dunkelheit zu überwältigen. Tosender Beifall schloss sich an.

Vivana stand in der hintersten Reihe und rieb sich die Arme. Ruac, ihr Tatzelwurm, hatte es sich auf ihren Schultern bequem gemacht und schmiegte seinen schwarz geschuppten Schlangenleib um ihren Nacken. Sie fror, obwohl das Unwetter längst vorüber war und ein warmer Sommertag zu Ende ging. Am liebsten hätte sie dem Bierkutscher zugerufen, dass er verdammtes Glück gehabt hatte. Denn der Ghul gehörte ziemlich sicher zu der Schar, die Hals über Kopf aus Lady Sarkas Palast geflohen war, nachdem die Spiegelmänner ihren Angriff zurückgeschlagen hatten. Wäre der Mann der gesamten Meute über den Weg gelaufen, wäre er nicht mit ein paar Kratzern davongekommen. Vivana hatte gesehen, wozu eine Ghulhorde fähig war. Und sie würde es nie mehr vergessen.

Eigentlich hatte sie dem Bierkutscher gar nicht zuhören wollen. Doch die Schrecken der vergangenen Nacht waren noch zu lebendig, als dass sie an dem Käfig mit seinem abscheulichen Insassen einfach hätte vorbeigehen können. Sie musste das Geschöpf nur ansehen, und schon stürzte eine Flut von Bildern und Geräuschen auf sie ein. Feuer. Schreie. Wirbelnde Schatten. Krähen, die unter der Kuppel kreisten wie ein dunkler Mahlstrom. So als wäre der mörderische Kampf gerade erst vorüber. Dass sie seit knapp vierzig Stunden nicht geschlafen hatte, machte es nicht gerade besser. Eine dicke Glasscheibe schien sie und den Rest der Welt voneinander zu trennen.

Vivana wurde bewusst, dass der Ghul sie seit einigen Augenblicken über die Köpfe der Schaulustigen hinweg anstarrte. Der Untote umfasste die Gitterstäbe mit seinen Klauenhänden und öffnete das von gelben Fangzähnen bewehrte Maul zu einem Fauchen. Unwillkürlich wich sie einen Schritt zurück. Erkannte das Wesen sie etwa?

Sie fand es nie heraus, denn in diesem Moment drehte der Bierkutscher schimpfend seine Lampe heller, und das Zischen des Geschöpfs verwandelte sich in ein qualvolles Kreischen. Die Jugendlichen johlten und piesackten den Ghul nun umso heftiger mit ihren Stöcken, zur Begeisterung der Zuschauer.

Vivana hatte genug. »Lass uns gehen, Ruac«, murmelte sie und bahnte sich einen Weg durch die Menge. Die Sonne stand bereits tief über den Dächern des Viertels, und es gab noch viel zu tun.

Beispielsweise musste sie sich überlegen, was sie ihrer Tante sagte.

Etwas Schreckliches ist geschehen, Tante Livia. Bitte hör mir zu und lass mich ausreden, auch wenn es verrückt klingt. Liam ist im Pandæmonium. Bitte frag nicht, wie er dort hingekommen ist. Wichtig ist nur, wie ich ihn retten kann …

Nein. Wenn sie so anfing, forderte sie geradezu heraus, dass Tante Livia sie mit einer Million Fragen bombardierte. Sie musste anders vorgehen.

Liam ist in großer Gefahr! Du musst mir helfen. Für Erklärungen ist jetzt keine Zeit.

Auch nicht. Dafür war die Wahrsagerin viel zu misstrauisch.

Heute Nacht betrete ich das Pandæmonium. Was muss ich tun, um dort zu überleben?

Vivana seufzte. Es hatte keinen Zweck. Egal wie sie es anstellte, früher oder später würde ihre Tante herausfinden, dass Vivana sie hintergangen hatte – dass sie sich mit Liam das *javva* geteilt hatte und trotz ihres Versprechens mit ihm in den Palast eingedrungen war. Also versuchte sie am besten gar nicht erst, es zu verschweigen – obwohl Tante Livia so viel Ehrlichkeit vermutlich nicht zu würdigen wusste. Vivana hatte ihr Vertrauen missbraucht. Nichts hasste die Manusch mehr.

Sie kam sich unsagbar schäbig vor, während sie durch das Gassengewirr des Vergnügungsviertels von Bradost schlurfte. Erst betrog sie ihre Tante, nur um sie zwei Tage später abermals um Hilfe zu bitten. Nicht gerade etwas, worauf man stolz sein konnte. Aber was blieb ihr anderes übrig? Wenn sie eine Chance haben wollte, Liam zu retten, durfte sie nichts unversucht lassen. Und Tante Livia verstand nun einmal mehr von Magie und Dämonen als jeder andere Mensch, den sie kannte. Wenn ihr Stolz der Preis dafür war, zahlte sie ihn gern.

Sie wünschte nur, sie hätte mehr Zeit. Ihr blieb noch höchstens eine Stunde, bis die Sonne unterging. Aber es hatte so viel anderes gegeben, um das sie sich kümmern musste. Eine heftige und komplizierte Auseinandersetzung mit ihrem Vater beispielsweise. Außerdem hatte sie lange gebraucht, um den Mut zu finden, ihre Tante aufzusuchen. Obwohl ihr dies im Nachhinein recht bizarr vorkam: Sie hatte mehr Angst davor, Tante Livia unter die Augen zu treten, als ins Pandæmonium hinabzusteigen. Verrückt. Aber seit vierundzwanzig Stunden war eigentlich alles verrückt.

Sie kam zum Platz der Erztugenden mit dem kleinen Wanderzirkus ihrer Manuschfamilie. Um den Halbkreis der bemalten Reisewagen war es ungewöhnlich ruhig. Livias Kinder spielten Ball; Nedjo, einer der jüngeren Brüder ihres Onkels, saß unter dem Sonnensegel und schnitzte, während er das Mädchen und die beiden Jungen beaufsichtigte. Sonst schien niemand da zu sein.

»Wo sind denn alle?«, erkundigte sich Vivana, nachdem sie Nedjo begrüßt hatte.

Der Manusch legte Holzstück und Schnitzmesser weg. »Heute Nacht haben sich Ghule im Viertel herumgetrieben. Madalin und die anderen sind seit Sonnenaufgang auf den Beinen und suchen alles ab, um die Mistviecher zu verjagen, falls sich noch irgendwo welche verstecken.«

»Euch ist doch nichts passiert, oder?«

»Uns geht es gut, keine Sorge. Aber Farkas wurde verletzt. Ein Ghul hat ihn angefallen, als er im Morgengrauen nach Hause kam.«

Farkas war das Oberhaupt einer anderen Manuschfamilie, die sich zeitweise in Bradost aufhielt. Vivana kannte ihn flüchtig. »Ist es schlimm?«

»Kann ich nicht sagen. Livia ist noch nicht zurück.«

»Sie ist bei ihm?«

»Farkas' Frau hat sie gerufen, damit sie sich die Verletzungen ansieht.«

»Aber ich muss dringend mit ihr sprechen.«

»Ich weiß. Livia hat den ganzen Tag auf dich gewartet.« Nedjo grinste schief. »Und sie war ziemlich wütend, dass du nicht aufgetaucht bist. Aber Farkas braucht nun einmal ihre Hilfe. Jedenfalls soll ich dir ausrichten, dass du hierbleiben sollst, bis sie zurück ist.«

Vivana runzelte verwirrt die Stirn. Ihre Tante wusste, dass sie herkommen würde? Es dauerte einen Moment, bis ihr der Grund dafür klar wurde. Natürlich. Livia hatte erwartet, dass Liam und sie ihr das Gelbe Buch von Yaro D'ar bringen würden, so wie sie es vereinbart hatten. Vivana konnte schon nicht mehr klar denken, so müde und erschöpft war sie. »Wie lange dauert das?«

»Schwer zu sagen. Wie ich Livia kenne, wird sie bis zur Ausgangssperre bei Farkas bleiben.«

»So viel Zeit habe ich aber nicht!«

»Macht dein Vater wieder Ärger?«

Vivana hatte nicht die geringste Lust, Nedjo zu erzählen, was geschehen war. Er würde sie nur auslachen oder mit Fragen bestürmen oder womöglich gar versuchen, sie aufzuhalten. »Wohnt Farkas immer noch unten am Fluss?«

»An derselben Stelle wie jedes Jahr.«

Das war zu weit. Selbst wenn sie sich beeilte, selbst wenn es ihr gelang, ihre Tante dazu zu bringen, ihr zuzuhören, würde sie niemals rechtzeitig bei der Alten Arena sein. Vivana fluchte innerlich. Tante Livias Hilfe konnte sie abschreiben. Und was noch schlimmer war: Nun konnte sie sich nicht einmal von ihr verabschieden.

Nedjo fragte: »Willst du mir nicht erzählen, was los ist?«

»Kann ich Livia eine Nachricht hinterlassen?«

»Natürlich. Tinte und Papier sind drinnen.«

Vivana setzte Ruac ab und stieg die Trittleiter von Livias Reisewagen hinauf. Der Tatzelwurm watschelte über das Kopfsteinpflaster und rollte sich im letzten Fleckchen Sonne auf dem Platz zusammen.

Sie öffnete die Wagentür und trat ein. Nachdem sie in einer von Livias Zedernholzkisten Schreibzeug gefunden hatte, setzte sie sich an den kleinen Tisch und tunkte den Federkiel in das Tintenglas.

Ihr Blick schweifte über die Regalbretter mit den alten Folianten, über die Vorhänge vor den Fenstern, über die Schnüre mit getrockneten Kräutern, die von der Decke hingen. Es gab so vieles, was sie ihrer Tante sagen wollte. Sie wusste nicht, wo sie anfangen sollte.

Während sie nach Worten suchte, wurde ihr plötzlich bewusst, dass sie vielleicht zum letzten Mal hier saß. Das Pandæmonium war ein schrecklicher Ort, schlimmer als alles, was sie sich vorstellen konnte. Nicht ausgeschlossen, dass sie ihre

Tante nie wieder sah. Seltsamerweise empfand sie deswegen keine Furcht. Nur ein Gefühl von überwältigender Traurigkeit.

Sie schluckte, strich das Papier glatt und begann zu schreiben.

Tante Livia,

ich fasse mich kurz, denn ich habe nicht viel Zeit.

Ich bin hergekommen, um dich schon wieder um Hilfe zu bitten, obwohl ich deine Hilfe wahrscheinlich nicht verdiene. Wie du weißt, ist Liam gestern Nacht in die Gemächer von Lady Sarka eingebrochen. Ich bin mitgegangen – ich konnte ihn einfach nicht allein gehen lassen. Es tut mir leid.

Nachdem wir das Buch gefunden hatten, ist etwas Schreckliches geschehen. Ghule und eine Schar von Schattenwesen haben den Palast angegriffen, während wir dort waren. Liam und ich konnten nicht rechtzeitig fliehen. Eines der Wesen, ein Incubus, hat Liam ins Pandæmonium geschleudert. Ich weiß, wie sich das anhören muss – ich kann es selbst kaum glauben. Aber es ist wahr.

Niemand kann sagen, wie lange Liam dort überleben kann, deswegen muss ich mich so schnell wie möglich auf die Suche nach ihm machen. Wenn du diesen Brief liest, werde ich wahrscheinlich schon im Pandæmonium sein. Ich habe herausgefunden, wo ein Tor ist. In wenigen Stunden öffnet es sich.

Bitte mach dir keine Sorgen um mich. Ich gehe nicht allein. Vater ist bei mir und ein Freund. Du hast vielleicht schon von ihm gehört. Sein Name ist Lucien. Er ist ein Alb.

Wahrscheinlich bist du jetzt wütend auf mich. Glaub mir, ich hätte dir all das lieber persönlich gesagt.

Wünsch mir Glück.

Vivana

Sie las sich den Brief nicht noch einmal durch, bevor sie die Tinte trockenblies und ihn zusammenfaltete. Sie fürchtete, sie würde den Mut verlieren und ihn zerreißen, wenn sie es täte. Mit dem Papier in der Hand stand sie auf und blickte sich ein letztes Mal in dem Reisewagen um, der ihr immer wie eine zweite Heimat erschienen war, wie eine Zuflucht, wenn sie Bradost und die Welt ihres Vaters nicht mehr ertrug. »Leb wohl«, murmelte sie und schluckte den Kloß in ihrem Hals hinunter.

»Willst du nicht doch lieber warten?«, erkundigte sich Nedjo, als sie nach draußen trat. »Vielleicht hast du Glück und Livia kommt gleich.«

»Nein. Ich muss los. Kannst du ihr das geben?«

»Natürlich.« Der Manusch nahm die Nachricht entgegen. Er runzelte die Stirn. »Es ist doch alles in Ordnung, oder?«

»Klar.« Vivana wollte ihn nicht beunruhigen. Wenn Livia den Brief gelesen hatte, würden er und die anderen noch genug Gelegenheit haben, sich Sorgen zu machen. »Mach's gut, Nedjo«, sagte sie und umarmte ihn.

»Du tust gerade so, als wolltest du fortgehen«, meinte er verwirrt.

»Livia wird dir alles erklären.« Sie blickte auf. Nicht mehr lange bis Sonnenuntergang. Höchste Zeit, dass sie sich auf den Weg machte. Sie rang sich ein Lächeln ab, hob Ruac auf und schlenderte betont gelassen davon.

10 FRAGEN AN CHRISTOPH LODE

1 *Ihr Debütroman »Der Gesandte des Papstes« erschien Anfang 2008. Damals waren Sie noch als Sozialarbeiter in einer psychiatrischen Klinik bei Heidelberg beschäftigt und nebenbei als Autor tätig. Seit Anfang 2009 arbeiten Sie hauptberuflich als Schriftsteller. Hat dieser Schritt viel Mut erfordert, und was hat sich seither für Sie verändert?*

Natürlich ist mir dieser Schritt nicht leichtgefallen – eine sichere Stelle in einem interessanten Tätigkeitsfeld gibt man nicht auf, ohne es sich vorher gut zu überlegen. Aber die Verlockung, mich ganz dem Schreiben meiner Romane widmen zu können, war so stark, dass ich ihr, allem Sicherheitsdenken zum Trotz, nicht widerstehen konnte. Außerdem hatte ich zu diesem Zeitpunkt bereits Verträge für weitere Bücher und hätte die »Doppelbelastung« von Job und Schreiben kaum noch schultern können.
Geändert hat sich seitdem sehr viel. Früher musste ich nach der Arbeit oder an freien Tagen schreiben. Dieser Zeitdruck hat sich deutlich reduziert, was mir die Möglichkeit gibt, neue Ideen zu entwickeln oder ein Manuskript auch mal ruhen zu lassen, wenn ich nicht weiterkomme. Überhaupt habe ich jetzt viel mehr Zeit zum Nachdenken, was der Qualität meiner Geschichten zugute kommt.

2 *In Ihrem zweiten Buch »Das Vermächtnis der Seherin«, das wie Ihr Debütroman im Mittelalter angesiedelt ist, haben Sie verstärkt phantastische und mystische Elemente eingesetzt. Nun wird als nächstes Ihre »Pandæmonia«-Trilogie erscheinen, in der Sie sich ganz in ein phantastisches Reich begeben. Zeigt sich hier eine konsequente Entwicklung, die Sie vom historischen Roman zur Fantasy geführt hat, oder lieben Sie das Spiel mit unterschiedlichen Genres?*

So unterschiedlich finde ich meine ersten beiden Bücher und die Pandæmonia-Trilogie gar nicht. Sowohl »Der Gesandte des Papstes« als auch »Das Vermächtnis der Seherin« sind keine reinen historischen Romane, sondern im Grunde auch Phantastik, wenngleich eine ganz andere Art. Die Entwicklung sehe ich eher darin, dass ich mich schriftstellerisch mehr traue als früher und Pandæmonia breiter und komplexer angelegt habe, als ich es vor ein paar Jahren gekonnt hätte.

3 *Was fasziniert Sie als Autor besonders an der Fantasy?*

Fantasy ist sense of wonder. Sie erzählt von Dingen, die in unserer geordneten und rationalen Welt keinen Platz mehr haben. Ich erfinde gerne fremdartige Orte, wo man hinter jeder Ecke auf seltsame Geschöpfe oder bizarre Geheimnisse stoßen kann, wo es exotische Gesellschaftsformen und Kulturen gibt. Eine solche Welt bunt und spannend und trotzdem glaubwürdig zu schildern stellt für mich den größten Reiz an Fantasy dar.

4 *In Ihrer Trilogie gibt es drei Realitätsebenen, die als getrennte Welten nebeneinander existieren und nicht von allen Menschen gleichermaßen wahrgenommen werden können: die für alle sichtbare Metropole Bradost, die Stadt der Träume und das Pandæmonium. Diese Welten bedingen einander und beeinflussen sich gegenseitig. Eine besondere Herausforderung muss es für Sie gewesen sein, das Pandæmonium, das Reich der Dämonen, zu beschreiben, da es sich am stärksten von der uns bekannten Welt unterscheidet. Gab es bestimmte Quellen wie Mythen, Sagen oder Heldenepen, die Sie zur Darstellung des Pandæmoniums angeregt haben?*

Nur bedingt. Natürlich denkt man sofort an die christliche Hölle, wenn man die Bezeichnung »Pandæmonium« hört, aber ich habe beim Schreiben darauf geachtet, dass das Pandæmonium keinem bekannten mythischen Ort oder religiösen Konzept allzu sehr ähnelt. Religion spielt in der Pandæmonia-Trilogie eine sehr untergeordnete Rolle; entsprechend hat auch das Pandæmonium keine religiöse Funktion in der Geschichte.

5 *Die zweite Parallelwelt ist die der Träume. Woran haben Sie sich bei der Beschreibung der Träume orientiert?*

Zunächst habe ich mir angeschaut, was die Sagen- und Götterwelten von diversen europäischen und außereuropäischen Völkern dazu zu sagen haben. Mythologie ist immer eine Fundgrube für Ideen, und in diesem Fall hat mir der indianische Schamanismus die eine oder andere Anregung geliefert. Gleichzeitig habe ich zu moderner Traumforschung recherchiert und mich lange mit einer befreundeten Tiefenpsychologin und Expertin für Träume unterhalten. So ist das Konzept der Seelenhäuser entstanden. Zu guter Letzt habe ich mir angesehen, wie andere Autoren der Phantastik, Lovecraft beispielsweise oder Neil Gaiman, an das Thema herangegangen sind – um dann alles ganz anders zu machen.

6 *Welche Rolle spielt die Magie in Ihren Romanen?*

Die allermeisten Bewohner der Pandæmonia-Welt bekommen Magie nie zu Gesicht, denn sie ist aus dem Alltag beinahe vollständig verschwunden. Für die Protagonisten der Bücher gilt das jedoch nicht. Sie werden aus ihrem Alltag herausgerissen und im Verlauf der Geschichte in bizarre und bedrohliche Ereignisse verwickelt, wodurch sie auf Schattenwesen, Ghule und Alchymisten treffen und allerlei magische und unheimliche Phänomene erleben.

7 *Fantasyliteratur wird gelegentlich vorgeworfen, sie befördere Eskapismus und blende die gesellschaftlichen, politischen und kulturellen Realitäten unserer Zeit aus. Was würden Sie im Hinblick auf die »Pandæmonia«-Trilogie entgegnen?*

Zunächst einmal halte ich diesen Vorwurf für Unsinn. Gute Fantasy hat immer einen Bezug zur Gegenwart und kann als Kommentar zu aktuellen gesellschaftlichen Entwicklungen gelesen werden – man denke nur an die Scheibenwelt-Romane von Terry Pratchett. Natürlich gibt es Fantasy, die Eskapismus befördert und ein rückständiges Menschenbild vertritt, aber das gilt in gleichem Maß für andere Genres.

Die Pandæmonia-Trilogie handelt von politischer Unterdrückung und der Frage, wie sich der Einzelne dagegen zur Wehr setzen kann. Ferner erzählt die Geschichte davon, wie Macht Menschen verändert und korrumpiert. Diese Themen sind so alt wie das Erzählen selbst und gleichzeitig hochaktuell. Ich glaube daher nicht, dass ich mir Eskapismus und Realitätsferne vorwerfen lassen muss.

8 *Welche Fantasyromane haben Sie besonders gern gelesen, und finden sich darunter Bücher, die Sie inspiriert haben?*

Begeistert hat mich zuletzt George R.R. Martins »Das Lied von Eis und Feuer«. Von Terry Pratchett und Neil Gaiman kaufe ich blind jedes Buch. Deutsche Autoren, die ich sehr schätze, sind Christoph Hardebusch, Oliver Plaschka und Kai Meyer. Zu Pandæmonia inspiriert haben mich ältere Sachen von Michael Moorcock, die ich als Jugendlicher gelesen habe, und die His-Dark-Materials-Reihe von Philip Pullman.

9 *In Ihrem Internet-Journal beziehen Sie Leser bereitwillig in den Schaffensprozess Ihrer Romane ein. Was bewegt Sie dazu?*

Wer erzählt nicht gern über seinen Beruf? Außerdem werde ich oft gefragt, wie man sich die Arbeit eines Schriftstellers vorstellen muss. Leser interessiert es, wie ein Buch entsteht und was ein Schriftsteller tut, damit aus einer Idee eine spannende Geschichte wird.

10 *Neben der »Pandæmonia«-Trilogie wird 2011 im Goldmann Verlag Ihr dritter historisch-phantastischer Roman »Die Bruderschaft des Schwertes« erscheinen. Wissen Sie schon, in welche Richtung Sie Ihr nächstes Projekt führen wird?*

Das steht noch nicht fest. Aber ich glaube, es wird etwas sein, das an meine Vorgängerromane anknüpft und gleichzeitig in eine ganz neue Richtung geht.

Begeistert vom Buch?
Entdecken Sie die offiziellen Produkte!
Schattenwesen
TRAUM-
WANDERER
KRÄHENMANN
WerkZeugs
www.werk-zeugs.de